Ich weiß, du bist hier

© Fran Fevrier

Laura Brodie studierte Englisch in Harvard und lebt heute mit ihrem Mann und ihren drei Töchtern in Lexington, Virginia. Sie ist Professorin für Englisch an der Washington and Lee University. *»Ich weiß, du bist hier«*, ihr erster Roman, wurde mit dem Faulkner Society Grant for Best Novel-in-Progress ausgezeichnet.

LAURA
BRODIE

Ich weiß, du bist hier

Roman

Aus dem Amerikanischen
von Britta Mümmler

Weltbild

Die amerikanische Originalausgabe erschien 2009 unter dem Titel
The Widow's Season bei Berkley, New York.

Besuchen Sie uns im Internet:
www.weltbild.de

Genehmigte Lizenzausgabe für Verlagsgruppe Weltbild GmbH,
Steinerne Furt, 86167 Augsburg

Übersetzung: Britta Mümmler
Umschlaggestaltung: Zero Werbeagentur, München
Umschlagmotiv: Getty Images, München
Gesamtherstellung: CPI – Clausen & Bosse, Leck
Printed in the EU
ISBN 978-3-86800-528-8

2014 2013 2012 2011
Die letzte Jahreszahl gibt die aktuelle Lizenzausgabe an.

Für Julia, Rachel, Kathryn
und vor allem John,
möge er ein hohes Alter erreichen.

Sie nehme sich ihn zum Hüter und Beobachter im Geheimen, nicht allein ihrer Taten, vielmehr auch ihres Gewissens … Und sie betrage sich immerfort so, dass seine Seele keinen Grund zum Zorne habe und Vergeltung übe für ihre Unziemlichkeit.

Über das geziemende Betragen einer Witwe gegen ihren Gemahl

Juan Luis Vives,
De institutione feminae christianae,
gewidmet Katharina von Aragón, 1523

TEIL EINS

Geist

I

Sarah McConnells Ehemann war seit drei Monaten tot, als sie ihn im Supermarkt sah. Er stand am Ende des Gangs mit den Saisonartikeln, wo er unentschlossen die Auswahl an Plastikkürbissen musterte, hob plötzlich den Kopf und blickte ihr einen Moment lang direkt in die Augen. In seinem unveränderten Gesicht blitzte ein so seltsames Gemisch von Sehnsucht und Zaudern auf, dass sie am liebsten sofort zu ihm gerannt wäre und sich in sein unvergessliches grünes Flanellhemd gekuschelt hätte. Doch dann überfiel sie ein so kaltes Grauen, dass sie nur stumm und starr mit hämmerndem Herzen dastehen konnte. Und sie hatte kaum wieder Luft geholt, da war er auch schon um die Ecke des Gangs gebogen und verschwunden.

Sie hörte den brüchigen Schrei, ehe ihr klar wurde, dass sie selbst es war, die da rief: »David! Warte!« Dann ließ sie einfach ihren Einkaufswagen stehen und rannte so schnell hinter ihm her, dass ihre Handtasche gegen ihren Oberschenkel schlug.

Als sie ganz hinten links abbog, sah sie nichts als eine Regalwand voll Milch und Eier und davor die Gesichter argwöhnischer Fremder. Wie getrieben lief sie von einem Gang zum nächsten, sah in jeden hinein und fand nichts, nichts und wieder nichts. Sie eilte zur Frontseite des Supermarkts und suchte von der anderen Richtung aus weiter, ließ den Blick nach links in die Gänge hineinschweifen und nach rechts auf die Schlangen an den Kassen. Noch nie waren ihr die Reihen von Papiertüchern, eingemachten Früchten und Frühstücksflocken so schreiend bunt erschienen. Die Logos der Verpackungen überblendeten ihre verwirrten Gedanken.

Sie rannte auf den Parkplatz hinaus und rief erneut laut nach David. Doch unter der Handvoll Leute, die ihre Autos aufschlossen und ihre Einkäufe im Kofferraum verstauten, war nirgends ein dunkelhaariger Mann mittleren Alters in Jeans und grünem Flanellhemd zu entdecken.

Als Sarah wieder in den Supermarkt zurücklief, trat der Filialleiter aus seiner erhöht gelegenen Arbeitskabine. Das alles hatte er schon oft erlebt, schien sein aufgesetztes Lächeln zu versichern. Offenbar wieder eine Mutter, die gleich in Panik geriet, weil ihr Kind weg war. Mit einem kleinen Suchtrupp würde er den Streuner, der vermutlich bloß die Hummer im Lebendbecken anstarrte oder sich hinter einem Turm von Konservendosen versteckte, schon wieder auftreiben.

»Haben Sie jemanden verloren?«

Die Worte klangen nach in Sarahs Gedanken. »Ja.« Sie hatte jemanden verloren.

»Wie sieht er aus?«

Ihre dunklen Augen blickten immer noch suchend umher. Sie hatte den unbestimmten Eindruck, dass sie David aufhalten könnte, wenn sie nur in der Nähe der Eingangstür bliebe.

»Er trug seine Yankees-Baseballkappe.«

»Wie heißt er?«

»David.«

»Wie alt ist er?«

»Dreiundvierzig.«

Das Lächeln des Filialleiters schwand. »Dreiundvierzig?«

Sarah ließ den Blick nicht länger schweifen und musterte jetzt den Mann. Seine pechschwarze Krawatte fiel ihr auf, sein rot-weiß-blaues Namensschild und seine Ungeduld.

»Er ist mein Ehemann.«

Es war beinah komisch, wie rasant die Freundlichkeit aus dem Gesicht des Mannes wich. In seinen Augen war sie nicht länger eine reizende junge Mutter, die einen starken Arm brauchte. Jetzt war sie bloß noch eine dieser lautstark jammernden Verrückten, eine Frau mittleren Alters mit verstörter Miene, deren braunes Haar sich aus den silbrigen Haarspangen löste.

»Soll ich ihn ausrufen lassen?« Die Worte klangen eher abschätzig als fragend. In Gedanken saß der Filialleiter anscheinend längst wieder vor seinem Computerbildschirm.

Wollte sie wirklich am Serviceschalter für Kunden warten, während jemand ihren toten Ehemann ausrief, fragte sich Sarah, und allmählich begann ihre Hysterie zu versiegen. Warum war sie überhaupt hier? Was machte sie an diesem Ort?

»Schon gut.« Sie wollte nur noch weg, zurück in die Ruhe und Geborgenheit ihres Zuhauses.

Als sie wieder auf den Parkplatz trat, bemerkte sie, wie fahl der Himmel geworden war. Die Ahornblätter, die noch vor zwei Wochen so feuerrot geleuchtet hatten, waren welk und fielen zu Boden wie Asche. Der Oktoberwind fuhr eisig durch die Maschen ihres Pullovers, als sie über das Gelände zu ihrem Auto eilte.

Sie stieg in ihren alten Volvo, zog die Tür zu, schnallte sich an und steckte den Schlüssel ins Zündschloss. Und dann sank sie in den Sitz zurück, schloss die Augen und begann leise, ganz leise, zu weinen.

2

»Ich habe David heute gesehen.«

Sarah saß in der Küche ihrer Nachbarin und fuhr mit der Fingerspitze am Rand eines leeren Kaffeebechers entlang. Margaret Blake, eine große Engländerin mit kurzem grauem Haar, beugte sich über den Herd und tauchte ein silbernes Tee-Ei in eine blaue Teekanne. Sarah hatte sich gefragt, ob Margaret bei ihren Worten wohl zusammenzucken oder den Kopf herumdrehen würde. Doch sie konnte nicht das geringste Zögern erkennen, als ihre Freundin die Hand nach dem wattierten Teewärmer ausstreckte.

In den drei Jahren, seit auch Margarets jüngere Tochter aufs College ging, war das Teetrinken am Freitagnachmittag für die beiden Frauen zu einem Ritual geworden. Es war die Zeit, in der man über Gartenarbeit und Politik reden und über Präsidenten und Premierminister schimpfen konnte.

Und es war die Zeit, in der man trauern konnte, denn auch Margaret war Witwe. Vor fünf Jahren hatte sie ihren Ehemann tot im Garten aufgefunden, inmitten eines Haufens herausgeschnittener Holzapfelbaumzweige. Wie zu einem Jahrestag blühte dieser Baum nun seit fünf Jahren jeden Frühling erneut auf, und jedes Mal wieder fragte Sarah sich, was Ethan Blake, einen Mann mit einem bekanntlich schwachen Herzen, dazu getrieben hatte, plötzlich mit dem Beschneiden des Baums zu beginnen. Hatte er gespürt, dass an diesem Tag ein alter Zweig abgeschnitten werden musste? Dass etwas zu Ende gehen würde?

Bis dahin hatte Ethan die Gartenarbeit auf gelegentliches Rasenmähen am Nachmittag beschränkt. Sarah sah immer noch vor sich, wie ihm seine Brille mit dem Metallgestell auf der verschwitzten Nase hinunterrutschte, während er den Rasenmäher vor sich her und um die Flieder- und Forsythienbüsche herumschob.

Von ihrem Platz am Küchentisch hatte Sarah einen guten Blick auf die kleine Gedenkstätte, die Margaret auf dem Kaminsims im Wohnzimmer errichtet hatte. Rechts und links standen Bilder der beiden Töchter, einundzwanzig und vierundzwanzig Jahre alt, fröhliche Zeugnisse der Jugend und Gesundheit. Und dazwischen in einem Ebenholzrahmen ein Foto, auf dem strahlender Sonnenschein durch die Äste eines Holzapfelbaums brach.

Sarah war eine der wenigen, die die ganze Bedeutung dieses Bildes verstanden. An jenem Frühlingsnachmittag war Margaret nach Hause gekommen und hatte ihren Ehemann so friedlich auf dem Rücken liegend und den leblosen Blick in die strahlende Sonne gerichtet vorgefunden, dass sie sich neben ihn legte – um auch hinaufzuschauen durch die Zweige des Holzapfelbaums und zu sehen, was er in den letzten Minuten seines Lebens gesehen hatte. Und als sie dort lag, die abgeschnittenen Zweige zwischen den Schulterblättern und Ethans Hand an der ihren, war Margaret so überwältigt gewesen von den leuchtend blauen Himmelsfetzen, die wie Glassplitter durch die rosa Blüten und die dunklen Zweige schimmerten, dass sie noch einmal mit ihrem Fotoapparat in den Garten hinausgegangen war, nachdem sie im Haus den Notarzt angerufen hatte. Und dort stand es jetzt, das Ergebnis, auf dem Kaminsims im Wohnzimmer, ein Triptychon, das an den Anfang und das Ende des Lebens gemahnte.

Es muss irgendwas Englisches sein, dachte Sarah, dieser Pragmatismus im Angesicht des Todes. Margaret Blake war keine Frau, die sich von der Erscheinung eines Toten in einem Supermarkt verstören ließ.

»Wo hast du ihn gesehen?« Margaret drehte sich um und trug die Teekanne zum Tisch.

»Bei Food Lion.«

»Ich dachte, du kaufst bei Safeway ein.«

Sarah lächelte. Typisch Margaret, das Morbide ins Profane zu wenden.

»Ich hatte am anderen Ende der Stadt ein paar Dinge zu erledigen.«

Gott sei Dank war ihr das nicht bei Safeway passiert. In Jackson, Virginia, lebten achttausend Einwohner, und wann immer Sarah in diesem Supermarkt einkaufte, traf sie Kollegen aus dem Institut für Englische Philologie am College oder ehemalige Patienten von David. Sogar die Gesichter der Angestellten, die den Kunden an der Kasse die Tüten einpackten, waren ihr vertraut – das junge Mädchen mit Downsyndrom, der Mann mit dem schwarzen Ohrring. Sarah hätte den Leuten wochenlang aus dem Weg gehen müssen, wenn diese miterlebt hätten, was sie selbst inzwischen schon ihren »Vorfall« nannte.

Margaret schenkte zwei Becher Earl Grey ein. Sie stellte die Teekanne auf eine gefaltete Leinenserviette und reichte Sarah einen kleinen blauen Milchkrug, der mit Ansichten der Kathedrale von Canterbury verziert war. Solche Andenken brachten Freunde Margaret immer wieder aus dem Urlaub in Europa mit, als ob ausgerechnet eine Atheistin aus Manchester nostalgische Gefühle für Thomas Becket hegen würde.

»Ich habe Ethan nach seinem Tod überall gesehen.« Margaret umfasste ihren Becher mit beiden Händen. »In Menschenmengen, im Straßenverkehr. Und wenn ich ihn in einem vorbeifahrenden Auto entdeckt habe, bin ich wie eine Verrückte hinterhergerast. Aber dringesessen hat immer ein anderer.«

Sarah nickte. Die ersten Wochen ihrer Witwenschaft waren voller Täuschungen dieser Art gewesen. Jedes Mal wenn sie an einem Mann von Davids Statur und Haarfarbe vorbeiging, blitzte in ihr ein Wiedererkennen auf, das dann unweigerlich vom Gesicht eines Fremden Lügen gestraft wurde.

»Aber diesmal war's anders. Diesmal habe ich sein Hemd und seine Yankees-Kappe wiedererkannt. Und er hat mich direkt angesehen.«

»Und was ist passiert?«

»Er ist verschwunden.«

»Oh.«

Margaret stellte ihren Becher ab, richtete den Blick auf die Zuckerdose und zerstach mit ihrem Teelöffel die harten Klümpchen darin. Mit jedem Knirschen des Silberlöffelchens wuchs Sarahs Anspannung ein wenig mehr. Was musste sie sagen, um ein zustimmendes Nicken zu bekommen? Ihr fiel nur der immer gleiche Refrain ein, die Worte, die sie nun schon seit drei Monaten wiederholte.

»Sie haben seine Leiche immer noch nicht gefunden.«

Und jetzt zögerte Margaret doch, gerade lang genug, um Sarah in die Augen zu sehen. »Sie werden sie finden.«

In den dreizehn Jahren, die sie jetzt in Jackson wohnte, hatte Sarah Dutzende von Sturzfluten erlebt wie jene, die ihr David genommen hatte. Manchmal kam das Wasser mitten in einer Trockenperiode, wenn das Land zu ausgedörrt war, um die plötzlichen Massen aufzunehmen. Zu anderen Zeiten setzte die Flut nach wochenlang anhaltendem Regen noch eins drauf und verwandelte die sonst so gemächlich durch die Landschaft dahinfließenden Bäche und Flüsse in schlammige, reißende Ströme. Alteingesessene erzählten Geschichten von ganzen Bergdörfern, die von nächtlichen Fluten überschwemmt wurden. Wasser stieg die Stufen der schlichten Wohnhäuser hinauf und schwappte um die Bettpfosten, während die Familien schliefen. Aber von Todesfällen hatte Sarah nur vereinzelt gehört – ein betrunkener Collegestudent, der eine Wildwasserfahrt auf dem Possum Creek machte; eine Frau in einem Honda Civic, die eine überschwemmte Brücke hatte überqueren wollen und flussabwärts getrieben wurde, nachdem sie aus dem Autofenster geklettert war.

»Davids Flut«, wie Sarah sie mittlerweile nannte, hatte noch zwei weitere Opfer gefordert, zwei kleine Schwestern. Die Mädchen hatten gemeinsam unter einem Regenschirm am Ufer des Bachs, der ihr Grundstück passierte, zugesehen, wie das aufgewühlte Wasser vorbeischoss. Und dann war plötzlich das aufgeweichte Ufer, auf dem sie standen, von dem reißenden Strom weggespült worden. Ihre Mutter hatte all das von der Veranda des Farmhauses aus gesehen. Sie hatte den Mädchen durch den strömenden Regen gerade zugerufen, dass sie hereinkommen sollten, da wurden die beiden von den Wassermassen verschlungen.

Sarah erschauderte jedes Mal, wenn sie sich das Unglück ausmalte. Der Verlust dieser Frau war noch so viel größer als ihr eigener. Sie hatte keine Kinder und konnte sich das kalte Entsetzen der Mutter kaum vorstellen, die den auf den Fluten tanzenden Regenschirm flussabwärts treiben sah. Die Leiche des einen Mädchens war ein paar Tage nach der Sturzflut geborgen worden, die andere hatte man erst vor kurzem gefunden, in Zweige und Blätter verheddert, am Ufer des Shannon, in den alle Flüsse der Gegend mündeten. Letzte Woche erst war die Beerdigung gewesen.

Vielleicht war genau das ihr Problem. Vielleicht hatte die Beerdigung des Mädchens ihre Gedanken in den letzten Tagen aufgewühlt und all diese Erinnerungen und Phantasien wieder wachgerufen. Sarah hatte die kurze Todesanzeige in der Zeitung mit einem Anflug von Neid gelesen, denn auch sie wartete auf eine Beerdigung. Wenn sie nachts allein im Bett lag, sah sie Davids Leiche oft irgendwo an einem Ufer liegen, unter Bäumen, die Knöchel von Wasser umspült. Dann wiederum sah sie ihn von Strömungen getragen dahintreiben, vorbei an Feldern und Felsen, Weiden und Häusern, *hinfort durchs Tal, hundert Meilen weit und noch weiter.* In ihrer Vorstellung verweste seine Leiche nie. Er war der bestaussehende Ertrunkene der Welt und wurde unter den stummen Blicken des Rotwilds im Shenandoah Valley von Farm zu Farm getragen.

Immer stärker zog es Sarah in Gedanken zum Fluss. Jedes Mal wenn sie über die Betonbrücke fuhr, die die Stadtgrenze von Jackson markierte, sah sie auf die sich kräuselnden Wirbel und Strudel hinab und versuchte abzuschätzen, wie hoch das Wasser stand. In letzter Zeit war die Strömung so langsam, als wollte sie sich der hypnotischen Trägheit der Nachmittage geradezu angleichen – den Stunden ungebrochener Stille, in denen sie ausgestreckt auf dem Sofa lag, während ihre Gedanken tief in die Vergangenheit eintauchten. Sarah war schon immer ein Mensch gewesen, der sich in seinen Gedanken verlieren konnte, bis in die entlegensten Winkel wanderte, während ihre Lehrer langweilige Vorträge über Geometrie oder Gliederfüßer hielten. Als Kind hatte sie früh gelernt, dass die Phantasie der Wirklichkeit vorzuziehen war und Bücher ein Tor zu labyrinthischen Tagträumen sein konnten. Weil sie die Welt der Phantasie so liebte, war sie auch Dozentin für englische Literatur geworden.

Doch in letzter Zeit barg dieses tägliche Eintauchen in ihre innere Welt eine Gefahr, denn sie hatte immer weniger Grund, wieder aufzutauchen. Mit jedem neuen Tod verlor die äußere Welt stärker an Anziehungskraft. Vor zehn Jahren hatte sie ihre Eltern verloren, ihre Mutter an den Krebs, ihren Vater an den Alkohol – und nun David an den Fluss, als er einen zweitägigen Kajakausflug machte. Jetzt gab es nur noch Margaret, die sie zurückholte; Margaret, die wie eine wuchtige Eiche fest in der Wirklichkeit stand. Und auch in diesem Augenblick war es wieder Margarets Manchester-Akzent, der Sarah zu ihrem Becher mit schwarzem Tee zurückrief. Margaret klagte über die Direktorin der Grundschule, an der sie die Drittklässler unterrichtete: »Ständig faselt die Frau von Erziehung zur Verantwortung mittels dieser verdammten Bibelsprüche, als hätte Moses sie direkt vom Berg Sinai mitgebracht. Und jetzt will der Bundesstaat Virginia auch noch, dass wir in allen Klassenzimmern ›Wir vertrauen auf Gott‹ anbringen. Als würde das die Prüfungsergebnisse der Kinder irgendwie verbessern.«

Sarah versuchte etwas zu erwidern; es machte ihr Spaß, mit jemandem, der redegewandt war, auf dieselben Dinge zu schimpfen. Doch so schnell, wie ihr Interesse erwachte, versiegte es auch wieder. Sie murmelte bloß etwas und zuckte ein paarmal die Achseln zu all den vertrauten Ungeheuerlichkeiten, bis Margaret seufzend ihren Teebecher auf den Tisch stellte.

»Schläfst du denn wieder besser?«

»Eigentlich nicht. Ich träume immer noch sehr viel von David. Manchmal bin ich unter Wasser mit ihm und sehe vom Grund hinauf. Und neuerdings schlafwandle ich sogar. Als ich gestern aufgewacht bin, waren alle meine Sachen von meiner Frisierkommode verschwunden. Den ganzen Tag fand ich überall im Haus verstreut Haarbürsten, Schmuckstücke und Parfümflakons.«

Margaret nickte. »Nimmst du diese Tabletten?«

Ach ja, die Schlaftabletten. Die blaue Lunesta, die als geisterhafter Schmetterling durch die Fernsehwerbespots flatterte und sich auf Kissen und Fensterbänken niederließ wie ein leuchtender Engel des Morpheus.

Mr Foster, der weiter oben in der Straße wohnte, hatte Sarah die Tabletten zwei Tage nach der Flut gegeben. Am Ende eines Kondolenzbesuchs drückte er ihr mit den Worten »Die helfen vielleicht« einfach ein Röhrchen in die Hand, so als könnte ein betäubtes Unterbewusstsein die Welt irgendwie wieder ins Lot bringen, wie in den Märchen, in denen Frauen aus langem Giftschlaf wieder erwachten und all ihre Feinde tot vorfanden.

»Sie sind der Feind«, hatte sie diesem Mr Foster mit dem Doppelkinn entgegnen wollen. »Sie mit Ihren unverschämten Geschenken, Ihrem selbstgefälligen Mitgefühl und Ihrem abstoßenden Körper.« Doch stattdessen hatte sie gelächelt und artig »Vielen Dank« gesagt, als sie die Tür hinter ihm schloss.

Einmal hatte David versucht, ihr Tabletten zu geben. Das war vor einem Jahr gewesen, als sie in eine Phase schlimmer Depressionen hineingeschliddert war. Er hatte eine Packung Prozac mit nach Hause gebracht, »falls du es mal probieren willst«. Doch obwohl ihr der Grünton der Tabletten gefiel – und auch der Name Lilly auf jeder Kapsel, als wären sie nur von einer Freundin ausgeliehen –, hatte sie sich geweigert, das Zeug anzurühren. Männern, die Frauen unter Medikamente setzen und die Welt so vor dem Gespenst weiblicher Hysterie schützen wollten, misstraute sie grundsätzlich. Es war das Problem dieser Männer, wenn sie es nicht ertragen konnten, dass Frauen klagten, dass Frauen weinten und dass Frauen mal mehr, mal weniger ausgeprägte bläuliche Ringe unter den Augen hatten. Sie wusste sehr gut, wie sie an ihren schlimmsten Tagen aussah und klang. Aber zum Teufel mit den Männern, wenn ihnen das nicht passte. Das Leben war nicht immer schön und fröhlich, mit frisiertem Haar, geweißten Zähnen und dem fertigen Abendessen auf dem Tisch. Manchmal war das Leben eben auch eine verbitterte Hexe, die mit krummem Buckel auf ihrem Bett hockte.

Und so standen diese Tabletten jetzt Seite an Seite in ihrem Badezimmerschränkchen, Prozac und Lunesta, wie ein Paar aus einer Wagner-Oper. *One pill makes you larger and one pill makes you small,* hatten Jefferson Airplane gesungen.

»Nein, ich nehme die Tabletten nicht«, erwiderte Sarah. Und fügte dann, mit einem bitteren Lächeln, hinzu: »Ich trinke lieber Alkohol.«

Margaret blies in ihren Tee, dass sich die Oberfläche kräuselte. »Du solltest diese Woche mal in meine Gruppe kommen.«

»In welche? In die der Quäker?«

»Nein.« Margaret lachte. »Ich bin eine treulose Tomate, ich war schon seit Monaten nicht mehr dort. Aber diesen Sonntag bewirte ich meine Trauergruppe. Einige der Frauen würden dir bestimmt liegen, glaube ich.«

»Ich dachte, da gehst du schon seit Jahren nicht mehr hin.«

»Nicht so ganz. Ein paarmal im Jahr nehme ich noch teil, aus reiner Freundschaft. Und einige der älteren Frauen sind wirklich witzig.«

Na großartig. Eine Horde humorvoller Frauen.

Aber Margaret versprach, Rosinenbrötchen, Zitronentörtchen und Schokoladenkuchen zu backen. Und als Sarah an die Dosen mit Mais dachte, die in ihren halb leeren Küchenschränken auf sie warteten, wurde sie gerade so lange schwach, dass sie erwidern konnte: »Okay, ich überleg's mir.«

3

Als Sarah im ersten Schatten der Dämmerung nach Hause ging, sah sie in den Pappeln vor dem Haus der Fosters zwei Skelette hängen. Spinnweben aus Luftschlangen umhüllten ihre Brustkörbe, beschämt ließen sie die Köpfe hängen. In den korbgeflochtenen Schaukelstühlen auf der Veranda saßen außerdem zwei in Laken gehüllte Geister, die ihren entweihten Gerippen anscheinend entflohen waren.

Es sah aus wie das Nachspiel einer Lynchszene. Aber so war das wohl in einem Haus mit drei Jungen. Jedes Jahr wieder feierten die Foster-Brüder Halloween mit grausigem Überschwang. Und deshalb troff auch noch purpurrotes Blut aus den Mündern ihrer grinsenden Kürbisse.

Die Veranden der anderen beiden Häuser, die Sarahs von Margarets trennten, waren hübsch mit Minikürbissen und getrockneten Maispflanzen geschmückt. Genau so hätte dieses Jahr auch ihre eigene Dekoration ausgesehen, wenn es nicht so gekommen wäre, wie es gekommen war. Sie hätte ein paar Strohblumen gebunden und eine Schale mit polierten Flaschenkürbissen hingestellt – irgendetwas völlig Phantasieloses.

In den ersten Jahren ihrer Ehe fuhren David und sie immer zu einem Bauernhof und suchten sich ihre Kürbisse dort aus. Ihr gefielen die länglichen, schmalen Exemplare mit melancholischem Gesichtsausdruck. David dagegen hatte mehr für Kürbislaternen mit fröhlichen Mienen übrig. Und so bestand die Herausforderung stets darin, jedes Jahr wieder eine neue Kreuzung beider Vorlieben hinzubekommen – mit gezackten Zähnen, schielendem Blick und kullerrunden Tränen. David schnitzte die Kürbisse, wie es sich für einen anständigen Arzt gehörte, immer selbst, auch wenn er seit dem Medizinstudium kein Skalpell mehr angerührt hatte. Wenn die Operation gelungen war, stellten sie Kerzen hinein, machten das Licht aus und tranken heißen Apfelmost, während die Kürbisse auf dem Küchentisch leuchteten.

Sarah konnte sich nicht erinnern, wann diese Tradition ein Ende gefunden hatte. Jeden Herbst schien der Stress plötzlich größer zu sein als im Vorjahr, bis es schon ein Erfolg war, wenn sie überhaupt einen Kürbis kauften, von Selberschnitzen gar nicht zu reden. Halloween war etwas für Kinder, und Kinder waren die auf ewig unerreichbaren Geister, die ihre Ehe heimgesucht hatten.

Einmal hatten sie Halloween sogar vollkommen vergessen, bis der jüngste Sohn der Fosters mit einer Axt im Schädel vor ihrer Tür stand. Eine Hirnmasse aus geschälten blauen Trauben quoll ihm aus den Haaren. Sarah entschuldigte sich wortreich, weil sie dem Jungen nur einen Gefrierbeutel mit Oreo-Keksen in seinen Kissenbezug voller Süßigkeiten tun konnte. Sie wusste, dass die Kinder der Umgebung die Nachbarn nach der Qualität ihrer Gaben an Halloween einschätzten – von echten Snickers bis hin zu namenlosen Orangenbonbons. Und die spöttischen Dankesworte des Jungen ließen auch keinen Zweifel daran, dass die McConnells damit ans unterste Ende der Beliebtheitsskala gestürzt waren. Hätte sie nur kurz nachgedacht, dann hätte sie ihm Geld gegeben, um sich sein Schweigen zu erkaufen. Und als noch weitere Kinder vor ihrem Haus erschienen, hatten David und sie einfach die Haustür abgeschlossen und sich ins Souterrain verzogen.

Es war ein schönes Halloween gewesen. Sie waren bis nach Mitternacht aufgeblieben, hatten im Dunkeln gesessen, Bier getrunken und ›Geschichten aus der Gruft‹ angesehen. Sarah sah noch immer Davids blaue Augen im Schein des Fernsehers leuchten; und bei dieser Erinnerung trat ihr gleich wieder sein Gesicht heute im Supermarkt vor Augen und wie er sich ihr leicht zugewandt hatte, als wollte er etwas sagen, etwas, das sie unbedingt wissen sollte.

Von Davids Gesichtsausdruck hatte sie Margaret nicht erzählt. Sie hatte nicht erzählt, welche Zerrissenheit in seinem Blick lag und dass ihm beinahe Worte über die Lippen gekommen wären. Vielleicht hätte gerade dieses Detail seine Erscheinung glaubwürdiger gemacht. Aber warum brauchte sie Margarets Zustimmung? Und wenn sie so sehr auf Zustimmung aus war, warum hatte sie Margaret dann nicht die ganze Geschichte erzählt?

Offen gestanden war ihr das ja nicht zum ersten Mal passiert. Zum ersten Mal war ihr Davids Geist im August erschienen, am Tag des Gedenkgottesdienstes für ihn. Es war eine seltsame Veranstaltung gewesen, eine Trauerfeier ohne Leiche oder eindeutiges Todesdatum. Drei Wochen waren seit der Sturzflut vergangen, und obwohl die Rettungsteams Davids Kajak, Paddel und Handy gefunden hatten, blieb seine Leiche versunken wie ein Goldschatz, den kein Taucher heben konnte. Sarah hatte die unrealistische Hoffnung, dass er irgendwann einfach zurückkehren würde, immer noch nicht ganz aufgegeben; und als seine Verwandten und Freunde einen Gedenkgottesdienst für David vorschlugen, missbilligte sie insgeheim dieses Bedürfnis nach einem endgültigen Ende.

An jenem Nachmittag brachte Sarahs Schwester ein Gedicht mit, ihre Nichte eine Flöte und Davids Freunde und Kollegen ihre Erinnerungen, die sie allen anderen Gästen zwischen den keiner bestimmten Konfession zuzuordnenden Hymnen der Trauerfeier mitteilten, bei der jeder ans Mikrofon treten konnte. Der Gedenkgottesdienst fand in der

College-Kapelle statt und wurde vom Hochschulpfarrer gehalten, einem jungen Mann, der keine Skrupel hatte, Davids Unitarierseele in den Himmel seiner eigenen presbyterianischen Vorstellungen zu geleiten. In den Augen dieses Pfarrers verdiente Davids Laufbahn als Arzt im College, der täglich mit Fällen von Bulimie, Chlamydien und Alkoholvergiftung zu kämpfen hatte, diese heilige Belohnung.

Die Eindrücke dieses Mannes von Davids Arbeit erinnerten Sarah daran, wie sehr sich das Leben ihres Ehemanns seit seinen Tagen beim Friedenscorps verändert hatte. Als sie sich in New York kennenlernten, war er wild entschlossen, den ewig währenden Kampf gegen die Kindersterblichkeit aufzunehmen. Das Krankenhaus auf dem Land außerhalb von Jackson war vorderste Front gewesen, und fünf Jahre lang kam er abends mit Geschichten von verfaulten Zähnen nach Hause, die es mit allen Parasitenschrecken seiner Zeit in Mali aufnehmen konnten.

Das Elend in den Appalachen hatte ihn deprimiert, aber auch in freudigen Eifer versetzt. Mütter zum Stillen zu animieren war seine Mission, Heimwerken sein notwendiger Zeitvertreib. Und so musste es ihm wie ein stummer Vorwurf erschienen sein, wenn sie abends im Bett in Broschüren von Immobilienmaklern blätterte und Zierleisten, Keramikfliesen und ausgebaute Souterrains bewunderte. Sie war nicht »dem Fischer sin Fru«, die auf einer ständigen Verbesserung vom Haus zur Villa zum Palast bestand, aber sie wünschte sich doch den Sprung hinaus aus ihrem ersten kleinen Haus mit drei Zimmern. David teilte ihre Träume immerhin so weit, dass er die bevorstehende Pensionierung des College-Arztes zur Kenntnis nahm. Und als der alte Dr. Malone schließlich nach Florida umzog, war es Davids eigene Entscheidung, sich auf die Stelle zu bewerben. Als er den Arbeitsvertrag dann unterschrieben hatte, wurden sie beide belohnt mit Einladungen zu Cocktailpartys der medizinischen

Fakultät und Vorschlägen für einen Altersvorsorgeplan sowie einen Immobilienfinanzierungskredit. Unausgesprochen zwischen ihnen beiden aber blieb die Erkenntnis, dass damit Davids Jugend endgültig vorüber war. Er hatte die Kinder der Armen verraten für die Kinder der Reichen, und die Stunden, die er noch ehrenamtlich im Vorstand des Krankenhauses auf dem Land mitwirkte, waren nur eine schwache Buße.

Die Perlenkette um Sarahs Hals fühlte sich besonders eng an, als sie an jenem Augustnachmittag in der brütenden Hitze beim Eingang zur Kapelle stand und immer noch ein weiteres Küsschen zum Abschied bekam, als wäre sie die Gastgeberin einer düsteren Party. Jede Wange, die an die ihre gedrückt wurde, schien ihr noch mehr Luft aus den Lungen zu pressen. Als die Menge sich schließlich gelichtet hatte, zog sie sich auf eine Holzbank gegenüber dem Gotteshaus zurück. Und dort, im Schatten einer Esche und umflüstert vom Beileid einer leichten Brise, überkam sie das seltsame Gefühl zum ersten Mal.

Sie empfand die unerklärliche Gewissheit, dass David in der Nähe war. Der Eindruck war so stark, dass sie begann, sich umzusehen, über die Hecken um die Kapelle hinaus und den baumbestandenen Fußweg zur weißen, säulenverzierten Bibliothek hinunter. Sie wusste nicht, was sie zu sehen erwartete – einen lächelnden Geist unter einem Baum oder etwa ein trauriges, durchscheinendes Gesicht in einem der College-Fenster? Einen Moment lang sah sie sogar in den Himmel hinauf, wo jede seltsam geformte Wolke ein Geheimnis zu bergen schien. Da sich ihr aber nirgends etwas zeigte, ging sie wieder zur Kapelle hinüber und legte die Hand auf deren kühlen Kalkstein. Sie begann, darum herum zu gehen, und stellte sich vor, dass David ihr fünfzig Meter voraus war und immer gerade dann um die nächste Ecke bog, wenn sie kam, bis sie vor dem Eingangsportal der Kapelle tatsächlich einen sehr gutaussehenden dunkelhaarigen Mann stehen sah – Davids Bruder Nate, der ihr den Arm anbot und ihr sagte, dass es an der Zeit sei, zu gehen.

Später an diesem Abend, als ihre Freunde weg waren und der Kühlschrank überquoll von Salaten und Aufläufen, nahm Sarah einen Stapel Handtücher und Waschlappen und trug ihn ins Gästezimmer hinauf. Ihre jüngere Schwester Anne hatte sich bereits zu Bett gelegt.

Anne war ein wahrer Segen – als Bibliothekarin einer öffentlichen Bücherei hatte sie im Sommer so flexible Arbeitszeiten, dass sie einfach ein paar Tage bleiben konnte. Ihr Mann war nach dem Gedenkgottesdienst mit den beiden Töchtern zurück nach Maryland gefahren und hatte die Schwestern ihrer Erinnerungs- und Trauerarbeit überlassen. Sie hatten bereits gemeinsam Beerdigungen überstanden. Eine Erfahrung, die sie gelehrt hatte, sich stets gegenseitig zu beschützen. Sarah hatte Anne bei beiden Geburten ihrer Töchter im Kreißsaal beigestanden, so wie Anne ihr jetzt beim Tod ihres Ehemanns beistand.

Sarah gab Anne einen Gutenachtkuss, als wäre sie ihr Kind. Sie zog ihrer Schwester die weiße, mit Veilchen bedruckte Bettdecke fest um die Schultern und strich ihr übers Haar. Wie kam es nur, dass das Leben ihrer Schwester ein einziges Fortschreiten zu sein schien? Waren es die Kinder mit ihren alljährlichen Ritualen – Geburtstagen, Klassenfotos, Zahnarztterminen? Mehr als alles andere aus ihrer Jugend vermisste Sarah eben jenes Gefühl von Entwicklung, die Vorstellung, dass das Leben beständig voranschritt – erste Klasse, zweite Klasse, dritte Klasse ... Sie hatte aus diesem Grund sogar ihren Doktor gemacht, um sich die Illusion von steter Veränderung zu erhalten.

Als Kind hatte sie das Leben an ihrem jeweils neuesten Zeugnis gemessen. Für sie war dieses dünne Blatt Papier ein Sozialvertrag, und jede Eins versprach ein Schulhalbjahr voll Glück. Sie war eine fleißige Schülerin, immer bereit, dem Pfad zu folgen, den die Lehrer ihr wiesen, ja dankbar, dass ihr überhaupt ein Pfad gewiesen wurde, und hing dem naiven Glauben an, dass die Welt verpflichtet wäre, so viele Jahre gehorsamen Fleißes irgendwann auch einmal zu belohnen. Erst in der Highschool begann sie, die Wahrheit zu begreifen, dass es am Ende ihres langen Marsches keine Garantie auf Glück gab und dass der Schulabschluss die Klippe war, von der sich die meisten ihrer Mitschüler wie die Lemminge in den Arbeitsmarkt stürzen würden. Doch sie machte weiter, ging aufs College und schließlich noch an die Universität und schob die Realität mit einem Abschluss nach dem anderen – jeder eine noch höhere Klippe, von der man stürzen konnte – immer weiter hinaus.

Sarah tätschelte noch einmal zärtlich die Bettdecke ihrer Schwester. Dann ging sie hinunter in ihr eigenes Schlafzimmer und setzte sich, bei offener Tür, vor ihre Frisierkommode. Das Gesicht, das sie aus dem Spiegel ansah, war müde, aber immer noch hübsch. Auf einige Entfernung, so schmeichelte sie sich, könnte sie immer noch als eine Frau Ende zwanzig durchgehen, einmal davon abgesehen, dass sie mit Ende zwanzig noch keine grauen Haare um den Zeigefinger hatte wickeln können. Sie riss eines heraus, zog es in die Länge und betrachtete seinen silbrigen Glanz.

Als College-Studentin war ihr das Haar, das sich an feuchten Sommernachmittagen wie ein dunkler Gradmesser in wilden Locken kringelte, lang über den Rücken hinabgefallen. Es war eine Quelle der Macht gewesen, der Altar, den ein halbes Dutzend junger Männer mit Büßerhänden angebetet hatte. Doch als sie jetzt die Schildpattspange löste, berührte ihr mit einem praktischen Schnitt versehenes Haar kaum mehr ihre Schultern. *Ich bin wie Samson,* sagte sie sich – geschoren, blind und an manchen Tagen so voller Wut, dass ich die Mauern des Tempels, in dem ich selbst stehe, am liebsten einreißen würde. Nur dass es in ihrem Leben nichts sonderlich Heldenhaftes gab. Was konnte es im Leben einer weißen Frau der oberen Mittelschicht in einer Kleinstadt schon Außergewöhnliches geben?

Sie strich sich den Pony aus der Stirn und betrachtete die feinen Fältchen, die sich um ihre Augenwinkel bis zu den Brauen hinauf auffächerten wie die Strahlen einer von Kinderhand gemalten Sonne. Mit dem kleinen Finger tippte sie in den Tiegel Augencreme und verteilte rund um die Augen fettige weiße Pünktchen, die sie dann mit kreisenden Bewegungen in die Haut einmassierte. Wie würde es weitergehen, fragte sie sich, als neununddreißigjährige, kinderlose Witwe? Wie würde es sein, allein zu leben?

Und in diesem Augenblick des Selbstmitleids sah sie ihn zum ersten Mal. Hinter ihrem eigenen Spiegelbild lief, lautlos wie ein Schatten, David durchs Haus.

Die Frisierkommode stand der Schlafzimmertür gegenüber, so dass Sarah im Spiegel die Diele hinuntersehen konnte, die zum Wohnzimmer führte. Und dort war David aufgetaucht und auf dem Weg in die Küche ebenso plötzlich wieder verschwunden.

Eine Schrecksekunde lang blieb Sarah wie erstarrt auf ihrem Stuhl sitzen. Sie wusste instinktiv, dass sie sich besser nicht bewegen oder umdrehen sollte. Das Schicksal des Orpheus, der sich zu früh umgeblickt hatte, kannte sie schließlich. Stattdessen musterte sie den Spiegel und berührte die Stelle, wo Davids Bild erschienen war, als wäre sein Geist irgendwie im Glas gefangen. Als sie sich dann doch umdrehte und die Diele hinuntersah, war niemand dort. Sie zog den Gürtel ihres Bademantels fester um die Taille, stand auf und ging über den Orientläufer langsam in die Küche.

Das Licht über dem Herd schimmerte schwach und zeigte all die vertrauten Gegenstände an den vertrauten Plätzen: den Kühlschrank, die Uhr, den Glastisch und die mit Wildblumen bemalten Keramikfliesen, die in durchbrochenen Diagonalen über den Arbeitsflächen aus Granit eingelassen waren. Ihr Blick fiel auf die Glastüren, die auf die Terrasse hinausführten. Sie waren geschlossen, aber nicht abgeschlossen. Sarah schloss sie nie ab. Noch nie hatte sie sich davor gefürchtet, was da draußen sein mochte.

Doch an diesem Abend hielt sie, als sie durch die Küche gegangen war und die Hand auf dem Türknauf liegen hatte, plötzlich inne. Wollte sie sich den Anblick, der sich ihr da draußen bieten würde, wirklich zumuten? Den Anblick ihres Mannes, der nach drei Wochen aus dem kalten Flusswasser gestiegen war? Sie musste an ›Die Affenpfote‹ denken, eine Erzählung, die sie manchmal mit ihren Studienanfängern durchnahm; an die Stelle, wo der verstümmelte Sohn an die Haustür klopfte, und langsam, ganz langsam zog sie die Hand zurück.

Das Licht in der Küche nahm ihr die Sicht nach draußen, in den dunklen Rechtecken der Türen spiegelte sich nur dutzendfach ihr eigenes Gesicht. Sie legte die Hände um die Augen und beugte sich vor, bis ihre Nase das Türglas fast berührte und die Schatten draußen im Garten erkennbare Konturen annahmen: der Hartriegel, der Wacholderstrauch, der schmiedeeiserne Tisch, das Vogelhäuschen. Sie fuhr zurück. Plötzlich gruselte es sie. Doch nicht davor, was sie vorhin, sondern davor, was sie in all den vielen Jahren gesehen hatte. Unzählige Filmszenen, in denen blutige Hände an Fenster schlugen oder der irre Blick eines Wahnsinnigen den Zuschauer traf, stiegen aus ihrer Erinnerung empor. *Das ist ja lächerlich,* sagte sie sich, doch sie konnte die Angst nicht abschütteln.

Eine Minute verstrich, während sie ihre Möglichkeiten abwog. Davids flüchtige Erscheinung war vermutlich nicht real gewesen, sondern das Trugbild eines schlaflosen Hirns. Aber warum sang es in ihrem Kopf dann unablässig: *Lass ihn herein, lass ihn herein*? Sie senkte den Blick, und als sie wieder nach dem Türknauf griff, kam ihr die eigene Hand wie ein fremdes Objekt vor. Ihre Finger schlossen sich um das Messing, sie spürte die Kälte des Metalls. Abrupt ließ sie das Türschloss einrasten.

Und dann rannte sie los – durch die Diele, die Treppe hinauf und hinein ins Gästezimmer. Sie kletterte zu Anne ins Bett, zog sich die Bettdecke bis ans Kinn und rollte sich zusammen.

Sarah erzählte Anne nie, was an diesem Abend geschehen war. Als es vier Tage später für ihre Schwester Zeit war, mit dem Zug nach Maryland zurückzukehren, wirkte Sarah sehr gefasst. Alles war in Ordnung. Kein Grund zur Sorge. Sie würde in nächster Zeit einiges zu regeln haben und dann zu einem langen Besuch nach Maryland kommen. Liebe Grüße an die Mädchen.

Sie winkte ihrer Schwester nach, bis der Zug verschwunden war, und fuhr dann, fixiert auf ein einziges Vorhaben, zurück nach Hause. Kaum angekommen, eilte sie zum Wäscheschrank, holte einen Stapel Bettlaken heraus, ging von Zimmer zu Zimmer und verhängte alle Spiegel. Irgendwo hatte sie gelesen, dass man früher nach einem Todesfall die Spiegel aus Angst, dass sie böse Geister zeigen könnten, zur Wand umgedreht hatte. Und noch im viktorianischen England wurde der Gagatschmuck der Trauernden extra matt gehalten, damit nicht ein unseliger Fauxpas geschah und sich in der Brosche einer Frau das Gesicht eines Toten spiegelte.

Jetzt verstand Sarah den Aberglauben alter Kulturen, den Grund für Séancen und Ouija-Bretter und das Bedürfnis, die Toten zu Grabe zu tragen, um sie in Frieden ruhen zu lassen. Sie wusste nicht, was beunruhigender war – der Seelenzustand ihres Mannes oder ihr eigener Geisteszustand. Die Trauernden mit ihren umgedrehten Spiegeln hatten vermutlich gar nicht so sehr die Geister gefürchtet als vielmehr den Anblick ihrer eigenen entsetzten Gesichter.

Wie auch immer, das mit den Bettlaken war jedenfalls keine gute Idee gewesen. Die verhängten Spiegel kamen ihr auf fatale Weise vor wie an die Wand genagelte Geister. Und so nahm Sarah zwei Tage später die Spiegel gleich ganz von den Wänden und schraubte sogar den Spiegel der Frisierkommode ab. Sie legte sie alle auf das Bett im Gästezimmer, wo sie leer an die Decke starrten. Nur der Spiegel im Badezimmer hing noch, denn der war in die Wand eingelassen. Und so ließ sie ihn hängen, beschloss aber, nur noch hineinzugehen, wenn hellstes Tageslicht herrschte und im Hintergrund der Fernseher plärrte. Sollte David neben der Toilette oder in der Badewanne erscheinen, während Regis Philbin die Morgennachrichten kommentierte, dann war das nicht zu ändern. Sie würde seinen Geist einfach auf etwas zum Haushalt Gehörendes reduzieren. Sie würde keine Angst haben.

Die Spiegel fielen ihr wieder ein, als sie jetzt vor ihrem Haus stand, dem letzten am Ende einer baumbestandenen Sackgasse. Seit dem Gedenkgottesdienst waren zwei Monate vergangen, und obwohl sie sich in der Zeit oft beobachtet gefühlt hatte, war ihr nie wieder Davids vollständige Gestalt im Haus erschienen. Ihre Vorsichtsmaßnahmen waren also entweder höchst wirksam oder völlig überflüssig gewesen.

Sarah legte den Kopf in den Nacken, als sie ihr Zuhause musterte: ein zweistöckiges beigefarbenes viktorianisches Haus mit weißen Verzierungen, tannengrünen Fensterläden und einer umlaufenden Veranda. Sie konnte es mit der Präzision eines Immobilienmaklers beschreiben, immerhin hatte sie den Häusermarkt zwei Jahre lang danach abgesucht. Gleich nachdem David den Arbeitsvertrag mit dem College unterschrieben hatte, begann sie, Anwesen in der Stadt und auf dem Land zu besichtigen – Ranch- und Farmhäuser, Cottages und Villen im Kolonialstil, viktorianische, georgianische und zeitgenössische Bauten. Sie studierte die Vorzüge von Heizpumpen und Kupferrohren, Brunnen und Quellen, Thermopenfenstern und Schindeldächern.

Dieses Haus war nicht ihre erste Wahl gewesen. Eigentlich hatte sie sich in ein modernes Haus mit drei Schlafzimmern im Stil Frank Lloyd Wrights verliebt – ein Juwel aus Stein und Zedernholz auf einem Hügel ein paar Meilen außerhalb der Stadt, mit einem terrassierten Garten voller Blumenbeete nach Süden hin. Sie war richtig aufgeregt, als sie David die Solarheizung, die Panoramafenster und all die Arbeitsflächen aus Granit zeigte. Doch als sie auf die Terrasse traten, lachte er nur. »Ein Swimmingpool? Wer soll sich denn um den kümmern? Oh, Sarah.« David verdrehte die Augen. »Das ist nicht dein Ernst, oder?«

»Es ist doch bloß ein kleiner Pool.« Ihre Worte waren nur noch ein leises Murmeln.

»Und was ist mit all den Blumenbeeten?« Er wies mit dem Arm gen Süden. »Wer soll die pflegen?«

»Ich«, erwiderte Sarah, doch der blühende Purpursonnenhut schien unter Davids kritischem Blick bereits zu welken.

»Ja klar, einige Monate lang wirst du dich darum kümmern, bis der Reiz des Neuen verblasst. Dann wird in den Beeten das Unkraut wuchern, und wir müssen jemanden bezahlen, der den Pool reinigt.«

Sie erinnerte sich noch an sein nachsichtiges Lächeln, als er ihr die Hände auf die Schultern legte und ins Gesicht sah. »Es *ist* wunderschön. Ich *weiß*. Und wenn wir Rentner wären und alle Zeit der Welt hätten, wäre dieses Haus ideal. Aber wie viele Stunden zum Unkrautjäten werden dir bleiben, wenn wir erst Kinder haben?«

David ging zu dem Swimmingpool hinüber und strich mit der Hand durch das beheizte Wasser. »Und du weißt doch, wie gefährlich ein Pool für Kleinkinder ist.«

Natürlich, er hatte ja recht. David hatte immer recht. Oder zumindest strahlte David eine Sicherheit aus, die seine Worte unanfechtbar machte und angesichts derer sie sich stets ein wenig lächerlich vorkam.

War es möglich, einen Mann zu lieben, der es fertigbrachte, dass man sich lächerlich vorkam? Natürlich, versicherte Sarah sich selbst, als sie zu ihrem großen viktorianischen Haus aufblickte – dem Haus, das David ausgesucht hatte. Liebe war eben kompliziert, das war alles. Oder war die Liebe einfach und die Ehe kompliziert? In den siebzehn Jahren ihrer Ehe war sie oft frustriert, wütend und empört gewesen über David, ja – aber sie hatte sich in seiner Gegenwart auch schön, beschützt und geliebt gefühlt. Ach, was gäbe sie dafür, sich jetzt geliebt zu fühlen.

Hoffentlich sah Mrs Foster nicht gerade aus dem Fenster, dachte Sarah, und bekam mit, wie sie hier in ihrer Auffahrt stand und sich die Augen mit den Ärmeln ihres Pullovers trocknete. Sie erinnerte sich noch daran, wie David ihr die Gegend zum ersten Mal gezeigt hatte. Er fand es hier geradezu ideal – die uralten Bäume, die gepflegten Gärten, die Grundschule zu Fuß erreichbar. Dieses hundert Jahre alte Haus, erklärte er, sei mit seinen sechs Zimmern, dem großen Garten und einem ausgebauten Souterrain das perfekte Familienhaus, in dem die Kinder ungestört streiten und herumtoben könnten. »Ist es nicht etwas groß?«, fragte Sarah und dachte eigentlich: Ist es nicht etwas langweilig? Doch David erklärte ihr, dass das Haus mit jedem weiteren Kind, das dazukäme, immer kleiner werden würde, bis auch Sarah schließlich einverstanden war. Es war wirklich ein idealer Ort für Kinder, die schon bald wie ein Strom warmer Luft all die leeren Zimmer erfüllen würden.

Als sie beide bei Vertragsabschluss in der Kanzlei des Notars Seite um Seite unterzeichneten, war sie nämlich in der zehnten Woche schwanger und hatte schon eine Bordüre mit Enten und Teddybären fürs Kinderzimmer gekauft. Sie konnte sich noch gut an das behagliche Gefühl erinnern, als alle Fäden ihres Lebens sich zu einem vollkommenen Teppich verwoben: das Haus, das Kind, der erfolgreiche Ehemann, die Teilzeitstelle als Dozentin, die sie auch geistig fordern würde, solange ihre Kinder klein waren. Damals hatte sie zum letzten Mal in ihrem Leben Zufriedenheit empfunden.

Als sie acht Tage später in einer kleinen Blutlache aufwachte, beruhigte sie sich mit Statistiken. Jede dritte Schwangerschaft endete innerhalb der ersten drei Monate; der Kunstgriff bestand darin, es bis weit in den vierten Monat hinein zu schaffen. Doch die Vier war eine magische Zahl, das ewig anvisierte Ziel, das ihr Körper nie erreichte. Als ihr drittes Baby die vierzehnte Woche erreichte, glaubte sie, sie hätte das Kunststück doch fertiggebracht. Sie zog einen Küchenstuhl ins Kinderzimmer und klebte zur Feier des Ereignisses die Bordüre auf die Tapete. Aber schon eine Woche später stand sie wieder auf dem Stuhl und kratzte die Enten und Teddybären von der Wand. *Curettage, Curettage,* es klang wie ein Ballett.

Welch eine Ironie. Da hatte sie nun so viele Jahre lang ihren Geist gebildet, sich alles erforderliche Wissen angeeignet, an ihrem Schreibstil gefeilt und geglaubt, dass ihr Leben in einer großen Erfüllung gipfeln würde, wenn sie nur klug genug wäre. Und dann wurde sie von ganz anderen Teilen ihres Körpers im Stich gelassen und versagte bei einer Aufgabe, die auch die geistloseste Frau noch zustande brachte, jede dämliche Cheerleaderin aus der Highschool, ja sogar Drogenabhängige und Kinderschänderinnen. Letzten Endes war sie von ihnen allen ausgestochen worden.

Sie betrachtete ihr großes Haus mit den Gitterstrukturen im Stein und der umlaufenden Veranda samt Schaukelstühlen aus Weymouthskiefer und wusste, was jeder Fremde unweigerlich denken würde – dass an einem Ort wie diesem, mit solch symmetrischen, klaren Formen und warmen Farben nichts im Argen liegen konnte. Niemand vermutete, dass hinter dieser schönen Fassade jedes leere Zimmer für ein ungelebtes Leben stand, jedes Fenster die klaffende Lücke eines nicht geborenen Kindes war, das ihr in diesem Augenblick eigentlich zuwinken sollte. Manchmal konnte sie ihre Stimmen in den Zimmern oben hören – das Schreien eines Babys, das Gebrabbel eines Kleinkinds. »Die Rohre klopfen wieder«, hatte David dann immer gesagt. »Der Wind pfeift übers Dach.« Doch Sarah verband mit jedem Geräusch ein bestimmtes Gesicht.

Nach Davids Tod hatte Sarah den oberen Stock verriegelt, die Lüftungsklappen abgedichtet, die Türen abgeschlossen und sich mit Broschüren von Immobilienmaklern in ihr Schlafzimmer verkrochen. Sie hoffte, ein kleineres Haus zu finden, das besser zu heizen war und weniger Rasen hatte, der gemäht werden musste. Um sie herum schrumpfte das Leben zu etwas Kleinem und Hartem zusammen, zu einer Muschel, in die sie sich wie ein neuerdings wirbelloses Lebewesen zurückzog.

Sarah nahm die Post aus dem Briefkasten und sah auf dem Weg zum Haus die Absender durch. Rechnungen, Antragsformulare für Kreditkarten und noch drei weitere Beileidsschreiben, die nach und nach von entfernten Bekannten aus dem ganzen Land eintrafen. Sie stieg die Stufen zur Veranda hinauf und griff auf der Suche nach dem Schlüssel in die Handtasche, doch der Türknauf drehte sich auch so in ihrer Hand. Sie musste unbedingt darauf achten, wirklich abzuschließen.

Sie legte die Post auf die Konsole in der Diele und ging

weiter in die Küche, wo sie ihre Handtasche auf einem Stuhl abstellte. Grace, ihre Himalajakatze, die weich und grau war wie ein Aschehaufen, strich um Sarahs Beine, als sie den Kühlschrank öffnete. »Na, Hunger, Schatz?« Sie nahm Grace auf den Arm und rieb ihre Nase am Ohr der Katze. Der leere Kühlschrank erinnerte sie daran, dass sie bei Food Lion ihren Einkaufswagen einfach hatte stehen lassen. Aber inzwischen hatte irgendein frustrierter Angestellter die Linguine und Orangen, den Cabernet, Zinfandel und australischen Shiraz sicher längst wieder in die Regale geräumt. Sie nahm die Schale mit dem Rest Thunfischsalat heraus und stellte sie Grace auf den Boden, dann griff sie nach der halb leeren Flasche Chardonnay. Schließlich trat sie mit einem Glas Wein in der Hand auf die Terrasse hinaus und setzte sich an den schmiedeeisernen Tisch.

Der Garten glühte in seiner allerletzten Herbstpracht. Die Reihe dichter, leuchtender Büsche, die ihr Grundstück vom Zaun des Nachbarn trennten, hatte ein sattes Rubinrot angenommen. Der Herbst war die einzige Jahreszeit, in der diese Büsche dort auffielen. Das andere Buschwerk blühte im Frühling oder im Sommer – Hibiskus, Kräuselmyrten, rosa und weiße Azaleen.

Sie würde lernen müssen, wie man mit dem Rasenmäher umging. Trotz ihrer feministischen Einstellung hatte sie nie einen Reifen gewechselt, nie das Frostschutzmittel überprüft oder auch nur eine Warnleuchte eingeschaltet. Es war nicht nötig gewesen, David hatte immer alle »Männerarbeiten« selbst gemacht. Nur einmal hatte sie versucht, den Unkrauttrimmer zu benutzen, und ungefähr ein Dutzend Mal an der Startschnur gezogen, dem Ding aber nicht mehr als ein röchelndes Gestotter entlocken können. Schließlich war David aus dem Haus gekommen und hatte ihr das Gerät aus der Hand genommen. »Okay, okay. Lass mich das machen.« Er drückte einen Knopf, zog nur einmal an der Schnur, und schon machte er sich an die Arbeit und entfernte alles Unkraut um die Veranda herum. So war David gewesen, er hatte immer alles unter Kontrolle gehabt.

Der Geschmack des Alkohols lag noch auf ihrer Zunge, da überlief Sarah plötzlich eine Gänsehaut. Da war es wieder – das untrügliche Gefühl, dass David in der Nähe war und sie beobachtete. Wo war er diesmal? Am Schlafzimmerfenster? Auf dem Dach des Nachbarn? Das Gefühl trat immer häufiger auf, das wurde ja geradezu grotesk. Diesmal hatte sie allerdings ausnahmsweise einen Anfall von Tapferkeit. Vielleicht war es der Wein, vielleicht auch ihre wachsende Resignation, aber Sarah stand vom Tisch auf, erhob ihr Glas und rief laut: »Komm heraus und zeig dich, wo immer du auch bist.«

Ein paar Sekunden lang lag der Garten absolut still da, sogar die Spottdrosseln waren verstummt und lauschten. Und dann war hinter den leuchtend roten Büschen ein Rascheln von Blättern zu hören. Dort stand jemand und trat von einem Fuß auf den anderen.

Lauf, sagte sie zu sich. Lauf ins Haus und verriegele die Tür. Lauf geradewegs durch die Diele, durch die Vordertür hinaus und die Straße hinunter zu Margaret. Doch je länger sie wartete, desto mutiger wurde sie. Was hatte sie schließlich zu fürchten? Etwa David, den guten Arzt? Oder fürchtete sie ihren eigenen Tod? Nein. Die Fehlgeburten hatten ihre Haltung zum Tod verändert. Sie fürchtete ihn nicht, sondern verachtete ihn. Sie verabscheute es, wie der Tod sich in ihren Körper eingepflanzt und sie zu seinem lebenden Gefäß gemacht hatte. In ihren wütendsten Momenten verabscheute sie manchmal sogar Gott – was hatte sie Ihm je angetan, dass Er so viele Schatten auf ihr Leben warf? Und mit diesem Gedanken stellte sie ihr Weinglas ab, ging zum Geräteschuppen hinüber und holte eine Gartenhacke heraus.

Sarah trug sie zum mittleren der leuchtend roten Büsche,

der nur knapp größer war als sie und so dichte Blätter hatte, dass sie nicht hindurchsehen konnte. Vorsichtig steckte sie den Griff der Hacke in den Busch hinein, wie ein riesiges Thermometer, bis der Holzstab mit einem dumpfen Schlag an den Zaun dahinter stieß. Viermal wiederholte sie den Stoß und stellte sich dabei vor, wie hinter dem Busch ein Mann Verrenkungen machte, um den Hieben ihres Gärtnerschwertes auszuweichen. Schließlich legte sie die Hacke zur Seite, steckte die Hände in den Busch hinein und sah erstaunt, wie ihre Unterarme zwischen den roten Blättern verschwanden.

Sie hatte nur eine vage Vorstellung von dem, was sie dort zu fassen bekommen könnte. Etwas Kaltes, Scharfes, Zähne vielleicht. Oder eine Hand, die sie hineinzog in den Busch, obwohl sie nicht wusste, ob sie das nun fürchten oder wünschen sollte. Doch sie spürte nichts weiter als ein Gewirr von Zweigen. Und dann schob sie mit einem Ruck das Buschwerk auseinander und blickte direkt auf den Zaun dahinter.

Wieder hörte sie ein Rascheln von Blättern, ein wildes Schlagen von Flügeln, und als sie die Augen wieder öffnete, sah sie zwei blaue Eichelhäher in den dämmrigen Abendhimmel aufsteigen.

4

Früh am nächsten Morgen, der östliche Horizont leuchtete noch nächtlich blau, erwachte Sarah von einem trägen, aber stetigen Klopfen. In ihrem Traum pochte David mit bläulich weißen Fingerknöcheln an ihr Fenster, doch als sie sich aufsetzte, klang es wie das Geräusch von etwas Flüssigem. Noch ganz benommen lief sie barfuß ins Badezimmer, wo sie ein nasses, tropfendes Handtuch über der Duschstange hängen sah. Wo kam denn dieses fremde Ding her? Es hatte gestern Abend noch nicht dort gehangen, da war sie sicher. Aber als sie das Tuch von der Stange zog und über der Badewanne auswrang, kam ihr dieser Handgriff sehr vertraut vor.

Auf dem Weg zurück ins Schlafzimmer bemerkte sie, dass die Fenster alle geschlossen waren – gewöhnlich ließ sie nachts frische Luft herein. Und als sie mit nackten Füßen ans Fenster trat, war der Teppich davor feucht. Es hatte wohl mitten in der Nacht ein heftiges Gewitter gewütet. Wahrscheinlich war sie aufgestanden und hatte überall im Haus die Pfützen aufgewischt. Seltsam nur, dass sie sich nicht daran erinnern konnte. Aber in den vergangenen Wochen war die Trennlinie zwischen Wachen und Schlafen ohnehin unscharf geworden.

Der Rasen draußen glitzerte vom Reif, und bei diesem Anblick musste sie an den Morgen denken, an dem David gestorben war. Auch da hatte es frühmorgens ein Gewitter gegeben, und sie war mit einem Handtuch durchs Haus gelaufen und hatte alle Fenster geschlossen, die nach Norden und Westen hinausgingen. David war auf einem Kajakausflug. Er wollte zwei Tage lang auf dem Shannon Richtung Süden durch das Blue-Ridge-Gebirge paddeln.

Am Tag zuvor hatte sie ihn morgens zu seinem Startpunkt gefahren und ihm noch geholfen, das Kajak zu Wasser zu lassen. Ein letzter, beiläufiger Kuss, als sie ihm sein Portemonnaie in die Klettverschlusstasche der Schwimmweste steckte, und dann war sie ein paar Schritte zurückgetreten und hatte zugesehen, wie er das kurze Ritual seiner letzten Vorbereitungen vollführte. Sie sah immer noch vor sich, wie er den Kinnriemen seines Helms festzurrte, den Fotoapparat, die Sandwiches und das Handy in den wasserfesten Sack im Heck des Kajaks verstaute und schließlich selbst ins Wasser watete, sich ins Boot setzte und die Spritzdecke um sich herum befestigte. Normalerweise war das Wasser mitten im Sommer zu niedrig zum Paddeln, dann streiften die Kajaks bei jeder Stromschnelle den steinigen Untergrund. Im Juli hatte es jedoch ungewöhnlich viel geregnet, und sogar an den langen flachen Passagen des Shannon floss ausreichend Wasser stetig dahin. Mit seinem Paddel stieß David sich vom Ufer ab und winkte ihr noch zu, ehe die Strömung sein Kajak ergriff. Er wollte an diesem Tag fünf Stunden paddeln und in der kleinen Hütte direkt am Fluss, die ihnen gehörte, einen Stopp einlegen.

Normalerweise hätte Sarah ihn begleitet, denn sie wussten beide, wie wichtig kameradschaftliche Hilfe war. Doch sie hatte zugesagt, bei der Einschreibung fürs Sommerprogramm des College zu helfen, und David wollte unbedingt dieses eine freie Wochenende nutzen. Sie hatte ihn gebeten, nicht allein aufzubrechen, sondern bis zum Nachmittag zu warten, wenn ein Freund mitkommen konnte. Selbst jetzt noch ärgerte sie sich über Davids übertriebenes Selbstvertrauen und seine Weigerung, sich aufhalten zu lassen. Aber welchen Sinn hatte es, mit einem Toten zu hadern?

Am Abend rief David von seinem Handy aus an. Die Paddelfahrt sei großartig verlaufen. Er habe zwei Hirsche, etliche Forellen und ein paar Kinder gesehen, die mit Hilfe eines Seils, das an einem der Bäume am Ufer befestigt war, ins Wasser sprangen. Und am späten Nachmittag habe er auf der Terrasse ihrer Hütte seine Staffelei aufgestellt und die Bäume am Flussufer gemalt. Die Malerei war Davids große Leidenschaft, der er nur gelegentlich am Wochenende frönen konnte. Er malte am liebsten in der Hütte, lieber noch als zu Hause im Souterrain mit den hellen Oberlichtern. Wenn David malte, war alles gut.

Und so hatte sie sich keine Sorgen gemacht, als sie in jener Julinacht vom Donnergrollen erwachte. Sie hatte nicht an den Fluss gedacht, der langsam anschwellen und seine Farbe und Fließgeschwindigkeit ändern würde. Erst jetzt, beim Anblick der regennassen Bäume dort draußen, konnte sie an nichts anderes mehr denken als an Flüsse. Und als sie wieder im Bett lag, sah sie wirbelnde Strömungen vor ihrem geistigen Auge, voller Blätter und abgebrochener Äste, die sich zu moosigen Armen verwandelten und sie, Sarah, in die Tiefe hinabzogen.

5

Um elf Uhr lag Sarah immer noch im Bett. Sie war lediglich ein paar Mal aufgestanden, um in die Küche zu gehen. Die Teebecher hatten mittlerweile die leeren Weingläser auf ihrem Nachttisch abgelöst. Jeden Morgen schien sie ein wenig länger im Bett zu bleiben, ein Umstand, der irgendwo zwischen Depression und Luxus angesiedelt war. Seit ihrer Kindheit liebte sie es, im Bett zu lesen und zu dösen und so die Zeit wie in einem trunkenen Traum zu verlangsamen. Die glücklichsten Sommer hatte sie während ihres Studiums beim Schreiben von Seminararbeiten verbracht, wenn sie ihr Notebook mit ins Bett nehmen konnte. Dann hatte sie in einem Meer aus Kissen ganze Vormittage weggeklickt und war manchmal sogar mit dem offenen Bildschirm auf dem Bauch eingeschlafen. David hatte schon vorgeschlagen, dass sie unbedingt eine Spezialklausel über die Behandlung wundgelegener Körperteile in ihre Krankenversicherung aufnehmen lassen sollte.

Auch jetzt, mit der aufgeschlagenen ›Washington Post‹ auf Davids Seite des Bettes, hätte sie problemlos noch bis zum Nachmittag weiterdösen können. Doch als die Digitaluhr halb zwölf anzeigte, fiel ihr ein, dass Nate aus Charlottesville zum Lunch vorbeikommen wollte. Sie hatte ihn eingeladen, damit er Davids Sachen durchsah: Vielleicht passten ihm ja einige der Anziehsachen, und manche Erinnerungsstücke aus der Kindheit hatten sicher eine besondere Bedeutung für ihn. Und in ihrem Badezimmer stand noch einiges an Männerkram, den sie gern weitergeben wollte: Rasierzeug, schwarze Schuhcreme, Old Spice.

Beim Gedanken daran, dass Nate bald auftauchen würde, sprang Sarah augenblicklich aus dem Bett und ging ihren Kleiderschrank durch. Ein Besuch von Nate erforderte mehr als die üblichen Jeans und Pullover. Es brauchte etwas Lässiges, aber Hübsches, etwas, das hinreichend bewies, dass sie sich nicht gehen ließ. Sie griff zu verschiedenen Röcken, Blusen und Hosen, ehe sie sich für ein locker geschnittenes hellblaues Kleid entschied. Oder war das zu sommerlich für Oktober? Ihre gesamte Garderobe war vermutlich zu sommerlich für eine Witwe. Als sie in ein Paar Sandalen schlüpfte, dachte sie einen Moment lang daran, sich auch zu schminken, verwarf die Idee dann aber wieder. Es wäre schon ein Fortschritt, wenn sie sich die Haare kämmte und die Haarspange wieder auflas, die unters Bett gefallen war.

Fünf Minuten später lag sie da und presste die Wange an den Teppichboden, den Blick auf den Schimmer von Perlmutt am staubigen Kopfende ihres Bettes fixiert. Sie nahm einen Stift vom Nachttisch, machte ihren Körper ganz lang und arbeitete sich zentimeterweise vorwärts an alten Büchern, Socken und Hustenbonbonpapieren vorbei, während sie ständig dachte: War das wirklich nötig? Warum musste sie sich für Nate hübsch anziehen? Aber die Antwort lag auf der Hand. Jede Frau würde sich hübsch anziehen für Nate. Wer sich in schäbigen Klamotten neben Nate stellte, der würde sicher auch ein Rosenspalier an einem Maschendrahtzaun hochziehen.

Nate war ein äußerst gutaussehender Mann, dessen Schicksal von seinem Gesicht besiegelt worden war. Schon als Junge hatte er mit seinem dunklen Haar und den blauen Augen ganze Heerscharen bezauberter Lehrer und verliebter Mädchen hinter sich hergezogen, und einen leicht genervten älteren Bruder. Laut David war Nate ein gutmütiger Junge gewesen, den die Schmeicheleien seiner Schulfreunde verdorben hatten.

Sarah konnte nicht sagen, ob Davids Einschätzung fair war. Sie hatte immer eine unausgesprochene Sympathie für ihren Schwager empfunden. Als sie jetzt die Haarspange in ihrem Haar befestigte, blieb sie vor dem Foto von David und Nate stehen, das an ihrem Kühlschrank hing. In jeder anderen Familie hätte Nate als der perfekte Sohn gegolten – gutaussehend, beliebt, klug. Aber die Eltern der Brüder McConnell waren Philosophieprofessoren gewesen, die das Geistige höher schätzten als alle Wunder des Fleisches und noch aus ihrer eigenen linkischen Jugend ein Vorurteil gegen alle Helden der Abschlussbälle hatten.

David war der Sohn gewesen, mit dem seine Eltern eher sympathisieren konnten, ein junger Mann, der intelligent war, aber nicht eingebildet, attraktiv, aber nicht schön. Davids Gesicht wirkte irgendwie authentischer als Nates. Wenn die beiden nebeneinanderstanden, wirkte Nate stets wie die schmeichelhafte künstlerische Version von Davids makelbehafteten Zügen.

Nate hatte die gesellschaftliche Szene seiner Highschool bestimmt, zu Hause aber war er immer nur der Zweitbeste gewesen. Seine guten Noten wurden immer überschattet von Davids Einsen, seine Wahl zum Vorsitzenden der Studentenvertretung war nur ein schwacher Abglanz von Davids Aufnahme in die altehrwürdige studentische Gemeinschaft Phi Beta Kappa. Und obwohl Nate als Broker bei Merrill Lynch ein Vermögen verdient hatte, erschien sein Reichtum obszön neben Davids Idealismus.

Sarah hörte Nates Wagen ankommen, als sie gerade einen Krug mit selbst gemachter Limonade umrührte. Sie strich ihr Kleid glatt, kniff sich in die Wangen und bedauerte zum ersten Mal, dass nirgends in ihrem Haus ein Spiegel hing. Während sie sich noch das Haar aus dem Gesicht strich, öffnete sie bereits die Tür und wurde überwältigt von der Farbe Blau. Hellblaue Jeans, ein blauweiß gestreiftes Oxfordhemd und strahlend blaue Augen, die heute überraschend freundlich dreinsahen. Nate schien direkt vom klaren Herbsthimmel herabgestiegen zu sein.

»Wie geht's dir, Sarah?« Er drückte ihr einen leichten Kuss auf die Wange.

»Royal Copenhagen«, murmelte sie. Es war auch Davids Lieblingsaftershave gewesen.

Als sie die Tür hinter ihm schloss, sah sie einen silberfarbenen Mercedes am Straßenrand parken. In den zwei Monaten seit dem Gedenkgottesdienst hatte er schon wieder den Wagen gewechselt.

Sie nahm ihm eine der drei weißen Delikatessentüten aus der Hand. »Lass uns auf der Terrasse essen.«

Nate hatte ein kleines Festmahl mitgebracht – Roastbeef auf Roggenbrot, Truthahn auf Weizentoast, Bagels und Räucherlachs, große Portionen Hühnchensalat, Kartoffelsalat, Kräuterfrischkäse und Taboulé. Und ein paar Baguettes. Genug Essen für eine ganze Woche. War es so offensichtlich für jedermann, dass sie in letzter Zeit nur von Erdnussbutter gelebt hatte?

Sie schenkte zwei Gläser Limonade ein und stellte Nates Glas auf einer Serviette vor ihn hin. »Wie läuft's bei dir im Job?«

Er zuckte die Achseln. »Der Markt ist ein Albtraum. Bei mir stehen Leute im Büro und heulen mir was vor, als hätte *ich* ihnen geraten, die Ersparnisse ihres ganzen Lebens in Aktien zu investieren.«

Sarah nickte, als sie nach einem Bagel griff. Mitgefühl war das hervorstechende Merkmal, das David immer von Nate unterschieden hatte. David hatte den tief empfundenen Wunsch, Leiden zu lindern. Manchmal war sogar sie selbst ungeduldig geworden über seinem Bedürfnis, anderen Leuten das Leben zu erleichtern, Leuten, die sich nicht um sich selbst kümmerten, geschweige denn um ihn. Für Nate war Geschäft einfach nur Geschäft, und wenn ein Ehepaar die Hälfte seines Vermögens einbüßte, was konnte er da schon tun?

»Und wie geht's Jenny?«

Nate war seit ein paar Jahren mit einer Blondine zusammen, die in einem Reisebüro arbeitete. Er begleitete sie gern auf ihren Reisen in die Karibik und trank mit ihr die Gratiscocktails, während sie das Essen und den Maître d'Hôtel beurteilte. Beim Gedenkgottesdienst hatten die beiden gewirkt wie von einem anderen Stern herabgestiegen, so braun gebrannt und gesund, dass der Tod weiter entfernt erschienen war als die Antarktis.

»Wir sind nicht mehr zusammen. Sie ist diese Woche in Ägypten.«

»Oh, das tut mir leid.« Sarah hatte gedacht, die beiden würden heiraten. Immerhin war Jenny die Frau, die Nates Aufmerksamkeit endlich einmal länger als ein Jahr fesseln konnte. Aber in Ägypten, mit Horden von Bettlern, die ihn umlagerten und am Ärmel zupften, konnte Sarah sich Nate auch nicht vorstellen. David war es gewesen, den die Armen faszinierten.

»Und was hast du in letzter Zeit gemacht?« Nate reichte ihr den Frischkäse.

Einen Augenblick lang dachte sie daran, ihm die Wahrheit zu sagen. Zu sagen: »Ich bin deinem Bruder im Supermarkt hinterhergelaufen und habe im Garten nach ihm gesucht.« Doch Nate war nicht die Sorte Mann, der man so etwas einfach so anvertraute.

»Ich kümmere mich wieder um einige meiner gemeinnützigen Aufgaben. Ich habe dem College gesagt, dass ich die Sammelaktion zu Thanksgiving organisieren werde, und ich bin im Vorstand von Habitat. Wir sammeln Gelder für zwei neue Häuser, die wir im kommenden Frühling brauchen.«

»Aha ...« Nate lächelte. »Was wird denn verlost bei der Tombola?«

Oh, dachte Sarah, wie gut er die Programme der Wohltäter doch kannte. »Du würdest keinen der Preise haben wollen. Es ist ein viktorianisches Puppenhaus darunter, ein Quilt mit Ringmuster, solche Sachen.«

»Auf die Preise kommt es nicht an.« Er zog einen Fünfzig-Dollar-Schein aus dem Portemonnaie und steckte ihn unter eine der Schalen mit Hühnchensalat. »Habitat ist eine gute Sache, und ich gewinne sowieso nie etwas.«

Sie betrachtete Ulysses S. Grants Gesicht auf dem Geldschein und dachte daran, dass die Geldautomaten nie Fünfziger ausgaben. Nate musste extra in die Bank gegangen sein und mit einer der Angestellten geflirtet haben.

»Hast du mal dran gedacht, wieder mit dem Arbeiten anzufangen?«, fragte er.

Ja, ehrenamtliche Tätigkeiten zählten nie als Arbeit, nicht wahr? Sie konnte wochenlang Essen für die Armen sammeln, aber wenn sie am Monatsende nicht einen Gehaltsscheck vorweisen konnte, wozu war sie dann gut?

»Ich gebe wahrscheinlich nächsten Herbst wieder Kurse am College. Ich sollte dieses Jahr eigentlich ein paar Seminare ›Britische Literatur im Überblick‹ geben und Prüfungskurse für Examenskandidaten, aber nach Davids Verschwinden habe ich sie an einen Kollegen abgegeben. Ich dachte, ich nehme mal ein Jahr frei, um herauszufinden, was ich als Nächstes machen will.«

»Es ist wichtig, sich zu beschäftigen.« Das kam ganz automatisch von Nate.

Sarah zuckte die Achseln, während sie sich Krümel aus den Mundwinkeln wischte. Für sie war Beschäftigung noch nie ein Gegenmittel gegen Trauer gewesen. Sie hatte es ausprobiert, nachdem sie das zweite Kind verloren hatte. Damals hatte sie sich die doppelte Stundenzahl aufgeladen und sich zum Trost Shakespeare und Wordsworth zugewandt. Doch sie war zu ungeduldig gewesen mit den Studenten – die jederzeit einen Jim Beam einem James Joyce vorzogen. Wie sorglos sie mit ihren kostbaren Leben umgingen.

Und deshalb hatte sie jetzt den entgegengesetzten Weg eingeschlagen und sich Monate des Rückzugs und der inneren Einkehr zugestanden – genau das, was Nate missbilligen musste. Er wäre äußerst irritiert, wenn er von den vielen Stunden wüsste, die sie in den letzten Wochen lesend und grübelnd im Bett verbracht hatte, träge wie ein Faultier. Während der weiteren Mahlzeit schwieg sie und achtete kaum auf Nates Vorhersagen zur wirtschaftlichen Situation. Sie sah zu, wie die überall herumliegenden Blätter in die Luft wirbelten und durch den ganzen Garten flogen. Nach dem letzten Schluck Limonade legte sie ihre Serviette auf den Tisch und schob den Stuhl zurück.

»Fangen wir mit den Kleidern an.«

Im Schlafzimmer deutete Sarah auf den Kleiderschrank und sagte: »David hatte in etwa deine Größe«, was natürlich nicht stimmte. David und Nate waren vielleicht gleich groß, und zu Collegezeiten mochten sie sich auch körperlich geglichen haben. Doch Nate ging in einen Fitnessclub und hielt seine Muskeln so straff wie sein Gesicht, während David, der ein nur mittelmäßiger Squashspieler gewesen war, den Kampf gegen die Rettungsringe um seine Hüften, die ihm über die Badehose hingen, nie aufgenommen hatte.

Das erwähnte Nate jedoch nicht, als er Davids begehbaren Kleiderschrank betrat. Rechts hingen die Jacketts, links die Hemden und Hosen, und die Schuhe standen ordentlich aufgereiht in Regalen. »Hast du das alles selbst schon durchgesehen?«

Ja, sie hatte ein paar Sachen, die ihr heilig waren, zur Seite getan: zwei Oxfordhemden, die noch nach David rochen – in den ersten Tagen, als er noch vermisst wurde, hatte sie diese Hemden sogar mit ins Bett genommen; einen Lieblingspullover, den sie ihm mal zum Geburtstag geschenkt hatte; eine Lederjacke aus Collegezeiten; den Smoking, den er zu ihrer Hochzeit getragen hatte; einen Kaschmirmantel, den er von einer Chinareise mitgebracht hatte – herrje, wie stolz er auf diesen Kauf gewesen war.

»Nimm alles, was du willst. Den Rest spende ich dann der Wohlfahrt.«

Sie ließ ihn unter einer Deckenleuchte in dem begehbaren Schrank stehen, ging zur Kommode hinüber und zog die zweite Schublade heraus. Unter Davids Socken und Unterwäsche holte sie ein Kästchen aus Zedernholz hervor, legte es aufs Bett und hob den Deckel. Darin fand sich Davids kleine Sammlung an Schmuckstücken, von denen die meisten eher sentimentalen als realen Wert besaßen: darunter das Paar silberne Manschettenknöpfe, die sie ihm mal zu Weihnachten geschenkt hatte, und sein Ring von Loberlin. Sie steckte ihn sich an den Zeigefinger und hielt die Hand vor sich hin. Durch ihre gespreizten Finger erhaschte sie einen flüchtigen Blick auf Nate, der gerade sein Hemd auszog, das Spiel der Muskeln auf seinem Rücken.

Sie wandte den Blick wieder den Schmuckstücken zu. Davids Schlüssel der Phi Beta Kappa und die Silberdollars, die er als Kind gesammelt hatte, würde sie selbst behalten. Nate konnte gern all die Krawattennadeln, Manschettenknöpfe und auch die goldene Taschenuhr haben, die einst seinem Vater gehört hatte. Unter der Uhr fand sie ein Stück rote Seide, aus dem sie einen kleinen Schatz auswickelte. Mit dem Goldring in der Hand drehte sie sich zum Schrank um und wollte gerade anfangen zu sprechen, als ihr der Atem stockte.

Dort stand David und lächelte sie an. Er sah aus wie vor

zehn Jahren, seine grauen Haare waren wieder dunkel, und er trug das schwarze Jackett und das hellblaue Hemd, die er stets zu besonderen Empfängen getragen hatte. Als er auf sie zutrat und nach dem Ring griff, trafen sich ihre Blicke, und plötzlich verschwamm sein Gesicht und wurde eins mit dem von Nate, der in den Sachen ihres Mannes vor ihr stand. Nates Finger berührten die ihren, als er nach dem Schmuckstück griff.

»Dads Ehering«, sagte er. »Wie schön, dass David ihn aufbewahrt hat.«

Er steckte sich den Ring an den Finger und hielt Sarah dann seine Hand hin. »Ein Zeichen für das, was da kommen mag?«

Ihr Herz klopfte immer noch. »Die Sachen passen dir gut.«

»Einige der Hemden und Mäntel kann ich tragen, glaube ich. Pullover ziehe ich nicht so gern an, aber vielleicht nehme ich diesen hier mit.« Nate zog einen dunkelblauen, handgestrickten Wollpullover aus Schottland heraus. Eine hervorragende Wahl. Sie sah, wie er mit Kennerblick Davids Garderobe durchging, sich nur die besten Stücke ansah und entschied, dass das meiste es nicht wert war, behalten zu werden.

»Da hängen noch ein paar Krawatten, die du dir ansehen solltest.« Sarah stand vom Bett auf und trat in den Schrank hinein, wobei sie mit der linken Schulter Nates Brust streifte. »Einige davon haben auch deinem Vater gehört.« Sie klappte eine Messingstange voller Krawatten heraus.

»Ja.« Er lachte. »Vor allem diese breiten Dinger.« Und wieder befühlte Nate Stoffe, las Etiketten und schätzte den Wert ab.

Sie musste dieser geschäftsmäßigen Atmosphäre entfliehen. »Ich gehe dir mal einen Karton holen.«

Unten im Souterrain setzte Sarah sich auf das Sofa und

schloss die Augen, noch ganz benommen davon, wie sehr Nate einer schönen, jüngeren Ausgabe von David glich. Und wieder beugte er sich zu ihr herab und griff mit diesen makellosen Händen nach dem Ring. Als Sarah die Augen wieder öffnete, fiel ihr Blick auf all die aussortierten Möbel, die sich in siebzehn Jahren Ehe angesammelt hatten: ein ausziehbares Schlafsofa, ein Minikühlschrank, alte Lampen und Beistelltische, ein Fernseher mit einem Zwölf-Zoll-Bildschirm. In der Ecke beim Fenster stand ein großes weißes Bücherregal, das vollgestopft war mit Farben, Pinseln, Kreide, einer Mappe mit Zeichnungen und Aquarellen und kleinen Holzstäben, die David in die Rahmen hämmerte. An der Wand lehnte eine Staffelei, und links davon quoll ein hoher Kasten über von Ölbildern.

Sarah ging zu dem Regal hinüber und blätterte die Werke durch. Im College hatte David mit Kohlezeichnungen nackter Frauen experimentiert – schlafende, badende, hingestreckte Frauen. Sie hatte die Modelle nie gekannt und auch nie nach ihren Namen gefragt; wahrscheinlich waren es einfach die Gestalt gewordenen Phantasien eines jungen Künstlerhirns. Als er schließlich Medizin studierte, waren David all die Blätter voller Brüste und Hintern peinlich gewesen, und er war auf Aquarelle von alten Männern umgestiegen, denen die Farbe über die herabhängenden, faltigen Wangen lief. Sarah hielt eines auf Armeslänge entfernt – ein Schwarzer an einer Bushaltestelle, dem die verlaufende Farbe Adern in den Hals zeichnete und dessen Mantel wie ein Bündel Falten wirkte.

Sie hatte sich während seiner Aquarellphase in David verliebt. Damals lebten sie beide in New York. Er hatte gerade sein erstes Assistenzarztjahr am Medical Center der Columbia University hinter sich, als sie ihr letztes Jahr am Barnard College absolvierte. Sie lernten sich auf dem Empfang nach einer Dichterlesung kennen. An den Namen des Autors konnte sie sich nicht mehr erinnern – die wurden in einer geradezu endlosen Prozession durchs Barnard College geschleust –, aber sie erinnerte sich noch an ihren ersten Eindruck von David, der ganz allein am anderen Ende des Tisches mit den Horsd'œuvres saß.

Sie merkte es immer, wenn ein Mann sie ansah, seit sie an ihrem vierzehnten Geburtstag von einem staksigen Teenager zu einer jungen Frau mit runden weichen Formen »aufgeblüht« war, wie ihre Mutter sich ausgedrückt hatte. Quasi über Nacht war sie zu einem Objekt männlichen Interesses geworden, was sie, ehrlich gesagt, eher nervte als freute, denn viel zu oft folgten ihr die Blicke alter Männer, oder hässlicher Männer, oder verklemmter Männer, deren einziges Vergnügen im Anstarren zu bestehen schien. Daher war sie erleichtert, als sie an jenem Abend im Mai den Tisch hinunterblickte und sah, dass dieses bestimmte Starren von einem jungen Mann Mitte zwanzig kam, der noch dazu ordentlich gekleidet, ja sogar gutaussehend war und lächelte, als ihre Blicke sich trafen.

Sie erinnerte sich auch noch an Davids erstes Wort, als er zu ihr kam. »Kinderfutter«, sagte er mit einem Nicken auf ihren Pappteller, der voller kernloser blauer Weintrauben und Cheddarstücke war. Er streckte ihr die Hand entgegen, während er sich vorstellte, und erzählte ihr, wie sehr er Ted Hughes schätze (genau, *so* hieß der Dichter, wie konnte sie das nur vergessen), ehe er sie fragte, ob sie mit ihm ins Café auf der anderen Straßenseite gehen würde, wo das Essen sehr viel besser sei?

Noch nie zuvor war Sarah einer solch unverfrorenen Selbstsicherheit begegnet. Alle ihre Collegefreunde waren süße, aber unbeholfen linkische Jungs gewesen, die sich immerfort zu entschuldigen schienen. Doch David war 26 Jahre alt und ein Ausbund an Optimismus, der gerade zum rechten Zeitpunkt auf der Szene erschien, denn sie sah den Collegeabschluss mit ihrer üblichen Furcht vor dem Ende auf sich zukommen und war schon auf der Suche nach einem neuen gut ausgetretenen Pfad. Dass dieser Pfad einen Mann mit sich bringen könnte, hatte sie nicht erwartet – zumindest nicht so bald; das verstieß gegen das Credo des Barnard College. Doch da war jetzt dieser gutaussehende, junge Arzt in der Ausbildung aufgetaucht, wie ihr persönlicher Polarstern, und ja, sie würde ihm in das Café folgen, und in sein Apartment, und auch in jedes Land, das seine Götter ihm verheißen hatten. Vier Monate später zogen sie bereits zusammen, und ein Jahr danach waren sie verheiratet.

Es war vermutlich dumm, dachte sie, so jung zu heiraten. Wenn sie einige Jahre allein gelebt hätte, wäre sie auf ihre jetzige Einsamkeit besser vorbereitet gewesen. Aber zwei Dinge im Leben konnte man nie planen – die Liebe und den Tod. Und außerdem hatten die Dummheiten ihrer Jugend sie glücklicher gemacht als alles berechnende Abwägen in ihren mittleren Jahren.

Sarah legte die Mappe zur Seite und griff nach Davids letzten Arbeiten, die in dem Kasten lagen: Landschaften in Öl mit unscharfen Trennlinien zwischen Bäumen, Flüssen und Himmel. Hier war das Blue-Ridge-Gebirge zu sehen, das sich östlich von Jackson erstreckte, Felsmassiv um Felsmassiv in Violett und Grau. Und dort erkannte sie den Stuart's Pass, der sich schräg durchs Allegheny-Gebirge im Westen schnitt. Keins von Davids Bildern war abstrakt, man konnte immer mit Gewissheit sagen: Das hier ist ein Fels und das da ein Schornstein. Aber alles unterlag der Perspektive, der Bewegung und Veränderung.

Bei dem Bild eines dunkelhaarigen Mannes Anfang vierzig hielt sie inne – Davids einziges Selbstporträt, und nicht seine beste Arbeit. Die Gesichtszüge waren gut getroffen, aber der Mund wirkte flach und ausdruckslos. Nur in den Augen blitzte Leben auf, und der Blick schien sie mit einem

Anflug von Ironie herauszufordern. Sie sah in diese Augen hinein, und ihr war, als öffnete sie ein Bullauge auf einem sinkenden Schiff.

Als die Treppe knarrte, fuhr sie herum. Doch es war nur Nate, der dort stand und sie betrachtete.

»David hat wunderbare Bilder gemalt.« Nate ging quer durch den Raum auf sie zu und sah ihr über die Schulter. »Er hat schon gemalt, als wir noch Kinder waren – alles, was er sah: Menschen, Pflanzen, Dinge im Haus. Er hat immer gesagt, er würde Künstler werden, wenn er erwachsen ist.«

Sarah nickte. »Noch im College hat er darüber nachgedacht. Aber er glaubte einfach nicht, dass er von der Malerei leben oder gar eine Familie ernähren könnte.«

Doch es hatte keine Familie gegeben. Keine Kinder mit zarter Haut. Keine Babyhände mit Grübchen an den Stellen, wo sich später Fingerknöchel zeigten. Keine Rechnungen vom Kieferorthopäden, keine Sparpläne fürs College, keine Fußballtrainingslager oder Musikstunden. Nur eine immer unzufriedenere Ehefrau, die sich in sich selbst zurückzog.

»Das war doch bloß eine faule Ausrede«, fuhr Nate fort. »Leute, die sich selbst verraten, benutzen immer die Familie als Entschuldigung. Er hätte an seinen Träumen festhalten sollen.«

Natürlich, dachte Sarah. Wie einfach war es doch, das Leben des Künstlers zu romantisieren, wenn man mit seinem Mercedes wieder zurück in seine luxuriöse Eigentumswohnung fahren konnte.

»Er war ein sehr guter Arzt.« Sie blätterte weiter, kam von Davids Selbstporträt zu den Landschaftsbildern.

»Ja, aber es gibt viele sehr gute Ärzte.« Nate wollte nicht davon ablassen. »Malen war sein Talent. Er hätte dabeibleiben sollen.«

Hätte, hätte – das Mantra ihres Lebens. Sie zog ein Bild hervor, das die Landschaft hinter ihrer Hütte zeigte. Rechts lehnte eine Angelrute am Geländer des Anlegers. Links verschwand der Fluss hinter einer Reihe von Platanen.

»Warst du mal wieder in der Hütte?«

»Margaret und ich sind eine Woche nach der Sturzflut hinausgefahren. Ich hatte das Bedürfnis, mich auf das Bett zu setzen, in dem David seine letzte Nacht verbracht hat. Man konnte noch sehen, wo er gelegen hatte, die Decke war einfach nur drübergelegt und das Laken zerwühlt.«

Nate lächelte. »Sein Bett hat David nie gern gemacht.«

»Ja, deshalb habe ich das Laken glatt gestrichen, die Bettdecke unter die Matratze gesteckt und umgeschlagen und das Kissen aufgeschüttelt. Was vermutlich ziemlich albern wirkte, aber Margaret war großartig. Sie hat mir geholfen, alle elektrischen Geräte auszustecken und die Essensreste wegzuwerfen. David hatte eine Menge Zeug wie Äpfel, Brot und Milch zurückgelassen, wir mussten auch den Kühlschrank ausräumen. Und auf der Staffelei stand noch ein begonnenes Bild von Gänsen am Fluss. In einem der Wassergläser standen sogar noch Pinsel, als würde er in ein paar Tagen wiederkommen.«

Warum erzählte sie ihm das alles bloß? Ihre Schultern zitterten, und Nate streckte ihr die Arme entgegen. Doch sie hob die Hand. »Schon okay, mir geht's gut.« Sie strich sich mit dem Handrücken über die Augen.

»Glaubst du, dass du noch mal hinfährst?«

Sie nickte. Die stille Einsamkeit der Hütte hatte etwas sehr Reizvolles und war ein idealer Rückzugsort aus dem Leben auf Jacksons gepflegtem Präsentierteller. »Ich muss noch mal hin, weil ich Davids Bilder an den Wänden habe hängen lassen und sie jetzt für die Ausstellung brauche.«

»Ach ja, davon hast du schon gesprochen. Wann ist die Vernissage gleich wieder?«

»In gut drei Wochen, am Freitag vor Thanksgiving. Die Postkarte mit der Einladung müsste demnächst bei dir im

Briefkasten liegen. Warst du schon mal in der Galerie von Jackson?«

»Nein.«

»Es ist natürlich kein Vergleich mit dem, was Washington oder New York zu bieten haben, aber sie ist ganz anständig. Die Besitzerin Judith Keen war Kuratorin der Washingtoner National Gallery, ehe sie hierhergezogen ist. Sie ist eine Freundin von uns.«

»Eine Bekannte« wäre richtiger. Judith hatte nicht einmal gewusst, dass David malte, bevor sie Sarah im August einen Kondolenzbesuch abstattete. Eigentlich schreckte Judith vor Kleinstädtern, die die Malerei als gelegentliches Hobby pflegten, zurück. Und die gab es in Jackson wie Sand am Meer – lauter pensionierte Frauen, die die Kuhweiden der Umgebung mit Pinseln, Paletten und Faltstühlen unsicher machten.

Sarah war überrascht gewesen, als Judith ihr sogar eine Einzelausstellung vorschlug. Als reine Geste des Mitleids schien ihr das Angebot zu sentimental zu sein für die anspruchsvolle Kuratorin mit den engen Röcken, den hohen Absätzen und den stets schwarz-weißen Blusen, in denen sie wirkte wie eine blonde Ausgabe von Cruella de Vil. Ihre Galerie sollte ein Leuchtfeuer in der Wildnis sein, und David hatte kaum mehr vorzuweisen als ein paar Bilder, die er für einen guten Zweck versteigern lassen könnte. Doch Judith hatte so oft »Oh« und »Ah« gemacht, als sie die Bilder bei Sarah zu Hause durchsah, von Davids Einsatz des Lichts geschwärmt und ein ums andere Mal wiederholt: »Ich hatte ja keine *Ahnung*«, dass Sarah der Ausstellung zur Ehrung des Toten schließlich zustimmte.

Sie legte das Landschaftsbild wieder in den Kasten zurück und trat einen Schritt zur Seite. »Such dir ein paar Bilder aus, die du haben möchtest. Und diese Fotos hier solltest du auch durchsehen. Die sind alle von deiner Familie.« Sie nahm einige Fotoalben aus dem Regal und legte sie auf den

Tisch neben dem Sofa. »Möchtest du etwas trinken? Ich gehe hinauf.« Nate schüttelte den Kopf, und Sarah machte sich auf die Suche nach dem Chardonnay.

Eine Stunde später hatte Nate sich ein Dutzend Fotos und zwei Bilder ausgesucht. Eine Landschaft in Öl mit Scheune und Zaun, wunderschön ausgeführt, auch wenn Sarah nie für möglich gehalten hätte, dass sie Nate gefallen könnte. Das andere Bild war ein Aquarell, das Helen zeigte, Davids und Nates Mutter, wie sie sich im Garten über ein Beet mit Taglilien beugte.

»Ja, das ist schön.« Sie hätte wissen müssen, dass Nate sich dieses Bild aussuchen würde. Seine Mutter Helen war die große Liebe seines Lebens, neben der alle Freundinnen bedeutungslos wurden. Sie war immer nach Virginia gekommen, um dem Winter in ihrer Heimat Vermont zu entfliehen, der ihr seit dem Herzinfarkt ihres Ehemanns noch kälter zu sein schien. Sarah und Helen hatten viele Abende lang, wenn David zu einem Notfall geeilt war, vor dem Kamin verbracht und über Bücher gesprochen, über die Grammatikkenntnisse der Studenten lamentiert und sich Geschichten von den Brüdern McConnell erzählt.

Nate wusste nicht, wie sehr seine Mutter ihn bewundert und seine Schönheit bestaunt hatte, als er vom Kind zum Teenager heranwuchs, ganz fassungslos darüber, wie ihr Körper etwas so Vollkommenes hatte hervorbringen können. Wenn er das Zimmer verließ, hatte Helen manchmal eine Augenbraue gehoben, Sarah angesehen und Keats zitiert: »*Ein Ding von Schönheit ist ein Glück für immer.*« Und es lag stets eine wunderbare Ironie in ihren Worten an jenen Tagen, an denen Nate schmollte. Denn schon der Umstand, dass seine Mutter nicht nur für ihn allein da war, konnte ihn in schlechte Laune versetzen.

Würde Helen noch leben, dachte Sarah, wäre Nate jetzt wirklich der einzige Sohn. Nun hätte er die Aufmerksamkeit seiner Mutter ganz für sich gehabt und zu ihrem einzigen Daseinszweck werden können. Oder wäre es noch schwieriger gewesen, statt mit einem lebenden mit einem toten Bruder konkurrieren zu müssen? Es war müßig, darüber nachzudenken. Helen war vor drei Jahren an Brustkrebs gestorben und hatte ihren Söhnen den Angelpunkt genommen, der die Familie zusammenhielt. Im letzten Jahr hatten die beiden Brüder kaum noch miteinander geredet.

Sarah wusste, dass es ein Verrat war, Nate dieses Symbol der Liebe zwischen David und seiner Mutter zu überlassen. David hatte Helens Porträt als ein Geschenk zum Muttertag angefertigt und Nates frische Blumen mit diesen gemalten Taglilien ausgestochen. Aber Nate würde es in Ehren halten, alle Bilder von Helen waren ihm heilig.

»Behalte sie noch für die Ausstellung.« Nate legte die beiden Bilder in den Kasten zurück. »Schreib nur auf, dass sie mir gehören.«

Am Spätnachmittag half Sarah Nate, die Kartons voller Kleider, Bücher und Videobänder in seinen Kofferraum zu laden. Sein Besuch war angenehmer verlaufen als erwartet. Er hatte ihr gezeigt, wie sie den Unkrauttrimmer in Gang setzte, und gleich den ganzen Garten damit bearbeitet. Er hatte den Motor ihres Autos überprüft und ihr gezeigt, wo sie Öl nachgießen musste.

»Kommst du wirklich allein zurecht?«, fragte Nate, als er schon an seinem Wagen stand.

»Natürlich.« Unbeholfen umarmte sie ihn.

Und dann tat er etwas Seltsames. Auf einmal fuhr er ihr mit den Fingern einer Hand durchs Haar, strich ihr den Pony aus den Augen, hielt erst hinter ihrem Ohr inne und ließ seine flache Hand auf ihrem Hinterkopf ruhen. Dann drehte er ihren Kopf sanft zu sich, beugte sich vor und küsste sie auf die Wange.

Noch ehe Sarah einen klaren Gedanken fassen konnte, saß Nate schon in seinem Wagen und fuhr davon, während sie errötend am Straßenrand stand. So zärtlich war sie seit Jahren nicht geküsst worden, und es zerriss sie innerlich beinah. Sie schwankte zwischen Ärger und Verwirrung und fragte sich, welches Spiel er hier spielte. Doch ihre Haut, die noch immer kribbelte vom sanften Druck seiner Lippen, flüsterte: »Mehr, mehr, mehr.«

6

Wovon war sie in dieser Nacht um 3.13 Uhr aufgewacht? Sarah hörte kein Donnergrollen, und es trommelte auch kein Regen aufs Dach. Es war vollkommen still, als sie sich im Bett aufsetzte und die Knie an die Brust zog. Irgendein lautes Geräusch hatte sie aufgeschreckt, da war sie sicher, eine Art Krachen. Und es klang, als wäre es aus dem Souterrain gekommen.

David ist im Haus, dachte sie. Er sucht nach etwas. Und kommt sicher gleich die Treppe herauf. Er wird den Knauf der Souterraintür drehen, mit kalten feuchten Füßen in die Küche treten, und seine feuchten Fußabdrücke werden sich auf dem Teppich abzeichnen, wenn er durch die Diele geht.

Er will wieder in sein Bett. Er ist so unendlich müde. Er will unter die Bettdecke schlüpfen und seine Hände wärmen.

»Schluss jetzt.« Sarah schaltete ihre Nachttischlampe an. Sie musste aufhören, sich mit diesen morbiden Vorstellungen selbst Angst einzujagen. David war kein schauriger Zombie. Er war ein guter Mensch, und wenn sein Geist schon zu ihr ins Haus kam, sollte sie versuchen, ihm zu begegnen.

Sie stand auf und griff nach dem Frotteebademantel, der an ihrem Bettpfosten hing. Noch während sie den Gürtel festknotete, drehte sie sich zur offenen Schlafzimmertür um und sah in die Diele hinaus.

Es war natürlich nichts zu sehen. Es war nie etwas zu sehen. Sie ging durch die Diele und in die Küche, wobei sie alle Lampen einschaltete. Die Möbel, die Tapeten, die Teppiche, alles trat in seiner gewöhnlichen Gestalt aus dem nächtlichen Dunkel. Die Terrassentür war abgeschlossen; die schloss sie inzwischen immer ab. Blieb nur noch die Tür zum Souterrain neben der Speisekammer. Und da fiel ihr auf einmal ein, dass sie an dem Abend des Gedenkgottesdienstes, als sie im Spiegel Davids Geist in die Küche gehen sah, im Souterrain gar nicht nachgesehen hatte. Sie war so auf die Terrassentür fixiert gewesen, so sicher, er würde draußen im Garten stehen, dass ihr nicht mal der Gedanke gekommen war, er könnte vielleicht hinuntergegangen sein. Doch jetzt, mit dem Knauf der Souterraintür schon in der Hand, fragte sie sich, ob sie nicht besser schnell wieder unter ihre Bettdecke kriechen und bis morgen früh warten sollte? Was immer da unten auch sein mochte, es konnte sicher bis Tagesanbruch warten.

»Unsinn.« Wenn irgendwas oder irgendwer dort unten in ihrem Souterrain war, sollte sie es wissen. Sie holte einmal tief Luft, riss die Tür auf und starrte in die Finsternis.

Und da eilte auch schon irgendwas die Treppe herauf, etwas, das laut aufjaulte. Es gelang ihr, zwei Schritte zurückzuweichen, ehe sich dieses Etwas an ihren Knöchel schmiegte. »Grace.« Sie nahm die Katze auf den Arm und drückte sie an sich. »Habe ich dich dort unten etwa vergessen?«

Die Katze entwand sich ihrem Griff und trottete davon, während Sarah das Licht einschaltete und hinunterging. Dort sah sie das Malheur an der gegenüberliegenden Wand sofort. Ein Glas voller Pinsel war von einem Regalbord gefallen, und nun lag alles verstreut herum. Vorsichtig sammelte sie die größten Glasscherben auf. Dann drehte sie sich wieder zur Treppe um – der Atem stockte ihr.

David betrachtete sie vom Sofa aus. Sein Blick war starr, sein Mund leicht geöffnet. Sein Gesicht wirkte ungewöhnlich bleich. Es dauerte zwei Sekunden, ehe sie begriff, dass es sein Selbstporträt war, das da aufrecht an die Kissen gelehnt stand. Das hatte Nate wohl vergessen, obwohl es irgendwie seltsam war – hatten sie beide nicht sorgsam alle Bilder wieder weggeräumt? Sarah sah auf ihre Hand und bemerkte, dass sie blutete. Vor Schreck hatte sie die Glasscherben fest umklammert.

»Mist.« Sie ging zum Sofa hinüber, griff nach dem Selbstporträt und legte es in den hohen Kasten zurück, auf Helen und ihre Taglilien. Dann ging sie die Treppe hinauf, schaltete das Licht aus und warf die Glasscherben in den Müll. Über das Spülbecken gebeugt sah Sarah zu, wie ihr Blut sich mit dem Wasser aus dem Hahn vermischte, ehe es im Abfluss verschwand.

7

Um sieben Uhr des nächsten Abends saß Sarah auf den Stufen ihrer Veranda und versuchte, genügend Elan aufzubringen, um sich auf den Weg zu Margarets Witwen zu machen. Sie hatte sich für diesen Anlass extra eine weiße Bluse und eine feine hellbraune Hose gebügelt, und es wäre doch zu schade, wenn die ganze Bügelei umsonst gewesen wäre. Wann bügelte sie denn sonst schon? Sie hatte sich nur daran gemacht, weil sie sich die anderen Witwen makellos gekleidet vorstellte – gesetzte Sechzigjährige mit leichtem Makeup und schwerem Schmuck, die versuchten, die Leere in ihrem Leben mit Gesprächen zu füllen. Herrje, wie ihr vor diesen Banalitäten graute, vor dem geistlosen Geschwätz wohlsituierter Frauen, die nichts weiter als Angst hatten. Aber wenn sie dort nicht auftauchte, würde Margaret sich Sorgen machen und Sarah für depressiv oder ungesellig halten. Und das stimmte nicht – diesmal jedenfalls nicht. Es war keine Depression, die sie hier auf der Veranda zurückhielt und die harten Blätter ihrer Magnolie anstarren ließ. Es war vielmehr die Furcht, dass Margarets Witwen ihr ins Herz sehen, die Tiefe ihrer Trauer ausloten und sie für zu leicht befinden könnten.

In den letzten paar Wochen kam ihr immer häufiger der Verdacht, dass sie gar nicht den Verlust ihres Ehemanns betrauerte. Sie betrauerte den Verlust einer Idee, einer Idealvorstellung davon, wie ihr Leben hätte sein sollen. Und diese Idealvorstellung war nicht vor drei Monaten vom Fluss fortgespült worden, sondern im Laufe der vergangenen Jahre ganz langsam gestorben. Mit jedem kleinen Traum, den sie aufgegeben hatte, ein wenig mehr.

Ihre Träume waren nie von übergroßem Ehrgeiz geprägt gewesen. Nein – Sarah schüttelte den Kopf und wischte eine tote Motte weg, die neben ihr auf der Verandastufe lag. Dass sie zu hoch hinauswollte, konnte man ihr nicht vorwerfen. In ihren ersten Jahren mit David, als sie beide in New York lebten, arbeitete sie als Verwaltungssekretärin in einem Frauenhaus. Tagsüber tippte sie Förderanträge und nahm Telefonate entgegen, und abends vor dem Fernseher formulierte sie noch Briefe für Spendenaufrufe. Wie nützlich sie sich damals gefühlt hatte, aber auch wie unglaublich ausgenutzt. In ihrer Erinnerung verschwamm die körperliche Misshandlung der Frauen immer stärker mit der wirtschaftlichen Ausbeutung solcher Frauen wie ihr, junger idealistischer Frauen, die der Gesellschaft die mühsame Aufgabe abnahmen, sich um die Bedürftigen zu kümmern, dafür aber mit niedrigsten Gehältern, oder auch mit gar nichts, abgespeist wurden.

Als David und sie nach Jackson gingen, sagte er, dass damit auch für sie die Chance auf einen Neuanfang gekommen sei. Dennoch wollte sie anfangs nicht umziehen. Sie kannte das Leben in einer Kleinstadt in den Südstaaten bereits, das Gemisch von Yankees, die es dorthin verschlagen hatte, und fahnenschwenkender Konföderierter. Nach ihrer Kindheit und Jugend in South Carolina war ihr New York wie ein Fortschritt erschienen. Und wenn sie karrieretechnisch schon keine Leiter erklomm, so doch wenigstens geografisch. Aber wer war sie, dass sie sich ihrem Ehemann in den Weg stellen durfte? David hatte beruflichen Erfolg, ja mehr als das, eine Berufung. Und was hatte sie schon in New York, außer einem Job, der sie nirgendwohin führen würde?

Jackson erwies sich als kultivierter, als sie erwartet hatte.

Sie führte das Marketingbüro eines kleinen Theaters, das sich auf die Volksmärchen der Appalachen spezialisiert hatte. Doch die finanzielle Situation der Schauspieltruppe wurde nie besser als prekär, und nach vier Jahren sinnlosen Bemühens tauschte Sarah die Welt der Gemeinnützigkeit gegen das akademische Pendant, ein Studium der englischen Literatur an der Uni.

Es war ein solcher Luxus gewesen, sechs Jahre lang in die Dichtung eintauchen zu dürfen. Zugegeben, die Pendelei war nervtötend – dreimal die Woche durch die Berge bis nach Charlottesville –, aber das kompensierte sie mit Wochenenden, die sie, einen Stapel Romane neben sich, komplett im Bett verbrachte. Wörter waren stets ihre treuesten Freunde gewesen, und schon bald schmückten ihren Lebenslauf all jene Voraussetzungen, die eine glänzende Zukunft an der Universität versprachen: Aufsätze in Fachzeitschriften, Vorträge auf Konferenzen, ein Promotionsstipendium. Als ihr erster Streifzug durch den akademischen Arbeitsmarkt erfolglos blieb, machte sie sich keine Sorgen. Es waren oft mehrere Anläufe nötig, bis man eine Assistenzprofessur ergatterte, und da sie bereits vierunddreißig war, wollte sie ohnehin erst einmal eine Familie gründen. Eine Teilzeitstelle am College von Jackson wäre doch ideal, solange ihre Kinder noch klein waren. Sie konnte sich heute noch an Davids Kommentar erinnern, als er ihr gerahmtes Diplom betrachtet hatte: »Jetzt sind wir also klug genug, um ein Baby zu machen.« Damals hatte sie das witzig gefunden.

Irgendwann stieß sie in einem Schwangerschaftsratgeber auf einen Begriff, der genau auf sie zutraf: *habitueller Abort*. Ihr gefiel der fast kriminelle Anklang. Er passte zu ihrer düsteren Gemütsverfassung der letzten Jahre, in denen sie den Anfängern am College, die noch nicht mal die Subjekt-Verb-Kongruenz beherrschten, das Schreiben von Erörterungen beibrachte. Die Arbeit als Dozentin ist sicher befreiend, hatte sie gedacht, doch das Unterrichten erwies sich als ein Fegefeuer, das den Stadien der Vorhölle ihres Körpers entsprach – schwanger, nicht schwanger, schwanger. Ihre Berufslaufbahn und ihre Familie schienen gleichermaßen in der Entwicklung gehemmt, was vielleicht nicht so schlimm gewesen wäre, wenn sie noch ihr ganzes Leben vor sich gehabt hätte. Doch ihr neununddreißigster Geburtstag war unaufhaltsam herangerückt, wie eine Plage, wie eine abscheuliche Mahnung daran, dass eine Frau mit vierzig irgendetwas vorzuweisen haben sollte: ein Buch, ein Kind, eine Stelle als stellvertretender Dekan. Mehr jedenfalls als bloß eine neu eingerichtete Küche.

Es war ihr nie gelungen, David ihr Elend verständlich zu machen. Er gehörte zu den Menschen, die Unzulänglichkeiten bei anderen Leuten zwar wahrnahmen, aber die Bitterkeit des Versagens nie am eigenen Leib zu spüren bekommen hatten. Sie hatte das Gefühl, mit ihren Fehlgeburten seine perfekte Welt zu beschmutzen. War eine unfruchtbare Ehefrau nicht der archaischste Makel überhaupt? Und manchmal hegte sie sogar den Verdacht, dass es die Bitterkeit ihrer Gedanken war, die ihren Leib vergiftete; in einem so bitteren Körper konnte kein neues Leben wachsen. An manchen Abenden blieb David einfach in der Arbeit, um ihrem Ton beim Abendessen zu entgehen. Sie erkannte die Angst in seinen kläglichen Begründungen, die Furcht vor einer Frau mittleren Alters, die zu früh verbittert wurde. Dann wieder hatte sie ihre Wut plötzlich ein paar Tage lang unter Kontrolle und redete unbekümmert von asiatischen Babys, von russischen Babys, von rumänischen Waisenkindern. Doch die schneidend scharfe Seite ihres Naturells zeigte sich unweigerlich erneut.

Was also sollte sie Margarets Witwen erzählen? Dass sie um ihre Jugend trauerte, um ihren verstummten Intellekt, um ihre ungeborenen Kinder? Dass sie weniger ihren Ehemann als vielmehr die ersten Jahre ihres gemeinsamen Lebens vermisste, als jeder Tag noch etwas Neues versprach? In den letzten Jahren war ihre Ehe in Alltagsroutine erstarrt, zwar ohne gegenseitige Vorwürfe, doch auch ohne Leidenschaft. Aber das war vermutlich in den meisten Ehen unausweichlich.

Vielleicht sollte sie einfach wieder hineingehen. Zu Hause bleiben und den Abend allein verbringen, ohne ein einziges Wort zu sagen. Das hatte sie schon öfter getan. Sie hatte tagelang niemanden gesehen, in völliger Stille gelebt und sich gefragt, ob ihre Stimmbänder dabei wohl verkümmern würden. Die Zukunft tat sich wie ein gähnender Abgrund vor ihr auf, wie eine farblose Tundra, in der ihre einzigen Gespräche die mit Telefonverkäufern wären. Dieser Gedanke brachte Sarah endlich auf die Beine. Schluss mit der Grübelei. Sie würde jetzt sofort zu Margaret gehen und sich mit diesen Witwen treffen, und sei es nur, um ihre eigene Stimme zu hören.

Um halb acht hatte sich eine Handvoll seltsamer Frauen in Margarets Wohnzimmer versammelt. Vier waren weit über fünfzig und hatten ihre Ehemänner an ein Gemisch aus plötzlicher Krankheit und lange zurückliegenden Kriegen verloren. Zwei jüngere Frauen waren durch Unglücksfälle zu Witwen geworden, ein Autounfall und ein Unfall beim Wasserski. *Einer, wenn zu Land, und zwei, wenn zu See*, schoss es Sarah sogleich makaber durch den Kopf. Sie stand in der Küche an dem runden Eichentisch und füllte eine Platte mit Käsekuchen und Blaubeermuffins, während Margaret ihr die tragischen Geschichten ihrer Gäste erzählte.

»Patty ist ganz interessant, auch wenn sie sich etwas zu wichtig macht. Vielleicht kennst du sie sogar. Die Dünne da drüben mit den roten Locken? Sie unterrichtet auch am College, am Institut für Soziologie.«

Sarah schüttelte den Kopf.

»Nun ja, sie hat ihren Mann zwei Jahre lang gepflegt, als er an Lungenkrebs erkrankt war, und jetzt macht sie aus ihrer Witwenschaft ein Forschungsthema. Ich glaube, sie schreibt an einem Buch.«

»Alles, was wir sagen, kann also gegen uns verwendet werden?«

»Genau.« Margaret richtete Käse und Cracker auf einer Drehplatte an. »Versuch, dich zu Adele zu setzen. Das ist die mit dem weißen Haar und dem pfirsichfarbenen Jackett. Sie zieht sich immer an, als wollte sie gleich auf eine Gartenparty gehen. Adele ist zweiundachtzig, hat aber einen messerscharfen Verstand. Ihr Mann ist in Korea gestorben, und sie hat seine Eisenwarenhandlung zweiunddreißig Jahre lang allein geführt.«

»Faszinierend.« Sarah verdrehte die Augen, während sie in ein Muffin biss.

»Jede Frau, die den Zweiten Weltkrieg, Korea und Vietnam überstanden hat, ist sehr viel faszinierender als du oder ich.« Margaret drückte Sarah die Käseplatte in die Hand und drehte sie an den Schultern Richtung Tür.

Im Wohnzimmer konzentrierte sich das Gespräch auf eine der älteren Frauen, Ruby, deren Ehemann gestorben war, ohne ein Testament zu hinterlassen. Dieses Versäumnis hatte zu einigem Ärger geführt, da Bob einen Sohn aus erster Ehe hatte, der nichts von Ruby hielt und gerichtlich gegen sie vorging.

Diese Ruby gefiel Sarah – eine kleine, grau werdende Bulldogge, die Wörter wie *habgieriger Scheißkerl* benutzte. Eine vulgäre Ausdrucksweise war immer unterhaltsam, wenn sie aus dem Munde einer Siebzigjährigen kam. Sarah stellte die Platte mit dem Käse und den Crackern auf Margarets

Couchtisch ab, sah sich nach Adele um und setzte sich in den Sessel neben der Frau, die als Einzige pfirsichfarben gekleidet war.

Bobs Sohn wollte anscheinend das Erbe flüssigmachen. Durch einen umfassenden Verkauf aller Immobilien sollte sich das Leben seines Vaters in einen großen Haufen Geld verwandeln, der dann aufgeteilt werden konnte. Aber Ruby weigerte sich, aus dem Haus auszuziehen, und bestand darauf, die letzten Jahre ihres Lebens in den vier Wänden zu verbringen, die mittlerweile seit einem Jahrzehnt ihr Zuhause waren. Der störrische Bob junior, der in eben diesen vier Wänden aufgewachsen war, nahm seiner Stiefmutter ihre Einmischung übel, und jetzt schrieben die Rechtsanwälte das Familiendrama immer weiter, während ihre Honorare langsam, aber sicher Bobs Erbe aufzufressen drohten.

An Rubys Geschichte entzündeten sich Lamentos über Testamente, Renten und Rechtsansprüche, und plötzlich war Sarah Nate wieder sehr dankbar. Er hatte sich nach Davids Verschwinden um alles gekümmert – Versicherungen, Steuern, Renten. Nate hatte allen Papierkram erledigt, mit Davids Steuerberater und dem Personalbüro des College gesprochen und alle Schreibtischschubladen nach Policen und Unterlagen abgesucht. Sarah hatte in all den Formularen nur noch die kleinen gelben Zettel mit dem Hinweis »hier unterschreiben« suchen müssen.

David hinterließ ihr eine Lebensversicherung über vierhunderttausend Dollar, eine Summe, die er zu der Zeit festgelegt hatte, als sie noch eine Familie planten. Addiert zum Sterbegeld des College sowie den monatlichen Schecks der Rentenversorgung und der Witwenschaft würde ihr eine erkleckliche Summe zur Verfügung stehen. Sie hatte vor, die Hälfte der Summe dem College als Gedenkstipendium zu stiften, mit dem alljährlich der beste Absolvent unter den angehenden Medizinstudenten ausgezeichnet werden sollte. Doch der Gedanke an all das Geld machte sie unruhig. Margarets Witwen klangen eher nach einem Investmentclub als nach einer Trauergruppe.

Sarah fragte sich, was die Frauen wohl wirklich dachten. Fühlten sie sich einsam oder befreit? Waren sie voller Wut oder versanken sie in Apathie? Sie, die Gruppentherapien grundsätzlich verabscheute, ertappte sich bei dem Gedanken, dass sie gern weniger über Geld und mehr über Leid geredet hätte. Sie wollte, dass jemand in Tränen ausbrach.

Vielleicht sagte sie aus diesem Grund so ohne Umschweife die Wahrheit, als Ruby den Kopf neigte und fragte: »Und wie geht es *Ihnen?*«

»Nicht so toll. Ich fühle mich vom Geist meines Ehemanns verfolgt.«

Sie hatte Schweigen erwartet und vermutet, dass ihre Worte die Stimmung verderben würden wie ein Glas Rotwein, das auf einen hellen Teppich kippte. Aber die Reaktion war eine völlig andere. Jetzt schien die Runde erst richtig zum Leben zu erwachen.

»Haben Sie ihn gesehen?«

»Sprechen Sie mit ihm?«

»Wie sieht er aus?«

Sie beschrieb ihnen die beiden Gelegenheiten, bei denen sie Davids Geist gesehen hatte, und erzählte auch, dass sie oft seine unsichtbare Anwesenheit spüre. Und die ganze Zeit nickten die Frauen zustimmend, als würde sie ihnen ein Rezept für Schokoladenkekse nennen. Als sie fertig war, ergriff zum ersten Mal die rothaarige Dozentin das Wort.

»Das ist gar nicht so ungewöhnlich. Die Statistik zeigt, dass Witwen demografisch die Gruppe sind, die am häufigsten von Kontakten zu Toten berichten, und darunter fällt alles, vom Sichten von Erscheinungen bis hin zu dem Gefühl, es wären Geister anwesend.«

»Frauen«, schaltete Ruby sich ein, die offensichtlich schnell die Geduld verlor, wenn es um Statistiken ging, »sind natürlich sehr viel übersinnlicher veranlagt als Männer.«

»Von Übersinnlichem verstehe ich nichts«, warf die Dozentin ein. »Aber Frauen sind gläubiger, und das lässt sie eher an Geister glauben, ob diese nun real sind oder nicht.«

»Sie sind auf jeden Fall real.« Jetzt mischte sich eine der älteren Witwen ein. »Als ich acht Jahre alt war, habe ich im Garten meiner Großmutter in Missouri einen Geist gesehen. Es war am Morgen von Thanksgiving. Ich saß drinnen am Fenster und las, und als ich hinaussah, stand da ein Mann unter der großen Ulme. Es war mein Großvater, das war so klar wie der helle Tag. Ich erkannte ihn von den Bildern in Grannys Schlafzimmer. Er war vor meiner Geburt an einem Herzinfarkt gestorben, mitten in einem Gottesdienst, und Granny sagte stets, das heiße, er sei direkt in den Himmel aufgefahren. Er trug noch immer seinen Sonntagsanzug, als ich ihn sah. Es war windig, sein Haar wehte, und er sah aus, als wäre ihm kalt. Doch im nächsten Moment war er schon wieder verschwunden, so als hätte mich nur ein Gedanke an ihn durchzuckt.«

»Meinen eigenen Mann habe ich nie gesehen«, fügte die Frau einen Augenblick später noch hinzu. »Zwanzig Jahre lang habe ich gewartet, aber nie auch nur das geringste Anzeichen entdeckt.«

Die Witwe des Wasserskiläufers seufzte und sprach dann mit leiser Stimme. »Ich sehe Greg nur in meinen Träumen. Manchmal rede ich mit ihm, und es erscheint mir alles so real. Doch dann erinnere ich mich, dass er tot ist, und ich erzähle es ihm. Davon wache ich immer auf.«

Die Frauen um sie herum murmelten beipflichtend. Träume waren der Nenner, auf den alle Anwesenden sich einigen konnten, jene ganz andere Welt, in der Leben und Tod sich mischten. Die rothaarige Dozentin kam auf Sigmund Freuds

Traumdeutung zu sprechen, während Sarah vor ihrem geistigen Auge Bilder von David, der vom Fluss davongetragen wurde, aufsteigen sah.

Plötzlich berührte jemand ihre Hand, und als sie sich nach links umdrehte, beugte Adele sich so weit zu ihr vor, dass ihre große Blumenbrosche beinahe Sarahs Schulter berührte.

»Ich habe in den letzten vierzig Jahren oft mit meinem Edward gesprochen. Manchmal wache ich auf, und dann steht er neben meinem Bett, immer noch in seiner Uniform, und ich sage zu ihm: ›Eddy, geh ruhig weiter und ruhe sanft. Ich werde dir bald folgen.‹«

Die alte Frau lehnte sich wieder in ihren Sessel zurück und lachte leise vor sich hin, als hätte sie einen fabelhaften Witz erzählt.

Sarah wusste nicht, ob sie sich freuen oder ärgern sollte. Sie war schon fast soweit gewesen, Davids Erscheinungen als Anzeichen eines seelischen Zusammenbruchs zu akzeptieren, als eine von ihrer Einsamkeit ausgelöste Wahnvorstellung. Und jetzt beharrten all diese Frauen hier darauf, dass sie mitnichten verrückt sei, sondern völlig normal. Irgendwie fand sie diese Vorstellung aber nicht beruhigend. So ein kleiner Anflug von Wahnsinn war dem Status quo doch bei weitem vorzuziehen.

Sie blickte zu Margaret hinüber, die an den Türrahmen der Küche gelehnt dastand. »Was glaubst du?«

Margaret zögerte und schien ihre Worte sorgfältiger zu wählen als sonst.

»Ich glaube, dass es schwierig für dich sein wird, damit abzuschließen, solange Davids Leiche nicht gefunden ist.«

»Soll das heißen, das alles spielt sich nur in meinem Kopf ab?«

»Das habe ich nicht gesagt.«

»Aber du glaubst nicht an Geister?«

Wieder zögerte Margaret.

»Ich glaube, es gibt sehr viel mehr auf dieser Welt, als wir begreifen können. Ob das nun auch Geister einschließt, weiß ich nicht. Aber so viel kann ich sagen – wenn du David wirklich siehst, muss es dafür einen Grund geben. Entweder versucht er irgendwie, dich zu erreichen, oder du versuchst, ihn zu erreichen. Wahrscheinlich Letzteres. Du trägst vermutlich noch irgendetwas Ungelöstes mit dir herum.«

Um zehn Uhr löste das Treffen sich langsam auf, die Frauen umarmten einander, tauschten kleine gelbe Zettel mit Buchtiteln aus und winkten zum Abschied. Als alle weg waren, holte Margaret eine Taschenlampe aus der Speisekammer und brachte Sarah nach Hause. Es stand nur eine einzige Straßenlaterne am Anfang der Straße, deren bläulicher Schein immer matter wurde, je weiter sie kamen. Der Lichtkegel von Margarets Taschenlampe tanzte vor ihnen wie eine Boje auf den Wellen.

Als sie Sarahs Veranda erreichten, blieb Margaret auf dem Rasen davor stehen und beleuchtete die Stufen, so dass Sarah hinaufgehen und die Haustür aufschließen konnte.

»Danke für die Einladung«, rief Sarah ihr zu. »So schlecht war's gar nicht.«

»Deine Begeisterung ist ja atemberaubend.«

»Tee bei mir diesen Freitag?« Sarah schaltete das Licht in der Diele an.

»In Ordnung – und, Sarah?«

Sarah drehte sich um und sah, dass Margaret mit einem leichten Lächeln auf den Lippen zu ihr heraufblickte.

»Wenn David sich wieder zeigt, sag ihm, ich lass ihn grüßen.«

8

Zwei Tage später ging Sarah durch den Supermarkt und füllte ihren Einkaufswagen mit Tüten voller Kaubonbons und Fruchtdrops. Es war Halloween und ihr Einkauf eindeutig motiviert von Schuldgefühlen. Am Eingang hatte sie Mrs Foster getroffen, die riesige Mengen Obst einkaufte: »Die Kinder geben eine Party … ich mache kandierte Früchte.« Und auf Sarahs unbestimmtes Nicken hin hatte Mrs Foster noch hinzugefügt: »Wollen Sie, dass die Jungs auch dieses Jahr zu Ihnen kommen?«

Die Frage war freundlich gemeint gewesen. Doch Sarah stand sofort das Bild vor Augen, wie Mrs Foster vor drei Jahren die Süßigkeiten ihrer Söhne auf gefährliche Gegenstände und leeres Einwickelpapier absuchte und dabei auf einen Gefrierbeutel mit Oreo-Keksen stieß.

»Sie sollen nur kommen. Ich will doch ihre Kostüme sehen.« Die Mütter der Nachbarschaft wirkten dieses Jahr verunsichert, was Sarahs Haus betraf, und rieten ihren Kindern anscheinend, die arme Mrs McConnell lieber in Ruhe zu lassen. Schon bald würde sie in der Stadt wohl als die schrullige Frau gelten, deren Leben Anlass zu Geflüster gab und deren Haus als unheilvoll gebrandmarkt war. Schon allein, dass es am Ende einer Sackgasse stand, machte ihr Haus als Zwischenstopp auf der Halloween-Route eher unattraktiv, solange die Kinder nicht mit einer guten Ausbeute rechnen konnten. Also häufte sie Süßigkeiten in ihren Einkaufswagen und stellte sich vor, sie wäre die Hexe in ›Hänsel und Gretel‹.

Witwen wurden oft Hexenkünste angedichtet, dachte Sarah, als sie an den Karamelltoffees vorbeikam. Alleinstehende Frauen hatten etwas Furchterregendes an sich, etwas, das sie zu Opfern von Scheiterhaufen machte. In vielen Kulturen wurde den Witwen der Tod des Ehemannes angelastet. Sollte sie dieses Jahr zu Halloween vielleicht ihren spitzen schwarzen Hut vom Dachboden holen? Manche der Eltern hätten doch bestimmt etwas übrig für diese Art von Ironie. Nein, wahrscheinlich nicht. Besser, man brachte sie gar nicht erst auf solche Ideen. Nimm stattdessen lieber noch ein paar Tüten dieser Mini-Snickers mit, sagte sie sich. Sie würde Halloween mit hellem Licht auf der Veranda, einem sich nie erschöpfenden Füllhorn voller Süßigkeiten und einem Lächeln auf den Lippen willkommen heißen, so dass alle Nachbarn von ihrer völligen Harmlosigkeit überzeugt sein würden.

Kurz nach sechs schwärmten überall Kinder aus den Häusern. Als Erste kamen die Foster-Brüder, alle drei, sogar der Vierzehnjährige, dessen einzige Verkleidung eine George-Bush-Gummimaske war. »Wie entsetzlich«, sagte Sarah und hielt ihnen eine große Schüssel mit Süßigkeiten hin. Vermutlich hatte ihre Mutter ihnen aufgetragen, der armen Mrs McConnell gemeinsam einen Besuch abzustatten, ehe jeder seinen eigenen Weg ging. Alle drei waren ausgesucht höflich und nahmen sich lediglich eine Süßigkeit aus der Schüssel.

»Nein, nein, nehmt euch mehr. Ich habe noch jede Menge da.« Und schon spreizten sich ihre Finger zu Klauen und leerten die Schüssel um die Hälfte.

Sarah hatte noch nie so viele Kinder »Süßes oder Saures« rufend durch die Gegend ziehen sehen. Seit einigen Jahren wurde Jackson regelrecht gestürmt von Kindern aus dem Umland, die von kleinen Farmen oder aus den neuen ländlichen Wohnsiedlungen kamen, wo jedes Haus von mindestens zwei Hektar Land umgeben war. Viel zu weite Wege für ein paar läppische Süßigkeiten. Diese Kinder liefen in den wohlhabenderen Stadtteilen von Jackson von Tür zu Tür und sammelten haufenweise Süßes ein, während ihre Eltern ein Stück weiter in der Straße in staubigen Pick-ups auf sie warteten. Jacksons ältere Einwohner beschwerten sich schon, weil sie sich vor diesen fremden Bengeln und den lauernden Vehikeln fürchteten. Die meisten älteren Leute schalteten an Halloween inzwischen das Licht aus und zogen den Kopf ein, als wären die Kinder ein vorüberziehender Sturm.

Die Hälfte der Gesichter vor ihrer Haustür waren Sarah vertraut. Mrs Foster schien die Kunde, dass sie die Halloween-Geister sehen wollte, unters Volk gestreut zu haben. Denn alle Kinder aus der Umgebung kamen extra bis ans Ende der Sackgasse und riefen mit eingeübter Routine »Vielen Dank, Mrs McConnell« und »Ein frohes Halloween, Mrs McConnell«. Sarah begrüßte Prinzessinnen und Feen, Vampire und Superhelden, deren unangefochtener König Harry Potter war.

Ab neun Uhr ebbte der Strom der Kinder langsam ab. Nachdem das letzte Kind zufrieden davongegangen war, trat sie auf die Veranda hinaus und warf einen Blick die Straße hinunter. Drei Häuser weiter dröhnte Heavy-Metal-Musik aus den Fenstern der Fosters. Teenager streunten über den Rasen vor dem Haus, verschwanden in den Büschen und tauchten wieder auf. Heute Abend werden sicher so einige Kürbisse zu Bruch gehen, dachte sie unbestimmt, schaltete ihr Verandalicht aus und nahm die Schüssel mit den restlichen Süßigkeiten mit ins Schlafzimmer.

Sie zog sich das Nachthemd an und kroch mit einem Mini-Snickers unter die Bettdecke. Sie zappte durch die Programme, vorbei an einem Wrestlingkampf der Weltliga, CNN-Nachrichten und der allgegenwärtigen Wiederholung der Fernsehserie ›Law & Order‹, bis sie wieder bei ihrem allnächtlichen Schicksal hängen blieb: dem Wetterkanal.

In den vergangenen drei Monaten hatte es eine große Faszination auf sie ausgeübt, einfach den Ton abzustellen und auf die lautlosen, sich stets wandelnden Wetterkarten zu starren. Sie glaubte an das Wetter als Gradmesser des Schicksals, dessen Priester die Meteorologen mit ihren wundersam ziehenden Regenwolken, zuckenden Blitzen und Schneestürmen waren. Ihr Leben hatte sich durch ein Gewitter unwiderruflich verändert, und sie vermutete, dass sie nur eine von vielen war – doch sie meinte nicht so sehr die Farmer und Fischer, die sich an den Zeichen des Himmels orientierten, oder die Eigentümer von Küstengrundstücken, denen stets der nächste Hurrikan drohend vor Augen stand. Ihre Sekte war exklusiver. Zu ihr gehörten Menschen, die in Städten und noblen Vororten wohnten, mit Blitzableitern, spezialverputzten Hauswänden und großen Geländewagen, und deren gut isoliertes und selbstzufriedenes Leben sich durch eine Feuersbrunst, einen Hagelsturm oder einen Blitzeinschlag zur Unzeit von Grund auf verändert hatte. Diese Leute waren Konvertiten des Wetterkults, und jedes Symbol auf den Wetterkarten repräsentierte für sie eine weitere furchtbare Tragödie.

Sarah hatte den Fernseher gerade ausgeschaltet, als es an der Haustür klopfte. Die Uhr zeigte Viertel nach zehn an, zu spät, um noch irgendwelchen gefräßigen Nachzüglern nachzugeben. Sie drehte sich um und schloss die Augen in der Hoffnung, das Kind damit vertreiben zu können. Doch da wurde erneut geklopft, dreimal, langsam und schwerfällig. Seufzend zog sie sich ihren Bademantel über. Sie musste unbedingt ein Schild aufstellen – SÜSSIGKEITEN SIND AUS –, sonst klopften die letzten Nachzügler noch bis elf Uhr bei ihr.

Als sie die Haustür öffnete, staunte Sarah, wie dunkel es war. Ach, ich habe vorhin ja das Verandalicht ausgemacht, dachte sie und fragte sich dann, was das für ein Kind sein mochte, das sich auf eine pechschwarze Veranda verirrte. Noch rechtzeitig fielen ihr die Teenager weiter oben an der Straße ein, und sie wappnete sich gegen einen Halloween-Streich. Wahrscheinlich hatten sie irgendwas Ekelerregendes auf ihre Fußmatte gelegt, etwas Matschiges, Stinkendes oder Totes, und nun warteten sie irgendwo in den Büschen versteckt auf ihren Schrei. Am besten machte sie ihnen also die Freude. Mit einem resignierten Seufzen schaltete sie das Verandalicht wieder ein und sah zu Boden. Dort lag nichts. Mit einem Blick nach rechts und links versicherte sie sich, dass alle Schaukelstühle und Topfpflanzen noch genau an ihrem Platz standen. Nichts hatte sich verändert, und es war auch nichts dazugekommen. Und in dem hellen Flutlicht, das sich von dem Dachvorsprung herab ergoss, war auch niemand auf der Veranda, auf dem Gehweg oder auf der Straße zu sehen. Anscheinend hatten die Kinder einfach bloß geklopft und waren dann weggerannt. Sie drehte sich schon wieder um und wollte hineingehen, als sie plötzlich im Schatten eine Bewegung wahrnahm.

Es war kein Kind. So viel konnte sie erkennen, als sie die dunklen Konturen der Gestalt ausgemacht hatte. Es war ein Mann, der sich dort unter ihrer ausladenden Magnolie versteckte. Sie wollte schon ans Telefon laufen und die Polizei anrufen, da schien die Gestalt ihren Impuls zu spüren, trat aus dem Schatten ins Licht und blieb vor den Stufen der Veranda stehen.

Sarah war, als hätte man ihr die Atemluft abgeschnürt. Mit der linken Hand griff sie nach der Haustür und zog sie zu sich heran. Sie konnte ihren Ehemann nur anstarren, der da vor ihr stand mit einem Gesicht, das leuchtete wie der Mond.

Sarah schloss die Augen. Diese Erscheinung würde genauso rasch verschwinden wie die anderen, vermutete sie. Doch als sie die Augen wieder öffnete, stand David immer noch da. Irgendetwas an dieser Beständigkeit half ihr über den ersten Schock hinweg. Er sagte nichts und bewegte sich auch nicht, aber sein Körper wirkte so greifbar und real, dass er ihren eigenen Beinen Kraft zu geben schien. Sie dachte an das, was Margaret gesagt hatte. Etwas Ungelöstes musste noch zwischen ihnen sein. Und bei diesem Gedanken fasste sie Mut.

Sie schob die Tür auf und hielt sie wie einen Schutzschild vor sich, als sie den Weg ins Haus hinein öffnete. Dann sah sie David in die Augen, und mit einer kaum vernehmbaren Stimme flüsterte sie: »Komm herein.«

Teil zwei

Fleisch

9

Er habe nicht gewollt, dass all das geschah, beteuerte David, als er Sarah am Küchentisch gegenübersaß und ihr die lange Geschichte der vergangenen drei Monate erzählte.

»Ich wollte gleich am nächsten Tag zu dir kommen«, begann er. Sarah hörte zu, doch sie fragte sich immerzu: Konnte ein Geist wirklich so festes Fleisch haben? Konnte ein Stuhl unter seinem Gewicht ächzen? Es war überhaupt nichts Ätherisches um David. Sie konnte nicht durch seine Haut hindurchsehen. Und er roch wie ein Mann, wie einer, der seit einer Woche nicht geduscht hatte. Trotzdem konnte sie das Gefühl, dass er nicht völlig real war, noch immer nicht abschütteln. Sie hatte genug alte Sagen gelesen, um auf der Hut zu sein vor allem, was zu Halloween an ihre Tür klopfte.

Als er im Juli zu seinem Kajakausflug aufgebrochen sei, erzählte David, habe er vorgehabt, nur über Nacht wegzubleiben. Er hatte sich, wie verabredet, am nächsten Nachmittag um fünf Uhr nördlich vom Buck-Island-Damm mit Sarah treffen wollen; dort, wo der Shannon sich zu einem kleinen See weitete, ehe er fünfzehn Meter in die Tiefe hinabstürzte. Dort führe eine Reihe roter Bojen die Paddler vom Abgrund weg, hin zu einer matschigen Portage-Stelle am Westufer. Unter den Pappeln dort hätte Sarah ihn am Sonntag in Empfang nehmen sollen; und wahrscheinlich hätte sie sich die Wartezeit mit einem Roman vertrieben und zwischendurch immer mal einen Schluck aus ihrer Wasserflasche getrunken. Bei seiner Ankunft wäre sie winkend aufgesprungen, und dann hätten sie den Kajak gemeinsam aus dem Wasser gehievt und über die Straße zum Parkplatz getragen. Sie hätten das Boot auf dem Dachgepäckträger ihres Kombis festgezurrt, das Paddel und die Ausrüstung im Kofferraum verstaut, und er hätte sich ein sauberes T-Shirt und Tennisschuhe angezogen. Und auf der einstündigen Fahrt zurück nach Jackson hätten sie auf halbem Weg vermutlich in dem mexikanischen Café in Walker's Draft noch etwas zu Abend gegessen. Alles war bestens vorbereitet und das Leben vorhersehbar gewesen.

Am ersten Tag lief alles nach Plan. Im Shannon wechselten sich Stromschnellen der Klasse II, umspülte Felsgärten und lang gestreckte ruhige Wasserflächen ab, und er fuhr mit idealer Geschwindigkeit dahin. Ihm spritzte zwar bei jeder Stromschnelle Wasser ins Gesicht und auf die Arme, aber der Fluss wirkte in keiner Weise irgendwie gefährlich. Auf den ruhigen Strecken lehnte er sich sogar zurück und ließ sich von der Strömung unter den mächtigen Kronen der die Ufer säumenden Eichen und Ahornbäume dahintreiben. Außerhalb von Jackson, als auch die letzten Vororte den Wiesen und Hügeln gewichen waren, sah er gelegentlich auf einer Furt noch ein Farmhaus stehen. Er paddelte unter einer Autobahnbrücke hindurch, deren metallene Streben in einem beständigen Alt summten, und an der nächsten Flussbiegung begrüßten ihn mit lautem Hallo ein paar Kinder, die von einem an einem Baum befestigten Seil ins Wasser sprangen und einen Augenblick lang wie eine kleine Delfinschule neben ihm herschwammen. Andere Paddler begegneten ihm an diesem Tag nicht. Ein großer blaugrauer Fischreiher, der fünfzig Meter vor ihm her von Baum zu Baum flog, war sein einziger Begleiter.

Der Fluss war ein Tempel der Meditation. Eingelullt von der gleichförmigen Strömung fasste er gute Vorsätze wie sonst nur zum neuen Jahr. Er schwor sich, öfter Sport zu treiben, den Dachboden aufzuräumen, die Veranda mit Wasser abzuspritzen. Und vor allem wollte er im Beruf kürzertreten. In den letzten zwei Jahren hatte er Hunderte von Stunden damit verbracht, irgendwelchen Komitees vorzusitzen und einen Verein zu leiten, der ein Gesundheitszentrum für Studenten bauen wollte – was immerhin einem guten Zweck diente; doch seine Begeisterung für architektonische Zeichnungen hielt sich in Grenzen. Oft dachte er, dass er in einer Privatpraxis mehr Erfüllung finden würde. Dann könnte er das Leben seiner Patienten vom Windelausschlag über Akne bis hin zu späteren Herzerkrankungen verfolgen. Doch jedes Mal wenn er sich das alles im Detail ausmalte, sah er sich nur drohenden Schadensersatzklagen ausgeliefert, wie einem Troll unter der Brücke. Außerdem lag die Lösung für seine Ruhelosigkeit nicht darin, sich als Arzt einem anderen beruflichen Feld zuzuwenden, sondern darin, an sonnigen Nachmittagen zum Fischen zu gehen, zu malen und auf ihrem Grundstück am Fluss Bäume zu pflanzen. Er wollte Freunde im Westen des Landes besuchen und mit ihnen durch Canyons wandern, die er nur aus der Zeitschrift ›National Geographic‹ kannte. Und vielleicht würde es auch seine Ehe retten, wenn er weniger arbeitete.

In den ersten zehn Jahren waren Sarah und er glücklich miteinander gewesen, hatten zufrieden mit ihrem Alltag gelebt und hoffnungsvoll in die Zukunft geblickt. Erst in den letzten Jahren hatten sie irgendwie ihr gemeinsames Ziel aus den Augen verloren. Inzwischen hielt sie nur noch ein Netz gesellschaftlicher Verpflichtungen zusammen, in dem sie sich verfangen hatten wie ein Paar verzweifelter Motten. Und Sarah saß in einer besonders grausamen Falle, der ihrer eigenen Biologie. Als ihm letztes Jahr auffiel, dass sie sich in einem Angstzustand einzurichten drohte, brachte er ihr eine

Packung Prozac mit, doch sie reagierte derart bissig und undankbar darauf, dass er die beiden Silben des Medikaments nie wieder ausgesprochen hatte. Und mittlerweile schwebte unausgesprochen das Wort *Scheidung* über ihren Köpfen; das Schwert des Damokles wartete nur noch darauf, herniederzusausen.

Die Strömung des Flusses verlangsamte sich, als David an eine tiefe, zum Schwimmen geeignete Stelle kam, und er steuerte das sandige Ufer an, warf das Paddel an Land und trat ins kalte Wasser. Nachdem er den Kajak aus dem Wasser gezogen hatte, setzte er sich an das schmale Ufer und starrte auf den Fluss hinaus. Vor sechs Jahren hatten Sarah und er an genau dieser Stelle haltgemacht. Sie hatten ihre Badesachen und die Schwimmwesten abgestreift und sich im Wasser so leidenschaftlich umschlungen, dass es sich in Wellen rings um sie herum gekräuselt hatte.

»Wir machen den Fischen Angst.« Sarah hatte gelacht, als sie die Beine von seinen Hüften löste. Damals hatte ihre Stimme so viel weicher geklungen; beim Gedanken an ihren leisen, melodiösen Klang grub er den großen Zeh in den Sand. Er musste Sarah wieder auf den Fluss mitnehmen. Sie war den ganzen Sommer nicht paddeln gewesen, und im Jahr zuvor auch nur ein einziges Mal. Er musste sie wieder mitnehmen, zur Hütte hinaus, ans Wasser.

Wasser war ein Mittel der Erneuerung, der Wiedergeburt. Und Sarah brauchte weiß Gott dringend eine Veränderung. Sie wurde langsam unerträglich; wie ein in die Enge getriebenes Tier teilte sie aus an ihn. Nach ihrer ersten Fehlgeburt war er voller Mitgefühl gewesen, hatte Blumen mitgebracht, Essen gekocht und seine eigene Trauer in seinem Inneren fest zusammengepresst. All seine Kraft hatte er dareingesetzt, Sarah im Gleichgewicht zu halten. Doch seit sie auch das zweite Kind verloren hatte, war sie in ihrem Kummer so böse und verletzend geworden, als hätte sie sich mit einem

Stacheldrahtzaun umgeben, um sich ihn vom Leibe zu halten.

Sie muss mitkommen an den Fluss, dachte David, als er wieder ins Wasser watete. Er könnte Johannes den Täufer spielen und sie mal so richtig untertauchen … Nein – diese Bitterkeit durfte er sich nicht länger erlauben. Es war traurig genug, dass sich in ihre Liebe immer auch Aggression mischte.

Um halb drei erreichte er ihre Hütte, hinter der von einem moosbewachsenen Felsvorsprung der Anleger in den Fluss hineinragte. Links und rechts erstreckte sich Wald, doch hier fiel die Sonne auf eine weite grüne Lichtung, die von Schwarzäugigen Rudbeckien gesprenkelt war. David zog seinen Kajak ans Ufer, drehte ihn im hohen Gras um und legte seine Schwimmweste und die Spritzdecke dazu, damit auch sie trockneten. Etwa fünfzig Meter vom abschüssigen Ufergelände entfernt stand von einigen Kiefern und Eichen beschattet eine blaugraue Zedernhütte, deren rückwärtige Terrasse der einzige sonnige Fleck war und die im Kontrast des grellen Lichts beinahe verschwand. David ging um die Hütte herum zur Vorderseite und holte den Ersatzschlüssel aus seinem Versteck unter einem Stein im Gebüsch.

Die Luft in der Hütte war schwer von Feuchtigkeit, und auch die Holzmöbel fühlten sich klamm an. Er ging von Zimmer zu Zimmer, öffnete alle Fenster und schaltete die Deckenventilatoren ein. Im Wohnzimmer blieb er stehen, als er in der Nähe des Fensters seine Pinsel und Farben liegen sah. Den Rest des Tages würde er auf der Terrasse sitzen, die Bäume skizzieren und versuchen, die Welt noch einmal neu zu sehen.

Nur ein Gedanke beunruhigte ihn, als er sich mit einem Bier in der rechten und einem Skizzenbuch in der linken Hand draußen niederließ. Welchen Frieden auch immer er heute finden mochte, er würde ihn sich nicht erhalten können, wenn er zu seiner Arbeit zurückkehrte. Am Montag würden wieder die Studenten des Sommersemesters, die von ihren Saufgelagen am Wochenende krank waren, vor seinem Sprechzimmer Schlange stehen, während die Krankenschwestern und er sich über Bechern schwarzen Kaffees gegenseitig bemitleideten.

Eine Schar Kanadagänse landete schnatternd und flatternd auf dem Anleger. David holte sein Fernglas aus der Hütte und richtete es auf einen der schwarzen Köpfe mit den glänzenden Augen. Wie malte man ein solches Tier, womit begann man? Er studierte das Verhältnis zwischen dem großen Körper und dem kleinen Kopf und schätzte die Breite des weißen Kehlflecks anhand der Abstände seiner Fingerknöchel ein, ehe er die Federreihen am Rücken des Tiers zählte. Die Gans war ihm wohlgesinnt, reckte den Hals und präsentierte ihm ihre volle Flügelspannweite von einem Meter sechzig, so dass David plötzlich meinte, einen Engel Raffaels zu erblicken, Feder um Feder ein Bindeglied zwischen Menschlichem und Göttlichem.

Als er an diesem Abend einschlief, dachte er an die Vögel, die in den Bäumen rings um ihn herum schliefen – Finken und Meisen, Rotkehlchen und Zaunkönige, Männchen und Weibchen der Rotkardinäle. Tief versunken in Träume von Federn und Flügeln, bemerkte er das Gewitter, das am frühen Morgen vorüberzog, nicht. Beim Aufwachen hörte er nur den trägen, sich stetig wiederholenden Ruf trauernder Tauben. Weshalb ihn die Veränderung des Flusses auch so sehr überraschte, als er mit seinem ersten Becher Kaffee auf die Terrasse hinaustrat. Das hoch stehende Wasser war aufgewühlt und setzte sich als schmutzige Blasen werfender Schaum am Ufer ab. Unmengen von Kiefernnadeln und abgebrochenen Ästen trieben mit großer Geschwindigkeit vorbei. Jetzt waren die Stromschnellen und Felsgärten überspült, und die Stellen zum Schwimmen glichen schäumenden Cappuccinos. Nicht zu ändern, seufzte David. Er war schon einmal in schlammig aufgewühltem Wasser gepaddelt, und die Strömung versprach eine schnelle Kajakfahrt. So würde er für die gewöhnlich fünf Stunden dauernde Strecke bis Buck Island nur halb so lange brauchen. Wenn er um zwei Uhr aufbrach, konnte er sich immer noch pünktlich mit Sarah treffen, und vielleicht trat der Fluss ja bis zur Mittagszeit auch noch ein wenig zurück.

Er ging in die Hütte und stellte seine Staffelei auf; er wollte aus dem Gedächtnis malen. Das blaugrüne Wasser und die geselligen Gänse von gestern waren verschwunden, aber in seiner Vorstellung war der Fluss auch jetzt so glasklar, dass er sogar noch die schillernden Forellen darin sah. Er musterte seine Bleistiftskizzen gespreizter Schwanzfedern, aufgeplusterter Brüste und eines langen Schnabels, der aus einem kleinen Kopf hervorstach. Dann tauchte er den Pinsel in einen Klecks graue Ölfarbe und setzte die ersten Striche auf die Leinwand.

Es war bereits Mittag, als er vor die Tür trat. Sein Rücken und seine Hände schmerzten und sehnten sich nach Abwechslung. Ans Terrassengeländer gelehnt, rieb er sich den Nacken, hob den Blick und sah verwundert, dass sich im Westen dunkle Wolken zusammenzogen. Der Gedanke, dass es noch ein weiteres Gewitter geben könnte, war ihm gar nicht gekommen. Er eilte zurück in die Hütte, zog sich die Kajaksachen an und stopfte die wichtigsten Dinge und die Ausrüstung in den wasserfesten Sack. Die Bettdecke zog er noch übers Laken, für die unabgewaschenen Teller in der Spüle hatte er allerdings nur ein Achselzucken übrig, als er seine Wasserflasche füllte. Wenn er vor dem aufziehenden Gewitter wegkommen wollte, musste er unverzüglich aufbrechen. Unten am Ufer drehte er den Kajak wieder um und verstaute den Sack mit seinen Sachen im Heck hinter dem Sitz. Als er in den Fluss watete, zog die Strömung bereits an seinem Boot. Und er war kaum hineingeklettert, da ging es auch schon los, mit der Sonne im Gesicht und den immer größer werdenden Wolken im Rücken.

Der Fluss wehrte sein Paddel so standhaft ab wie eine Leiche die medizinische Versorgung. Er sah sich selbst wie einen Blutstropfen durch eine Arterie jagen, aber es musste wohl ein Kaltblüter sein, zu dem er gehörte: Das gestern noch von der Sonne gewärmte Wasser war heute kalt vom Regen. Sein Boot trieb die Venen einer Schlange entlang und kurvte zwischen den ringsum aufragenden Bergen hindurch. An jeder Kehre musste er einen Bogen um ein Gewirr abgebrochener Äste machen, die wie ein improvisierter Damm vom Ufer ins Wasser trieben und nur darauf zu warten schienen, dass er an ihnen scheiterte und kenterte.

Er war eine Viertelstunde lang den Fluss hinabgefahren, als er das erste Donnergrollen hörte. Das Gewitter war noch weit entfernt, aber der Wind kam mittlerweile von allen Seiten. Er paddelte wieder und dachte darüber nach, was zu tun wäre, falls es um ihn herum blitzen sollte. Er hatte mal gehört, dass eine ganze Familie von Kanuten an Stromschlägen gestorben war, weil sie versucht hatte, auf einer feuchten Insel in einem See ein Gewitter abzuwarten. Am besten wäre es wohl, unter den niedrigsten Bäumen Zuflucht zu suchen und sich auf den Fußballen balancierend hinzuhocken, um möglichst wenig Bodenkontakt zu haben.

Als ihm die ersten Regentropfen auf die Schultern fielen, paddelte er schneller und sah sich nicht mehr um. Doch als der Regen ihm auf den Helm prasselte, drehte er den Kopf und sah, dass die dunklen Gewitterwolken sich inzwischen meilenweit erstreckten. Das Zucken eines Blitzes über den Bergen überzeugte ihn davon, dass er schleunigst aus dem Fluss heraus musste. Aber er hatte die Stärke der Strömung unterschätzt. Als er versuchte, ans Ufer zu paddeln, bekam er die unerbittliche Gewalt des Wassers zu spüren, das ihn flussabwärts zog. Er würde bis zur nächsten scharfen Kehre des Wasserlaufs warten müssen. Sobald das Flussbett sich wieder nach links oder nach rechts wand, würde er einfach direkt geradeaus ans Ufer paddeln. Mit zusammengekniffenen Augen spähte er im Regen umher, auf der Suche nach einer für sein Vorhaben geeigneten Stelle.

Dann dröhnte es plötzlich in seinen Ohren – ein Donnern wie von einem Düsenjet, zweihundert Meter flussabwärts. Er näherte sich einem umtosten Felsgarten, wo der Fluss fünf Meter abfiel, während links zwei bröckelnde Steintürme gen Himmel ragten. Er erkannte die hohen steinernen Ruinen der Schleusen, die es einst auch Booten mit größerem Tiefgang ermöglicht hatten, in den flachen Stromschnellen des Shannon zu fahren. Aufgewühlt schlug das Wasser an die Schleusenruinen, spritzte wirbelnd an ihnen empor und ergoss sich wie ein drei Meter hoher Geysir zurück in den Fluss.

Jetzt versuchte David mit aller Kraft, das linke Ufer zu erreichen. Doch nirgends war eine flache Stelle zu sehen, die er anpeilen konnte. Der Fluss brodelte zu Füßen von Maulbeer- und Ahornbäumen, die sich am stark abschüssigen Ufergelände neigten. Die Bäume schienen auffordernd die Arme nach ihm auszustrecken, und in seinem Bestreben, dem Wildwasser zu entkommen, beging er eine Dummheit.

Weil die Äste eines großen Ahornbaums bis an den Ufersaum herabreichten, hielt er mit dem Kajak darauf zu und griff mit seiner Rechten nach einem dieser Äste, als er darunter entlangkam. Er wollte seine unaufhaltsame Fahrt unbedingt stoppen, sich an etwas Solidem festhalten. Einen Augenblick lang gelang es ihm auch wirklich, den Vorwärtsdrang seines Oberkörpers aufzuhalten. Doch seine Hüften und seine Beine, die im Kajak festgezurrt waren, drängten weiter voran. Und so hing er im einen Moment noch zurückgelehnt zwischen Kajak und Ahornbaum, und im nächsten lag er schon kopfüber im Fluss und wurde von der Strömung mitgerissen.

Während er in der Dunkelheit dahintrieb, versuchte er, eine Eskimorolle zu machen, die ihm im flachen Wasser oder im Übungsbecken problemlos gelang. Doch das Wasser toste in seinen Ohren, und er war so desorientiert, dass er stattdessen seine Reißleine zog und die Spritzdecke vom Kajak löste. Keuchend tauchte er aus dem schlammigen Wasser auf und griff noch nach seinem Boot, doch es wurde bereits fortgespült. Er war dreißig Meter von dem Geysir entfernt und hatte keine Chance, das Ufer zu erreichen. Er würde sich mit der Strömung treiben lassen und darauf hoffen müssen, dass sie ihn irgendwo sicher ausspuckte.

Er konnte nur einen einzigen Gedanken fassen: die Beine in Fließrichtung der Strömung ausstrecken und die Füße über Wasser halten. Er hatte schon von Paddlern gehört, die versucht hatten, sich in Stromschnellen aufzurichten, und dabei mit den Beinen in Felsgärten hängen geblieben waren. Entweder waren ihre Knie gebrochen, oder sie wurden unter Wasser gezogen und ertranken. Als er auf eine Stromschnelle zutrieb, holte er tief Luft und ließ das Paddel los, das sofort in den Fluten versank. Ein Wasserstrudel erfasste ihn, und er wurde mit den Füßen voran senkrecht nach unten gerissen.

Unter Wasser wurde sein Körper hin und her geworfen wie der einer Puppe. Er versuchte, sich an die Oberfläche zu kämpfen, hin zum Sonnenlicht, doch die Gewalt des Wassers zog ihn immer wieder in die Tiefe. Er war gefangen in einem Wasserloch. Trotz seiner Panik erinnerte er sich, was ihm in seinen ersten Kajakstunden beigebracht worden war – versuch nie, direkt nach oben zu schwimmen. Schwimm hinunter zum Grund und dann schräg weg vom Wasserloch, ehe du versuchst, die Oberfläche zu erreichen. Ihm ging schon fast die Luft aus, doch er tauchte zum Grund hinab, obwohl er sich in den wilden Wasserwirbeln kaum orientieren konnte. Mit Hilfe der Felsen am Boden und der Wand des Flussbetts zu seiner Linken versuchte er, sich nach rechts zu hangeln, weg vom Wasserloch. Aber es war sinnlos. Wasser strömte aus jeder Richtung auf ihn ein, seine Lungen drohten zu platzen, seine Arme wurden immer schwächer. Während er sich noch von Fels zu Fels zog, öffnete sich sein Mund. Jetzt würden seine Lungen jeden Augenblick Wasser atmen. Er stellte sich vor, wie der Schlamm sich in seiner Luftröhre festsetzen und sein Blut langsam braun färben würde. In einem letzten Aufflackern von Panik schlingerte er umher, doch dann rann ihm das Wasser die Kehle hinab. Sein Geist trübte sich, seine Muskeln entspannten sich, und er sah Sarah lesend unter einer Pappel sitzen. Das Wasser drehte ihn auf den Rücken wie einen alten Baumstamm, und jetzt sprang Sarah winkend auf. Sie kam ans Ufer heruntergelaufen und drängte ihn, an Land zu kommen. *Beeil dich bitte, es ist schon spät.*

Und plötzlich vereinten sich Körper und Geist wieder an der Oberfläche des Wasser, das ihn ausgespuckt hatte. Er trieb mit der Strömung dahin, an den Schleusenruinen vorbei und weg von der gefährlichen Stromschnelle. Bin ich tot, fragte er sich. Ist dies meine Leiche? Aber das Geräusch seines Hustens riss ihn aus seinem Traum.

Mit schmerzenden Beinen machte er Schwimmbewegungen Richtung Flussufer, dankbar für die Schwimmweste, die ihn über Wasser hielt. Als er dem Ufer schließlich näher kam, griff er wieder nach dem Ast eines Ahornbaums, der übers Wasser herabhing, und diesmal konnte er sich festhalten. Er zog seinen Körper Blatt um Blatt daran hoch, bis er festen Boden unter den Füßen spürte. Und dann taumelte er aus dem Wasser. Im feuchten Laub knickten ihm bald die

Beine weg, während er schlammiges, schleimiges Wasser aus den Lungen hustete. Zum ersten Mal seit zehn Jahren hatte ihn etwas in die Knie gezwungen, und gefangen zwischen Stöhnen und Beten wiegte er seinen Körper hin und her und stieß immer wieder aus: »O Gott, o Gott, o Gott.«

10

David verharrte beinahe zehn Minuten am Ufer, der Regen bildete schon kleine Pfützen um seine Knie herum. Doch endlich stand er auf und versuchte, sich erst einmal zu orientieren. Er hatte Kajak, Paddel, Essen, Wasserflasche und Handy verloren, aber sein Portemonnaie, das in der Klettverschlusstasche seiner Schwimmweste steckte, hatte er noch. Die geretteten Kreditkarten und die feuchten grünen Dollarscheine verliehen ihm ein groteskes Gefühl von Bedeutung. Er hatte eine Visakarte, also würde er auch den nächsten Tag noch erleben.

Aber in welche Richtung sollte er gehen? Sein Treffpunkt mit Sarah lag einige Meilen flussabwärts, noch hinter einem langen unzugänglichen Flussabschnitt. Auf seinen immer noch wackeligen Beinen konnte er eine so weite Strecke nicht bewältigen. Aber er war an einer Hütte an diesem Ufer des Flusses vorbeigekommen, erinnerte er sich, kurz nachdem es zu regnen begonnen hatte. Eine bessere Aussicht auf ein Telefon hatte er nicht.

Nach zehn Minuten langsamen Wanderns ging das Flussufer in einen steilen, felsigen Hang über, den David erklimmen musste. Felsvorsprung um Felsvorsprung zog er sich voran, wobei er sich an jungen Bäumen Halt verschaffte. Auch vom Hügelkamm aus sah er keine Häuser, nur Bäume und Berge, die sich bis an den Horizont erstreckten. Zum Glück gingen keine Blitze mehr nieder. Er musste nur die elende Kälte durchnässter Kleidung ertragen, während er sich durch den regenfeuchten Wald schleppte. Nach einer weiteren halben Meile fiel der Hügelkamm in eine Rinne ab, durch die ein Bergbach in den Shannon floss. Was gewöhnlich das klare Rinnsal irgendeiner unterirdischen Quelle war, war jetzt zu einem fast zweieinhalb Meter breiten Strom angeschwollen. Er lief am Rand auf und ab, um die schmalste Stelle zu finden, an der er auf die andere Seite springen könnte, nahm dann Anlauf und schaffte es auch beinahe. Mit dem einen Fuß landete er auf dem laubbedeckten Boden, mit dem anderen jedoch versank er im Wasser, knickte um und verstauchte sich den Knöchel.

»Scheiße!« Er fiel vornüber und krümmte sich vor Schmerz. »Verdammte Scheiße!« Er sah zu den Wolken hinauf und stieß ein langes, wortloses Heulen aus, das vom Tosen des trüben Bergbaches vollkommen verschluckt wurde. Und dann lachte er lauthals – Herrgott, wie jämmerlich, die Wut eines einzigen Mannes gegen den Furor der Natur. Als er sich wieder aufrichtete, entdeckte er nicht weit von seiner Hand entfernt einen als Gehstock verwendbaren Ast und nahm das als ein Zeichen der Vorsehung.

Als er die fremde Hütte erreichte, sah er weder Licht noch Auto. Die Tür war verriegelt. Da die Fensterläden nicht bei allen Fenstern geschlossen waren, dachte er kurz daran, einzubrechen. Aber Jagdhütten wie diese besaßen selten einen Telefonanschluss, und wenn hier nicht irgendwo der Besitzer mit seinem Handy auftauchte, hatte es sowieso keinen Sinn. Jetzt blieb ihm nur noch die Möglichkeit, bis zur eigenen Hütte zurückzugehen und von dort mit dem Mountainbike die vier Meilen bis zum nächsten Dorfladen zu fahren.

Als er durch den Wald ging, sah er Bisamratten und Mäuse am überschwemmten Flussufer entlanghasten. Er fühlte sich ihnen verbunden, denn auch er war ja auf der Flucht vor den

Wassermassen. Plötzlich huschte vor seinen Füßen eine aufgeschreckte Schlange davon, und er erkannte, wie gefährlich ein Tritt auf einen Kupferkopf werden konnte, so weit von jeder Hilfe entfernt. Er setzte seinen schmerzenden Knöchel noch vorsichtiger auf.

Ihm war gar nicht klar gewesen, wie weit er sich von seiner Hütte entfernt hatte. Er war nur eine halbe Stunde auf dem Wasser gewesen, doch die schnelle Strömung hatte ihn Meilen flussabwärts getrieben. Und als er endlich seine Hütte auf der Lichtung entdeckte, deren Gras leuchtend zwischen den Kiefern hindurchblitzte, erschien sie ihm wie eine Oase – wie eine flimmernde Halluzination.

In der Hütte schälte er sich aus seinen nassen Kleidern, warf sie auf den Badezimmerboden und drehte die Dusche an. Seine Haut war so taub, dass er nicht beurteilen konnte, ob das prickelnde Wasser nun zu heiß oder zu kalt war. Doch als Wasserdampf aufzusteigen begann, setzte er sich in die Badewanne und ließ es sich einfach über Gesicht, Brust und Knie laufen, so lange, bis Zelle um Zelle sein ganzer Körper langsam wieder aufgetaut war. Nach zwanzig trägen Minuten bemerkte er plötzlich, dass er einzuschlafen drohte – als hätte der Fluss ihn nur verschont, damit er in der Badewanne ertrank. Er drehte das Wasser ab, trocknete sich mit einem Handtuch ab und legte sich, fest eingehüllt in eine warme Decke, ins Bett. Die Digitalziffern des Weckers zeigten 4 Uhr 30 an. Der Dorfladen schloss am Sonntag nachmittags um fünf. Es war ohnehin zu spät, um noch mit dem Fahrrad hinzufahren und zu telefonieren. Und er war auch viel zu erschöpft, um sich noch zu bewegen. Sarah würde sich fürchterlich aufregen. Aber im Augenblick war es sein einziger Wunsch, auf das wundersame Ein- und Ausatmen seiner Lungen zu lauschen.

Der Wecker zeigte 5 Uhr 30 an, als David erwachte. Er kam nur langsam zu sich und glaubte, dass er kaum eine Stunde geschlafen hätte. Doch allmählich nahm er das Zwitschern der Vögel wahr und das glühende Morgenrot, das durchs Fenster hereinfiel. Er streifte sich ein T-Shirt über, ging ins Wohnzimmer und öffnete die Tür zur Terrasse.

Der Fluss führte noch immer sehr viel trübes Wasser, aber der Himmel war wieder klar, alle Anzeichen des Gewitters hatten sich verzogen. Die ganze Welt um ihn herum tropfte – es tropfte von den Bäumen, von der Dachrinne, von den Ecken des Vogelhäuschens, und dieses Geräusch rief in ihm eine Erinnerung an die tiefe Ruhe wach, die er am Samstag hier erlebt hatte. Erfreut über die regennassen Holzbohlen unter seinen Füßen, breitete David die Arme aus, blickte in den Himmel hinauf und dachte: Ich bin Adam, neu erschaffen und Herr meines Gartens.

Weil es noch drei Stunden dauerte, bis der Dorfladen öffnete, trug er seine Staffelei und die Farbpalette nach draußen, wischte die Terrassenmöbel trocken und nahm einen Becher Kaffee mit hinaus. Noch nie hatten die Bäume so prächtig geschimmert, ihre Zweige glänzten wie poliertes Ebenholz. Sein Blick folgte dem ausladenden Ast eines Ahorns, von den Arterien über die Kapillaren bis hin zu jedem einzelnen grünen Blatt, das nickend an die Wasseroberfläche stieß. Er betrachtete die am tiefsten herabhängenden Blätter, die sich der Strömung des Flusses nicht widersetzen konnten. Genauso zerbrechlich war mein Körper gewesen, dachte er, nicht viel mehr als ein dahintreibender Stock.

Den ganzen Morgen über malte David seinen idealen Fluss: grünes, mit hellen Sonnenflecken gesprenkeltes Wasser, auf das hier und dort die Schatten großer Bäume fielen. Als es Zeit war, zum Dorfladen aufzubrechen, war er enttäuscht. Sein Bild war noch nicht beendet, und die Erneuerung seiner Seele auch nicht. Aber Sarah war sicher schon krank vor Sorge, und seine Patienten warteten auf ihn. Also steckte er sich das Portemonnaie in die Hosentasche, ging zum Schuppen und hob sein Mountainbike von dem Stapel aus Blumentöpfen und Liegestühlen herunter.

Es war schon Jahre her, seit Sarah und er zuletzt diesen Weg entlanggefahren waren. Kurz nach dem Kauf der Hütte hatten sie sich beide die gleichen Fahrräder zugelegt, um damit, ohne die Luft zu verpesten, die Umgebung zu erkunden. In den ersten Jahren waren sie ganze Nachmittage lang auf Holzfällerwegen unterwegs gewesen und hatten Streifenhörnchen und Rotwild aufgeschreckt. Einmal war sogar ein halbwüchsiger Bär vor ihnen auf dem Weg stehen geblieben und hatte sie mit bedächtiger Neugier gemustert. David konnte sich immer noch an seine Reaktion erinnern – ein Gemisch aus Ehrfurcht und Verwundbarkeit. Wie hätte er ohne das feste Gehäuse eines Autos um sich herum seine nackten Arme und den entblößten Hals seiner Frau schützen sollen?

Doch an diesem Morgen tauchten keine Bären und auch kein Rotwild auf. Er hielt den Blick auf die Furchen und Rillen des matschigen Weges gerichtet, dessen Schotter von der Überschwemmung teils in den Wald gespült worden war. Steinchen und Dreck aus Pfützen spritzten um ihn herum auf, so dass seine Unterschenkel gesprenkelt waren wie eine Leinwand von Pollock, als er schließlich die ersten Häuser außerhalb des Dorfes Eileen erreichte.

Im Dorfladen nickte er der Frau, die gerade das Münztelefon im hinteren Teil benutzte, zu, um zu signalisieren, dass er auch telefonieren wollte, doch sie reagierte nicht. So kaufte er sich erst einmal einen Donut, eine Flasche Orangensaft und eine Lokalzeitung. Das Mädchen an der Kasse kannte er nicht. Er ging hinaus an den Picknicktisch und breitete die Zeitung vor sich aus.

Die Titelstory handelte von dem neuen Studiendekan des

College in Jackson, einem früheren Yale-Professor, dessen erklärtes Ziel es war, den exzessiven Ausschweifungen in den Studentenverbindungen Einhalt zu gebieten. Viel Glück, dachte David und öffnete seine Flasche Orangensaft. Als sein Blick die Seite weiter hinunterschweifte, blieb er an der Schlagzeile »Sturzflut fordert drei Todesopfer« hängen. Zwei kleine Mädchen waren von dem zu einem reißenden Strom angeschwollenen Bach, der das Grundstück ihrer Eltern passierte, weggespült worden. Tragisch, äußerst tragisch. Und dann las er den Namen des dritten Opfers: David Robert McConnell.

Er bekam eine Gänsehaut. »Vermisst und vermutlich tot«, las er ungläubig. Er erinnerte sich an dieses seltsame Gefühl im Fluss, als die Sonne ihm wie eine göttliche Offenbarung erschienen war und er den unbedingten Willen gespürt hatte, wieder an die Oberfläche zu gelangen. Und hier, in diesem unfehlbaren Printmedium, wurde jetzt sein Tod verkündet.

Als er den Artikel las, erfuhr er, dass Sarah die Polizei angerufen hatte, nachdem sie eine Stunde lang im Regen gewartet und ihn auf dem Handy nicht erreicht hatte. Arme Sarah. Er ging wieder in den Laden und warf der Frau am Münztelefon einen finsteren Blick zu. Doch sie wandte sich einfach ab.

Er kehrte an den Tisch zurück und las auch noch die letzten Absätze. Die Polizei hatte seinen Kajak und seine Habseligkeiten gefunden. Heute würde ein Rettungsteam das tiefe Wasser jenseits des Damms durchkämmen und sogar Hunde mitnehmen, die die Leiche vielleicht wittern könnten. Dort werden sie mich nie finden, dachte David, und ganz unerwartet umspielte ein Lächeln seinen Mund, als er sich die nutzlose Suche vorstellte. Und auf einmal erkannte er, dass er gar nicht sofort im College Bescheid geben musste. Niemand erwartete, ihn heute Morgen in seiner Sprechstunde anzutreffen. Der Tod hatte ihm zu einem Urlaub verholfen;

er fühlte sich wie ein Kind, das eines Morgens erwacht und überrascht feststellt, dass draußen alles weiß verschneit ist.

Sarah würde er natürlich anrufen. Sie war mittlerweile sicher schon ganz außer sich vor Angst. Doch als er noch einmal aufstand, um nach dem Telefon zu sehen, hielt ihn ein merkwürdiges Gefühl zurück. In einer entlegenen Ecke seines Hirns stieg ein Gefühl auf – morbide Neugier. Wie würde Sarah auf seinen Tod reagieren? Würde sie über den Kummer hinwegkommen? Ihn schrecklich vermissen? Würde sie genauso leiden, wie sie bei all den Fehlgeburten gelitten hatte? Oder würde sie sich, im Innersten ihrer Seele, befreit fühlen? Sie beide hatten sich schon so lange am Rande einer Trennung herumgequält, vielleicht war dies eine Gelegenheit – vielleicht war es ein Akt Gottes.

Und plötzlich überwältigte ihn ein Wunsch, der so konkret war, dass es fast wehtat – der unmissverständliche Wunsch, zu verschwinden. Es war natürlich lächerlich. Er hatte eine Ehefrau, einen Beruf, eine Hypothek auf sein Haus. Er war ein verantwortungsvoller Mensch und dafür bekannt, dass er immer das Richtige tat. Aber was war das Richtige für einen Mann Mitte vierzig, der in seiner Ehe und in seinem Beruf auf der Stelle trat? Gab es da nicht noch etwas anderes, das er sich für sein Leben gewünscht hatte, einen Traum, den er vielleicht immer noch verwirklichen könnte? All die Bäume rings herum schienen ihm Einladungen zuzuflüstern und ihn zu ermutigen, in ihre Schatten zu treten, und als er ihre nickenden Äste ansah, setzte David sich wieder hin.

11

Zehn Minuten später fuhr er mit seinem Fahrrad zur Hütte zurück, und der Gedanke an das Münztelefon verblasste mehr und mehr. Es würde, darüber war er sich im Klaren, nur ein vorübergehender Rückzug sein. Er würde sein Bild beenden, sich ein wenig ausruhen und morgen in sein Leben zurückkehren. Das Bild könnte ein Geschenk für Sarah sein, eine Wiedergutmachung für sein eigennütziges Verschwinden. Sie war seine Penelope, die auf ihren schiffbrüchigen Ehemann wartete.

Als sich an diesem Abend das Licht der untergehenden Sonne über die Baumwipfel breitete, schlüpfte er selbst in die Rolle der Penelope. Er griff nach einem feuchten Tuch, beugte sich über die Staffelei und wischte die Gänse wieder weg, die er an diesem Nachmittag gemalt hatte. Seine Arbeit war noch nicht beendet, er würde noch einen weiteren Tag brauchen.

Am nächsten Morgen wachte er früh auf, malte eine Stunde lang und befreite dann seine Fliegenrute samt der übrigen Angelausrüstung im Schuppen von den Spinnweben. Tote Käfer fielen aus den hüfthohen Gummistiefeln, als er sie kopfüber ausschüttete. Mit einer behandschuhten Hand suchte er in den Stiefelspitzen noch nach Mäusenestern, ehe er die Stiefel anlegte wie zwei Gipsbeine und damit durch den Wald davonstapfte. Ein paarmal verfing sich die Spitze seiner Rute in Geißblattranken, doch schließlich tauchte er an der Stelle aus dem Wald wieder auf, an der sich der Fluss in breiten Felstreppen leicht abwärtsneigte und an der er am liebsten angelte. Er watete bis über die Knie in den Fluss hinein und warf seine Schnur immer wieder über das Wasser, wobei sie ein unmelodiöses Summen von sich gab. Anfangs dachte er noch an Sarah und an all die Ausreden für sein Verschwinden, doch nach dem ersten Fang kümmerte ihn an diesem Morgen nichts anderes mehr als das Angeln.

Zwei Stunden später kehrte er mit zwei Forellen im Eimer zurück und ließ den Blick über das grüne Gras hinter der Hütte schweifen. Er blieb wie erstarrt stehen. Auf der Terrasse stand ein Polizist mit einer Pistole im Halfter.

Natürlich, dachte David und versteckte sich hinter einem Baum. Damit hätte er rechnen müssen. Irgendwer hatte den Auftrag erhalten, die Hütte zu überprüfen. Wahrscheinlich hatten sie den Wald von Buck Island bis hierher durchsucht, vielleicht sogar mit Hunden – mit Hunden, die seine Spur in der Nähe der Schleusenruinen aufgespürt und den Suchtrupp den ganzen Weg bis zur Hütte geführt hatten. Sicher würden sie jeden Moment seinen Geruch wittern und ihn verbellen, den lächerlichen Alltagsschwänzer, der sich kleinlaut und schuldbewusst hinter einem Baum versteckte.

Der Polizist auf der Terrasse nahm den Hut ab, und David entspannte sich. Er kannte ihn. Das war Carver, Carver Petty, ein Schwarzer Ende dreißig, der beliebteste Polizist unter den College-Studenten. Carver war ein Mann, der die Studenten, im Gegensatz zu seinen übereifrigen Kollegen, nie wegen Trunkenheit in der Öffentlichkeit ins Gefängnis sperrte. Wenn er im Stadtpark junge Leute aufgriff, die sich in den Büschen übergaben, fuhr er sie immer zu ihm in die College-Praxis, wo sie ihren Rausch unter dem wachsamen Auge einer Krankenschwester ausschlafen konnten.

»Sie sind ein guter Mensch«, hatte David oft zu ihm gesagt, wenn Carver ihm wieder einen torkelnden Erstsemesterstudenten aushändigte. Als Gegenleistung hatte er Carvers neunjährige Tochter umsonst medizinisch versorgt, wodurch Carver sich die Zuzahlungen beim Kinderarzt sparte. Das Mädchen wurde von Carver allein großgezogen, seit seine Ehefrau ihn vor acht Jahren sitzen gelassen hatte. Zum Glück strotzte das Kind nur so vor Gesundheit, seine Krankheiten beschränkten sich auf eine milde Bronchitis im Winter und eine Hautreizung durch Giftefeu im Sommer. David schickte sie meistens mit unverkäuflichen Mustern cortisolhaltiger Präparate wieder nach Hause.

Jetzt war Carver also hier, um die Hütte zu überprüfen, den letzten Ort, an dem Dr. McConnell sich aufgehalten hat. David versuchte sich zu erinnern, ob er irgendwelche Anzeichen hinterlassen hatte, die darauf hinwiesen, dass die Hütte derzeit bewohnt war. Er hatte sich kein Frühstück gemacht, es stand also kein Essen auf dem Tisch, das Radio spielte nicht, keine der Schranktüren war offen. Nur sein Bild stand, noch feucht, auf der Staffelei. Ob Carver das wohl bemerkt hatte? Vielleicht wartete er nur darauf, dass Dr. McConnell endlich selbst auftauchte?

David überlegte schon, wie er sich verhalten sollte, als er sah, wie Carver sich den Hut ans Herz drückte, auf den Fluss hinausblickte und sich dann mit der linken Hand über die Augen wischte. Und nach dieser Geste der Trauer wusste David, dass er in Sicherheit war.

Eine Stunde später war er allein und malte wieder. Mit dem Palettenmesser kratzte er eine Farbschicht der Federn von der Leinwand. Morgen, sagte er sich, würde er wirklich nach Hause zurückkehren. Es wäre der dritte Tag, genau der richtige Zeitpunkt für die Wiederauferstehung eines Toten. Er sollte sich zuerst Sarah zeigen, vielleicht würde sie ihm ja vergeben. Oder auch nicht. Vielleicht war die Zeit der Vergebung längst vorbei.

Am nächsten Morgen machte David einen Spaziergang

durch den Wald und versuchte, sich eine plausible Geschichte zurechtzulegen. Gedächtnisschwund klang zu albern, ein gebrochener Arm konnte zu einfach widerlegt werden. Wie wär's mit Unterkühlung? Er dachte nach. Das war doch eine vernünftig klingende Diagnose. Er könnte behaupten, dass er beinahe ertrunken wäre und dass ihn dann nach dem langen Fußmarsch durch den Regen ein schlimmer Schüttelfrost ans Bett gefesselt hätte, zusätzlich zu dem verstauchten Knöchel. Am zweiten Tag hätte er versucht, zum Dorfladen zu wandern (was erklären würde, warum er Carver verpasst hatte), doch die Schwellung wäre so schmerzhaft gewesen, dass er nach einer Meile wieder umkehren musste.

David ging die Symptome mit professioneller Liebe fürs Detail durch und näherte sich langsam von Westen her wieder der Hütte, als er plötzlich stehen blieb. Margarets blauer Honda Accord stand vor der Hütte, und das konnte nur eins bedeuten: Sarah war selbst gekommen, um nach ihm zu suchen. Sie würde seine Teller in der Spüle sehen, das Bild auf der Staffelei, und damit war das Spiel aus. Sarah würde die Anzeichen, die auf einen Bewohner hindeuteten, erkennen.

Sollte er einfach in die Hütte hineingehen, alles zugeben und darauf vertrauen, dass der Zorn der Frauen mit der Zeit verrauchte? Ja, vielleicht wäre das genau das Richtige gewesen. Doch stattdessen fand er sich auf einmal hinter einem Rhododendronbusch wieder und spähte vorsichtig durchs Küchenfenster in die Hütte hinein. Er sah, dass Margaret seine Lebensmittel wegwarf – Schinken, Mayonnaise, Äpfel, Tomaten. Sie muss mich wirklich hassen, dachte er, als er sah, wie alles in einem Plastikmüllsack landete. Doch dann entdeckte er Sarah. Sie stand neben der Staffelei und nahm die terpentingetränkten Pinsel zur Hand. In ihren Augen lag seltsamerweise keine Wut, und auch ihr Mund sah nicht aus, als wollte sie jeden Moment schimpfen. Sie wirkte traurig und nachdenklich, ein Gesichtsausdruck, den er bislang nur in Krankenhäusern und an Gräbern gesehen hatte. Und als David erkannte, dass da zwei Witwen gekommen waren, um wegzuräumen, was ein toter Mann unordentlich hinterlassen hatte, überkam ihn zum ersten Mal seit seinem Verschwinden Scham.

Er drückte seinen Rücken an das Zedernholz der Hütte und presste sich die Hände an die Schläfen. Was für ein Idiot er doch war. Was für ein verdammter Scheißkerl. Er, der Arzt, verursachte Schmerzen.

Wäre Sarah allein gewesen, hätte er sich ihr in diesem Augenblick gezeigt, doch er fürchtete Margarets Verachtung. Angesichts ihres pragmatischen Wesens wirkte sein Rückzug in den Wald melodramatisch. Er würde auf eine Gelegenheit warten müssen, um allein mit Sarah zu sprechen.

Als er wieder hineinspähte, sah er Sarah ins Schlafzimmer gehen, und so schlich er leise weiter an die Nordseite der Hütte. Durch eine schmutzige Scheibe, über die sich auch noch Spinnweben zogen, beobachtete er, wie sie das Laken stramm zog, die Bettdecke darüberlegte, glatt strich und dann am oberen Ende zwanzig Zentimeter breit und absolut waagerecht umschlug. Sie steckte die losen Enden der Decke rundherum unter die Matratze, schüttelte das Kissen auf und platzierte es oberhalb des Umschlags. Und dann setzte sie sich ans Fußende seines Bettes und starrte den Wandschrank an.

Wenn sie anfängt zu weinen, gehe ich zu ihr. Er hatte es noch nie ertragen können, Sarah weinen zu sehen. Wann immer sie Kummer hatte, war er bemüht gewesen, ihn mit einem Witz, einem Blumenstrauß oder einem Rezept aus der Welt zu schaffen. Aus diesem Grund hatte er sich nach den Fehlgeburten auch so hilflos gefühlt und nachts im Souterrain geschlafen, wenn sie im Bett weinte. Denn er konnte nichts tun außer ihr einen Kaffee oder Kamillentee kochen, ihr einen Kuss auf die Stirn drücken, ihr über die Schulter streichen, das Badezimmer putzen und die blutigen Laken abziehen.

Und als er jetzt in Sarahs Gesicht nach Anzeichen seelischen Schmerzes suchte, spürte er wieder die gleiche Hilflosigkeit. Es waren zwar keine Tränen zu sehen, keine Schluchzer zu hören, und ihre Miene war stoisch, doch gerade deshalb starrte er sie nur umso intensiver an. Vermisste diese Frau ihn wirklich? Sarah war schwer einzuschätzen. Ganz anders als seine jungen Patientinnen, für die das College eine Zeit der Selbstdarstellung zu sein schien. Ständig hieß es: »Sehen Sie sich *das* an, Herr Doktor. Sehen Sie *mich* an.« Seine Frau gab sich nie auf diese Weise dem Erkennen preis, gerade das reizte ihn ja an ihr. Sarah umgab sich mit vielen Schichten, die Distanz schufen und ein Herz schützten, das aufrichtig, gefühlvoll und herzlich war – wann immer er es erreichen konnte. In den letzten Jahren war es ihm zunehmend schwerer gefallen, bis zu diesem inneren Kern vorzudringen, da sie ihn immer strenger bewachte. Dennoch empfand er einen seltsamen Nervenkitzel, wenn er sie betrachtete und versuchte, noch ihre kleinsten Gesten zu interpretieren. Natürlich wusste er, dass er mit diesem heimlichen Beobachten nur einer oberflächlichen Versuchung nachgab. Ärzte wussten um das Grauen und die Faszination, die von tragischen Schicksalen auf andere Menschen ausgingen. Das Schauspiel menschlichen Leidens war den Zuschauern ein sadistisches Vergnügen.

David riss sich von dem Anblick los und ging zurück in den Wald. Fünfzig Meter von der Hütte entfernt setzte er sich an den Fuß eines kleinen Hügels und wartete, dass die Tür geschlossen, der Automotor angelassen wurde. Als er die Reifen von Margarets Wagen schließlich knirschend über den Kies fahren hörte, drehte er sich um und sah noch ein Aufblitzen blauen Metalls, das Sarah weit davontrug.

12

In dieser Nacht fühlte David sich in der Hütte zum ersten Mal wirklich tot. In den vergangenen Tagen hatte er in den Möglichkeiten eines neuen Lebens geschwelgt, doch jetzt trauerte er dem alten nach. Er versuchte sich einzureden, dass immer noch Zeit genug sei. Zeit genug, um zu beichten und in den Alltag zurückzukehren. Aber befand sich sein früheres Leben nicht längst in Auflösung?

Morgen musste er in den Dorfladen fahren und die Lebensmittel ersetzen, die Margaret weggeworfen hatte. Und wieder würde das Münztelefon darauf warten, dass er tat, was seine Pflicht war, so wie seine Ehefrau wartete, die er vernachlässigte. Es wäre der Moment der Abrechnung, ein Telefonat, nach dem es kein Zurück mehr geben würde.

In dieser Nacht schlief er unruhig, denn er musste an Sarah denken und daran, wie sie am Fußende seines Bettes gesessen und sich mit traurigen dunklen Augen im Zimmer umgesehen hatte. Es war grausam, eine Frau um einen Mann trauern zu lassen, der noch lebte, und sie allein in einem leeren Haus zurückzulassen. Aber da schon ihre Ehe eine Form der Trauer gewesen war, würde jede Freude, die sie über seine Rückkehr empfände, nicht lange anhalten. Die größte Hoffnung auf Glück, sagte er sich, lag für sie beide darin, ihr Leben zu verändern, und dies hier war eine Veränderung jenseits aller Vorstellungskraft.

Bei Sonnenaufgang stand seine Entscheidung fest. Er würde zunächst in der Hütte bleiben und versuchen, sich ein neues Leben aufzubauen, eines, das Sarah irgendwann vielleicht mit ihm teilen wollte. Wenn die Zeit reif war, würde er zu ihr zurückgehen und sie fragen, ob sie noch einmal von vorn anfangen wolle mit ihm.

Auf der Radfahrt zum Dorfladen ging ihm alles, was er hinter sich ließ, noch einmal durch den Kopf. Das College würde gut ohne ihn auskommen; in der Stadt gab es einige Ärzte, die seine Stelle gern übernehmen würden. Und der Wechsel unter seinen studentischen Patienten war ohnehin so groß, dass er nur wenige enge Bindungen geknüpft hatte. Bei ernsthaften Erkrankungen fuhren die Collegestudenten nach Hause und konsultierten den Hausarzt der Familie. Und die meisten der Dozenten mieden das Wartezimmer des Collegearztes schon aus Angst vor kranken Studenten, die sie um einen Aufschub von Abgabeterminen bitten könnten.

Alles in allem empfand er überraschend wenigen Menschen gegenüber eine Verpflichtung. Seine Freunde waren alle so beschäftigt mit ihren Berufen und ihren Familien, dass sie kaum Zeit zum Trauern finden würden. Und in Nates Leben gab es von seinen Freundinnen bis hin zu seinem Reichtum so viele Trostpflaster, dass er nie lange um etwas trauerte. Nur Sarah war fähig, sich ihrem Kummer lange hinzugeben. Sarah mit ihren Erinnerungen, ihrer Literatur und ihren widersprüchlichen Philosophien. In diesem Schwebezustand durfte er sie nicht auf ewig zurücklassen. Irgendwann würde er zu ihr gehen, ihr alles erklären und die Entscheidung darüber, was mit ihrer beider Leben geschehen sollte, in ihre Hände legen müssen.

Beim Laden (er hatte sich sorgfältig umgesehen: es war niemand in der Nähe, den er kannte) holte er zweihundert Dollar aus dem Geldautomaten. Das wird Sarah vermutlich gar nicht merken, dachte er. Sie überprüfte nie ihre Kontoauszüge und hatte nur einen groben Überblick darüber, wie hoch die Summen insgesamt sein sollten. Ihr Geld hatte stets ausgereicht, und wenn die monatlichen Auszüge der Bank kamen, hatte Sarah nur einen kurzen Blick darauf geworfen und sie dann auf den Stoß der Unterlagen gelegt, die abgeheftet werden mussten. Als Witwe würde sie ihre Gewohnheiten vielleicht ändern, aber das dauerte sicher einige Monate, und dann hätten sie beide längst miteinander gesprochen. Bis dahin würde ihm der Geldautomat als Komplize dienen.

Er würde noch andere Dinge brauchen. Zwei Garnituren Unterwäsche sollten für den Anfang reichen. Aber der Dorfladen bot nichts als eine magere Auswahl an Lebensmitteln – Früchte in Dosen, Toastbrot, Milch mit abgelaufenem Haltbarkeitsdatum. Er brauchte warme Kleidung, Medikamente und Haushaltswaren. Verdammt, er brauchte einen Wal-Mart. In den am Stadtrand von Jackson ging Sarah nie. Und wenn er dort frühmorgens einkaufte, würde er wahrscheinlich auch niemandem begegnen, den er kannte.

David plante seinen Großeinkauf für den nächsten Dienstag und bereitete sich darauf vor, indem er sich einen Sieben-Tage-Bart wachsen ließ. Als es soweit war, setzte er seine Baseballkappe, seinen Rucksack und eine dunkle Sonnenbrille auf, die den Sonnenaufgang zu einem Mitternachtsglühen machte. Sooft es ging, benutzte er Nebenstraßen und wandte jedes Mal, wenn ihm ein Auto entgegenkam, das Gesicht ab. Die Berge waren strapaziös und seine Beine schwach. Bergauf musste er das Fahrrad meistens schieben, so dass er für die vierzigminütige Autofahrt nach Jackson fast drei Stunden brauchte. Es war schon fast neun Uhr, als er in dem Einkaufscenter ankam. Er lag eine Stunde hinter seinem Zeitplan, doch bei einem Blick über den Parkplatz entdeckte er keine ihm bekannten Wagen.

Beim Betreten des Wal-Mart achtete er darauf, das Gesicht von den Überwachungskameras abzuwenden. Dann setzte er die Sonnenbrille ab, eilte durch die Gänge und nahm wahllos Angelschnüre und -haken, Unterwäsche und Socken, ein Sweatshirt, Jeans, einen Pfannenwender und Isolierband mit. Die ganze Zeit über beherrschte ihn ein qualvolles Misstrauen. Er zuckte vor jedem möglichen Kontakt zurück und hielt immer mindestens einen Gang Abstand zu den anderen Kunden – eine völlig überflüssige Vorsichtsmaßnahme, wie sich zeigte. Denn auch die anderen standen allein in irgendwelchen Ecken und zeigten mehr Interesse an den Preisen als an den Leuten um sie herum.

Nur die Kassiererin sah ihm direkt in die Augen, als sie lächelnd fragte: »Kreditkarte oder Kontolastschrift?« Er hatte automatisch seine Kreditkarte durch das Lesegerät gezogen – eine Exxon Visa, die Sarah selten benutzte. Und nun würde er auf einer datierten Quittung mit seinem Namen unterschreiben müssen. Der erste greifbare Beweis für sein Leben nach dem Tod.

»Ach, Entschuldigung, ich würde doch lieber bar zahlen. Geht das?«

»Sicher. Drücken Sie einfach die Löschtaste.«

Draußen, gleich bei den Sitzrasenmähern, leerte er den Inhalt seiner Plastiktüten in den Rucksack und wunderte sich, wie wenig hineinpasste. Er sah sich einmal kurz um, dann schlüpfte er aus seinen Schuhen, zog sich die neue Jeans über seine Shorts und band sich das Sweatshirt um die Taille. Die Angelschnüre stopfte er in die Hosentaschen, und die Socken wickelte er um die Handgriffe seines Fahrrads, so dass er schließlich aussah wie ein radfahrender Obdachloser. Aber keiner hielt ihn auf oder starrte ihn an. Wie albern, dass er angenommen hatte, alle Aufmerksamkeit würde sich auf ihn konzentrieren. Er könnte wahrscheinlich genauso unbemerkt durch die Stadt fahren wie jeder andere Geist auch.

Dann tauchte an der Ausfahrt des Parkplatzes links neben ihm ein blauer Honda Accord auf. Ihm krampfte sich der

Magen zusammen. Da war sie wieder, die allgegenwärtige Margaret, den Blick auf die rote Ampel gerichtet. Langsam, ganz langsam und jede abrupte Bewegung vermeidend drehte er seinen Lenker nach rechts und bog in die Tankstelle an der nächsten Ecke ein. Er versteckte sich hinter einer Zapfsäule, bis auch der letzte Schimmer von Blau sich die Straße hinunter verflüchtigt hatte. Erst dann fuhr er wie ein Wilder aus der Stadt hinaus.

Nach einer Meile, als die Schnellrestaurants bereits Ackerland gewichen waren, hielt er bei einer Weide voll Wilder Möhren an und legte sein Fahrrad ins Gras. Sein Herz raste, seine Hände waren schweißnass. Er stand da, an einem Stacheldrahtzaun, blickte auf das Weideland hinaus und fragte sich, ob Margaret ihn bemerkt hatte. Nein, dann hätte sie ihn bestimmt angesehen. Er hatte noch immer ihr Profil vor Augen, das nur eine Armeslänge von ihm entfernt gewesen war. Wie seltsam es sich anfühlte, vor Nachbarn davonzulaufen, jedem Kontakt mit Menschen auszuweichen. Der Wortwechsel mit der Kassiererin war sein erstes kurzes Gespräch seit sieben Tagen gewesen. Er hatte in der Hütte weder Telefon noch Fernseher oder Computer, und so war der Radiowecker auf dem Nachttisch sein einziger Begleiter, auch wenn der Empfang so schlecht war, dass er nur einen lokalen Countrymusik-Sender hereinbekam. Aber ihm war ohnehin der Gesang der Nachtschwalben lieber, und sogar das Wiederkäuen der Kühe, die durch die Goldruten über die Weide sprangen und sich jetzt vor ihm versammelten.

13

Zwei Wochen später saß David auf der Terrasse und stieß beim Durchblättern der Zeitung, die er sich im Dorfladen gekauft hatte, auf die Anzeige seines Gedenkgottesdiensts. Am Samstag, um vier Uhr nachmittags, in der Jefferson-Kapelle. Statt Blumen wurde um Spenden für das Krankenhaus auf dem Land außerhalb von Jackson gebeten.

Er las die Anzeige dreimal und fragte sich, ob er sich noch einen weiteren Ausflug in die Stadt leisten konnte. Der Gottesdienst selbst interessierte ihn nicht allzu sehr, eher die Gelegenheit, Sarah wiederzusehen und ihre Gefühle einzuschätzen. Aber ein Aufenthalt in der Stadt war riskant. Nach seiner Wal-Mart-Eskapade war er geradezu überängstlich gewesen und hatte jeden Augenblick ein Klopfen an der Tür gefürchtet – sei es von Sarah, Margaret oder Carver. Doch je mehr Tage vergingen, ohne dass jemand kam, desto stärker war er von seiner Unsichtbarkeit überzeugt. Das menschliche Gehirn interpretierte visuelle Eindrücke und machte Dinge daraus, die zu erwarten waren und einen vernünftigen Sinn ergaben. Niemand hatte erwartet, ihn bei Wal-Mart zu treffen, und genauso wenig würde irgendjemand auf einem Gedenkgottesdienst für ihn Ausschau nach ihm halten.

Am nächsten Tag packte er eine Flasche Wasser, eine Tüte Studentenfutter und ein Taschenbuch in seinen Rucksack. Den Bart hatte er sich vor einigen Tagen abrasiert, doch seine Sonnenbrille und die Baseballkappe würden schon ausreichen. Die meisten Leute, die ihn kannten, würden in der Kapelle sitzen. Wenn er etwas später kam und auf Distanz blieb, bestand kaum Gefahr, entdeckt zu werden.

Um fünf vor vier erreichte er das Wäldchen am Rande des College. Er lehnte sein Fahrrad an eine Kiefer und ging auf großen Umwegen Richtung Campus, hielt sich aber abseits des belebten Platzes mit den imposanten Backsteingebäuden, aus denen jederzeit plötzlich ein Kollege heraustreten konnte. Als die Steinkapelle zu sehen war, wich er auf die andere Seite einer Hecke zwanzig Meter weiter links aus. Dort legte er sich auf den Rasen, zog das Taschenbuch aus dem Rucksack und tat so, als läse er darin. Dabei neigte er den Kopf, so dass der Schirm der Baseballkappe sein Gesicht beschattete. Da er außerdem seine Sonnenbrille trug, konnte er gefahrlos die Augen schließen und auf die Klänge lauschen, die durch die Fenster der Kapelle drangen. ›Amazing Grace‹, ›Be Still My Soul‹, eine gemeinsame Rezitation von Psalm 21, dann eine lange Reihe von Rednern, die sich nur durch ihre Stimmlage unterscheiden ließen. Nach einer halben Stunde hörte er, wie der junge Hochschulpfarrer, der eine kräftigere Stimme hatte als die anderen, von *Christus, Erlösung* und *Himmelreich* sprach. Eine zarte Flöte spielte Gounods ›Ave Maria‹, und die Atmosphäre war von Andacht erfüllt, bis die Orgel schließlich ein lautes ›Onward Christian Soldiers‹ anstimmte.

Er wandte den Kopf und sah durch das Blattwerk der Hecke, als die Begleiter seines Lebens aus der Kapelle traten. Zuerst Sarah und ihre Schwester Anne, Arm in Arm; dann Annes Ehemann mit den beiden Töchtern, gefolgt von Nate und seiner aktuellen Blondine. Der Pfarrer stellte sie alle zu einer Reihe auf, an der die Gottesdienstgemeinde vorbeidefilierte – Verwaltungsangestellte und Mitglieder des College, einige studentische Patienten. Sein Squashpartner, sein Zahnarzt, der Besitzer seines Lieblingsrestaurants. Drei Cousins, zwei Zimmergenossen aus Collegezeiten, fast die versammelte Ärzteschaft von Jackson. Angesichts der Größe der Trauergemeinde empfand er eine morbide Befriedigung.

Sarah ertrug die Beileidsbezeugungen mit bewundernswerter Geduld, schüttelte sogar dem Dekan, den sie verabscheute, die Hand und nahm hin, dass Mrs Foster sie auf die Wange küsste, während ihre Jungs das Gebüsch mit Fußtritten malträtierten. Als die meisten Trauernden weg waren, ging sie allein zu einer Holzbank, und David folgte ihr auf der anderen Seite der Hecke. In ihrem Gesicht erkannte er kein Anzeichen jenes Kummers, den sie über ihre Fehlgeburten empfunden hatte, nur einen abgespannten, müden Ausdruck.

Plötzlich duckte er sich, denn sie hatte etwas Seltsames getan. Sarah war von der Bank aufgestanden und hatte sich in seine Richtung umgedreht. Ihr Blick schweifte über die Hecke, dann sah sie in den Himmel hinauf, und schließlich ging sie wieder zur Kapelle hinüber, legte die Hand an die Mauer, begann daran entlangzulaufen und verschwand aus seinem Blickfeld. David kehrte zu seinem ursprünglichen Beobachtungsposten mit Blick auf den Eingang der Kapelle zurück und sah, wie Sarah von der anderen Seite her wieder auftauchte. Nate bot ihr den Arm an und führte sie zum Auto, während seine Freundin ihnen mit fünf Schritten Abstand allein folgte. Die drei stiegen in einen blauen Honda Accord, und zum zweiten Mal in diesem Sommer erlebte er, dass Margaret plötzlich mit Sarah davonrauschte.

Ende der Show, dachte er. Keine Beerdigungsprozession mehr, keine feierliche Autokolonne zum Friedhof. Es gab nichts zu beerdigen oder zu verbrennen, denn es gab keine mit grausigem Make-up bespachtelte Leiche. Die Trauergäste würden sich vermutlich alle zu Hause bei Sarah einfinden, und er fragte sich, ob er ihnen folgen sollte.

Inzwischen war es halb sechs, und die Abendsonne senkte sich bereits auf die Gipfel des Allegheny-Gebirges. Wenn er nicht bald aufbrach, würde er in völliger Dunkelheit durch die Berglandschaft fahren müssen. Dennoch zögerte er. Als er Sarah beobachtet hatte, war da wieder dieses dunkle, süchtig machende Gefühl gewesen. Und auch wenn es noch so beschämend war, er wollte wissen, was in ihrem Kopf vor sich ging, welche Geheimnisse sie ihm jetzt, da sie sich unbeobachtet wähnte, vielleicht offenbaren würde.

Zehn Minuten später war David auf dem Weg zu seinem Haus, nicht über die üblichen Straßen, sondern über Felder und kleine Wege, die von hinten an den Garten heranführten. Auf einer Anhöhe im Osten des Hauses legte er sein Fahrrad ins Laub und kniete sich hinter einen Brombeerstrauch. Links verriet eine Reihe parkender Autos, wer Sarahs Gäste waren. Der silberfarbene Audi gehörte seinem Steuerberater, der BMW musste Nates sein und der rotbraune Kombi gehörte seiner Lieblingskrankenschwester Anne Marie.

Die Trauergäste hatten sich auf der Terrasse um Sarah versammelt, und Margaret goss Getränke in kristallblaue Gläser. Nate stand etwas weiter weg im Garten, neben den Schmetterlingssträuchern, und fuhr seiner Freundin mit dem Zeigefinger über den nackten Arm. Seltsam, dachte David, wie die Schatten der Bäume eine Grenze zwischen ihm und der sonnenbeschienenen Welt schufen. Obwohl sein Name unter den Anwesenden immer wieder fiel, war ein Vorhang zwischen seinem Leben und diesem Schauspiel dort gefallen. Und als er sich an den Stamm einer Weymouthskiefer lehnte und die Augen schloss, spürte er, wie vollkommen seine Abgeschiedenheit war.

Nach zwei Stunden waren alle Autos bis auf Nates weg. David lief den Hügel hinab, drückte sich an die Rückwand des Hauses und warf einen Blick in die Küche. Anne kochte eine Kanne Tee – die gute, verlässliche Anne. Sie stellte Becher auf ein Tablett und füllte Zucker in eine purpurne Zuckerdose. Dann ging er weiter zum Wohnzimmerfenster und sah, wie Anne das Tablett zum Couchtisch trug. Sie schenkte Sarah, die auf dem Sofa saß, Tee ein, und Nate und seiner Freundin in den Sesseln auf der anderen Seite des Tisches ebenfalls. David lächelte, als sein Bruder höflich an dem Becher nippte. Nate war kein Teetrinker.

Um ihn herum senkte sich die Dämmerung, und die Luft wurde kühler. Die Nacht würde zu kalt werden, um draußen im Wald zu schlafen. Die Betonstufen zu seiner Rechten führten zur Souterraintür, und leise, ganz leise ging er die Treppe hinunter und drehte den Knauf. Die Tür war unverschlossen. Das hatte sich in den vergangenen drei Wochen also nicht geändert. Er ging durch den dunklen Raum und streckte sich auf dem Sofa aus. Eine halbe Wand trennte den oberen Teil der Treppe vom Souterrainraum. Falls jemand aus der Küche herunterkommen sollte, blieben ihm ein paar Sekunden, um sich hinter dem Sofa zu verstecken.

Der Abend schritt voran. Es wurde spät und der Raum schließlich vollkommen dunkel, doch er machte kein Licht. Er lauschte auf die Stimmen im Haus. Gelegentlich fing er ein paar Worte auf. Sonst hörte er nur ein Gewirr von Silben, in das sich die Schritte in der Küche mischten. So muss es sein, dachte er, wenn man begraben ist – man liegt im Erdboden, gelähmt von der Dunkelheit, und die Lebenden murmeln hoch über einem.

Dann vernahm er eine Änderung im Tonfall, Wortfetzen einer Verabschiedung. Schritte hallten durch die Diele, die vordere Haustür wurde geschlossen, und es folgte das sich allmählich entfernende Motorengeräusch eines Autos. Jetzt waren die beiden Schwestern in der Küche, und das Geklapper des Geschirrs in der Spüle überlagerte ihre melodiösen Altstimmen. Als eine Toilettenspülung gezogen wurde, floss gurgelnd Wasser durch die Rohre des Souterrains. Dann ging jemand durch die Diele und die Treppe hinauf.

Nach einer weiteren Viertelstunde war alles ruhig im Haus. David setzte sich auf, schaltete eine Lampe an und wartete, bis seine Augen sich an das Licht gewöhnt hatten. Sein Blick fiel auf das Bücherregal an der Wand gegenüber, das vollgestopft war mit alten Taschenbüchern. In der Hütte hatte er nur ein einziges anständiges Buch, eine Anthologie mit Erzählungen, die er in den vergangenen Wochen bereits zweimal gelesen hatte. Alles andere war Ausschuss, den sie zu Hause aussortiert hatten, drittklassige Schmöker und Collegelehrbücher. David trat an das Regal und strich mit der Hand über die Buchrücken. Hier stand die Sorte Romane, die er brauchte, dickleibige Klassiker, deren Lektüre viel Zeit in Anspruch nahm: ›Krieg und Frieden‹, ›Huckleberry Finn‹, ›David Copperfield‹. Die würde Sarah für ihre Seminare zur Frauenforschung sicher nicht brauchen. Er legte sie neben das Sofa, zusammen mit einem Stapel ›National Geographic‹, einer Penguin-Ausgabe von Shakespeares Tragödien und Fieldings Handbuch der Vögel Nordamerikas.

Als er einen Schritt vom Regal zurücktrat, um sich einen Überblick über die Bücher zu verschaffen, vermisste er auf einmal etwas. Vielleicht lag es an seinem Scharmützel mit dem Tod oder an der Stille in den Wäldern, aber zum ersten Mal in seinem Erwachsenenleben hatte er das Bedürfnis, in der Bibel zu lesen. Oben hatten sie eine wunderschöne Ausgabe, ein Geschenk seiner Mutter zu seinem zwölften Geburtstag. »Unbedingt erforderliche Lektüre«, hatte sie gesagt, »und sei es nur, um Shakespeare zu verstehen.« Nachdem er eine Weile auf Geräusche welcher Art auch immer im Haus gelauscht hatte, zog David sich die Schuhe aus und ging die Treppe hinauf.

Er nahm immer nur eine Stufe und prüfte jedes Mal, ob sie

auch nicht knarren würde, wenn er sein Gewicht darauf verlagerte. Oben angekommen drehte er den Knauf und schob lautlos die Tür auf, zuerst nur einen Spalt, um zu sehen, ob in der Küche die Luft rein war. Er ließ die Tür leicht angelehnt, damit er den Knauf auf dem Rückweg nicht noch einmal drehen musste. Dann schlich er ins Wohnzimmer, nahm die Bibel aus dem Regal und arrangierte die anderen Bücher so, dass die Lücke nicht auffiel. Einen Augenblick lang blätterte er im Neuen Testament, in dem die Worte Jesu flammend rot gedruckt waren, so als sollte allen Christi Blut auf ewig im Gedächtnis bleiben. *Lazarus, unser Freund, schläft; aber ich gehe hin, dass ich ihn auferwecke.*

David wandte den Kopf, als er plötzlich Schritte hörte. Sarah kam die Treppe herunter, ihre Beine sah er bereits. Wie konnte er nur so dämlich sein und nicht daran denken, dass sie vielleicht noch oben war. Noch ein paar Schritte, und sie konnte direkt ins Wohnzimmer hineinsehen. Er wollte sich schon verstecken, doch jede kleine Bewegung hätte ihre Aufmerksamkeit erregen können. Also blieb er stocksteif wie eine Lampe stehen und sah ihre Hand auf dem Treppengeländer herabgleiten, weiter und weiter, ehe sie nach rechts abbog, weg von ihm und in die Diele hinein. Sarah sah kein einziges Mal auf. Er hörte sie auf nackten Füßen durch die Diele ins Schlafzimmer gehen und wartete auf das Geräusch der ins Schloss fallenden Tür. Doch es kam nicht. Sarah öffnete ihren Kleiderschrank, ging ins Badezimmer. Schließlich wurde nach einem Klicken das Licht in der Diele trüber, und er wusste, dass sie ihre Deckenleuchte ausgemacht hatte und dass jetzt vermutlich nur noch eine der Nachttischlampen brannte. Wieder wartete er, bis Stille eingekehrt war. Und dann ging er rasch, mit der Bibel in der Hand, vom Wohnzimmer in die Küche hinüber, zog leise die Souterraintür hinter sich zu und schlich auf Zehenspitzen die Treppe hinunter. Aus dem Augenwinkel hatte er Sarah vor ihrer Frisierkommode sitzen sehen, mit dem Rücken zur Tür. Seine Anwesenheit hatte sie anscheinend nicht bemerkt. Und dann saß David reglos auf dem Sofa und hoffte, dass jetzt Ruhe herrschte.

Aber nach einer Weile hörte er wieder ihre Schritte in der Diele. Sie ging in die Küche und blieb in der Nähe der Souterraintür stehen. Offenbar hatte sie ihn doch gesehen. Bestimmt würde jeden Augenblick die Tür aufgehen, die Lampe aufleuchten und Sarah würde die Treppe herunterkommen. Nicht zu ändern. Es war an der Zeit. Sie beide waren allein, im Haus war es ruhig. Drei Wochen der Trennung waren bereits eine Prüfung für ihre Ehe gewesen. Vollkommen unangemessene Erklärungen schossen ihm durch den Kopf. Doch gerade, als er sich für einen Gesprächsauftakt entschieden hatte, hörte er sie mit raschen Schritten wieder durch die Diele eilen. Seltsam. Er wartete noch weitere zehn Minuten, aber jetzt schien die Gefahr vorüber zu sein.

David stellte den Radiowecker neben dem Sofa auf fünf Uhr. Er würde Jackson morgen früh in der ersten Dämmerung verlassen, noch ehe ihn irgendwer erkennen konnte. Doch bis es so weit war, legte er sich mit der Häkeldecke zugedeckt und mit Kissen unterm Kopf aufs Sofa und schlug die Bibel auf. *Am Anfang schuf Gott Himmel und Erde. Und die Erde war wüst und leer, und es war finster auf der Tiefe; und der Geist Gottes schwebte auf dem Wasser.*

Seit dieser Nacht wusste er, dass er zurückkommen und mit Sarah sprechen musste. Aber erst in der letzten Woche war er schließlich wieder nach Jackson gefahren, hatte nachts im Souterrain geschlafen und sie tagsüber vom Wald aus beobachtet, um in ihrem Gesicht zu lesen und ein Gefühl dafür zu entwickeln, ob sie ihn noch wollte. Er hatte zugesehen, wenn sie auf der Terrasse etwas aß, die Straße hinunterging, mit einem Glas Rotwein im Bett las. Und ja, er hatte sie auch abends beim Ausziehen beobachtet, zugesehen, wie ihr das Haar ins Gesicht fiel, wenn sie sich die Beine mit Körperlotion einrieb.

Die Begegnung im Supermarkt war reiner Zufall gewesen. Er hätte nie vermutet, dass sie in diesem Teil von Jackson einkaufen gehen würde. Einen Augenblick lang hatte er daran gedacht, sich ihr auf der Stelle preiszugeben. Doch dann geriet er in Panik und rannte in die Molkereiabteilung und durch die Schwingtüren in den Lagerbereich, wo er sich zwischen großen Kartons einen Weg zum Liefereingang bahnte. An jenem Abend hatte er lange wach gelegen im Souterrain, überzeugt davon, dass es endlich an der Zeit war, zu ihr hinaufzugehen. Doch er hatte noch immer ihre Reaktion gefürchtet, ihre Wut, ihren Schreck.

Erst heute Abend, an Halloween, als er vom Wald aus all die Kinder kommen und gehen sah, hatte er wirklich das Gefühl gehabt, dass er nicht länger warten durfte, und gehofft, sie würde ihn genauso herzlich willkommen heißen wie die anderen Besucher. Er war der Geist, der zu Allerseelen zurückkehrte, um eine Geschichte von Tod und Auferstehung zu erzählen. Und jetzt blieb ihm nur noch eins: um Vergebung zu bitten.

14

Schließlich schwieg er und musterte ihr Gesicht, quer über den Küchentisch hinweg. Und auch sie sagte eine ganze Weile lang nichts, immer noch erschüttert über die Absurdität, dass ihr an ihrem eigenen Küchentisch ein Toter gegenübersaß.

Er sah aus wie ihr Ehemann. Er hatte die gleichen Augen und Hände. Und obwohl seine Geschichte sie wütend machte, stimmte sie doch mit ihrem Wissen überein. Sie erklärte sein Auftauchen im Haus und im Supermarkt. Sie bestätigte ihr Gefühl, beobachtet zu werden. Und Erklärungen waren doch das Entscheidende, oder? Jedes Problem musste gelöst, alles Merkwürdige in einen logischen Zusammenhang gestellt werden. Gott bewahre, dass sie ein Leben voller Rätsel führte.

Aber trotzdem war da irgendetwas Surreales um diesen mitternächtlichen Besucher mit seinem unnatürlich bleichen Gesicht und der zu überzeugenden Geschichte. Warum klangen seine Worte so sehr wie die Erzählungen in ihrem Kopf – wie die detailverliebten Geschehnisse, die sie sich in den vergangenen drei Monaten ausgedacht hatte, um sich seine Abwesenheit zu erklären? Sie hatte so viele verworrene Phantasiegebilde, so viele logische Gründe ersonnen, warum er verschwunden war und wie er zurückkehren würde, dass ihr Davids Geschichte jetzt nichts weiter als ein mattes Echo ihrer eigenen Gedanken zu sein schien.

Sie sah deutlich, dass ihr anhaltendes Schweigen ihn zu

zermürben begann. Er knetete ein ums andere Mal seine Hände unter der Glasplatte des Tisches. *Gut, soll der Mistkerl sich doch vor Qual winden. Soll er in der Hölle schmoren. Jeder Tote ist besser als so ein heimlicher Beobachter.*

»Worüber denkst du nach?«, fragte er.

Sarah holte tief Luft. »Warum bist du gekommen?«

Die Frage schien ihn zu überraschen. »Ich wollte dich sehen ... wissen, ob es dir gut geht.«

»Du hast mich doch etliche Male gesehen, und du sagst, dass ich gut ausgesehen habe.«

»Ich wollte mit dir reden und dir erklären, was passiert ist.«

»Damit du dich selbst besser fühlen kannst.«

»Warum auch nicht. Aber ich dachte, du würdest dich ebenfalls besser fühlen danach.«

Das tat sie nicht, und Sarah fragte sich, warum. Jede normale Frau hätte ihren Ehemann doch unbedingt wiedersehen wollen und wäre außer sich gewesen vor Freude über diesen wundersamen Aufschub ihrer Witwenschaft. Sie hatte sich genauso sehnlich wie alle Trauernden ein Wunder gewünscht, und ein Teil von ihr verlangte geradezu danach, zu David hinüberzugehen und ihn mit heftiger, glühender Liebe in die Arme zu schließen. Aber ihr ging immer nur die alte Mahnung durch den Kopf: *Bedenke gut, was du dir wünschst*. Denn es war nicht normal, dass ein Ehemann sich im Wald versteckte, seinen eigenen Gedenkgottesdienst beobachtete und durch Fenster spähte. Nichts davon klang nach dem Mann, den sie geheiratet hatte. Und außerdem kaufte sie ihm sein plötzliches Bedürfnis nach einer Beichte nicht ab.

»Warum bist du *jetzt* gekommen?« Sie sah David in die Augen, und zum ersten Mal antwortete er völlig rückhaltlos.

»Du hast den Strom abstellen lassen.«

Sarah legte den Kopf in den Nacken und lachte. Natürlich. Jeden Oktober verschlossen sie die Hütte und ließen den Strom abstellen. Dieses Jahr hatte sie es vergessen, bis ihr Nachbar Rich, der für den Stromkonzern arbeitete, sie anrief. Als er fragte, ob sie auch diesen Winter den Strom in der Hütte abstellen lassen wolle, sagte sie: Ja, vielen Dank. Das war vor zwölf Tagen gewesen, ein Zeitraum, in dem so eine Hütte ordentlich auskühlen konnte. Sie sah quasi vor sich, wie Davids Atem sich als leichter Frosthauch auf seinen Lippen niederschlug, wenn er frierend im Bett lag. Ein Bild, das sich nahtlos in ihre anderen Vorstellungen von seiner Leiche einfügte.

»Du möchtest also, dass der Strom wieder angestellt wird?« Ihr Ton war sarkastisch.

»Ja. Aber nicht nur das. Wirklich, Sarah.« Er hob seine Hände über die Tischplatte und streckte sie nach ihr aus, doch sie zog ihre Finger instinktiv zurück.

»Ich möchte, dass du mit an den Fluss kommst. Ich möchte, dass wir beide mal allein sind miteinander, weit weg von allem. Komm mit mir in die Hütte.«

Es war unheimlich, wie sehr seine Worte ihren Wünschen zu entsprechen schienen. Sie wollte schon so lange aus diesem großen Haus heraus, der aufgesetzten Freundlichkeit all der entfernten Bekannten entfliehen. Dennoch empfand sie einen starken Widerstand gegen Davids Wunsch. Bislang hatte er alles, was geschah, kontrolliert. Er hatte sie verlassen und heimlich beobachtet und sie zu einem Objekt des Mitleids der Nachbarn gemacht. Sie schuldete ihm überhaupt nichts, dem Mistkerl. Doch für Wut brauchte es Kraft, und ihre Abscheu war begleitet von einem überwältigenden Gefühl der Erschöpfung.

»Ich weiß nicht.« Sie blickte sich in der Küche um, auf der Suche nach etwas Konkretem – und sah den Kühlschrank, die Müllpresse, die Arbeitsflächen aus glänzendem Granit.

Und da kam ihr zum ersten Mal der Gedanke, dass sie in den letzten Jahren ihres Lebens ihren Ehrgeiz durch Sauberkeit ersetzt hatte. Sie hatte sich um ihre Küche gekümmert wie um ein Ersatzkind, die Oberflächen gepflegt, die Fenster dekoriert und sich mit dem Kauf von Einbauschränken sogar eine Illusion von Fortschritt erhalten.

So hatte sie sich ihr Leben nicht vorgestellt.

»Ich bin müde«, murmelte sie.

»Natürlich.« David hob beschwichtigend die Hände. »Denk darüber nach. Ich schlafe heute Nacht noch mal im Souterrain, wenn es dir recht ist, und fahre morgen früh zurück zur Hütte. Die Entscheidung, ob du zu mir kommen willst oder nicht, liegt ganz bei dir. Aber, Sarah –«, und jetzt beugte er sich zu ihr herüber, »– du sollst wissen, dass ich all das nicht geplant habe. Ich wollte dich nicht verlassen. Dieser Weg hat sich einfach vor mir aufgetan, und ich musste ihm folgen. Ich weiß, das ist keine Entschuldigung. Aber komm zu mir an den Fluss, bitte.«

Und mit diesen Worten stand er vom Tisch auf und ging ins Souterrain hinunter. Sie hörte noch seine Schritte auf der Treppe verklingen, dann legte sie ihre verschränkten Arme vor sich auf den Tisch und ließ den Kopf darauf sinken.

15

Als Sarah am nächsten Morgen erwachte, lag Grace am Fußende ihres Betts. Rechteckige Lichtflecken fielen durchs Fenster auf ihre Bettdecke und tauchten das Haus wieder in seine alltäglichen Pastelltöne. Ihr Wecker stand auf sieben Uhr morgens. Sie wollte sich gerade noch einmal umdrehen und die Augen wieder schließen, da fiel ihr der Mann in ihrem Souterrain ein. Sie sah seine Augen vor sich, hörte den Klang seiner Stimme und stellte sich vor, David wäre der »alte Matrose« aus Coleridges Ballade, dessen ruheloser Geist ein langes »Mea culpa« deklamierte. Wasser, Wasser überall.

Sie stand auf, wartete, bis die Benommenheit wich, und ging in die Küche. Dort war nirgends ein Hinweis auf die Gestalt zu entdecken, die in der Nacht zuvor hier gesessen hatte. Ein Paar blauer Turteltauben aus Keramik zierte wie immer den Glastisch. Die Alltäglichkeit der Szenerie verbat jeden Gedanken daran, dass hier ein Wunder stattgefunden hatte – ein Toter nach Hause zurückgekehrt war. Sie öffnete die Souterraintür und lauschte auf Geräusche. Doch es war nichts zu hören von einem Mann, der dort unten schnarchte, sich anzog oder im Fernsehen die Morgennachrichten ansah. Sie ging die Souterraintreppe hinunter, und nach und nach tauchte der Raum vor ihr auf – das ordentliche Sofa, die verstaubten Bücher, die Kissen und die Häkeldecke an den üblichen Plätzen. Kein Anzeichen, kein Geruch, keine Unordnung, nichts, was Davids Besuch bewiesen hätte.

Das war zu erwarten gewesen. Schließlich mussten alle Geister bei Sonnenaufgang fliehen. Aber war sie gestern wirklich noch einmal aus dem Bett aufgestanden, oder war das alles nur ein Produkt ihrer lebhaften Phantasie? Und worin bestand der Unterschied zwischen Wirklichkeit und Traum in einem Leben, das hauptsächlich im Bett verbracht wurde?

Sie setzte sich aufs Sofa und legte das Gesicht in die Hände. Ihr Kopf erschien ihr so zerbrechlich wie ein Glas, das über einer hoch aufsteigenden Flamme hauchdünn geblasen worden war. Ich brauche ein Aspirin, dachte sie – nein, etwas Stärkeres. Vielleicht könnten ein paar Bloody Marys einen hartnäckigen Geist vertreiben. Dennoch, ein Gedanke schwang in ihrem sich hin und her wiegenden Körper unablässig mit: *Er lebt, er lebt, er lebt.*

Sollte sie einfach in ihr Auto springen und sofort zu David in die Hütte fahren? Doch der Gedanke verflog so schnell wieder, wie er gekommen war. Sie würde dem Mann, der sie zur Witwe gemacht hatte, nicht hinterherlaufen. David hatte sie drei Monate lang warten lassen, da konnte er jetzt wenigstens vierundzwanzig Stunden warten. Zeit genug, um über alles gründlich nachzudenken. Im Moment war nur eines wichtig – sie griff nach dem Telefon und wählte die Nummer des Stromkonzerns.

Sarah ging den ganzen Tag lang nicht unter die Dusche und zog sich auch nicht an. In einem langen weißen Morgenrock wanderte sie durchs Haus. Ich bin zu einem ruhelosen Geist geworden, dachte sie, und David ist der Lebende. Aber was war das für ein Mann, der sich monatelang in einer Hütte versteckte, ohne auch nur einmal seine Ehefrau oder seine Freunde anzurufen?

In der Highschool hatte sie davon geträumt, wie ein moderner Thoreau zu leben: allein im Wald, in einer einfachen Hütte, mit einem Fluss als einzigem Begleiter – in so einer

Umgebung konnte sich Schöpferkraft entfalten. Kälte, Hunger, Einsamkeit, all das würde ihr nichts ausmachen. Ja, solange man sich seinen Tagträumen in einem geheizten Zimmer hingab, konnte man die Qualen eines auf sich selbst zurückgeworfenen Lebens gut ausblenden.

Aber David war dreiundvierzig, hatte eine Ehefrau, einen Beruf, eine Hypothek auf dem Haus. Er war doch schon viel zu alt, um sich noch Phantasien vom Pfadfinderleben hinzugeben.

Sie zog das Album mit ihren Hochzeitsfotos aus dem Regal im Wohnzimmer und staunte über die dunkeläugige Braut, deren Haar mit Schleierkraut hochgesteckt war. Eine Reihe Perlknöpfe lief von der Brust bis zum Nabel hinunter, und zu ihren Füßen breitete sich eine lange Schleppe aus viktorianischer Spitze aus. Neben ihr stand Anne, in lachsfarbener Seide, und das Louisianamoos über ihren Köpfen diente als Mistelzweig. Die Fotos zeigten lauter küssende Onkel, Cousins und Freunde, und auch einen komischen Kuss von David mit Krümeln der Hochzeitstorte im Mundwinkel. Aber was ihr vor allem auffiel, waren nicht die Küsse, Krümel oder Perlen, sondern die lächelnden Gesichter, die uneingeschränkte Begeisterung aller.

Auf den Fotos der letzten Zeit war ihre Miene gedämpfter. Sie stand an einem Tisch voller Schüsseln mit Salat und kalter Pasta – ein Essen mit Collegekollegen, zu dessen Büfett jeder etwas beisteuerte. Ihr Gastgeber war dauernd mit einer Kamera herumgelaufen, und sie hatte innegehalten und posiert, während David ihm den Rücken zukehrte. Ihre Freude schien temperierter, ihr Vergnügen gemäßigter. Das Alter, sagte sie sich, zeigte sich nicht zuerst in Falten oder grauem Haar, sondern in einem matten, gelangweilten Lächeln.

Sie stellte die Fotoalben wieder ins Regal und warf einen prüfenden Blick auf die Bilder, die ihre Wohnzimmerwände schmückten. David hatte immer auf die Gelegenheit gewartet, doch noch einmal Maler werden und sich ganz auf den Weg begeben zu können, den er nicht eingeschlagen hatte. Nur wenige Menschen bekamen die Chance, ihr Leben von Grund auf zu verändern. Es war so viel einfacher, den eingeschlagenen Kurs zu halten und alles Bedauern zu ersticken. Sie konnte ihm nicht vorwerfen, dass er etwas anderes ausprobieren wollte. Doch ein Mann von Format hätte nicht im Geheimen agiert. Er hätte dem College und aller Welt verkünden sollen, dass er die Medizin zugunsten seiner Malerei aufgeben würde. Das hätte Mut erfordert – den Mut, die ungläubigen Blicke und das nachsichtige Lächeln der Leute zu ertragen, und den Mut, die ganze Stadt zum Zeugen seines Erfolgs oder Scheiterns zu machen. Aber wie hätte er das tun können mit einer Ehefrau, die in ihrem riesigen Haus saß und erwartete, dass die Rechnungen bezahlt wurden?

Sarah stellte sich gern vor, dass sie ihn unterstützt hätte und bereit gewesen wäre, wieder in ein Cottage mit drei Zimmern zu ziehen und sich von ihrem Teilzeitgehalt durchzuschlagen. Und vielleicht wäre das in früheren Jahren auch tatsächlich möglich gewesen, als das Leben noch ein großes Abenteuer und nicht auf materielle Güter gebaut war. Aber um ehrlich zu sein, wenn David im letzten Jahr zu ihr gesagt hätte, er wolle seinen Beruf aufgeben und Künstler werden, dann hätte sie dafür kein Verständnis gehabt. Das Vorhaben an sich hätte sie vermutlich murrend hingenommen, aber ihn doch stets davon abgehalten – eine ewig nörgelnde, verärgerte Bremserin.

Sarah schüttelte den Kopf, als sie aus dem Wohnzimmer ging. Warum nur gab sie immer sich die Schuld? David war hier derjenige, der sich falsch verhalten hatte – er war der heimliche Voyeur, ganz egal, wie vernünftig und logisch seine Selbstrechtfertigungen auch klangen. Ihr Ehemann war ein selbstgerechter Mensch, und nicht einmal der Tod hatte ihn Demut gelehrt.

Abends um acht legte Sarah sich ins Bett, griff nach der Fernbedienung und lag einfach im Dunkeln da, während die Wettervorhersage über den Bildschirm flimmerte. Irgendwann zwischen Windstärke und Luftdruck hörte sie ganz dicht an ihrem Ohr jemanden rufen: »Sarahhh ... Sarahhh«, und sie schrak auf aus ihrer Halbwelt zwischen Wachen und Schlafen in dem Gefühl, dass die Stimme hier bei ihr im Schlafzimmer war und aus den Schatten neben ihrem Bett drang. David war wieder da.

»Lass mich in Ruhe.« Sie drückte sich das Kissen an die Ohren, bis ein Knistern in seiner Stimme sie auffahren ließ. Da sah sie den Anrufbeantworter rot blinken. »Ich weiß, dass du da bist, Sarah. Nimm bitte ab ... Ich möchte, dass du an den Fluss kommst. Die Bäume tragen noch immer Herbstlaub, das Farbenspiel wird dir gefallen.« Dann folgte ein langes Schweigen, in dem sie beide auf den anderen lauschten. »Komm an den Fluss, Sarah«, und dann schaltete das Gerät ab. Sie saß reglos da, während seine Stimme in ihrem Kopf verklang, und schließlich legte sie sich in die Kissen zurück und malte sich die goldbraune Berglandschaft aus, aus der hier und dort ein blutroter Ahorn herausstach.

Am nächsten Morgen lehnte sie sich quer übers Bett zum Anrufbeantworter hinüber und drückte die Play-Taste, um Davids Worte noch einmal bei Tageslicht anzuhören. Doch es waren keine neuen Nachrichten eingegangen. Seltsam, sie konnte sich nicht erinnern, seine Bitte gelöscht zu haben. Aber an etwas anderes konnte sie sich erinnern: Er hatte kein Telefon. Es war ein Traum gewesen. Das alles war nur ein Traum.

Höchste Zeit, einen Therapeuten anzurufen, dachte sie, als sie in die Küche ging und den Wasserkocher anschaltete. Höchste Zeit, Margaret anzurufen und ihr die vollständige Geschichte ihres wiederauferstandenen Ehemanns zu erzählen. Sie beide könnten zur Hütte hinausfahren und dort gemeinsam in den Wandschränken und unter den Betten nach Davids Geist suchen. Und wenn sie ihn nicht fanden, könnten sie sich einen Plan für Sarahs Zukunft zurechtlegen, eine Strategie, wie ihr Verstand am besten an diese Welt zu binden sei.

Nein, sie konnte Margaret nicht anrufen. Wenn David real war, sollte sie ihn nicht anderen Leuten preisgeben, und wenn nicht, warum sich selbst beschämen? Ein kurzer Ausflug zur Hütte, und schon wüsste sie, was sie von all ihren Wahnvorstellungen zu halten hatte. Doch warum zögerte sie dann?

Sarah saß eine halbe Stunde lang am Küchentisch und versuchte, aus dem Teesatz am Boden ihres Bechers zu lesen. Sie kannte den Grund für ihre Furcht, auch wenn sie ihn nie laut aussprechen würde. Es ging nicht darum, dass David vielleicht eine Halluzination war. Diese Vorstellung hatte doch fast schon wieder etwas Tröstliches angesichts der Kraft, die sie damit ihrer Phantasie zuschrieb. Nein – sie fürchtete etwas Unheimlicheres, etwas, das zwischen Leben und Wahngebilde angesiedelt war. Sie verstörte der Gedanke, dass in der Halloween-Nacht wirklich ein ruheloser Geist zu ihr zurückgekehrt sein könnte, ein in einer Art Fegefeuer gefangenes Halbwesen.

Sarah hatte immer an Geister geglaubt. Schon als Kind entschuldigte sie sich stets bei den Geistern der von ihrer getigerten Katze getöteten Vögel und Maulwürfe, bevor sie deren zarte Kadaver auf Kiefernnadeln gebettet begrub. Und als Teenager nahm das noch zu, als sie auf Kiawah Island am Grab ihrer Großmutter stand, auf einem Friedhof, auf dem die Geister in der Atlantikbrise zu fauchen schienen. Aber erst in diesem Haus hier sah sie zum ersten Mal wirklich einen Geist, vier Tage nach dem Tod ihrer Mutter. Sie war nach Mitternacht aufgewacht und sah plötzlich am Fußende ihres Bettes eine verschwommene Gestalt sitzen, bleich und durchscheinend, weder Frau noch Mann, mit einem kaum zu erkennenden Gesicht, das aber dennoch irgendwie dem ihrer Mutter glich. Sie weckte David nicht auf, denn sie spürte, dass dieser Besucher allein ihretwegen gekommen war, und die Erscheinung verblasste, je besser ihre Augen sich an die Dunkelheit gewöhnten. Sie erzählte David am nächsten Morgen davon, erntete jedoch nur ein nachsichtiges Nicken. Bei all den Obduktionen während seines Medizinstudiums und auch in all seinen Jahren als Arzt, in denen er unzählige Rachen, Ohren und Augen ausgeleuchtet hatte, war er nie auf etwas so Amorphes wie eine Seele gestoßen.

Wie seltsam, dass nun ausgerechnet David, der Ungläubige, zu einem Geist geworden sein sollte. Wie seltsam und wie schrecklich zugleich. Denn Sarah glaubte nicht nur an Geister, sie fürchtete sie auch. Sie fürchtete ihre Einsamkeit, ihre Sehnsucht, ihre Enttäuschungen. Sarahs Erfahrung nach schienen Geister immer auf der Suche nach etwas zu sein – nach etwas, das sie nie ganz erlangen konnten.

Nach weiteren zwanzig Minuten gab sie schließlich ihrer Müdigkeit nach. Nicht nur die Toten brauchten ihre Ruhe, sondern auch die Lebenden, dachte sie, legte einen Bagel auf den Teller auf ihrem Nachttisch und kroch unter die Bettdecke. Die Wetterkarten flimmerten grün und blau über ihr Gesicht. Sie war fast eingeschlafen, da hörte sie wieder das Telefon klingeln, einmal … zweimal … dreimal. Der Anrufbeantworter sprang an, und Sarah wartete schon auf Davids lockende Worte.

»Sarah? Sind Sie da?«

Judith Keens klarer Bostoner Akzent hatte den gleichen Effekt wie das Fingerschnippen eines Hypnotiseurs.

»Hallo, Judith? Ich bin da, warten Sie, ich schalte nur schnell den Anrufbeantworter aus.«

»Ich bin ja so froh, dass ich Sie erreiche.« Judith Keen sprach ohne Punkt und Komma. »Ich möchte gern einen

Termin mit Ihnen vereinbaren, um Davids Arbeiten durchzugehen. Uns bleiben nur noch drei Wochen bis zur Ausstellung, aber Tom Bradley sagt, er kann die Bilder noch rahmen, wenn er sie spätestens Anfang nächster Woche bekommt. Würde Montag in Ihren Terminkalender passen?«

»Ich habe keinen *Terminkalender*«, erwiderte Sarah.

»Ach, umso besser. Wie wäre es, wenn ich um zehn Uhr zu Ihnen komme und die Bilder abhole?«

»Prima.«

»Wunderbar. Bis dahin also.«

Damit war es entschieden. Sarah stieg aus dem Bett und öffnete ihren Kleiderschrank. Jetzt hatte sie eine Aufgabe und einen Termin, die es erforderten, dass sie zur Hütte fuhr. Die Hälfte von Davids Bildern lagerte dort draußen, und ein paar seiner besten Arbeiten hingen noch an den Zedernholzwänden. Gewappnet mit einem praktischen Grund für ihren Besuch konnte sie ihm mit Würde entgegentreten, und nicht wie ein Fisch, den er mit einer dicken Fliege herbeigelockt hatte. Und wenn sie ihm gegenüberstand, würde sie schon erkennen, ob er real war oder ob sie ihm mit der Hand durch die Brust fahren und ihn wie Rauch davonwedeln konnte.

16

Der Wind drückte gegen die Autotüren, als Sarah die Gebirgsausläufer der Appalachen erreichte. Feuchtes rotes Laub flog gegen die Windschutzscheibe, wirbelte auf und wehte über das Schiebedach davon. Die Bäume hatten fast alle Blätter verloren, und durch das kahle Geäst schimmerte zu ihrer Rechten der Shannon vor den felsigen Hängen, die sich am gegenüberliegenden Ufer entlangzogen. Als die Straße sich nach links wand, verschwand der Fluss hinter ihr, doch sie näherte sich ihm immer wieder und folgte seinem gewundenen Lauf durch das Blue-Ridge-Gebirge.

Nach einer halben Stunde erreichte sie die Ostseite des Hogback Mountain, wo eine Ansammlung weißer Holzhäuser, eine Baptistenkirche und eine kleine Post aus Ziegelstein das Dorf Eileen bildeten. Sie bog nach rechts ab, direkt auf den Possum Run, und kam an dem Dorfladen vorbei, in dem David immer alles Notwendige einkaufte. Der Picknicktisch und der Getränkeautomat standen verschwörerisch stumm im Wind. Die Landstraße war gesäumt von ausladenden Bäumen, die ihre Schatten auf Sarahs Motorhaube warfen. Dann ging der Asphalt in Schotter über, und etwa alle dreihundert Meter zweigte eine Einfahrt ab. Sie hatten die Hütte wegen ihrer Abgeschiedenheit gekauft. Nicht einmal im Winter, wenn die Bäume kahl waren, konnte man andere Häuser sehen, und es war auch kein Brummen eines entfernten Highways zu hören. Kein Postbote, keine Müllmänner, keine Vertreter oder evangelikalen

Missionare. Nur an den Berglorbeer- und Rhododendronbüschen war zu erkennen, dass ihr Grundstück hier begann.

Als sie in die Auffahrt einbog, merkte sie, wie sehr die Regengüsse des Sommers den Weg ausgewaschen hatten. Ihr Auto holperte in tiefen Furchen dahin, und der Unterboden schlug mehr als einmal hart auf dem Erdboden auf, während sie Richtung Fluss hinunterfuhr. Ein wenig enttäuscht, dass niemand sie begrüßte, parkte sie neben der Hütte. Sie hatte gehofft, David würde am Fenster warten; aber so etwas tat vielleicht auch nur eine Frau. Dennoch, der erste Wagen, der hier seit Monaten ankam, hätte ihn schon aus welcher Ecke der Hütte oder des Gartens auch immer locken dürfen.

Sie stieg aus dem Auto und bemerkte all das Laub, das die Dachrinne verstopfte, und die vielen Kiefernnadeln auf dem Gehweg. Die Tür gab nicht nach, als sie den Knauf drehte. Also hob sie den Stein unter dem Stechpalmenbusch an, nahm sich den Ersatzschlüssel und schloss auf.

In der Hütte schien alles noch genau so zu sein, wie Margaret und sie es verlassen hatten. Zu ihrer Rechten lag die offene Küche, deren kieferngrüne Kunststoffoberflächen leer geräumt und sauber waren, über dem silbrigen Wasserhahn hing ein Wischlappen. Links stand, mit der Rückenlehne zu ihr, das grün-weiß karierte Sofa, über das die dunkelblaue Decke gebreitet war, die sie zu ihrer Collegezeit gehäkelt hatte. Vor dem Sofa lag ein geflochtener Teppich, und neben dem Steinkamin, der bis an die Decke mit den Zedernbalken hinaufreichte, stand ein Schaukelstuhl mit Korblehne. Rechts neben dem Kamin war Davids Staffelei aufgestellt, darauf noch das unvollendete Bild und daneben Pinsel in Glasgefäßen mit Lösungsmitteln.

Sie ging hinein und legte ihre Handtasche auf den Küchentresen, an dem drei ordentlich daruntergeschobene Holzstühle standen. Fünf Schritte weiter, und sie stand an dem polierten Kiefernesstisch mit seinen vier polierten Stühlen, die im Sonnenlicht glänzten, das durch die beiden Glastüren hereinschien. Sie öffnete die Türen und trat auf die Terrasse hinaus. Ihr Blick fiel auf die von Stockflecken gesprenkelten Terrassenpolster, auf den abgesperrten Schuppen links und auf den leeren Anleger am anderen Ende des Gartens. Der Fluss schien ihr verlockend, und so stieg sie die Terrassenstufen hinab und watete durchs hohe Gras.

Der Anleger war reparaturbedürftig. In den Brettern taten sich grinsende Risse auf, und das Geländer neigte sich gen Wasser. Vorsichtig trat sie auf die Bohlen und ging die fünf Meter bis zu deren Ende hinaus. Als sie sich umdrehte, sah die Hütte klein und traurig aus, und ihre geschlossenen Fenster wirkten wie ein Paar schlafender Augen. Er ist nicht hier, dachte sie. Er war nie hier.

Plötzlich schossen mitten im Fluss die Äste eines Baums vom Grund an die Wasseroberfläche, und sie fragte sich, was es für ein Gefühl sein mochte, zu ertrinken. Nicht im metaphorischen Sinn – das kannte sie bereits: das Gefühl um sich greifender Finsternis, gedämpften Hörens, der Enge in Brust und Lungen. Die Hälfte aller Leute um sie herum schien jeden Tag zu ertrinken, in Sorgen, in Arbeit, in unkontrollierbaren Exzessen. Aber längst nicht alles im Leben war metaphorisch. Es gab richtige Flüsse, richtige Seen, richtige Lungen, in die richtiges Wasser drang. Es konnte kein friedvoller Tod sein, richtig zu ertrinken.

Sie schloss die Augen, hob das Gesicht und ließ ihre Haut die letzte Novemberwärme genießen. Schon bald würde das Wetter so frostig sein wie ihre Stimmung, aber heute lag noch ein letzter Hauch von Sommer in der Luft. Direkt vor ihr dehnte sich der Flusslauf zu einem Schwimmloch, das bei Hochwasser sogar für Kopfsprünge tief genug war. Nach links verengte er sich zu einer sanften Stromschnelle, wo das Wasser, eine uralte Sprache murmelnd, die Felsen grüßte. Die gurgelnden, plätschernden Laute hatten etwas Beschwörendes, und in Gedanken stimmte Sarah in diese Zauberformeln mit ein und wiederholte drei Wörter, wieder und wieder: *David Robert McConnell.*

Nur einen Augenblick später hörte Sarah das Schnappen eines Astes und öffnete die Augen. Irgendwer ging am Ufer entlang, durch das raschelnde Laub. Sie spähte zwischen die Bäume flussaufwärts und sah einen sich bewegenden Schatten, der eher einem dunklen Fleck glich als einem Menschen. Als sie aufmerksamer hinsah, bekam die Gestalt Beine, Arme und Hände, doch es schauderte sie bei jedem neuen Detail.

Was hatte sie da aus dem Wald heraufbeschworen? Sie drehte sich um und rannte von dem Anleger herunter, nicht ohne die Entfernung abzuschätzen, die sie bis zu ihrem Auto zurücklegen musste. Es war dumm, so dumm, ganz allein mitten in den Wald zu fahren, und noch dazu auf Einladung eines Toten. Dabei konnte doch nichts Gutes herauskommen.

Aus dem Augenwinkel sah sie, dass die Gestalt an Größe gewann, Haare hatte, Kleider trug. Und als sie zum Waldrand hinüberblickte, trat dort ein vollständiger Mann auf die sonnenbeschienene Lichtung, mit einer Angelrute in der einen und einem Eimer in der anderen Hand. Es war David, der noch immer sein grünes Flanellhemd trug.

Als er sie sah, zeigte sich ein vertrautes Lächeln in seinem Gesicht. Er kam auf sie zu, legte den Eimer und die Angelrute ins Gras und wischte sich die Hände an den Enden seines Hemdes ab. »Danke, dass du gekommen bist.«

Was war das für eine schöne neue Welt, in der Tote mit einem Lächeln und offenen Armen zurückkehrten? Er trat noch zwei Schritte auf sie zu und wollte sie umarmen, doch sie wich zurück.

»Ich bin nicht deinetwegen gekommen, sondern wegen der Bilder.« David ließ die Arme sinken. »Judith will deine Arbeiten ausstellen.«

»Eine posthume Ausstellung?« Er lächelte, und automatisch erwiderte sie sein Lächeln, hielt aber plötzlich inne.

»Na gut …« David seufzte. »Komm mit.« Als er seinen Eimer wieder zur Hand nahm, sah Sarah im blutigen Wasser zwei Forellen mit glasigen Augen liegen.

In der Hütte legte er die Fische auf ein Schneidebrett und ging ins Schlafzimmer. »Ich will dir etwas zeigen.« Sarah folgte ihm und bemerkte, dass das Bett so ordentlich gemacht war, wie sie es vor drei Monaten getan hatte. David holte eine Mappe mit Kohle- und Kreidezeichnungen aus dem Wandschrank, die sie noch nicht kannte. Dann ging er zurück auf den Flur und öffnete die Tür zum anderen Schlafzimmer, wo ein halbes Dutzend Ölbilder an der Wand lehnten – detaillierte Darstellungen der die Hütte umgebenden Landschaft.

»Du bist produktiv gewesen«, sagte sie.

»Ich habe fast alle meine Utensilien aufgebraucht und hoffe, dass du mir neue bringen kannst.«

Aha, sie sollte Mädchen für alles spielen. Besorgungen machen, Malutensilien kaufen, ihm das Leben hier draußen erleichtern. Das würde ihm so gefallen, dem egoistischen Mistkerl. Doch als sie sich hinkniete und einige der Landschaften eingehender betrachtete, begann ihre Bitterkeit zu schwinden. Diese Bilder waren besser als alles, was er in den letzten zehn Jahren gemalt hatte. Die drei Monate Einsamkeit hatten ihm die Zeit gegeben, seine Leinwände minutiös zu bearbeiten und mit Farbe, Licht und Textur zu experimentieren.

»Die sind wunderschön«, sagte sie beeindruckt davon, wie deutlich jede einzelne Gänsefeder hervortrat. Und jetzt blätterte sie auch die Kohlezeichnungen durch. Beim letzten Blatt hielt sie inne. Ihre eigenen Augen blickten sie an, dunkel und grübelnd. Sie lag zwischen zerwühlten Laken im Bett ihres Schlafzimmers, dem Betrachter halb zugewandt, verschlafen und traumerfüllt. Das Licht, das durch die Vorhänge drang, betonte ein paar Haarsträhnen, die ihr auf die Brüste herabfielen. Es lag etwas Zartes und Wehmütiges in der Szene, und etwas sehr Fremdes.

David sah ihr von der Tür aus zu. »Such dir aus, was du möchtest. Oder besser noch, nimm sie alle mit. Aber bleib zum Lunch.«

Und so setzte sie sich im Wohnraum an den Tisch und sah zu, wie David die Fische säuberte. Er trennte den Schwanz, die Flossen und den Kopf mit chirurgischer Präzision ab und schob sie zur Seite. Dann schnitt er den weißen Unterbauch auf, nahm die Innereien heraus und warf sie in den Müll. »Ich bin ein richtiger Fischer geworden«, sagte er und löste die Gräten. »Fisch ist das Einzige, das ich zurzeit frisch bekommen kann. Im Sommer verkauft der Dorfladen Gemüse und Eier aus dem Umland. Aber jetzt gibt's bloß noch Pommes und Hotdogs.«

Sie schwieg, während er sich das Blut von den Händen wusch.

»Ich habe die Ankündigung in der Zeitung gelesen«, fuhr er fort. »Über die Ausstellung. Wie ist es dazu gekommen?«

Sarah zuckte die Achseln. »Judith hat mir zu Hause einen Kondolenzbesuch abgestattet und dabei einige deiner Bilder gesehen. Sie schien aufrichtig beeindruckt zu sein, und deshalb bin ich mit ihr ins Souterrain gegangen und habe sie alles durchsehen lassen. Sie sagte, sie habe gar nicht gewusst, dass du so talentiert gewesen bist.«

Er lachte. »Das ist vermutlich ein Kompliment.«

Sarah wandte ihr Gesicht ab und blickte zum Fluss hinaus. Er hatte kein Recht, stolz auf sich zu sein, dieser Mann, der vor seinen Verpflichtungen weggelaufen war, in Häuser hineinspähte und anderer Leute Gespräche belauschte.

»Was hast du vor?«, fragte sie. »Wirst du zurückkommen?«

Er drehte den Wasserhahn ab, nahm zwei Bier aus dem Kühlschrank und stellte eins vor sie hin. »Ich weiß nicht, ob ich jetzt schon zurückkommen kann. Aber ich weiß, dass ich meine Stelle nicht wiederbekomme. Im College wollen sie sicher keinen Arzt, der sich einen dreimonatigen Urlaub genehmigt, ohne ihn zu beantragen. Und ich weiß auch nicht, was wir den Nachbarn sagen sollen. Vielleicht, dass ich so eine Art Nervenzusammenbruch hatte?« Er drehte den Schirm seiner Baseballkappe zur Seite und trank einen großen Schluck Bier. »Und du hast auch schon das Geld von der Versicherung bekommen, nicht? Und das Sterbegeld vom College? Das müssten wir dann alles zurückzahlen. Vermutlich werden wir sogar noch wegen Versicherungsbetrug angeklagt.«

Sarah fuhr zusammen. Der Gedanke, dass man ihr die Schuld an all dem geben und in ihr etwas anderes als nur das Opfer sehen könnte, kam ihr zum ersten Mal.

»Ich werde die Hälfte der Versicherungssumme dem College stiften. Als Gedenkstipendium in deinem Namen.«

Wieder lachte David. »Ich fürchte, das wird die Herren vom Gericht kaum zufriedenstellen.«

Ihre Nägel gruben kleine Kerben in ihre Handflächen. »Was willst du denn dann tun?«

David zog einen dünnen Streifen des Etiketts von seiner Bierflasche. »Ich dachte, wir könnten zusammen Kajak fahren, so wie früher. Oder Fahrradausflüge in die Berge machen.« Er hielt inne und sah ihr in die Augen. »Ich würde gern zu dem Leben zurückkehren, das wir vor zehn Jahren geführt haben. Das heißt, nicht wirklich zurück, sondern vorwärts in ein anderes Leben.«

Sarah sah ihn ungläubig an. »Du hast uns in einen Versicherungsbetrug hineingeritten, weil du deine nostalgischen Gefühle ausleben willst?«

»Es wird niemand davon erfahren«, erwiderte er, »wenn du es nicht erzählst.«

Als Sarah nicht antwortete, stand er von seinem Stuhl auf. »Ich habe keine Pläne über diese Woche hinaus, ja nicht mal für heute Nachmittag. Ich wollte dich einfach sehen.«

Er ging auf die Terrasse hinaus, um den Grill anzumachen, und Sarahs Blicke folgten ihm die ganze Zeit, beeindruckt von der Gesundheit, die er ausstrahlte. Es war nichts mehr zu sehen von Davids Blässe, die ihr zu Hause in der Küche aufgefallen war. Hier wirkten seine Wangen rosig, sein unrasiertes Gesicht frisch, seine Arme muskulös. Der Holzstoß links neben dem Kamin war einen halben Meter hoch und zeigte, womit er einen Großteil seiner Zeit verbrachte. Vermutlich hatte er begonnen, Holz zu hacken, als der Strom abgestellt worden war.

Es würde ihm ganz recht geschehen, dachte Sarah, wenn sie nach Haus führe, den Strom wieder abstellen ließe, ihr Bankkonto wechselte und seine Kreditkarten sperrte. Dann könnte er mal sehen, wie lange er nur mit seiner Angelrute überleben würde. Aber sosehr sie David auch wehtun, ihm seine Arroganz vor Augen führen wollte, ein Teil von ihr liebte ihn immer noch – liebte ihn jetzt sogar noch stärker als in den vergangenen zwölf Monaten, denn jetzt war nichts mehr vorhersehbar im Leben ihres Ehemanns. Nichts erinnerte mehr an die alte Alltagsroutine. Er hatte ihrer Ehe den Hauch des Mysteriösen verliehen.

David servierte die gegrillten Forellen mit ein paar Scheiben Weizenbrot und einem großen Stück Cheddar, und Sarah aß schweigend. Die Einfachheit der Mahlzeit gefiel ihr. Ein paar Mal hätte sie gern etwas Versöhnliches gesagt, doch die Worte blieben aus. Als er fertig war, schob er seinen Teller beiseite und sah auf den Fluss hinaus.

»Ich kann gar nicht beschreiben, was für ein Gefühl es war, aus dem Wasser aufzutauchen und wieder atmen zu können. Ich fühlte mich wie neugeboren. Mir war ein neues Leben geschenkt worden, ich konnte nicht mehr in das alte zurückkehren. Und so hielt ich es für das Beste, hierzubleiben. Vielleicht war das ein Fehler, aber es ist nicht mehr zu ändern, und nun versuche ich, damit klarzukommen.«

Sarah trug die beiden Teller zur Spüle. »Ich verstehe deine Beweggründe. Ich weiß nur nicht, ob ich Teil dieses neuen Lebens sein möchte.«

Eine Stunde später half er ihr, die Bilder und Skizzen in ihrem Kombi zu verstauen. Sie versuchte, ihrem Ton etwas Leichtes zu geben, als sie sagte: »Weißt du, es gibt bessere Wege, eine Ehe wieder in die richtigen Bahnen zu lenken.«

Und dann saß sie auch schon im Auto und fuhr die Auffahrt entlang. Da erst fiel ihr ein, dass sie David kein einziges Mal berührt und nicht ausprobiert hatte, ob ihre Hand auf festes Fleisch treffen würde. Sie warf einen Blick in den Rückspiegel, doch er war schon nicht mehr zu sehen.

17

Zehn Tage später stand Sarah in der Galerie in der Walker Street und sah zu, wie Judiths Armreif über ihren Unterarm glitt, als sie auf einer Trittleiter die Leuchte justierte, die auf eine von Davids Flussszenen gerichtet war. Judith verrückte das Licht nur minimal, damit es im genau richtigen Winkel auf das Bild fiel und die goldenen und silbernen Tupfen auf dem Wasser wie versunkene Münzen glitzerten. Drei Zentimeter nach rechts, einen nach links, dann stieg Judith wieder von der Leiter. Sie sah Sarah an, die lächelte und nickte.

Dieser Ausstellungsraum mit den weißen Wänden, dem blauen Teppich und den beweglichen Raumteilern war in den letzten drei Tagen wirklich zum Leben erwacht. Die Kohlezeichnungen hingen im großen Erker, der auf den Garten hinausging, und an der Wand gegenüber leuchteten farbenprächtige Ölbilder. Jede Ecke hatte eine ganz eigene Stimmung, die Judith zur Vernissage noch durch entsprechende Horsd'œuvres ergänzen wollte – Kaviar als Widerhall der Kohlezeichnungen, Limettentarte zu den Aquarellen.

Margaret, die sich freiwillig bereit erklärt hatte, für das Essen zu sorgen, spottete über Judiths kulinarische Anwandlungen: »Wie wär's mit Wiener Würstchen neben den Aktbildern?« Aber Sarah vertraute Judiths Ideen. Umgeben von diesen Wänden voller sich wandelnder Farben und Formen, brachte sie selbst Davids Talent eine ganz neue

Anerkennung entgegen. Hier konnte sie von Bild zu Bild gehen und der Entwicklung dieser Obsession ihres Mannes folgen.

»Wie finden Sie es?« Judith stellte sich neben Sarah und ließ ihren Blick, Wand für Wand, prüfend durch den Ausstellungsraum schweifen.

»Das haben Sie großartig gemacht.«

»Ich habe gar nichts gemacht. Jetzt lebe ich seit zehn Jahren in dieser Stadt, halte mich für den großartigsten Talentscout der Gegend und habe David nicht mal bemerkt.« Sie legte einen Arm um Sarahs Schultern und drückte sie verlegen. »Einige der Bilder sind wirklich gut, wissen Sie. Fünf der besten habe ich zurückbehalten. Die werde ich im Dezember in meiner Galerie in Washington zeigen.«

Sarah hob die Augenbrauen. Das war ein Privileg, das Judith nur ihren Lieblingen vorbehielt. Und es war typisch, dass sie gar nicht erst um Erlaubnis fragte. Judith zog es vor, die Dinge zu verkünden, statt um sie zu bitten. Aber Sarah nickte zustimmend. »Ich habe mich schon gefragt, wo diese Kohlezeichnung von mir geblieben ist.«

»Ich dachte, in einer so kleinen Stadt würden Sie Ihre Brüste lieber nicht entblößt sehen.«

»Ja, die zeigen wir besser erst mal Fremden.«

Eine Türglocke ertönte, und Judith drehte sich um. »Nanu, wen haben wir denn da?«

Nate betrat die Galerie und zupfte sich seine schwarzen Lederhandschuhe von den Fingern. Sarah ging auf ihn zu und drückte ihm einen raschen Kuss auf die Wange. »Ich wusste gar nicht, dass du heute schon kommst.«

»Ich wollte die Ausstellung ohne all die Leute sehen.« Nate stopfte die Handschuhe in eine der Taschen seines dunkelblauen Mantels. »Es ist schwierig, bei all den Gesprächen auf einer gut besuchten Vernissage die Kunst wirklich zu genießen.«

»Da haben Sie völlig recht.« Mit ausgestreckter Hand kam Judith auf ihn zu.

»Das ist Judith Keen, ihr gehört die Galerie.« Sarah half Nate aus dem Mantel. »Das ist Davids Bruder, Nate.«

»Die Ähnlichkeit ist verblüffend.« Judith schüttelte Nate die Hand. »Als würde der Künstler selbst in die Ausstellung kommen.«

Nicht ganz, dachte Sarah und hängte Nates Mantel in den Garderobenschrank. David hatte nie Schmeicheleien der Art hervorgerufen, mit denen Judith jetzt Nate überschüttete. Sie führte ihn zu den besten Bildern und redete plötzlich wie ein Profi für Flirts. »*Natürlich,* Aquarelle sind zurzeit gar nicht *en vogue,* aber sehen Sie sich *dieses* hier mal an.« Jedes Mal wenn Nate sich zur Leinwand vorbeugte, sah Sarah, wie Judith mit dem Blick der Kunstkennerin sein Profil begutachtete. Es war eine unglaubliche Aura um ihren Schwager. Wann immer er einen Raum betrat, änderten die Frauen ihre Haltung.

Sarah ging ins Foyer, wo auf einem Tisch aus poliertem Walnussholz in einem Silberrahmen ein Foto von David stand. Er lehnte an einer Pappel, in einem Hemd mit weißem Kragen, das bis an die Ellbogen aufgekrempelt war. Sie hatte dieses Foto ausgesucht, weil es seine typische Pose war, die Arme verschränkt und mit forschendem Blick. Als sie es ins Licht hielt, schien er sie anzulachen. Was tat er gerade? Angeln? Malen?

In den letzten beiden Wochen war sie nicht zur Hütte hinausgefahren, und die Distanz hatte David wieder zu einer schemenhaften Gestalt gemacht. Und wieder dachte sie über den geistigen und körperlichen Zustand ihres Ehemanns nach. Der Fluss hatte ihn weit über die seelische Wiedergeburt hinaus, die er empfand, umgestaltet. Etwas Grundlegendes und Wesentliches hatte sich verändert.

Aber konnte das ausbleiben? Sarah betrachtete die Falten

in Davids zweidimensionalem Gesicht. Welche Transformation hätte Eurydike durchgemacht, wenn es Orpheus gelungen wäre, sie ans Tageslicht zu führen? Wäre sie so anfällig dafür geblieben, auf einen einzigen eigensinnigen Blick hin zu verschwinden? Und was war mit Lazarus? Wie war er, nachdem Jesus ihn auferweckt hatte? Nahmen seine Schwestern eine beunruhigende Veränderung an ihm wahr?

Nate und Judith gingen langsam von Ölbild zu Ölbild. Als Sarah von dem Foto aufsah, drehte er sich nach ihr um, hob einen Zeigefinger und formte mit den Lippen die Worte: »Warte auf mich.«

Sie stellte das Foto von David zurück auf den Tisch. Was fehlte hier nur? Dort lag das Gästebuch mit dem edlen Goldschnitt, daneben ein Kugelschreiber im Samtkästchen. Und dort stand eine kleine Messinglampe, von deren Schirm Bernsteinperlen herabhingen. Sie sah noch weitere drei Minuten auf den Tisch, bis sie ganz in ihrer Nähe Nates Stimme hörte.

»Sieht nach einer sagenhaften Ausstellung aus.«

»Eine weise Entscheidung von Ihnen, sich die Bilder heute schon anzusehen.« Judiths Hand lag in Nates Ellbogen.

»Da habe ich auch gleich Gelegenheit, dich zum Lunch einzuladen.« Er lächelte Sarah an. »Falls du Zeit hast?«

Sie sah noch einmal auf das Foto von David. »Ich habe immer Zeit.«

»Gehen Sie mit ihm in die Trattoria«, riet Judith und löste ihre Hand von Nates Arm. »Sie ist *das* Restaurant zum Lunchen.« Sie öffnete den Garderobenschrank und reichte Sarah ihren langen Mantel. Dann half sie Nate in seinen und ließ einen Moment lang ihre Hände auf seinen Schultern ruhen, nachdem er in das seidene Innenfutter geschlüpft war. »Ich sehe Sie beide dann am Freitag.«

»Judith.« An der Tür drehte Sarah sich noch einmal um.

»Auf dem Tisch sollten vielleicht ein paar Blumen stehen, nicht?«

»Natürlich. Ich kümmere mich darum.«

Zwanzig Minuten später saß Sarah vor einem Teller Hühnchen-Piccata und pickte mit ihrer Gabel die Kapern heraus. Sie hatte eine höfliche Bemerkung über die wirtschaftliche Lage gemacht, und jetzt räsonierte Nate über die Möglichkeiten einer Erholung der Konjunktur. Seine Worte drangen nur gedämpft zu ihr, als säße er zwei Tische weit weg, während sie darüber nachdachte, ob sie ihm die Wahrheit sagen sollte.

Als Davids nächster lebender Verwandter hatte Nate gewisse Rechte. Er hatte ein Recht darauf, zu wissen, ob sein Bruder lebte oder tot war, und auch darauf, dass man ihm unnötigen Kummer ersparte. Aber David hatte ebenfalls Rechte und konnte darauf bestehen, dass sein Geheimnis gewahrt blieb. Er hatte ihr zwar kein Schweigegelübde abgenommen, doch Sarah fühlte sich dennoch verpflichtet, ihm diese Chance auf ein neues Leben zu ermöglichen. Und sie bezweifelte ohnehin, dass Nate ihr glauben würde, wenn sie ihm von der Hütte und dem Geist im Souterrain erzählen würde.

»Worüber denkst du nach?«, fragte Nate.

»Ich bewundere gerade dein Talent, mit den Spaghettis fertigzuwerden. David hat sich immer Soße auf die Krawatte gekleckert, wenn wir hier gegessen haben.«

»David konnte sich so etwas erlauben. Das konnte ich nie.«

Wie wahr. Schönheit verpflichtete – eine Verantwortung, der man besser stets nachkam.

Nate griff nach seinem Weinglas, und Sarah staunte, als sie an seiner rechten Hand den Ehering seines Vaters sah. So eine gefühlvolle Geste hatte sie von ihm nicht erwartet.

Trauerte er, hinter dieser Fassade der Gelassenheit, doch um seine verlorene Familie?

Sie war nur einmal Zeugin von Nates Kummer geworden, auf Helens Beerdigung in Vermont. Als der Sarg ins Grab gesenkt wurde, brach er in unkontrolliertes Schluchzen aus und ließ den Kopf hängen wie eine verwelkte Rose. Vielleicht wäre er sogar auf die Knie gesunken, hätte David seinem Bruder nicht den Arm um die Schultern gelegt und ihn fest an sich gedrückt.

Nach der Trauerzeremonie ließen Nate und sie David mit einer Schaufel in der Hand am Grab zurück. David hatte Kummer immer schon mit körperlicher Arbeit bekämpft und darauf bestanden, dass seine Mutter nicht von Fremden beigesetzt werden sollte. Nate wollte helfen, doch auch wenn der Geist willig war, das Fleisch war schwach. Auf der Rückfahrt zu Helens Haus hatte sie in dem silberfarbenen Buick des Beerdigungsinstituts Nates Kopf an ihre Schulter gedrückt. Einen Moment größerer Mütterlichkeit hatte sie nie erlebt; sein ersticktes Schluchzen hatte etwas von den schmatzenden Lauten eines Babys gehabt, das gestillt wurde.

»Möchtest du noch ein Dessert?«, fragte sie, als er die Gabel hinlegte.

»Würdest du dir etwas mit mir teilen?«

»Eine Portion Tiramisu?«

»Mit Kaffee?«

»Für mich Tee.«

»Natürlich.«

Sie konnte sich nicht erinnern, dass Nate seit Davids Verschwinden in irgendeinem Moment verzweifelt gewirkt hätte. Als er am Morgen nach der Sturzflut vor ihrer Tür stand, war sein Haar zerzaust und sein Kinn unrasiert, aber seine Stimme klang ruhig. Sie wusste noch, wie sie auf dem Sofa saß und er unerschütterlich ihren Kopf an seine Brust drückte. Und mit dem sanften Pochen seines Herzens im

Ohr erzählte sie ihm alles. Wie sie eine Stunde lang am Ufer des schlammigen Flusses gewartet hatte, unter einem Regenschirm, während Äste und Blätter vorüberwirbelten. Wie sie zur Polizei nach Jackson gefahren war und das Formular für eine Vermisstenanzeige ausgefüllt hatte. Weil an dem Tag bereits zwei Mädchen ertrunken waren und nur noch zwei Stunden bis zum Einbruch der Dunkelheit blieben, hatte die Polizei den Fluss mit einem Hubschrauber abgesucht. Und außerdem waren freiwillige Rettungstrupps – hauptsächlich junge Männer aus der Gegend in Pick-ups mit Signalleuchten am Armaturenbrett – aufgerufen worden, an den Flussufern nach Angeschwemmtem aller Art Ausschau zu halten.

Noch von der Polizeistation aus hatte sie Margaret angerufen, damit beim Nachhausekommen eine Kanne Tee auf sie wartete. Sie beide hielten gemeinsam Nachtwache am Küchentisch, bis ein Polizist vor der Tür stand. Es war Davids Freund Carver Petty, der kam, um zu berichten, dass in einem Gewirr treibender Äste ein umgekippter gelber Kajak gefunden worden war. Von David gab es kein Anzeichen.

Sarahs Körper nahm die Neuigkeit früher wahr als ihr Geist. Plötzlich war ihr sehr kalt, und ihre Zähne schlugen so hart aufeinander, dass sie Carver nur mit einem leisen, unartikulierten Stöhnen antworten konnte. Sie erlebte diese erste Phase des Schocks sehr bewusst, ihre Zunge wurde dick und pelzig, ihr Körper krümmte sich. Margaret war sofort an ihrer Seite, setzte sie eingehüllt in eine Decke aufs Sofa, lagerte ihre Füße hoch, rieb ihre Hände und nahm die Anrufe entgegen, die alle Viertelstunde kamen. Davids Handy war gefunden worden … seine Wasserflasche … sein Paddel. Die Gegenstände seines Ausflugs tauchten einer nach dem anderen auf, alle außer seinem Körper. Um zehn Uhr nachts stellte die Polizei aufgrund der Dunkelheit die Suche ein, und Margaret begann, der Reihe nach Familienangehörige und Freunde anzurufen. Und so saß Nate am nächsten Morgen bei ihr auf dem Sofa und hörte sich schweigend alles an, ohne dass sich auch nur der Rhythmus seiner Atemzüge veränderte.

Am Nachmittag begleitete er sie, um ebenfalls dabei zu sein, wenn die Motorboote den Fluss durchkämmten. Während Sarah mit Margaret Arm in Arm dastand und den Tauchern zusah, lief Nate jedoch am Ufer entlang wie ein eifriger Retriever, der auf Beute aus war. Schon zu dem Zeitpunkt war, wie auch heute, nichts Tragisches um ihn gewesen. Resignation vielleicht, aber kein Anzeichen starken Kummers. Er hatte anscheinend all seine Tränen schon um Helen geweint, *nach dem ersten Tod gibt es keinen zweiten.*

Sarah musterte Nate über den Tisch hinweg und suchte nach den indirekten Anzeichen der Trauer – Sorgenfalten, hohle Wangen, übernächtigte Augen. Falls er litt, würde sie ihm alles sagen müssen. David hatte nicht das Recht, Leiden zu verursachen. Aber Nates Fingernägel waren so sauber, mit solch makelloser Pflege schien Kummer unvereinbar.

Sie winkte nach der Kellnerin und bat um die Rechnung. Dann sah sie Nate wieder an. »Nach der Vernissage möchte Judith die Eröffnung noch mit ein paar Leuten in einer Bar feiern. Es wird eine Zydeco-Band spielen, die gerade in der Stadt gastiert. Du bist auch eingeladen.«

»Oh, danke.«

»Du kannst gern bei mir übernachten. Es gibt sicher einiges zu trinken, und du musst ja nicht um Mitternacht noch durch die Berge nach Hause fahren.«

Nate nickte. »Wie wär's, wenn ich Freitagnachmittag meine Sachen bei dir vorbeibringe und wir zusammen zur Vernissage fahren?«

»Prima«, erwiderte Sarah. »Freitag also.«

18

Am Freitag saß Sarah bei Margaret in der Küche und träufelte Zitrone auf ein kaltes Lachsfilet. Der Lachs lag auf einer silbernen Platte, eingefasst von Kirschtomaten, die wie kleine Tulpenblüten geschnitzt und mit einer Mischung aus Frischkäse und gehackten schwarzen Oliven gefüllt waren. Margaret stand am Herd und rührte aufmerksam in einem Topf mit Erdnusssoße, während sie an einem Glas Pinot Noir nippte. »Kannst du mal nach dem Grill sehen?«, fragte sie, und Sarah nahm einen Teller aus dem Küchenschrank und ging hinaus auf die Terrasse.

Der November hatte Virginia eingeholt; die Bäume waren kahl geworden und die Luft roch nach verbranntem Laub. Sie hob die Abdeckhaube vom Grill und beugte sich darüber, um ihr Gesicht zu wärmen. Zwei Dutzend kleine Hühnchenspieße lagen darin, leicht angebraten wie Satay. Sie wendete sie mit der Fleischzange, die an der Seite des Grills hing, holte die garen Spießchen heraus und legte rohe nach, die auf einem Tablett gleich daneben lagen. Es zischte und spritzte, als das Fleisch den Grill berührte. Dann trug sie den Teller in die Küche und kippte die fertigen Spießchen in eine große hölzerne Salatschüssel.

»Wie viele haben wir jetzt?«, fragte Margaret.

»Ungefähr fünfundvierzig.«

»Wir brauchen noch zweimal so viele.«

Sarah schenkte sich ein Glas Rotwein ein, lehnte sich an die Spüle und ließ den Blick durch die Küche schweifen. Sie hatte Margaret gestern mit ein paar gemeinsamen Freundinnen einen Nachmittag lang beim Backen geholfen, und nun quollen die Arbeitsflächen über von Minzbrownies, schokoglasierten Erdbeeren und Limettentarte.

»Das ist ja aufwendiger als zu meiner Hochzeit.« Sie ließ einen Schluck Wein durch den Mund rollen.

Margaret trat mit ihrem Weinglas auf Sarah zu und stieß mit ihr an. »Das würde ich auch nicht für jeden x-Beliebigen tun.«

»Du bist ein Schatz.« Sarah legte den Kopf auf Margarets Schulter.

»Die Ausstellung ist wirklich klasse«, sagte Margaret. »Ich bin gestern bei der Galerie vorbeigefahren, um mir die Küche anzusehen, und habe mir gleich ein Bild ausgesucht. Eine Landschaft mit Gewitterwolken über einer Scheune. Du musst mir helfen, einen schönen Platz dafür zu finden.«

»Du solltest es vor allem neu rahmen lassen. David hat es lediglich auf einen einfachen schwarzen Holzrahmen gezogen.«

Margaret zuckte die Achseln. »Rahmen können auch ablenkend wirken.«

Sie ging wieder an den Herd zurück, und Sarah trank ihren Wein aus. »Und was soll ich als Nächstes tun?«, fragte sie und schenkte sich ein weiteres Glas ein.

»Wenn du jetzt noch das Baguette in Scheiben schneidest, haben wir das meiste geschafft.« Margaret legte ein Schneidebrett und drei große Brottüten auf den Tisch. »Ich habe ein Dutzend von denen hier gekauft.«

Sarah öffnete eine Schublade unterhalb der Mikrowelle und holte ein Brotmesser hervor. Sie wusste, wo sich was befand in dieser Küche – Töpfe, Schälmesser, alte Schnabeltassen, die Margaret für ihre künftigen Enkelkinder aufbewahrte.

Margaret goss die Erdnusssoße in eine Tupperwareschüssel und setzte sich dann an den Tisch. »Hast du in letzter Zeit David mal wieder gesehen?«

Sarah, die gerade beginnen wollte, das Brot zu schneiden, hielt mit dem Messer in der Hand inne. Wie gut es täte, dachte sie, die Wahrheit zu sagen und sich die schwere Last der letzten Wochen in einem langen Schwall von der Seele zu reden.

»In der Halloween-Nacht habe ich ihn gesehen«, begann sie, »im Traum. Er saß an meinem Küchentisch und hat mir alles über seinen Kajakausflug erzählt. Er sagte, es gehe ihm gut und ich solle mir keine Sorgen machen. Er ist so eine Art Naturforscher geworden, ein Freund der Vögel und Bäume. Und er malt wieder. Sein Himmelreich ist voller Farben.«

Margaret nickte, während sie sich selbst auch noch ein Glas Wein nachschenkte. »Ich träume auch immer noch von Ethan. Meist ist es Frühling, er ist draußen im Garten und der Holzapfelbaum blüht. Manchmal legen wir uns gemeinsam darunter und schauen durch die Äste in den Himmel hinauf. Aber wann immer ich versuche, ihn zu berühren, erwache ich fröstelnd.«

Die Haustür ging auf, und Judith eilte geschäftig herein. »Also, Ladys, ich habe den gesamten Vorrat an Crackern in Jackson aufgekauft.« Sie nickte Richtung Weingläser. »Wie ich sehe, haben Sie schon mit der Party begonnen.«

»Möchten Sie auch ein Glas?« Margaret hielt die Weinflasche hoch.

»Nein, danke. Zu viel zu tun. Alles, worum Sie gebeten haben, ist in meinem Kofferraum. Und ich habe Studentinnen als Kellnerinnen angeheuert, die Getränke servieren. Was kann ich jetzt noch tun?«

Margaret öffnete den Kühlschrank und bepackte Judith mit Gefrierbeuteln grünen Spargels. Judith und Sarah mussten einige Male hin und her laufen zwischen Küche und Auto mit all den Kühlboxen voller Krabbendip, Spinatdip und Zitrone-Dill-Sauerrahm. Und Margaret gab Sarah und Judith auch noch silberne Servierlöffel, Keramikschüsseln und zwei bestickte Tischdecken, die sie frisch gebügelt und zusammengefaltet über Kleiderbügel gehängt hatte.

»Das ist das beste Büfett, das wir je zu einer Vernissage hatten.« Judith lächelte, als Margaret ihr eine große, mit Mandeln bestreute Platte mit Brie reichte. »Sie sollten einen Catering-Service aufmachen. Sie sind viel besser als die Leute, die ich sonst für teures Geld damit beauftrage.«

Margaret legte eine handschriftliche Notiz zu dem Brie, mit Anweisungen für das Erwärmen. »Kochen ist ein Akt der Liebe. Das tue ich nicht für Fremde.«

Sarah hielt ihr die Autotür auf, als Judith das letzte Tablett mit Shrimps auf den Beifahrersitz stellte. »Sagen Sie Margaret, dass ich in etwa zwanzig Minuten wieder da bin und den Rest des Essens abhole. Und, Sarah, Sie müssen sich in Schale werfen. Sie sind der Ehrengast.«

Sarah trat einen Schritt zurück und sah Judiths Lexus nach, der die Straße hinunter verschwand. Dann ging sie in die Küche zurück und spülte ihr Weinglas ab. »Brauchst du noch irgendetwas?« Margaret bestreute die Desserts mit Puderzucker, der wie sanft fallender Schnee aus dem Sieb stäubte.

»Nein, es fehlt an nichts. Mach dich nur auf den Weg.«

Zu Hause angekommen, ging Sarah zunächst ins Gästezimmer, wo immer noch die Spiegel auf dem Bett lagen. Ihr Gesicht wurde von den vielen glänzenden Glasflächen aus drei verschiedenen Winkeln reflektiert, als sie sich, die Augen vom herabfallenden Haar beschattet, darüberbeugte. Sie nahm einen schmalen mannshohen Spiegel zur Hand und lehnte ihn ans Bett. Es war das erste Mal seit etlichen Wochen, dass sie sich wieder von Kopf bis Fuß sah. Anscheinend hatte sie abgenommen. Ihre Wangenknochen traten deutlicher hervor als gewöhnlich, ihre Schultern wirkten zerbrechlicher. Sie hatte in den letzten Wochen nur sehr unregelmäßig gegessen. An manchen Tagen vergaß sie das Essen sogar, bis sie sich schließlich um drei oder vier Uhr nachmittags eine Schale Suppe und ein paar Scheiben Toast mit Butter machte. An anderen Tagen wiederum aß sie mit so wahlloser Gier, dass sie sich danach vor sich selbst ekelte. Ihr Sofa war schon so voller Krümel, als wollte sie eine Spur hinterlassen.

Sarah trug den Spiegel ins Schlafzimmer, lehnte ihn an die Wand und begann, sich auszuziehen. Seit Tagen schon grübelte sie, was sie zur Vernissage anziehen sollte, und ihr war das blutrote Kleid der verwitweten Scarlett O'Hara eingefallen. Zu jener Zeit musste man im ersten Trauerjahr Schwarz tragen, danach waren Grautöne erlaubt, später dann Malvenfarbenes und schließlich wieder Weißes und Ketten, die aus den Zähnen Toter gemacht waren, sowie Medaillons mit dem Haar verstorbener Kinder. Sie bewunderte den Sinn der Viktorianer für das Morbide und hätte dem mit etwas Crêpe de Chine oder Bombasin gern ihre Reverenz erwiesen. Doch sie besaß weder eine Haube noch einen Schleier, nur einen Steckkamm aus Elfenbein, dessen Perlenverzierung der Krone einer Trauerweide im Garten ihrer Eltern glich. Sie nahm ihn aus ihrem Schmuckkasten und ging ins Badezimmer. Ein wenig Haargel zwischen den Händen verrieben, und schon ließ sich ihr Haar zu einem Dutt zwirbeln, den sie mit zwei chinesischen Haarstäben kreuzweise feststeckte. Dann neigte sie den Kopf nach links und schob den knochenfarbenen Steckkamm so ins Haar, dass die Perlen über ihrem rechten Ohr trauern konnten.

Aber die Frage, was sie anziehen sollte, war damit immer noch nicht gelöst. Sie besaß zwei schwarze Cocktailkleider, deren Saum weiter über dem Knie endete, als es für eine Witwe angemessen war. Aber sie war ja gar keine Witwe, sondern nur eine Trauermimin, sagte sie sich, legte beide Kleider aufs Bett und trat nachdenklich einen Schritt zurück. Spaghettiträger kamen nicht in Frage. Auch eine falsche Witwe sollte zumindest einen BH tragen. Das andere Kleid war eng anliegend und am Hals ausgeschnitten, hatte aber ellbogenlange Ärmel. Mit schwarzen Strümpfen und hohen Absätzen würde sie darin zwar eher verführerisch als trauernd aussehen, doch ihre einzige Alternative waren knöchellange Baumwollkleider mit Blumenmustern.

Nates Mercedes fuhr die Auffahrt herauf, als sie sich das Kleid gerade vor den Körper hielt. Sie wickelte sich ein Handtuch um, klopfte an die Fensterscheibe und winkte ihm, dass er hereinkommen solle. Schwarze Spitzenunterwäsche war dem Kleid angemessen, fand sie, und auch die Kette aus Glasrubinen mit den passenden Ohrringen, die herabhingen wie glitzernde Blutstropfen. Sie hielt ihre Parfümflakons hoch, und das goldene und grüne Glas schimmerte im Licht der Lampe. »Allure«, »Obsession«, »Tendre Poison«. Sie sprühte sich »Vanity« an den Hals, auf die Handgelenke und ins Haar. Dann ging sie ins Badezimmer, wo sie das kleine Schränkchen öffnete.

Dort standen Prozac und Lunesta und warteten darauf, dass ihre Zeit kommen würde. Sarah schob sie beiseite und holte ein Silberkästchen hervor, das sie beinahe ein Jahr lang nicht mehr angerührt hatte. Sie stellte es ab, öffnete den Deckel und wühlte all die Mascara, Augenbrauenstifte und alten Lippenstifte durch. Etwas Puderrouge der Farbe »Smoky Glow« wäre wohl am besten für ihre Wangen, dachte sie, für die Augenlider rostbraunes »Auburn Mist« und als Highlighter darüber einen raffiniert schimmernden Goldton. Die Lippen zog sie mit karminrotem Konturenstift nach und den Mund schminkte sie mit einem Bordeauxrot namens »Beaujolais Nouveau«.

Wieder im Schlafzimmer öffnete sie alle Schubladen ihrer

Kommode, bis sie schließlich eine schwarze Samthandtasche fand. Ein paar Taschentücher, ein Kamm, vierzig Dollar, dann schnappte der goldene Verschluss zu. Bei einem letzten Blick in den Spiegel rieb sie sich noch einmal die Wangen und seufzte. Das musste reichen.

Nate wartete auf dem Sofa im Wohnzimmer, ganz versunken in einen Bildband mit Gemälden von Kandinsky. In seinem weißen gerippten Rollkragenpullover und dem dunklen Sportjackett ähnelte er sehr einem modisch eleganten Schiffskapitän.

»Ahoi«, sagte Sarah, als sie auf ihn zuging.

»Wow.« Nate schlug den Bildband zu und stand auf. »Du siehst klasse aus.« Er fasste in die Innentasche seines Jacketts. »Ich habe etwas für dich.« Auf seiner Handfläche lag eine rote Rosenknospe mit einer Farnspitze.

»Wie lieb.« Sie lachte, als sie sich die Blume über dem linken Busen feststeckte. »Da fühle ich mich gleich, als würde ich auf den Schulabschlussball gehen.«

Nate holte ihren Mantel aus dem Wandschrank in der Diele und hielt ihn ihr hin, damit sie hineinschlüpfen konnte. Und dann öffnete er ihr mit einer leichten Verbeugung die Haustür. »Nach dir.«

Sie kamen eine Viertelstunde zu spät zur Vernissage, und die Galerie war bereits sehr gut besucht. Eine Woge von Lärm schwappte ihnen entgegen, als sie die Tür öffneten. Sarah war seit dem Gedenkgottesdienst nicht mehr unter so vielen Menschen gewesen, und es erschien ihr unnatürlich, dass sie alle sich in diesem einen Raum versammelt hatten. Aber jetzt war es nicht mehr möglich, sich zurückzuziehen. Köpfe hatten sich gedreht, Freunde traten auf sie zu.

Als Erster erreichte sie der Dekan des Instituts für Englische Philologie, ein großväterlicher Mann, der ihre Hand zwischen seine beiden warmen Handflächen nahm. »Meine

Liebe, was für eine schöne Ausstellung. Wirklich herrlich.« Dann kamen zwei Krankenschwestern, die überschwänglich von den Bildern schwärmten und ihr versicherten, wie sehr sie David vermissten. Und hinter ihnen standen schon die Fosters, die Warrens, die Doves, Carver und seine kleine Tochter und die rothaarige Soziologiedozentin aus Margarets Witwengruppe.

Nate half ihr aus dem Mantel, und plötzlich fühlte sie sich selbst wie ausgestellt. Ihr Kleid war zu kurz, ihre Absätze zu hoch, ihr Hals zu blass und nackt. Aber da tauchte zum Glück Judith aus der Menge auf, in einer durchsichtigen Tunika, die einen schwarzen Spitzen-BH und einen Busenansatz voller Sommersprossen erkennen ließ.

»Was für ein umwerfender Auftritt! Sie beide bringen den Raum zum Erstrahlen.«

Als Nate zum Garderobenschrank ging, nahm Judith Sarah beim Arm. »Es sind die meisten der Geladenen gekommen, und alle mögen die Bilder.«

Sarah ließ den Blick durch den Raum schweifen. All die Leute, die auch auf dem Gedenkgottesdienst waren und deren wiederholte Beileidsbekundungen sie mit Verachtung erfüllt hatten. Damals war sie gefangen gewesen in der Einsamkeit der Trauer und hatte nichts weiter herbeigesehnt als ihr Bett, ihre Katze und eine große Flasche Chardonnay. Aber jetzt tat ihr diese Rückkehr der Getreuen gut. Das Knistern von so viel Seide und Kaschmir vermittelte ihr auf seltsame Weise, dass das Leben weiterging.

Sarah neigte den Kopf. »Ist das Bach?«

»Das ist meine Überraschung.« Judith führte sie am Arm Richtung Erker. »Kommen Sie mit.«

Vor dem Erkerfenster stand ein Flöten-Gitarren-Duo. Sarah erkannte in der Gitarristin die Studentin, die letzten Sommer ihr Haus gehütet hatte. Die junge Frau lächelte und grüßte sie mit einem Nicken, ehe sie wieder auf ihre

Finger sah und mit pointiertem Saitenzupfen die Flöte begleitete.

»Der Dank gebührt Margaret«, erklärte Judith. »Sie hat mir erzählt, dass Sie in Ihrer Collegezeit Flöte gespielt haben und dass David und Sie die klassische Musik immer schon geliebt haben.«

Sarah nickte und lauschte auf den Atemhauch, der über der Melodie des Flötisten schwebte.

»Kann ich euch beiden etwas zu trinken bringen?« Nate war wieder an Sarahs Seite.

»Für mich bitte noch einen Wein.« Judith reichte ihm ihr Glas. Nate lächelte Sarah an. »Und für dich Wodka Lemon?«

»Woher weißt du das denn?«

»Ein Erfahrungswert aus siebzehn Jahren Familienfeiern«, erwiderte er und verschwand in der Menge.

»Rektor Wilson und seine Frau sind auch da.« Judith führte Sarah weg von der Musik. »Sie müssen mit ihm reden. Er überlegt, ob er nicht etwas für die Eingangshalle des Cabot-Gebäudes kaufen sollte.«

In einer Ecke stand ein großer grauhaariger Mann, den ein kleiner Kreis von Collegeprofessoren umgab. Neben ihm stand eine Frau in einem roten Kleid mit Goldknöpfen, mit dem sie perfekt auf jede Teegesellschaft der Republikaner gepasst hätte. Zwei Studentinnen mit schwarzen Krawatten boten auf Silberplatten Horsd'œuvres an. Die goldbeknöpfte Frau schwärmte von den Kokosnuss-Shrimps, wandte sich aber Sarah und Judith zu, als diese sich näherten.

»Oh, Sarah.« Sie streckte eine mit Ringen überladene Hand aus. »Es ist eine so wunderbare Hommage. Wir vermissen David alle sehr.«

Sarah fragte sich, ob Myra Wilson sich überhaupt an Davids Gesicht erinnern konnte. Sie hatte ihn nur einmal aufgesucht, und auch da hatte sie nichts weiter als einen Rat wegen ihres Tennisarms gewollt. Ihr Mann Jim Wilson, der sie um fast einen Kopf überragte, stand wie immer streng und steif da – was anscheinend eine unabdingbare Voraussetzung für seine Position war. »Ich wusste gar nicht, dass David Künstler war.« Sein Blick glitt über die Wände. »Wann hatte er denn die Zeit, das alles zu malen?«

Sarah vernahm einen leichten Vorwurf in seinen Worten, den Anklang eines arbeitssüchtigen Chefs, der soeben einen Drückeberger entdeckt hatte. »In seiner Freizeit während der letzten zwanzig Jahre«, erwiderte sie. »Ein paar der Bilder stammen noch aus der Zeit seines Medizinstudiums.«

»Wunderbare Arbeiten. Ich denke daran, eine der größeren Landschaften für unser Institut für Handel und Wirtschaft zu kaufen. Die winterliche Waldszene erinnert mich an ein Gedicht von Robert Frost. ›Anheimelnd, dunkel, tief die Wälder, die – ‹«

»Sagen Sie«, unterbrach seine Ehefrau ihn, »wer ist eigentlich der Mann, mit dem Sie gekommen sind?«

»Ja«, warf einer der Professoren ein. »Wir sprachen gerade darüber, wie befremdlich es war, Sie an der Seite dieses Mannes zu sehen. Als wären Sie in Begleitung von David.«

Sarah deutete zur Bar hinüber. »Das ist Davids Bruder, Nate McConnell. Er ist Investmentbanker in Charlottesville. Ein sehr erfolgreicher. Da kommt er schon.«

Nate schob sich mit einem Weinglas und zwei Cocktails in den Händen durch die Menge.

»Nate, das sind Jim Wilson und seine Frau Myra. Jim ist der Rektor des Colleges.«

»Ja, ich weiß.« Nate deutete eine Verbeugung nur an. »David hat Ihre Unterstützung für das neue Gesundheitszentrum für Studenten sehr geschätzt.«

Gut gemacht. Sarah lächelte. Sie hätte nie vermutet, dass Nate Davids Arbeit Beachtung geschenkt hatte.

»Ich hoffe, dass wir im nächsten Jahr wirklich den ersten

Spatenstich machen können«, erwiderte der Rektor. »Unsere Einnahmen aus Stiftungen und Schenkungen leiden sehr unter der wirtschaftlichen Situation«

»Wir versuchen alle, den Sturm zu überstehen.« Nate lächelte Myra gewandt an, als er seinen funkelnden Scotch erhob. »Was uns nicht umbringt, macht uns stark.«

Sarah entschuldigte sich, um sich etwas zu essen zu organisieren. Nate würde auch ohne sie zurechtkommen, er war ganz in seinem Element. Er wusste, wie man mit reichen Leuten umging. Am Ende des Gesprächs würden ihn alle um seine Visitenkarte bitten.

Mit ein bisschen Smalltalk hier und dort arbeitete sie sich bis in die Mitte des Raums vor, wo sich die Gäste um ein dreieinhalb Meter langes Büfett drängten. Ein Meer von Blumen schmückte die Tafel und schien die Köstlichkeiten mit essbaren Stiefmütterchen- und Veilchenblüten überflutet zu haben. Sarah dippte einen Hühnchenspieß in Erdnusssoße und bestreute ihn mit frischem Koriander.

»Hallo, meine Liebe, du siehst wirklich toll aus.« Margaret tauchte neben ihr auf und legte einen Arm um Sarahs Taille.

»Das Essen ist phantastisch«, sagte Sarah. »Alle sind begeistert.«

»Sie sind begeistert von den Bildern. Weißt du schon, dass fast alle weg sind?« Ein rechts unten am Rahmen aufgeklebter goldener Stern zeigte an, dass ein Bild verkauft war. Sarah sah sich um. Tatsächlich, der Raum war eine funkelnde Galaxie.

Sie zuckte die Achseln. »Jeder will eben sein Memento mori.« Aber insgeheim freute sie sich. Sie war noch nie auf einer Ausstellung gewesen, bei der über die Hälfte der Bilder schon auf der Vernissage verkauft wurden. David würde entzückt sein. »Übrigens …« Sie trank einen großen Schluck Wodka Lemon. »Judith möchte die Vernissage später noch mit ein paar Leuten in einer Bar feiern. Du bist auch herzlich eingeladen.«

»Danke, aber Judith ist mir doch ein bisschen zu viel. Das hier reicht mir als Feier.« Margaret hob ihr Glas.

»Möchtest du noch etwas trinken?« Nate stand plötzlich neben Sarah und nahm ihr das halb leere Glas aus der Hand. »Ich werde den Barkeeper noch richtig gut kennenlernen.« Er nickte zu Margarets Glas hinüber. »Möchten Sie auch noch etwas?«

»Nein, danke, ich habe noch.« Sie hob eine Augenbraue, als Nate ging. »Na, da ist aber jemand hilfsbereit.«

»Ja, er ist reizend.«

»Wirklich?« Margaret sah ihn am anderen Ende des Raums an der Bar mit irgendwelchen Ehefrauen plaudern. »Er ist eine richtige Schönheit, nicht?«

»Ja.« Sarah fasste eine Platte mit Bruschetta ins Auge. »Und das mit großer Hingabe.«

Als an ein Weinglas geklopft wurde, richteten sich aller Augen in die Mitte des Raums, wo eine der studentischen Kellnerinnen einen Schemel vor Judith hingestellt hatte. Judith trat darauf und breitete die Arme aus, als wollte sie die ganze Gästeschar umarmen.

»Vielen Dank, dass Sie alle gekommen sind. Ich spreche wohl für jeden hier, wenn ich sage, dass diesem Abend zu seiner Vollkommenheit nur eins fehlt: dass David hier wäre, um seinen großen Erfolg zu genießen.« Sie erhob ihr Glas. »Einen Toast auf unseren Freund, unseren Arzt und eines der erstaunlichsten verborgenen Talente unserer Stadt, David McConnell.«

»Auf David. Auf David.« Glitzernde Gläser klangen rundherum im Raum.

»Ich weiß, dass Sie alle genauso beeindruckt sind von diesen Bildern wie ich. Und allen, die noch eins kaufen möchten, muss ich sagen: Beeilen Sie sich, es sind nur noch wenige übrig.« Sie deutete auf einige der großen Ölgemälde und dann unbestimmt in Richtung der Zeichnungen. »Ich selbst bin so beeindruckt von Davids Werk, dass ich einige seiner besten Arbeiten in meiner Galerie in Washington ausstellen werde. Sollte also jemand von Ihnen im Dezember in D. C. sein, so würde ich mich freuen, Sie in der Wisconsin Avenue zur Ausstellung begrüßen zu können. Es werden ein paar der besten jungen Künstler aus dem Süden zu sehen sein.«

Erneuter Applaus.

»Und jetzt möchte ich noch einen weiteren Toast auf Davids Angehörige aussprechen, die heute Abend unter uns sind. Sie alle kennen Sarah.« Die Gläser wurden in ihre Richtung geschwenkt. »Und falls Sie Davids charmanten Bruder Nate noch nicht kennengelernt haben, scheuen Sie sich nicht, ihn anzusprechen. Wo sind Sie, Nate?«

Nate winkte von der Bar. »Einen Toast auf Sarah und Nate McConnell.«

Sarah errötete, als die Gläser erhoben wurden.

»Klingt, als hätte sie dich verheiratet«, flüsterte Margaret.

Und als Nate mit neuen Drinks auf sie zukam, drückte Margaret Sarah einen Kuss auf die Wange und ging.

Zwei Stunden und drei Drinks später standen Sarah und Nate im Foyer und verabschiedeten die letzten Gäste. Nate hatte Sarah mit Geschichten aus der Kindheit unterhalten, die sie zwar schon kannte, die aber neue Farbe gewannen, als sie aus dem Blickwinkel des jüngeren Bruders erzählt wurden. Zum ersten Mal seit einem Jahr empfand sie so etwas wie Zufriedenheit. Zum Teil lag das sicher am Alkohol. Der Raum schwankte wie ein Schiffsdeck, wenn sie ihn durchquerte. Es durchfluteten sie aber auch Glückshormone. Jedes Bild war verkauft worden, und jeder Gast schien bester Laune gewesen zu sein. Wenn sie all die mit einem Stern versehenen Bilder so betrachtete, dachte Sarah, dass David vielleicht doch das Richtige getan hatte. Im Tod war er von einem Arzt zu einem Künstler geworden.

Judith rechnete auf einem Taschenrechner noch all die Einnahmen des Abends zusammen. »Gehen Sie ruhig schon vor in die Bar, ich komme nach«, sagte sie. Dann deutete sie auf den Tisch im Eingangsbereich. »Und nehmen Sie die Rosen mit. Es ist Ihr Abend.«

Sarah und Nate stellten die Vase in Nates Auto und gingen die zwei Blocks die Straße hinunter bis zur Bar zu Fuß. An einem der Ecktische feierten lärmend ein paar Leute und applaudierten, als Sarah und Nate eintraten. Sie wiesen auf zwei freie Stühle, und Sarah setzte sich neben eine junge Asiatin, in der sie Davids Nachfolgerin erkannte. Dass die Studenten jetzt eine Collegeärztin hatten, gefiel Sarah.

»Sie sind Sung Li, oder?«

»Ja.« Die Frau lächelte. »Die nächste Runde geht auf mich. Was möchten Sie beide trinken?«

»Kahlúa mit Sahne auf Eis.«

»Für mich das Gleiche.« Nate nickte.

Es war laut und verraucht in der Bar. Sarah konnte die einzelnen Stimmen um sich herum kaum auseinanderhalten. Leute sahen sie an und sprachen, aber sie vernahm nur ein Gewirr von Beileidsbekundungen und Gratulationen. Doch sie lächelte und nickte immerzu, während sie eigenen Gedanken nachhing, in denen sich der Geruch von Tabakrauch mit dem von Nates Aftershave »Royal Copenhagen« mischte.

Als Judith kam, setzte sie sich Sarah und Nate gegenüber, lehnte sich über den Tisch und ergriff mit ihren schlanken Fingern ihrer beider Hände. »Ich möchte«, rief sie, »dass Sie beide zur Vernissage nach Washington kommen. Ich habe im ›Mayflower‹ eine ständige Hotelsuite, in der ich sonst meine Künstler unterbringe. Sie können gern ein ganzes Wochenende bleiben.«

Sarah nickte und lächelte immer weiter und genoss den

kühlen, süßen Kahlúa. Sie sah das Capitol im Dezember schon vor sich, mit weißen Säulen so kalt wie das Eis in ihrem Glas.

»Möchtest du noch mal das Gleiche?«, fragte Nate, und sie lächelte.

Sarah erinnerte sich, dass sie lachte, als sie an diesem Abend ihr Haus betrat. Nate stellte die Rosen auf den Couchtisch im Wohnzimmer und legte ihren Mantel und sein Jackett über eine Sessellehne, während sie auf das Sofa sank.

»Du solltest ein Glas Wasser trinken.« Nate lief in die Küche, und schon einen Augenblick später war er mit zwei großen Gläsern wieder da.

Genau wie sein Bruder, dachte Sarah, immer bemüht, die Bedürfnisse des Körpers zu stillen. Gehorsam trank sie zwei Drittel ihres Glases aus, dann reichte er ihr seins.

»Danke, das ist wirklich lieb.« Sarah legte eine Hand auf Nates Knie, und er hob ihre Finger zum Mund und küsste sie.

Sie konnte sich nicht mehr so genau erinnern, was danach geschah. Hatte sie selbst die Hand ausgestreckt und ihm übers Haar gestrichen? Oder hatte Nate sie an sich gezogen, ihre Hand an seinen Kopf gelegt und die Augen geschlossen? Wie auch immer, plötzlich hielt sie jedenfalls seinen Kopf in der Hand, und ihr Mund war nur noch Zentimeter von seinen schönen Wimpern entfernt. Es war doch eine Schande, dachte sie noch, dass ein Mann so herrliche Wimpern hatte, während so viele Frauen zu Mascara verdammt waren. Diese Wimpern waren wie Schmetterlingsflügel, die sich auf und ab bewegten.

Der Geschmack seiner Lippen – Kahlúa, Scotch und Wein – war das, woran sie sich als Nächstes erinnerte, und an den Geruch von Rauch, als er sich den Rollkragenpullover über den Kopf zog. Seine Brust war glatt wie die eines

Jünglings und sie spürte sein Herzklopfen an ihren Lippen, ihrer Zunge, ihrem Busen. Und dann küsste er sie auf den Hals, und das Blumenmuster der Polsterbezüge wurde eins mit den Rosen auf dem Tisch. Das Zimmer war ein immenser, duftender Garten, voller Schmetterlinge, und sie lächelte, als die Blumen sich in einem Blütenmeer auflösten.

19

Sarah erwachte am nächsten Morgen in ihrem Schlafzimmer. Dem Lichteinfall nach war es kurz nach Sonnenaufgang, und Bilder der letzten Nacht schossen ihr bruchstückhaft durch den Kopf. Ihre Schläfen pochten, und als sie die Hand hob, um sie zu reiben, stieß sie an einen Arm.

»Oh, Mist.« Sie bedeckte die Augen mit der Hand.

Nate schlief noch. Er lag auf dem Bauch, und sein nackter Oberschenkel berührte ihre Hüfte. Ganz langsam rückte sie von ihm weg, hob die Bettdecke und setzte die Füße auf den Teppich. Von der Tür bis zum Bett lagen Kleider verstreut – ihr Kleid, Strümpfe, Slip, BH. Stück für Stück hob sie sie auf und flüsterte immerzu: »Verdammt, verdammt, verdammt.« Dann ließ sie in ihrem begehbaren Kleiderschrank all diese Beweisstücke im Wäschekorb verschwinden und suchte sich Jeans, einen Pullover und Sneakers heraus. Als sie wieder ins Schlafzimmer kam, zog sie noch eine Kommodenschublade auf, da sie auch Unterwäsche und Socken brauchte. Sie zuckte zusammen, als das Holz quietschte, doch Nate atmete gleichmäßig weiter. Und schließlich lief sie zur Tür und schob sie mit der Schulter auf. Ehe sie ging, warf sie noch einen letzten Blick auf Nate. Er hatte einen Arm auf ihre Seite des Bettes gestreckt, und es sah aus, als wollte seine leere Hand sie zurücklocken.

Sie zog sich in der Küche an und verfluchte immer noch ihre Dummheit. Was lief nur schief in ihrem Leben, dass sie jetzt schon mit ihrem Schwager ins Bett stieg? Sie sah Vivien

Leigh in den Armen von Marlon Brando vor sich – eine einsame, betrunkene Frau, mit Wahnvorstellungen und einer großen Sehnsucht. Das ganze Leben erschien ihr wie eine ewige Wiederholung der archetypischen Geschichten.

Aber Nate hatte sie nicht gezwungen. Er hatte sie nicht einmal überrumpelt. Die Bilder, die ihr jetzt vor Augen traten, zeugten alle von gegenseitigem Einvernehmen.

Sie konnte nicht zum Frühstück bleiben, konnte Nate keine Pfannkuchen backen. Nicht an dem Tisch, an dem einst Davids Geist gesessen hatte. Stattdessen griff sie nach dem Block, der neben dem Telefon hing, und schrieb ein paar Worte: *Tut mir leid, dass ich so früh wegmusste. Nimm Dir bitte etwas zum Frühstück.*

Sie legte den Zettel auf den Küchentisch, gleich neben die Tüte mit den Bagels, griff nach ihrer Handtasche und eilte zur Haustür. Auf dem Couchtisch im Wohnzimmer hatten sich unter den beiden fleckigen Gläsern graue Wasserränder gebildet, aber sie ließ sie stehen. Der Schaden war bereits angerichtet.

Sarah war dankbar, dass die Straßen an einem Samstag um sieben Uhr morgens so leer waren. In Gedanken taumelte sie so sehr zwischen Schuldzuweisungen und Freude hin und her, dass sie kaum auf den Mittelstreifen achten konnte. Um das Collegegelände herum waren nur Frühaufsteher unterwegs, alte Männer, die beim Joggen die Ellbogen abwinkelten wie Hühnerflügel. Lauf, dachte sie. Lauf dem Tod davon. Und wovor lief sie davon? Vor dem Leben, vor dem Sex?

Im hintersten Winkel ihrer Gedanken fürchtete sie, dass die letzte Nacht so etwas wie ein Vergeltungsschlag gewesen sein könnte, ihre halb bewusste Rache an dem Mann, der sie verlassen hatte. Aber sie hatte doch gar kein Bedürfnis mehr nach Rache. Als sie gestern in der Galerie unter Davids Freunden stand und sah, dass auf allen Bildern ein goldener

Stern prangte, empfand sie eine tiefe Vergebung. Diese Leute mit ihren Berichten davon, wie David sie geheilt hatte – mal mit Arznei, mal mit Freundlichkeit –, erinnerten sie wieder daran, warum sie ihn einst geheiratet hatte und warum sie ihn wiedersehen wollte.

Jetzt summte schon die Brücke unter ihren Reifen. Noch einmal rechts abbiegen, und dann erreichte sie den Fluss und konnte seinem gewundenen Lauf mit der trägen Strömung folgen – eine gefallene Frau auf dem Pfad der Schlange. Je weiter sie sich von Nates warmem Körper entfernte, desto stärker beruhigten sich ihre Gedanken. Was machte es schon, wenn sie sich mit neununddreißig eine Nacht lang den körperlichen Freuden hingegeben hatte? Am besten, man analysierte solche alkoholgeschwängerten Affären gar nicht erst. Einfach vergessen. Nate war die verbotene Frucht, von der man nur einmal kosten durfte. *Nunca más,* sagte sie zu sich. Nie wieder.

Als sie eine Stunde später vor der Hütte parkte, hatte sie wieder das Gefühl, an einem leeren Haus anzukommen. In den Fenstern brannte kein Licht, und das Gras war immer noch nicht gemäht. Als sie die Tür aufschloss, umfing sie eine enorme Stille.

David schlief vermutlich noch – vielleicht sogar genauso ausgebreitet wie Nate, mit einem ausgestreckten Arm, der über das leere Laken nach ihr griff. Das Bild setzte sich in ihren Gedanken fest, und als sie die Schlafzimmertür öffnete, war alles genau so, wie sie es sich vorgestellt hatte. Er lag auf dem Bauch, den Kopf nach rechts gedreht, einen Arm auf die leere Hälfte der Matratze ausgestreckt. Ihr schöner Doppelgänger.

Sarah setzte sich an den Bettrand und betrachtete ihren Ehemann, das Augenmerk auf die Details gerichtet, die ihn von Nate unterschieden. Das grau werdende Haar, das leichte Übergewicht, der Schmutz unter den Fingernägeln. Leise zog sie sich Mantel, Schuhe und Jeans aus. Sie kroch ins Bett, ohne ihn zu berühren, zog die Decke bis zu den Schultern hinauf und blies mit tiefen, sehr tiefen Atemzügen den morgendlichen Schrecken davon, bis Nate sich mit dem letzten Frühnebel verflüchtigt hatte. Ein anderes Bett, ein anderer Bruder; ihr Fehler war korrigiert. Schon bald würde sie einschlafen und könnte den Tag noch einmal von Neuem beginnen.

20

Zwei Stunden später erwachte Sarah allein in einem leeren Zimmer. Sie schauderte, als sie sich aufsetzte, und zog sich die Decke bis an den Hals. Es dauerte einige Minuten, bis ihr die Situation wieder vor Augen stand – wie sie vor Nate davongelaufen und hier heraus zu ihrem Mann gefahren war, um ihr Gleichgewicht wiederzufinden. Als sie an Davids Hände, Augen und Haare dachte, wehte ein Geruch von gebratenem Speck aus der Küche heran, und er stand mit einem Becher Tee in der Tür.

»Das Frühstück ist gleich fertig. Wie möchtest du deine Eier?«

»Von beiden Seiten angebraten.« Sie nahm ihm den Teebecher ab, als er auf sie zutrat, und legte die Hände darum.

»Ich freue mich, dass du gekommen bist«, sagte David.

»Ich muss dir doch von der Vernissage erzählen. Es war ein großer Erfolg.« Sie beschrieb ihm die Lichter und das Flötenspiel und die Blumen, Judiths Tunika und Margarets Bruschetta und Rektor Wilsons poetische Einlage.

»Alles verkauft. Und man konnte sehen, dass die Leute nicht aus reiner Höflichkeit kauften – sie waren wirklich beeindruckt von deinen Bildern.« Sie trank einen Schluck Tee. »Jim Wilson hat das größte Ölgemälde gekauft – die Winterlandschaft, die du vor fünf Jahren gemalt hast. Es soll in der Eingangshalle des Cabot-Gebäudes hängen.«

David lächelte. »Komm mit und erzähl mir alles. Ich muss nach dem Herd sehen.«

Als er weg war, zog sie ein paar Sachen aus der Kommode, die sie für ihre gelegentlichen Aufenthalte am Wochenende immer hier draußen ließ – verschiedene T-Shirts, einige Shorts, eine Jeans und ein überlanges Sweatshirt, das sie sich überzog.

»Hast du nichts anderes anzuziehen?«, fragte sie ihn, als sie den Wohnraum betrat.

David schüttelte den Kopf. »Dieses T-Shirt trage ich schon seit einer Woche. Normalerweise wasche ich meine Sachen im Badezimmerwaschbecken und hänge sie zum Trocknen auf die Terrasse. Aber inzwischen ist es zu kalt, da trocknet alles viel langsamer.«

»Ich werde dir ein paar Sachen bringen.« Sie wunderte sich über ihre eigenen Worte. Waren es Schuldgefühle oder Liebe, die sie auf einmal so großzügig machten?

David stellte Teller mit Speck und Toast auf den Tisch und sah zu, wie Sarah sich mit dem Messer ein Stück Butter abstach. »Erzähl mir mehr von gestern Abend.«

»Margaret hatte eine vierstöckige silberne Dessert-Etagere angerichtet, mit Zitronentörtchen, Makronen und Limettentarte. Und obendrauf standen noch herabrankende Lilien, so dass es aussah wie ein gigantischer Hochzeitskuchen.«

Er ging wieder an den Herd und kam diesmal mit der Bratpfanne in der einen und einem Pfannenwender in der anderen Hand wieder. Sie tippte mit der Messerspitze auf ihren gebutterten Toast, und er ließ ein Ei daraufgleiten.

»Alle haben gesagt, wie sehr sie dich vermissen und was für ein hervorragender Arzt du warst. Ach, und es gibt eine große Neuigkeit.« Nur um des Effektes willen hielt sie kurz inne. »Judith wird einige deiner Bilder in ihrer Galerie in Washington ausstellen.«

Sie sah, wie Davids Augen sich weiteten und sein Mund sich leicht öffnete. Er brachte die Bratpfanne zurück zum Herd. Dann ging er quer durch den Wohnraum zur Wand hinter seiner Staffelei und holte ein Ölbild hervor, das am Fenster lehnte. »Das hier solltest du ihr auch zeigen.«

Ein grauer Fischreiher watete am Flussufer, umgeben von bläulichen Meisen, durch Rohrkolben. Das Auge des Vogels war schwarz umrandet wie das einer ägyptischen Schönheit, und sein feuchtes Brustgefieder stand ab wie die Stacheln eines Stachelschweins. Sarah betrachtete es skeptisch.

»Ich könnte Judith einfach sagen, dass ich noch mehr Bilder auf dem Dachboden gefunden habe.«

»Ja.« David hielt das Bild auf Armeslänge entfernt und musterte es. »Ich glaube, du wirst in den nächsten Monaten noch vieles auf dem Dachboden finden.« Er lehnte die Leinwand ans Sofa und setzte sich zu ihr an den Tisch.

»Nun. Dann bin ich also in die große Liga aufgestiegen.« Er biss in seinen Toast. »Das wäre nie passiert, wenn sie wüssten, dass ich lebe.«

»Das weiß man nicht. Judith nimmt kein Bild aus lauter Mitleid mit nach Washington. Und keinen in D. C. wird es interessieren, ob du am Leben bist oder tot.«

»Es ist ein wunderbarer Tag«, sagte er. »Wir sollten einen Spaziergang machen. Kannst du bleiben?«

Sie dachte an ihr eigenes Haus. Inzwischen war Nate sicher aufgestanden, hatte nach ihr gesucht und den Zettel gefunden. Vermutlich hatte er einen Bagel gegessen, geduscht und den Fernseher eingeschaltet. Vielleicht richtete er sich auf dem Sofa aber auch häuslich ein und wartete auf sie. »Ja«, erwiderte sie. »Ich kann bleiben.«

Zwanzig Minuten später verließen sie die Hütte, und David schulterte die langstielige Axt, die bislang an dem großen Stapel Brennholz neben dem Kamin gelehnt hatte, damit dieser nicht ins Rutschen geriet.

»Ist das der Holzfäller-Look?«, fragte Sarah.

»Ist ganz praktisch unterwegs.«

Die letzten Grillen dieses Jahres hüpften von Halm zu Halm, als sie durch das Gras an den Fluss hinuntergingen. Sarah fuhr mit den Fingerspitzen darüber. »Hast du vor, es mal zu mähen?«

»Es soll nicht so aussehen, als würde hier jemand wohnen. Und weil Geräusche sehr weit tragen, fürchte ich, dass ein Rasenmäher Aufmerksamkeit erregen könnte. Aber du kannst es jederzeit tun, wenn du hier bist.«

»Ja, mal sehen, vielleicht.«

An einem kleinen, kaum einen Meter fünfzig hohen Baum, dessen Stamm nicht kräftiger war als Sarahs Handgelenk, blieb er stehen. »Erinnerst du dich noch an diesen Tulpenbaum, den ich vor ein paar Jahren gepflanzt habe?«

»Du hast ihn gekauft, weil Jefferson diese Bäume mochte. Gesehen haben wir sie auf seinem Landsitz Monticello.«

»Richtig. Und das Bäumchen wollte nie wachsen, weißt du noch?« Er deutete auf Kratzer am unteren Ende des Stammes. »Wenn du genau hinsiehst, erkennst du, dass ein Murmeltier an der Rinde genagt hat.«

Sarah ging in die Hocke und fuhr mit der Hand über die Kratzer. »Auf Monticello haben sie die jungen Triebe mit Maschendraht umzäunt.«

»Genau. Und jetzt ist auch klar, warum. Aber früher habe ich es nie gesehen. Solche Dinge bemerkt man erst, wenn man sein Leben verlangsamt.«

Sarah fuhr mit dem Finger über die Rinde und dachte, dass ihr Leben bereits langsam genug verlief. Sie mochte diesen kleinen Baum mit den verkrüppelten Ästen und den winzigen Zweigen, die sich einem weiten, unerreichbaren Himmel entgegenstreckten. Er brauchte Schub, einen Wachstumsschub mitten in seinem Leben. Sonne und Wasser und die Pflege liebevoller Hände.

Sie richtete sich wieder auf und zeigte auf den Fluss. »Der Anleger müsste auch repariert werden.«

David nickte. »Dafür brauche ich ein paar Kanthölzer.«

»Du brauchst ein Auto.«

»Nein. Ich will kein Auto. Noch nicht.«

Auf der anderen Uferseite raschelten Büsche, und eine Schar großer Vögel huschte hangaufwärts in die Wälder. Sie sahen aus wie schmale dunkelgraue Fasane mit dürren Hälsen, beugten sich weit vor und hielten die Flügel eng an den Leib gepresst.

»Diese Wälder sind voller wilder Truthähne«, erklärte David, als der letzte Vogel im Unterholz verschwunden war. Er drehte sich um und ging flussabwärts auf den Waldrand zu, wo das hohe Gras der Lichtung auf eine Reihe hoher Bäume traf. »Lass uns am Fluss entlanglaufen.« Er sah sich nach Sarah um, gab ihr einen einladenden Wink und trat in die Dunkelheit.

Merkwürdig, wie vollständig er verschwand. Als würde er nur existieren, wenn sie ihn mit den Augen ausmachen konnte. Sie ging auf die Baumreihe zu, wo ein abgebrochener Kiefernzweig die Grenze zwischen Sonnenlicht und Schatten markierte. Zehn Meter vor ihr lief ein Schatten um einige große Felsbrocken herum, doch sie zögerte, ihm zu folgen. Ihre Befürchtungen waren undefinierbar. Zum Teil war es der Wald mit seinen Gefahren – Füchse, Schlangen, Tote mit scharfen Äxten. Doch stärker noch hielt sie das Gefühl zurück, dass sie Davids Spur nicht ewig folgen sollte.

Siebzehn Jahre lang war sie ihm immer gefolgt, von New York nach Jackson und jetzt in diese nebulöse neue Existenz in der Hütte. Aber es war nicht richtig, einem Mann auf Schritt und Tritt zu folgen. Wann, wenn nicht im Alter von vierzig, wollte sie endlich unabhängig werden – und David auf seine Abenteuer gehen lassen, während sie sich einen eigenen, sie genauso transformierenden Weg suchte?

»Komm.« Davids Stimme stieg aus der Dunkelheit auf, und da schob sie einen Ast beiseite und trat ebenfalls in die

Schatten. David ging immer am Fluss entlang und blieb nur stehen, um Brombeergestrüpp oder Spinnweben aus dem Weg zu räumen. Sie schloss zu ihm auf, als sie an einem gemächlichen Strudel vorbeikamen, den sich eine metallisch blauschwarz glänzende Dohle zum Baden ausgesucht hatte. Immer wieder tauchte der Vogel seinen Kopf in das kalte Wasser und schüttelte sich die Federn aus, bis sie trocken waren. Über ihnen in einer kahlen Eiche hielt ein Falke mit roter Schwanzfeder Wache.

»All diese schönen Vögel«, sagte Sarah.

»Sie sind meine besten Freunde. Komm weiter. Ich will dir etwas zeigen.«

Mit raschen Schritten ging er voraus, wobei die Axt auf seiner Schulter schimmernd hin und her pendelte. Einmal rief sie, dass er langsamer gehen solle, doch er lief immer weiter und blieb erst an einer sonnigen Stelle stehen, wo der Fluss sich kurzzeitig in zwei Arme teilte, einen breiten und einen schmalen.

»Hier können wir eine Pause machen«, sagte er und führte sie zu einem kleinen Hain junger Bäume direkt am Ufer. Er deutete auf ein paar junge Triebe, deren abgenagte Spitzen etwa einen halben Meter aus dem Erdboden ragten. Sie sahen aus wie die Vorposten eines Liliputanerdorfs, dessen Pfähle bleistiftspitz geschnitzt worden waren, um daran die Köpfe der Feinde aufspießen zu können.

»Biber?«

»Ja.« Er zeigte flussabwärts auf einen kleinen Hügel aus Stöcken, Laub und Schlamm, den man für einen angeschwemmten Überrest der Flut halten konnte. Dann ging er plötzlich in die Hocke und gab ihr ein Zeichen, das Gleiche zu tun. Als sie ihm eine Frage zuflüsterte, antwortete er, indem er sich den Zeigefinger an den Mund legte.

Über ihnen flogen Dutzende von Stärlingen auf einmal von einem Maulbeerbaum auf. Sie bewegten sich wie eine große Wolke und zogen im Zickzack von Baum zu Baum Richtung Süden. Sarah beobachtete, wie sie trotz ihrer Umwege immer weiter vorankamen, bis sie schließlich aus ihrem Blick gerieten. Und als sie auf den Fluss hinaussah, steckte eben ein Biber seine zuckende Schnauze aus dem Wasser heraus. Er schwamm im Kreis und tauchte wieder unter, was in ihr eine Erinnerung an die letzten Taucher wachrief, die sie in diesem Fluss gesehen hatte. Nach einer Minute tauchte der Biber erneut auf, glitt auf einen Felsen und stand glänzend und aufrecht da. Sie konnte die gelblichen Zähne des Tieres erkennen und seine kleinen, demütig gekrümmten Pfoten. Mit wachsamem Blick passte er auf einen vorbeigleitenden Freund auf, der lautlos die Wasseroberfläche durchschnitt. Dann sprang auch er von seinem Felsen wieder ins Wasser, folgte seinem Begleiter und tauchte ab.

»Abends kommt die ganze Familie heraus«, sagte David. »Ich habe mindestens fünf gesehen.« Ein paar Minuten lang hockten sie noch dort und sahen auf das glatt daliegende Wasser hinaus. Dann richtete David sich auf und deutete auf einen Felskamm ein Stück weiter flussabwärts, wo sich das Ufer zu einem zwanzig Meter hohen Felshang erhob. »Dort will ich hinaufklettern. Ich möchte dir die Aussicht zeigen.«

Sarah musterte die Felsvorsprünge und die dürren Kiefern, die dort wuchsen. Typisch David, sie so herauszufordern. Er war nie damit zufrieden, einfach nur am mäandernden Ufer entlangzuspazieren und Steine ins Wasser zu kicken. David zog es stets auf höhere Gipfel hinauf; und er drängte sie, ihm zu folgen, obwohl sie liebend gern meilenweit neben dem Fluss hergegangen wäre.

Sie seufzte, als sie auf den Hang zugingen. »Ich kann dir nichts versprechen.«

Der erste Anstieg war leicht, denn der bewachsene Hang führte in schiefen terrassenförmigen Kalksteinstufen hinauf.

Doch als der Fels kahler wurde, rollten Kiesel unter ihren Turnschuhen weg, bis sie schließlich stehen blieb und sich kapitulierend mit erhobenen Armen an den Fels klammerte. Sie legte das Ohr an den Stein, als wollte sie auf den Puls des Berges lauschen. Unter ihr ging es bereits zehn Meter hinab.

Sie hob den Blick zu dem Felsvorsprung über ihr, hinter dem David schon verschwunden war.

»David?«, rief sie, doch er kam nicht.

»David!« Noch immer kein Zeichen von ihm.

Er hatte sie verlassen, der Mistkerl. Vermutlich sogar hierhergelockt in der Hoffnung, dass sie abstürzen würde. Das war es, was die Toten stets wollten – Gesellschaft. Und wie einfach wäre es, diese Felsen einfach loszulassen, sich zurückzulehnen und sich der Schwerkraft zu überlassen. Eine Witwe war, historisch betrachtet, doch ein Gräuel. Sarah schloss die Augen und dachte an Shakespeares Julia mit dem blutigen Dolch, an japanische und römische Witwen, die sich in das Schwert ihres toten Ehemanns gestürzt hatten, und an all die armen Witwen in Indien, die bei lebendigem Leib auf dem Scheiterhaufen ihres Mannes mit verbrannt wurden.

Aber sie war nicht der Typ Frau, der sich selbst opferte. Sarah hob den Fuß und setzte ihn auf den jungen Trieb einer Kiefer. Herrgott noch mal, sie war eine Absolventin des Barnard College. Sie suchte sich den nächsten Halt, und dann noch einen, und noch einen. Ein paar Meter von dem Felsvorsprung entfernt hielt sie noch einmal an, um Luft zu schnappen, und da tauchte David plötzlich wieder auf.

»Soll ich dir helfen?«

»Nein. Das kann ich allein.« Sie zog sich das letzte Stück hinauf, klopfte sich die Jeans ab und richtete sich auf. »Weiter geht's.«

David machte sich auf den Weg den Felskamm hinauf, wo eine abgeflachte Stelle einen freien Ausblick in alle Richtungen bot. Sarah kletterte neben ihm her auf diesen letzten breiten Felsen hinauf. Und dann sah sie es. Ringsum zogen sich die Wälder über die Bergausläufer hin, wogten hin und her, während der Fluss wie ein silbriger Faden immer wieder einmal auftauchte und verschwand.

»Eine überwältigende Aussicht«, versicherte sie.

»Und eine allumfassende.« Er breitete die Arme aus und drehte sich langsam um sich selbst.

»Sieh mal, dort drüben.« David zeigte auf zwei hohe Steintürme im Süden, die auf die Größe von Zahnstochern geschrumpft waren und sich über dem Wasser erhoben wie Schornsteine in einer ausgebrannten Ruine. Sarah erkannte in den Gebilden eine Schleusenanlage. »Dort bin ich mit dem Kajak gekentert.«

Sie starrte zu der Stelle hin und sah Davids Gesicht vom Flussbett aus heraufblicken – *Perlen sind die Augen sein.*

»Es hat mich verwandelt«, sagte er, und Sarah nickte.

Nichts an ihm, das soll verfallen,
Das nicht wandelt Meereshut
In ein reich und seltnes Gut.

Da zerriss ein Schuss die Stille. Instinktiv duckten sie sich, während der Nachhall noch in der Luft vibrierte.

»Jagdsaison«, sagte David. Im Norden ertönte noch ein weiterer Schuss, und sie sprangen beide von dem Felsen herunter.

Sarah sah flussaufwärts. »Wir kehren besser zurück, ehe uns noch jemand tötet.«

Auf dem Rückweg sprachen sie absichtlich laut miteinander und stapften mit so viel Krach durchs Unterholz, dass alle Eichhörnchen sich augenblicklich auf die Bäume flüchteten. Sarah sammelte Kleinholz, während David mit der Axt einen großen Ast von einem Ahornbaum abhackte, der tot herabhing. Er schleifte ihn durch den Wald hinter sich her und bahnte ihnen so einen Pfad, wann immer der Weg zu schmal wurde. Als sie die Hütte erreicht hatten, blieb er bei einem breiten Baumstumpf stehen, den Überresten einer schönen Eiche, in die vor Jahren der Blitz eingeschlagen hatte. Er legte die dünnsten Zweige des Astes auf diesen Hackklotz, riss die Blätter herunter und begann, das Holz in handliche Stücke zu hacken. Sarah ging unterdessen hinein, legte sich auf das Sofa und las die ersten Kapitel von ›Krieg und Frieden‹.

Um halb fünf, als die Sonne schon hinter den Baumwipfeln verschwunden war, wusste sie, dass sie über Nacht bleiben würde. Ihr eigenes Haus erschien ihr immer noch unwirtlich, und die Hütte wurde inzwischen von einem großen Kaminfeuer gewärmt, das David angefacht hatte. Sie beschloss, ein frühes Abendessen vorzubereiten, und öffnete eine Dose gebackene Bohnen in Tomatensoße und ein Glas Apfelmus. Das Hackfleisch aus dem Kühlschrank reichte für drei Hamburger, die sie in der Bratpfanne briet. Als sie braun wurden, probierte sie ein Stück, um zu sehen, ob es durch war.

»Bäh.« Sie spuckte das Fleisch sofort in den Müll. »Dein Hackfleisch ist ja vergammelt.«

»Es ist kein Rinderhack«, sagte David hinter der Staffelei. »Es ist Hackfleisch vom Wild. Der Besitzer des Dorfladens ist Jäger. Schmeckt es dir nicht?«

»Es ist nicht das, was ich erwartet habe.« Vielleicht war das aber auch ein Segen. Ihre Erwartungen waren in den letzten Jahren immer niedriger geworden. »Wild ist okay.« Sie holte eine Flasche Rotwein aus dem Küchenschrank. »Wir sollten den Erfolg deiner Ausstellung und dein Debüt in Washington feiern.« Sie brachte zwei Gläser und einen Korkenzieher an den Tisch.

»Trinken wir auf Judith«, sagte David, »und auf all ihre Neuentdeckungen.«

Mitten beim Abendessen bat David sie plötzlich um etwas: »Könntest du nicht am Donnerstag zu Thanksgiving zu mir kommen? Es wird einsam hier draußen, jetzt, da der Winter langsam beginnt. Die Nächte werden kälter und die Vögel fliegen gen Süden, und sie waren die einzigen Lebewesen, mit denen ich hier draußen geredet habe.«

Seltsam, wie sehr Davids Leben zu einem Echo ihres eigenen geworden war, dachte sie. Sie waren beide einsam in ihren getrennten Häusern, gleichermaßen gequält von der Stille wie von dem Bedürfnis nach engerem menschlichem Kontakt. »Ja, ich komme«, erwiderte sie. »Ich werde vorher einkaufen, und du kannst mir beim Kochen helfen.« Sie stand vom Tisch auf, nahm ein Blatt Papier und einen Bleistift aus der Küchenschublade und begann zu schreiben.

»Was tust du da?«

»Ich schreibe eine Liste all der Sachen, die ich am Donnerstag mitbringen will.«

»Was zum Beispiel?«

»Kleidung, Schuhe, Mützen, Handschuhe. Deine Winterjacke. Eine Schneeschaufel. Maschendraht für den Tulpenbaum.« Sie hatte sich zu seiner Komplizin gemacht, plante Monate im Voraus und sah all seine Bedürfnisse vorher. Vielleicht war das aber auch nur Egoismus. Sie wollte nicht, dass ihr toter Ehemann dabei erwischt wurde, wie er bei Wal-Mart Socken kaufte. Und es tat ihr auch gut, wie immer ihr traditionelles Thanksgiving-Menü aufzuschreiben: Truthahn mit Preiselbeeren und Würstchen, Sellerie, Pilze, Zwiebeln für die Füllung, Süßkartoffeln und grüne Bohnen, Sauerteigbrötchen.

»Was möchtest du sonst noch haben?«, fragte sie.

»Frisches Obst«, erwiderte David, ohne zu zögern. »Und importiertes Bier. Und ein paar gute Steaks … Außerdem hätte ich gern saubere Laken für mein Bett, Waschmittel und eine Wäscheleine mit Wäscheklammern. Bücher, Zeitschriften, eine Sonntagsausgabe der ›New York Times‹. Und mehr Leinwände, mehr Farbe und sehr viel mehr Toilettenpapier.« Sie schrieb eine Liste von Abkürzungen auf, bis er seine letzte Bitte äußerte.

»Und versuche doch mal herauszufinden, wie es Nate geht. Du weißt, wie deprimiert er war, als Mom starb. Vielleicht kannst du ihn ein bisschen aufheitern.«

»Ja«, erwiderte sie. »Vielleicht.«

An diesem Abend holten sie die Decken und Kissen aus dem kalten Schlafzimmer und breiteten sie auf dem geflochtenen Teppich vor dem Kamin aus.

»Wie ein Winterpicknick«, sagte Sarah, als sie noch eine Flasche Wein öffneten. Nach dem zweiten Glas legte sie das Sweatshirt ab, nach dem dritten das Unterhemd. David zog sich sein T-Shirt über den Kopf. Seine Brust war weder so glatt noch so muskulös wie Nates, doch er war immer noch ein attraktiver Mann.

So, dachte Sarah, es war so weit. Jetzt würde sie ihren Ehemann berühren – ihre Hand auf seinen Körper legen und spüren, wie tiefgreifend seine Wandlung war. Sie stellte ihr Glas ab, streckte die rechte Hand aus und presste sie an seine Brust.

Was sie berührte, war kalt, sehr kalt. So kalt wie der Grund des Flusses. Das ist doch ganz natürlich, sagte sie sich. Die Luft in der Hütte war eben frostig. Aber es schauderte sie immer noch, als sie die Hand wieder zurückzog.

»Du bist eiskalt«, murmelte sie, und er nickte.

»Wärme mich.«

Teil drei

Auferstehung

21

Als Sarah am Sonntagvormittag wieder nach Hause kam und die Tür öffnete, schien es Frühling geworden zu sein. Lilien schmückten die Konsole in der Diele, und in der Küche blühten Chrysanthemen. Die roten Rosen im Wohnzimmer hatten Gesellschaft von weißen und rosafarbenen Exemplaren bekommen, und auf dem Klavier standen prachtvoll aufgeblühte Löwenmäulchen. Jedes Zimmer war in ein buntes Blütenmeer getaucht. Das war vermutlich Nates Version eines gelungenen Abgangs, dachte Sarah, bis sie Judiths Visitenkarte auf der Dielenkonsole entdeckte. *Die Blumen sind für Sie, ein Überbleibsel der Vernissage. Genießen Sie den Augenblick.*

Sarah zerknüllte die Karte. Genießen Sie den Augenblick – aber ja doch. Sie konnte sich gut vorstellen, wie Judith die schmalen Augenbrauen hochgezogen und amüsiert gelächelt hatte, als ihr am Samstagmorgen ein völlig übernächtigter Nate die Tür öffnete. Nicht mehr zu ändern. Sie ging in die Küche und warf die Visitenkarte in den Müll. Die Götter haben sicher ihre Freude daran gehabt.

Am Kühlschrank klebte eine Nachricht von Nate, genauso lakonisch kurz wie ihre eigene: *Schade, dass ich Dich verpasst habe. Ruf mich an.*

Ja, sie würde ihn anrufen. Sie würde zur Bürozeit anrufen und seinem privaten Anrufbeantworter erklären, dass sie ach so viel zu tun habe. Vielleicht könnten sie beide sich ja nach Thanksgiving mal treffen.

Als sie das Schlafzimmer betrat, sah sie, dass Nate das Bett gemacht hatte, präzise wie eine Krankenschwester. Sie hob ein Kissen an die Nase und sog den noch darin hängenden Geruch seines Haars ein. Dann zog sie die Kissenbezüge ab, raffte das Decklaken zu einem Bündel zusammen und hielt plötzlich inne beim Anblick des Bettlakens mit den einem Rorschachtest ähnelnden getrockneten Flecken darauf. Die Erinnerung an Nates weiche Lippen machte sie ganz schwach. Sie sank aufs Bett und drückte die Bettwäsche an sich. Nur fünf Minuten – mehr würde sie sich nicht zugestehen. Fünf Minuten, um noch einmal in dem süßen Rausch der vierzig Stunden zurückliegenden Liebkosungen seiner warmen Hände zu schwelgen.

Die roten Ziffern ihres Digitalweckers sprangen weiter: zehn, elf, zwölf Minuten. Schließlich stand sie seufzend auf, zog auch das Bettlaken ab und trug die schuldbeladene Bettwäsche ins Souterrain. Als Wasser in die Waschmaschine lief, füllte sie einen Messbecher Waschpulver ein, und als die Wäsche schon beinahe schwamm, noch einen zweiten. Wieder oben, öffnete sie den Wäscheschrank und nahm Biberbettwäsche heraus, die weich und unschuldig wie eine Babydecke war.

Als das Bett frisch bezogen war, ruhte sie sich einen Moment lang aus und drückte den blinkenden roten Knopf ihres Anrufbeantworters.

»Hallo, meine Liebe.« Margarets Stimme war warm wie ein Sonnenstrahl. »Mein Kühlschrank ist voller Essensreste von der Vernissage. Judith hat sie heute Morgen gebracht. Komm doch zum Abendessen herüber und hilf mir, sie zu dezimieren.«

Der Nächste war Nate, er hatte Samstagabend angerufen. »Hi, Sarah. Ich wollte mich nur mal melden. Ruf mich an, wenn du wieder da bist.«

Dann noch einmal Margaret, die ihre Einladung vom Tag

zuvor wiederholte. »Wo bist du denn? Ich kann das nicht alles allein aufessen.«

Und so fand Sarah sich um fünf Uhr nachmittags in Margarets Küche wieder, umgeben von einem buntgemischten kalten Büfett: Frischkäse mit gehackter roter Paprika, Lachs mit Dillsoße, eine Schale Spinatdip und Reste der Baguettes, die Margaret aufgebacken hatte.

»Gut siehst du aus«, sagte Margaret, der die Farbe auf Sarahs Wangen aufgefallen war. »Hast du endlich wieder besser geschlafen?«

»Ja.« Sarah lächelte. Noch nie war ihr die müde machende Wirkung von Sex so willkommen gewesen.

Margaret schenkte zwei Gläser Rotwein ein. »Ich hoffe, die Vernissage hat dir auch gefallen. Jeder, den ich inzwischen gesprochen habe, war begeistert. Judith war immer noch ganz aufgeregt, als sie gestern vorbeikam. Sie wunderte sich, wo du bist.«

Sarah tunkte ein Stück Brot in den Spinatdip. »Das Wetter war so schön, da habe ich einen langen Spaziergang am Fluss gemacht.«

»Ruf sie auf jeden Fall mal an. Sie will dich noch ein paar Dinge fragen.«

»Mach ich. Wie geht's deinen Töchtern? Kommen Sie zu Thanksgiving?« Sarah war Expertin darin, das Thema zu wechseln – *Das Baby hatte sie verloren. Aber blühten die Kirschbäume nicht einfach wunderschön?*

»Beth kommt am Mittwoch und hilft mir, unsere üblichen Kuchen mit Pekannüssen, Kürbis und Äpfeln zu backen. Wir machen immer extra mehr, damit die Mädchen beide etwas mitnehmen können. Kate kommt erst am Donnerstag, mit ihrem Freund.«

»Der, der in dem Musikladen arbeitet?«

»Ja, dieser angehende Diskjockey.«

»Magst du ihn nicht?«

»Es geht nicht darum, ob ich ihn mag. Er ist reizend, keine Frage. Aber er ist einer der reizenden Typen, die einfach nichts aus sich machen.« Margaret dippte einen Hühnchenspieß in Mango-Chutney. »Willst du an Thanksgiving nicht zu uns zum Abendessen kommen?«

»Danke –«, Sarah trank einen Schluck Wein, »– aber ich fahre zu Anne.«

»Oh, prima. Wie geht's ihr?«

»Die Aktivitäten ihrer Töchter halten sie ganz schön auf Trab. Tanzstunden, Musikunterricht und lauter solche Sachen.«

»Daran erinnere ich mich noch gut.« Margaret löffelte eine Portion Blaubeeren auf ihren Teller. »Und was machst du in den nächsten Tagen?«

»Ich bin zuständig für die Lebensmittelspendenaktion des College zu Thanksgiving und werde jede Menge Konserven einsammeln und in Kartons zur St.-Francis-Kirche fahren.«

»Soll ich dir helfen?«

»Nein.« Sarah führte vorsichtig einen Cracker mit einer Scheibe Lachs und einer Olive darauf zum Mund. »Einer der Studenten soll mir tragen helfen.«

»Manchmal erfüllen Männer auch einfach nur ihren Zweck«, sagte Margaret.

»Ja.« Sarah errötete. »Das tun sie.« Ihre Hand zitterte nur ganz leicht, doch die Olive rollte trotzdem herunter und landete auf dem Boden. Sarah hob sie auf, und als sie sich wieder aufrichtete, umspielte ein Schmunzeln Margarets Mundwinkel.

»Wie ungeschickt von mir.«

»Das meine ich nicht.« Margaret lachte. »Es ist dein Gesichtsausdruck. Ich sehe es immer sofort, wenn du mir etwas verheimlichst. Deine Augen sind so verräterisch.«

Sarah richtete den Blick auf den Fuß ihres Weinglases, der

wie eine dunkle Pupille wirkte. »Ja«, murmelte sie. »Ich habe ein Geheimnis. Ein *großes* Geheimnis.«

Sie sah David vor sich, der bis zu den Oberschenkeln im Fluss stand, so dass ihm das Wasser schon in seine hohen Gummistiefel lief. Seine Fliegenrute wirbelte zischend über die Wasseroberfläche, und während sie noch dem Geräusch der Rute lauschte, öffnete Sarah den Mund und die Silben kamen ihr wie von selbst über die Lippen.

»Ich habe mit Nate geschlafen. Nach der Vernissage. Wir waren betrunken, und ich konnte mich am nächsten Morgen kaum noch daran erinnern, was passiert war. Aber da lag er, direkt neben mir.« Sie lachte. Laut ausgesprochen erschien es ihr beinahe komisch. »Es war mir alles so unangenehm, dass ich geflohen bin. Und ich habe ihn seitdem auch nicht zurückgerufen. Es war eine große Dummheit ... Das wird nicht wieder passieren.«

Margaret schwieg, bis Sarah es schließlich nicht mehr aushielt.

»Und?«

Margaret lächelte. »Die Dame, wie mich dünkt, gelobt zu viel.«

»Würdest du so etwas nicht geloben, wenn du mit deinem Schwager geschlafen hättest?«

»Mein Schwager –«, Margaret lachte, »– ist kahlköpfig, dick und schwul ... Es überrascht mich jedenfalls nicht, wenn ich daran denke, wie Nate sich den ganzen Abend um dich bemüht hat. Und dann noch Judith, die euch ja quasi verkuppelt hat. Eigentlich ist das doch ganz natürlich, oder? Du hast deinen Ehemann verloren und er seinen Bruder und seine Freundin. Vielleicht könntet ihr beide euch gegenseitig ein wenig helfen.«

»Sehr überzeugt klingst du nicht.«

»Nun ...« Margaret zögerte. »Er ist nicht die Sorte Mann, die ich für dich ausgesucht hätte. Nate ist etwas zu glatt für meinen Geschmack. Mir sind Männer mit offenkundigeren Fehlern lieber.«

»Nate hat auch Fehler.«

»Aha.« Margaret nickte. »Siehst du.« Sie trank einen Schluck Wein. »Ich stelle mir nur die Frage, ob du Nate wirklich magst oder ob er für dich bloß eine Möglichkeit ist, an David festzuhalten.«

Erneut blickte Sarah auf ihr Weinglas. »Ich glaube, ich halte auf alle mögliche Art an David fest ... Aber um ehrlich zu sein, ich war schon immer ein bisschen verknallt in Nate. Ich fand ihn rein körperlich attraktiv, es war nie Liebe oder so was. Es ist ziemlich hart, einen Schwager zu haben, der so verdammt gut aussieht.«

Am Küchenfenster presste ein totes Blatt sein gelbes Gesicht an die Scheibe, von dunklen Adern durchzogen und mit Altersflecken gesprenkelt. Sarah sah zu, wie der Wind es wieder vom Glas löste. »Unsere Nachbarn wären sicher entsetzt, wenn sie wüssten, dass ich mit meinem Schwager geschlafen habe. David ist doch erst seit drei Monaten tot.«

»Herrgott.« Margaret setzte ihr Glas so hart auf den Tisch, dass etwas Wein über den Rand schwappte. »Wir sind beide zu alt, um uns darum zu scheren, was die Nachbarn denken. Die Frage ist, was denkst *du?*«

Sarah zuckte die Achseln. »Ich werde Nate wohl aus dem Weg gehen.«

»Okay. Guter Plan.« Margaret verdrehte die Augen, während sie die Weinflecken mit einem Lappen aufwischte. »Darf ich dich mal etwas sehr Persönliches fragen?«

»Seit wann fragst du denn um Erlaubnis?«

»Also gut. Wann hattest du zum letzten Mal Sex mit David?«

Sarah musste beinah lachen und war einen Augenblick lang versucht, »gestern« zu sagen, nur um Margarets Gesicht zu sehen. Doch stattdessen trat ihr das letzte Jahr ihrer

Ehe vor Augen, in all seinen langweiligen Grau- und Brauntönen – die kalte Höflichkeit, die betäubende Alltagsroutine, der gelegentliche Kuss auf die Wange. Nach ihrer dritten Fehlgeburt hatten David und sie aufgehört, miteinander zu schlafen. Der Akt war vergiftet gewesen. Liebe und Tod hatten sich miteinander verwoben, wie die Dichter immer sagen. Doch an Davids dreiundvierzigstem Geburtstag hatte sie sich ihren Körper als Geschenk für ihn vorgestellt, ein wenig abgenutzt und verblüht zwar, aber dennoch ein dreidimensionaler Gegenstand, den man schön verpacken und mit einer Schleife verzieren konnte.

»Vier Monate vor seinem Verschwinden.« Sarah lächelte Margaret spöttisch an. »Glaubst du etwa, ich hätte ein wenig heilsamen Sex nötig?«

Margaret ließ sich nicht beirren. »Ich glaube, dass du schon lange trauerst. Schon länger, als David tot ist. Und ich finde, dass du ein Recht auf ein wenig Freude in deinem Leben hast, woher sie auch kommen mag.«

Als Sarah nicht antwortete, griff Margaret nach einer Silberplatte, die auf der Arbeitsfläche rechts von ihr stand. »Genug davon ... Nimm ein Stück Limettentarte.«

22

Als sie am nächsten Morgen in einem blauen College-Van die Straße mit den Studentenheimen entlangfuhr, dachte Sarah über Margarets Worte nach. Es stimmte, sie trauerte schon seit langer Zeit. Ihr Trauern äußerte sich als eine Art Winterschlaf, als ein Rückzug in Träumereien von einem viktorianischen Dasein. Es war vermutlich höchste Zeit, mit dem Grübeln aufzuhören, zu den Lebenden zurückzukehren und nach etwas Freude in der realen Welt zu suchen. Denn wenn David wiederauferstehen konnte als ein Verwandelter, der sich einem verloren geglaubten Ideal seiner Jugend hingab, warum sollte ihr das dann nicht auch gelingen? Die Zeit und das Geld dazu hatte sie, und auch noch genügend Jahre vor sich, die ihr ein neues Leben ermöglichten. Aber es würde sie enorme Kraft kosten, aus diesen letzten Monaten zu erwachen. Rip Van Winkle fiel ihr ein und wie er auf dem Hügel erwachte – mit steifen Gliedmaßen und einem von Träumen noch vernebelten Blick. Welche Naturgewalt hatte den langen Schlaf dieser literarischen Figur beendet?

Nate hatte ihren Körper mit der Berührung seiner Lippen erregt. Das war die Rolle des schönen Prinzen, der die mit einem Fluch belegte Frau aus ihrem hundertjährigen Schlaf erweckt. Doch selbst seine erfahrenen Hände hatten es nicht vermocht, an ihr Herz zu rühren. Das war ihre eigene Aufgabe, sagte sie sich. Das Ziel, dem sie ihr Leben widmen musste. Mit dem heutigen Tag – so schwor Sarah dem Verkehr um sich herum – würde sie beginnen, ihren schlafenden Geist aufzuerwecken.

Und vielleicht war das hier sogar ein Anfang, dachte sie, als sie vor einem der Häuser parkte. Witwen gaben ihrem Leben schon seit Jahrhunderten einen neuen Sinn, indem sie aus ihren Häusern und ihrer eigenen dünnen Haut heraus- und in die Leben anderer hineintraten. Es gab immer Menschen, deren Lage noch hoffnungsloser war, Menschen, die offen waren für die Wohltaten einsamer Frauen. Eine Gefahr sah Sarah allerdings in ihrer halbherzigen Philanthropie: dass sie ihr Leben am Ausmaß des Leids um sich herum messen und schließlich Trost im Elend der anderen finden könnte.

Aber in der Straße der Studentenheime gab es kein Elend, dort schimmerten die weißen Zaunpfähle so weiß wie sorgsam gepflegte Zähne. Zwei identische Treppen führten wie zwei große geschwungene Klammern zu beiden Seiten auf die große Veranda hinauf. Sarah fuhr mit der Hand über das Geländer, als sie auf die Doppeltür zuging – zwölf Paneele aus solider Eiche. Sie betätigte den Messingklopfer nur einmal, aber das reichte, um eine Hausmutter um die sechzig in einem Faltenrock herbeizurufen, der perfekt zu ihren faltigen Wangen passte. Sarah sagte, dass sie einen älteren Studenten abholen wolle, dessen Namen sie leider nicht wisse, der ihr aber bei der Lebensmittelspendenaktion des College behilflich sein solle. Die Frau zeigte zu einem Raum hinüber.

»Nehmen Sie bitte solange im Salon Platz. Ich sehe mal oben nach.«

Der »Salon« war ein Raum mit zehn Meter hohen Wänden, altem Parkettboden und einem riesigen Orientteppich, dessen aufwendiges Muster in Rot und Blau wie gemacht dafür schien, Jahrzehnte von Schmutz, Bier und auch Erbrochenem zu verbergen. Die Möbel allerdings waren nicht so dankbar, ihre Chintzpolster wiesen Flecken auf und die Sesselbeine aus Walnussholz hatten lauter Kerben. Was für ein sorgloser Umgang mit all diesem Reichtum, Gartenmöbel aus Plastik wären angebrachter gewesen.

In einem solchen Raum hatte sie schon einmal gestanden, erinnerte Sarah sich, vor siebzehn Jahren, als David und sie noch nicht verheiratet waren. Es war in Nates letztem Collegejahr gewesen, sie hatten ihn zu Halloween besucht. David als Frankenstein verkleidet und sie als seine furchterregende Braut – selbst damals hatten sie schon eine Parodie der Untoten hingelegt – mit einer Turmfrisur, die wie gigantisch auftoupierte Stahlwolle auf ihrem Kopf thronte. Auf der Suche nach dem viel zu schönen Bruder waren sie zusammen von Raum zu Raum gegangen und fanden ihn schließlich in einem Salon wie diesem hier, mit Perserteppichen, französischen Türen und zerschlissenen Ledersofas.

Nate war ein junger Graf Dracula mit blauen Augen, die mit schwarzem Kajal umrandet waren. Er lümmelte auf einem Sofa und küsste jedes Mädchen auf den Hals, das sich in seine Reichweite wagte. Und sie alle ließen ihn gewähren, seine ewig willigen Opfer, als wäre Nate ein Bischof, der ihnen das Abendmahl darreichte. An jedem Hals hinterließ er die schleimige Spur eines Gels, das von seinen Eckzähnen troff.

Nur Sarahs Hals blieb unangetastet. Denn als er seinen Bruder entdeckte, nahm Nate die Fangzähne aus dem Mund und stand mit einem liebenswürdigen Lächeln auf.

»Und mir willst du kein Blut aussaugen?«, hatte sie gefragt, als Nate ihr die Hand schüttelte.

Und sie wusste noch, was er erwidert hatte: »Ein andermal.«

Sarah drehte sich um, als sie in der Eingangshalle ein Geräusch hörte. Die Hausmutter kam mit einem schlaksigen jungen Mann in verknitterten Chinohosen zurück, dessen Haar in alle Richtungen abstand.

»Wie heißen Sie?«, fragte Sarah.

»Das ist Zack«, sagte die Hausmutter. »Er wird Ihnen sehr gern behilflich sein.« Die letzten Worte hatte sie an den gähnenden Studenten gerichtet, der einen schweren Karton voll Konserven in den Armen hielt.

Draußen auf der gewundenen Treppe bewunderte Sarah, mit welch federnden Schritten Zack die Stufen hinabsprang und wie mühelos er den Karton auf die Ladefläche des Vans hievte. Als er sich umdrehte und sie ansah, wurde sie rot. »Schön, dass Sie mir helfen.«

Zack hob eine Schulter und strich sich das Haar aus den Augen. »Unser Haus hat Bewährungsauflagen gekriegt. Jeder von uns muss fünf Stunden gemeinnützige Arbeit leisten, ehe wir wieder Party machen dürfen.«

»Verstehe.« Sarah lächelte. »Sie sind also geradezu ein Ausbund an Selbstlosigkeit.«

Zusammen gingen sie von einem Wohnheim zum nächsten, auf Gehwegen, die von den entlaubten Bäumen kaum noch beschattet wurden. Die meisten der Häuser waren stattliche Backsteingebäude mit weißen Säulen und überdachten Veranden davor. Oft fanden sie beim Eintreten in der Eingangshalle einen leeren Karton vor, genau an der Stelle, wo Sarah ihn drei Wochen zuvor hingestellt hatte. Dann erwies Zack sich als besonders hilfreich, denn er knöpfte sich jeden vor, den er zufällig irgendwo vor einem Fernseher erwischte.

»Hey!« Er schwenkte den Karton wie ein Pappmanifest. »Ihr Mistkerle habt keine Lebensmittel für die Armen gespendet! Bewegt euren faulen Arsch und holt was aus der Küche!« Und als ein Student verlegen mit einigen Uraltkonserven anrückte, rief er: »Den Scheiß könnt ihr behalten! So was will sich doch keiner mehr reinschaufeln!«

»Sie haben wirklich Fingerspitzengefühl«, meinte Sarah, und Zack grinste.

Während Zack in einem Haus Studenten aus dem zweiten Studienjahr zusammenstauchte, stand Sarah in einer Nische und sah aus dem Fenster. In so einer Nische hatte Nate an jenem Halloween-Abend getanzt – in einer Fensternische mit Parkettfußboden und meterhohen Lautsprechern. Sie hatte erwartet, dass er sich nur mit den schönsten Mädchen, die seiner eigenen Perfektion nahekamen, abgeben würde. Aber nein, Nate tanzte mit einem weiblichen Clown, der knallrosa Haare hatte und doppelt so viel Hüftumfang wie er. Er tanzte mit Feen und Geistern und einer Vampirin mit blutroten Lippen und schwarzen Netzstrümpfen. Dunkelhäutig, blass, sommersprossig, rotwangig – geradezu wahllos griff er sich Tanzpartnerinnen heraus und ließ auch ein Hexentrio nicht aus, das seine Zauberstäbe über seinem Kopf kreisen ließ.

Aber mit Sarah hatte er nicht ein einziges Mal getanzt. Und als sie jetzt auf das Laub hinausblickte, das an den Rädern der vorbeifahrenden Autos kleben blieb, fiel ihr wieder ein, wie sie sich bei jener lang zurückliegenden Halloween-Party gefühlt und wie sehr sie sich gewünscht hatte, dass Nate auf sie zukommen und die Hand ausstrecken würde – um auch sie mit seinen langen Plastikfingernägeln auf die Tanzfläche zu führen. Irgendwie hatte Davids Anwesenheit sie immer zu einer Unberührbaren gemacht. Und so hatte sie siebzehn Jahre lang auf ihren Tanz mit Nate warten müssen.

»Starten wir wieder?« Zack stand mit einem hohen Stapel Nudelpackungen in der Tür.

Danach klapperten sie gemeinsam die Wohnheime der Studentinnen ab und die Gebäude mit den Verwaltungs- und Dozentenbüros des College. Sie luden den Van so voll, dass er absank wie ein tiefergelegter Sportwagen, und fuhren schließlich zum Kellereingang der katholischen Kirche von Jackson. Hinter dessen roten Doppeltüren verbarg sich eine wahre Bibliothek der Lebensmittel: Regalmeter um Regalmeter lagerten dort Tausende von Konserven – reihenweise Tomaten, reihenweise grüne Bohnen, reihenweise Erbsen, Mais und Rüben. Perfekt sortiertes Gemüse, gefolgt von Getreideprodukten aller Art.

Das hier war der ganz aufs Praktische gerichtete Kontrapunkt zur Welt der Bibliotheken, die Sarah seit ihrer Highschool-Zeit aufgesucht hatte. Sie lächelte über Zack, dem der Mund offen stand, und zeigte auf eine grauhaarige Frau auf einer Trittleiter.

»Molly war Schulbibliothekarin, ehe sie in Rente ging.«

Zack nickte. »Cool.«

Die Frau musterte sie über ihre Lesebrille hinweg. »Hallo, Sarah. Mal sehen, was Sie mir Schönes bringen.«

Als sie die Hecktüren des Vans öffneten, hielt eine weiße Lincoln-Limousine neben ihnen. Auf der Fahrerseite stieg ein kahlköpfiger Mann Mitte fünfzig aus, öffnete die Beifahrertür und half einer älteren Dame in einem langen purpurnen Mantel und einem roten paillettenbesetzten Hut aus dem Wagen. Sarah sah, dass es Adele war, eine der Witwen aus Margarets Trauergruppe.

»Wunderbar sehen Sie aus«, sagte Molly, als Adele sich den Mantel glatt strich.

»Ich bin auf dem Weg zu meinem Club der Damen mit dem Roten Hut«, erklärte Adele.

Ihr Fahrer öffnete den Kofferraum, in dem jede Menge Kartons voll Einmachgläsern standen, alle verziert mit einem grün-karierten Tuch und rotem Schleifenband.

»Das ist für Sie.« Adele reichte Molly ein Glas.

»Adele macht die beste Erdbeermarmelade«, erklärte Molly.

»Himbeere dieses Jahr.« Adele zwinkerte Sarah zu. »Ich stecke voller Überraschungen.« Sie gab auch Sarah ein Glas. Dann wies sie mit einem Kopfnicken auf ihren Fahrer. »Das ist mein Neffe Fred. Das ist Molly, und das ist Sarah.«

Fred tippte sich an den Hut, hob zwei Kartons aus dem Kofferraum und trug sie in den Keller.

»Kommen Sie mit mir, meine Liebe.« Adele fasste Sarah am Arm. »Das Tragen sollten wir besser den Männern überlassen.«

In einem rückwärtigen Raum mit Neonlicht und Holztäfelung standen auf Reihen von Klapptischen hundertzwanzig Kartons mit Thanksgiving-Essen. Sarah ließ ihren Blick schweifen über all die eingeschweißten Truthahnbrüste, hohen schmalen Dosen Preiselbeersoße, über die gewöhnlichen Dosen Süßkartoffeln und die Portionspackungen Makkaroni und Käse. Fred stellte die Kartons mit den Einmachgläsern auf einen Tisch an der Wand, und Adele begann, die Marmeladengläser eins nach dem anderen vorsichtig in die Kartons zu den Essen zu stellen.

Sarah hielt inne und bewunderte das handgeschriebene Etikett auf einem der Gläser. »Haben Sie die alle selbst gemacht?«

»Oh nein.« Adele kicherte. »Wir sind zu sechst und gehen zusammen Beeren pflücken, mit tatkräftiger Unterstützung vieler Enkelkinder. Und während das Obst einkocht, spielen wir Bridge.«

»Und das machen Sie jedes Jahr zu Thanksgiving?«

Adele nickte. »Wir fügen den Essen gern eine persönliche Note hinzu. Immer nur grüne Bohnen aus der Dose, das ist doch bedrückend.«

Sarah zwängte in einen der Kartons ein Marmeladenglas hinein. »Ich sollte auch mehr Wohltätigkeitsarbeit machen. Um öfter aus dem Haus zu kommen und meine trüben Gedanken zu verscheuchen.«

Adele hielt ein Einmachglas ans Licht und zog das karierte Tuch glatt. »Bei mir hat es nach Edwards Tod vier Monate gedauert – bis ich aus dem Haus gegangen bin und wieder am Leben der Stadt teilgenommen habe. Und das ist wichtig.

Sonst bleiben Sie in der Vergangenheit stecken.« Sie lächelte Sarah an. »Sie sollten unbedingt an Weihnachten herkommen. Dann haben wir dreimal so viele Essen, und wir können jeden Fahrer gebrauchen. Ich selbst kann leider nicht mehr fahren.« Sie nickte Fred zu, der gerade einen weiteren Karton hereintrug. »Meine Sehkraft hat so stark nachgelassen.«

Als Fred wieder weg war, legte Adele ihre von den vielen Ringen glitzernden arthritischen Finger auf Sarahs Hand.

»Haben Sie in letzter Zeit wieder einmal Ihren Ehemann gesehen?«

Sarah hatte die Frage erwartet. »Ja, an Halloween ... Er stand plötzlich vor dem Haus und hat lange mit mir geredet ... Und ich könnte mir vorstellen, dass ich ihn vielleicht auch morgen sehe, an Thanksgiving.«

»Oh ja.« Adele lächelte. »An den Feiertagen kommen sie immer. Mein Edward erscheint alljährlich um die Weihnachtszeit herum. Letztes Jahr habe ich ihn nur kurz durch die Diele gehen sehen. Aber gewöhnlich bleibt er stehen und unterhält sich mit mir, und ich kann sogar die Nähte in seiner Uniform und den Ausdruck in seinen Augen erkennen.«

Sarah dachte an Adeles nachlassende Sehkraft. »Haben Sie je daran gedacht, dass es nur ein Traum sein könnte?«

»Natürlich. In meinem Alter ist alles möglich. Aber ich habe ihn ja auch schon gesehen, als ich jünger war. Er kam immer, wenn ich besonders verzweifelt war. Wir hatten einen Sohn, der in Vietnam gestorben ist, wissen Sie.«

Sarah schüttelte den Kopf. »Das wusste ich nicht.«

»Ich habe noch eine Tochter in Charlotte und einen Sohn in Richmond. Und fünf Enkelkinder und einen Urgroßenkel. Aber unser jüngster Sohn starb 1969, und als ich eines Tages todunglücklich in der Küche saß, spürte ich, dass Edward hinter mir stand. Er schlang seine Arme um mich, genau so wie dieser große, warme Mantelkragen hier.« Adele presste ihre gekrümmten Finger an ihren Hals. »Ich habe gelesen, dass Menschen die Geister vor allem dann spüren, wenn sie selbst emotional sehr angegriffen sind. Und genau so war es bei mir. An dem Tag konnte ich ihn nicht sehen, aber ich spürte das Gewicht seiner Arme. Es war, als würde mein ganzer Körper von Wärme durchströmt. Und ich empfand eine große innere Ruhe und Sicherheit.«

Adele stand da mit um den Hals gelegten Händen – als wollte sie sich selbst erwürgen, dachte Sarah. Was für ein Paar sie beide nur abgaben, zwei einsame Witwen, die sich gegenseitig in ihrem Wahnsinn bestätigten.

»Bei mir geht noch alles durcheinander«, murmelte sie.

»Sie sind noch nicht lange Witwe, meine Liebe.« Adele tätschelte ihr die Hand. »Die Zeit wird es weisen.«

23

Am nächsten Tag packte Sarah ihre eigenen Spenden zusammen, Kleider, Bücher und CDs für ihren neuerdings bedürftigen Ehemann. Sie hatte acht leere Kartons für sich zurückbehalten, als sie die Lebensmittel organisierte, weil sie zu jener Zeit noch vorhatte, Davids Habseligkeiten zur Wohlfahrt zu bringen. Jetzt drängten sich die Kartons auf ihrem Bett wie ein Nest Vögelchen mit weit aufgerissenen Schnäbeln.

In Davids begehbarem Kleiderschrank warf Sarah keinen Blick auf die Anzughosen und Jacketts, die Leinenhemden und Seidenkrawatten – all die Symbole seiner Medizinerkarriere. Jetzt brauchte er vor allem Flanellhemden, Jeans und lange Unterwäsche. Der Großteil seiner Wintergarderobe war eine Hommage an den Outdoor-Spezialisten: winddichte Pullover, Fleece-Westen und sogar ein teflonbeschichteter Anorak. Ganz hinten im Kleiderschrank fand sie einen gelben Goretex-Parka mit dazupassender gelber Hose. Als Helen ihm dieses Outfit als Weihnachtsgeschenk geschickt hatte, war Sarah schier zusammengezuckt. Doch nun erschien ihr die Farbe wie ein Schutzschild gegen die Jäger. Und so stopfte sie ihn in einen der leeren Kartons und legte noch all die wollenen Souvenirs aus Davids Jugend dazu: Socken, Mützen, Schals, einige davon von seiner Mutter selbst gestrickt. Jetzt tat es ihr leid, dass Nate Davids Lieblingspullover aus Schottland mitgenommen hatte, aber sie machte es wett mit einem voluminösen Pullover aus Nepal, der dick war wie ein Büffelfell.

Im Souterrain packte sie Davids Malutensilien zusammen: Farben, Kreide, Kohle und eine Vielzahl an Pinseln. Sie fand auch noch ein paar leere Leinwände, löste sie aus den Holzrahmen, rollte sie in seine Sweatshirts ein und trug alles zu ihrem Kombi. Und schließlich durchstöberte sie noch das Werkzeug in der Garage.

Die Kettensäge legte sie als Erstes zu den Dingen für David; die würde sie ohnehin nie zu benutzen wagen. Dann den Unkrauttrimmer, als Leihgabe für ein paar Wochen. Beim Tacker zögerte sie einige Sekunden, ehe sie sich von ihm trennte. Einen halben Karton füllte sie allein mit Schraubenschlüsseln, Hammern, Nägeln und Schrauben, Sandpapier und Spachtelmasse. Ein nicht allzu dezenter Hinweis darauf, dass die Hütte reparaturbedürftig war.

Dann stand sie vor dem Bücherregal im Wohnzimmer und stellte eine Leseliste für Davids langen Winter zusammen. Dantes Aufenthalt in der Unterwelt schien ihr passend für einen Toten; Thoreau, Ammons und Dickey waren gute Gefährten für die Wälder; Thurber würde ihm die dunklen Winterabende vielleicht ein wenig aufhellen; und Ruth Rendell war immer willkommen. ›Die gesammelten Gedichte von Robert Frost‹ legte sie auch noch auf den Stapel, ehe sie sich der Stereoanlage zuwandte.

Sarah suchte die Musik aus, als würde sie einen Wein verkosten – einen Tropfen Fusion, einen Spritzer Blues, eine Spur Oscar Peterson. Um das Naturthema aufzugreifen, entschied sie sich für Beethovens ›Pastorale‹, Vivaldis ›Vier Jahreszeiten‹ und Coplands ›Appalachian Spring‹. Dann packte sie die Musik-CDs zusammen mit einem tragbaren CD-Player in einen Karton, trug alles zum Auto und beglückwünschte sich zu ihrem geistreichen thematischen Einfall. Erst als sie vor der offenen Heckklappe stand und die Kartons voller Bücher und CDs bewunderte, fiel ihr auf, dass sie einzig ihre eigenen Favoriten ausgewählt hatte. Das war keine Spende an einen Toten, sondern eine Sammlung, die sie durch ihre eigenen düsteren Tage tragen sollte und die David nur am Rande bedachte.

Frühmorgens an Thanksgiving fuhr sie zu Food Lion, zum ersten Mal seit ihrem »Vorfall« mit David. Sie kaufte lieber nicht wie üblich bei Safeway ein, weil Margaret ihr dort über den Weg laufen und den Truthahn in ihrem Einkaufswagen sehen könnte. Hier, am Rande der Stadt, fürchtete sie nicht, erkannt zu werden. Sie fragte sich nur, ob der Filialleiter mit dem patriotischen Namensschild sich wohl an ihr Gesicht erinnern würde.

Gang für Gang durchstreifte sie den Supermarkt und kaufte Unmengen Bananen, Äpfel und Birnen, Süßkartoffeln, Zucchini und Broccoli. Und sie deckte sich ein mit Käse, Nüssen und Bagels, tiefgefrorenen Shrimps, frischem Lendenfilet und einem Acht-Kilo-Truthahn, von dem so viel übrig bleiben würde, dass David noch wochenlang davon essen konnte.

Beim Einkauf all dieser Dinge hatte sie das Gefühl, als verleihe sie damit erst seinem Leben Substanz. David war nichts weiter als die Skizze eines Mannes, eine bleiche Leinwand, der sie Farbe verlieh mit den roten Kartoffeln und den grünen Bohnen, dem orangefarbenen Kürbis und den blauen Tortilla-Chips, die sie allesamt auf den Rücksitz ihres Kombis lud. Und als sie mit ihren Lebensmittelspenden schließlich durch die Wälder fuhr, sah sie sich selbst als eine Art verfrühten Weihnachtsmann, der im November schon Weihnachten brachte. Vor der Hütte begrüßte David sie denn auch mit der Freude eines Kindes.

»Phantastisch.« Lachend legte er die Obsttüten auf Kartons voller Fleece und trug sie hinein. Und während Sarah die Einkäufe auspackte, brachte er die Kleidungsstücke und die Malutensilien in eine Ecke des leeren Schlafzimmers.

»Sag mir, was ich tun soll«, sagte er, als der letzte Karton verstaut war.

»Leg eine Jazz-CD auf. Und öffne eine Flasche Wein.« Sogar schon vor zwölf Uhr war Chardonnay eine unabdingbare Voraussetzung fürs Kochen.

Als David ihr ein Glas reichte, gab sie ihm eine Tüte Äpfel. »Die hier schälen, entkernen und in Scheiben schneiden. Ich will einen Apfelkuchen backen.«

Er schnitt mit dem Schälmesser rot-weiße Spiralen von den Äpfeln herunter, die zwanzig Zentimeter lang herabhingen, ehe sie in den Müll fielen. »Erinnerst du dich noch an unser erstes Thanksgiving?«

»Das bei deinen Eltern?«

»Ja. Als wir uns verlobt haben.«

Sie erinnerte sich sehr gut daran – das Städtchen in Vermont mit den Boutiquen und Galerien, die eine leicht abschüssige Grünfläche umgaben. Die Kirche mit dem hohen weißen Spitzturm, ein Gotteshaus weder der Presbyterianer noch der Methodisten, sondern der Unitarier.

»Ich erinnere mich noch an die Kirche deiner Mutter und daran, wie ich euer Haus zum ersten Mal gesehen habe.«

Sie hatte noch nie zuvor Fenster mit schwarzen Rahmen gesehen. Irgendetwas an diesen dunklen Rechtecken hatte sie an Nathaniel Hawthorne erinnert.

»Dein Vater hat die Heizung auf konstante siebzehn Grad eingestellt, und ich hatte immer dicke Socken an und bin im Sessel am Kamin sitzen geblieben.«

Sarah sprach allerdings nicht aus, woran sie sich am besten erinnerte – dass sie am Küchenfenster stand und zusah, wie Nate draußen im Garten mit dem Labrador Pilgrim Frisbee spielte. Seit der Halloween-Party waren vier Wochen vergangen, und in der Zwischenzeit hatte sie oft an Davids jüngeren Bruder gedacht. Was zum Teil Davids Schuld war, denn er erzählte so viele Geschichten über Nate, und meistens ging es darum, dass sein Bruder die Mädchen scharenweise anzog, aber keine ihn glücklich machte. Nate war ständig auf der Suche nach etwas Unbekanntem, so wie der gutaussehende Prinz mit dem seltsamen Glaspantoffel.

Während sie Nate vom Fenster aus zusah, versuchte Sarah seinen Reiz zu definieren. *Schön* war nicht das richtige Wort. *Hübsch* auch nicht, das passte eher auf Welpen oder Teddybären. *Gutaussehend*, das würde in den kommenden Jahrzehnten nicht mehr zutreffen. Vielleicht beschrieb *liebenswert* ihn am besten. Nate hatte ein Gesicht, das Liebe erweckte, das Gesicht von Helen.

Als er hereinkam, waren seine Wangen gerötet.

»Dein Haar«, sagte er zu Sarah, »sieht viel besser aus ohne den hineingefärbten Blitz.«

»Und deins sieht besser aus ohne all das Haargel.«

Sie freute sich, dass sie ohne ein Zittern in der Stimme mit Nate sprechen und ihn, einen Arm um Davids Taille geschlungen, mit einem gewissen Trotz anschauen konnte. Sie sagte sich, dass sie doch nur vom rein Äußerlichen dieses blauäugigen Studenten fasziniert war. Aber dennoch konnte sie den Schmerz in ihrer Brust, den sie bei jedem Blick von ihm spürte, nicht bezwingen.

An diesem Thanksgiving-Abend saßen David und sie Nate gegenüber, mit den Eltern der beiden links und rechts an den Stirnseiten des Tisches, und der Schmerz schnürte ihr beinah die Luft ab. Als die Familie die Gläser erhob, um auf den Feiertag anzustoßen, gab David ihre Verlobung bekannt, woraufhin Helen sofort von ihrem Stuhl aufsprang und mit ausgestreckten Armen auf Sarah zulief. Als Nächster kam Davids Vater und zuletzt Nate, der sich langsam das Haar zurückstrich und um den Tisch herumging. Mit einer Hand in ihrem Haar und der anderen an ihrem Rücken drückte er sie an seinen warmen Körper. Dann löste er sich wieder von ihr, und ihr war, als bräche ein elektrischer Strom ab.

Als Sarah jetzt aus dem Küchenfenster der Hütte sah, schienen ihr diese Erinnerungen zu einem anderen Leben zu gehören. Nates Gesicht hatte sich in den letzten zehn Jahren verändert. Zwei Jahre Graduiertenstudium der Betriebswirtschaft und zehn Jahre an der Wall Street hatten ihm den Ausdruck der Verletzlichkeit genommen. Heute wirkte er glatter, wie ein polierter glänzender Stein, und sie fragte sich, ob sie ihm diese Verhärtung hätte ersparen können – ob die richtige Frau seine Ecken und Kanten hätte abschwächen können. Damals nicht, heute nicht.

»Hier.« Sarah reichte David eine Tüte mit Süßkartoffeln. »Die auch noch schälen.«

Als David und sie sich zu Tisch setzten, war das Mahl so üppig, dass es fast grotesk erschien – der Truthahn perfekt und saftig gebraten, die Marshmallows schmolzen über den Süßkartoffeln dahin, als wollten sie in sie hineinsickern. Und vor ihrem geistigen Auge sah Sarah die ärmsten Familien von Jackson ihre Konserven öffnen und ihre gelierte kalte Preiselbeersoße in Scheiben so dick wie Eishockeypucks schneiden.

»Wollen wir jetzt sagen, wofür wir dankbar sind?«, fragte David.

Sarah hatte schon seit drei Jahren keine Dankbarkeit mehr empfunden.

»Ich bin dankbar für deine Bilder«, sagte sie, »und für Margarets Essen.«

David lachte. »Dagegen ist nichts einzuwenden.«

»Und was ist mit dir?«, fragte sie.

»Ich bin dankbar dafür, dass du mich nicht aufgegeben hast.«

»Noch nicht.« Sarah goss Bratensoße auf ihren Teller, sah dann ihr Essen an und fragte sich, warum sie so auf Distanz blieb zu ihrem Ehemann. »Da ist noch etwas«, fügte sie nach einem Augenblick hinzu. »Ich bin dankbar für diese zweite

Chance mit dir, und sei es auch nur für eine Weile.« Sie hatte die Worte kaum ausgesprochen, da empfand sie eine große Erleichterung, so als würde der Gletscher in ihrer Brust zu schmelzen beginnen. Sie blickte David ins Gesicht und sah, dass er sie auf die altvertraute Weise anlächelte, so wie sie sich in den ersten Jahren ihrer Ehe angelächelt hatten, als sie sich noch gegenseitig ansehen und – ja, was eigentlich fühlen konnten? Freude. Sarah streckte den Arm quer über den Tisch aus, und ein paar Sekunden lang ließ sie ihre warme Hand auf Davids ruhen.

Dann griff sie zur Gabel. »Guten Appetit.«

Nach dem Essen tranchierte David den Truthahn bis auf die Knochen, trennte das weiße Fleisch vom dunklen und wickelte alles in Frischhaltefolie. Den Wunschknochen wischte er mit Küchenpapier ab, ehe er eines der gegabelten Enden Sarah hinhielt, und sie brach es mit einem Drehen ab. Erst als sie das größere gesplitterte Stück in ihrer Hand musterte, bemerkte sie, dass sie automatisch denselben Wunsch gehabt hatte wie schon in den fünf Jahren zuvor, den einen Wunsch, den sie jeder Münze mitgab, die sie in einen Brunnen warf, jeder Wimper, die sie von der Fingerspitze blies. Sie hatte sich ein Kind gewünscht.

»Ich habe eine Bitte«, sagte David.

»Was denn?«

»Würdest du mir Modell sitzen? Ich möchte dich gern malen.«

Sarah erschrak. Sie hatte David seit den ersten Jahren ihrer Ehe nicht mehr Modell gesessen und fragte sich, ob das nicht auch besser sei. Sollten sie es nicht lieber bei dem idealisierten Akt in Kohle belassen, der so viel Wehmut und Hingabe ausstrahlte? Was würde er jetzt sehen, wenn er sie nur lang genug betrachtete?

»Was stellst du dir denn vor?«

David ließ den Blick durch den Raum schweifen. »Wie

wär's, wenn du dich in den Schaukelstuhl beim Kamin setzt?«

Sie tat es, die gefalteten Hände im Schoß.

»Sieh ins Feuer«, sagte er, und sie wandte ihr Gesicht den Flammen zu. In den Kohlen zischte es, als säßen ein Dutzend Katzen darin.

»Das ist zu dunkel«, sagte er. »Könntest du dich ans Fenster stellen?«

»An welches?«

Er war sich nicht sicher. Sie ging von Fenster zu Fenster und sah nach Norden, Osten und Süden hinaus. Einmal war es zu schattig, dann wieder zu hell. Die vielen Glasscheiben in den Terrassentüren warfen Schatten auf ihr Gesicht.

»Komm doch mal mit ins Schlafzimmer.« Sie folgte ihm den Flur entlang in den Raum, der auf den Fluss hinausging. Das viergeteilte Fenster dort wurde von dünnen Spitzengardinen verhüllt, die bis auf den Boden herabfielen und das warme Licht des Nachmittags filterten. Sie ging ans Fenster, hob den Arm und strich eine der Gardinen zur Seite, wie man einem Kind das Haar aus der Stirn streicht. Jenseits des hohen Grases sah sie eine Schar Kanadagänse auf dem Wasser dahintreiben.

»Das ist es. Nicht bewegen.«

»So kann ich meinen Arm aber nicht lange halten.«

»Deinen Arm skizziere ich zuerst.«

Er holte sein Skizzenbuch aus dem Wohnraum und brachte auch ein Gefäß voller Bleistifte und Kohle mit sowie einen Stuhl vom Esstisch. Nachdem er all seine Utensilien auf dem Bett ausgebreitet hatte, hielt er das Skizzenbuch gekippt auf den Knien und betrachtete Sarah eine ganze Weile lang, ohne den Bleistift zu heben.

»Ich habe noch eine weitere Bitte.«

»Und welche?«

»Dein Pullover ist irgendwie nicht das Richtige, er ist zu

voluminös. Könntest du dir vielleicht dein Nachthemd und den Morgenrock anziehen?« Er zeigte in die andere Ecke des Zimmers, wo ihre Reisetasche geöffnet auf einem Stuhl lag, das zusammengelegte Nachthemd obenauf und darunter gut sichtbar der Morgenrock.

Dieses weiße Baumwollnachthemd hatte sie schon seit Jahren nicht mehr getragen; der mit Vergissmeinnicht bestickte Kragen erschien ihr zu kindlich. Und auch den weißen Seidenmorgenrock, den David ihr vor zehn Jahren zu Weihnachten geschenkt hatte, zog sie nicht mehr an. Er war ein Überbleibsel aus ihren ersten Ehejahren, als sie noch Interesse daran gehabt hatte, hübsch auszusehen. In den letzten Jahren dagegen hatte sie sehr viel mehr Interesse daran gezeigt, wie hoch ihre Rechnungen für die Reinigung ausfielen.

Aber warum hatte sie die Sachen dann für diesen Besuch eingepackt? Es musste wohl ein Akt der Reue sein. Eine Entschuldigung für all die Monate, in denen sie in T-Shirt und Unterhose und in einen dicken Männerbademantel aus grünem Frottee gehüllt durchs Haus gestreift war. Der ist warm, hatte sie David erklärt, wenn er sie wieder mal verschreckt ansah. Er war weich und gemütlich und sie konnte ihn in die Waschmaschine stecken. Erst in den letzten Wochen hatte sie die schreckliche Symbolkraft dieses Bademantels erkannt: Er war die Fahne, mit der die lustlose Hausfrau kapitulierte.

Wie merkwürdig es war, sich vor David auszuziehen. Er hatte so viele Frauenkörper gesehen – junge Collegemädchen mit festen Oberschenkeln, kirschrotem Lippenstift und lackierten Zehennägeln. Variationen ihrer selbst zwanzig Jahre zuvor. Als sie jetzt ihre Haut mit der weißen Seide bedeckte, schien es ihr, als würde sie an Substanz verlieren und sich zum bleichen Kontrapunkt ihres geisterhaften Ehemanns wandeln.

Als sie wieder ans Fenster trat, ging zu ihrer Rechten langsam die Sonne unter. Sie hatte den Morgenrock nicht zugebunden, und als sie die Gardine wieder zur Seite schob, fiel orangerotes Sonnenlicht auf ihren Hals, dem jede Wärme fehlte. Es war kalt im Zimmer ohne ein Kaminfeuer in der Nähe, und sie wurde ganz melancholisch, während sie auf den Fluss hinaussah, allein in ihrem Morgenrock. David war so still, dass sie es nicht wagte, sich zu bewegen, weil sie fürchtete, er könnte mit der Wand verschmelzen, sobald sie sich umdrehte.

Nachdem sie zehn Minuten mit erhobenem Arm dagestanden, ihn ausgeschüttelt und wieder erhoben hatte, sagte er ihr schließlich, dass sie ihn unten lassen könne. David zog einen Schnürsenkel aus seinem Turnschuh und band die Gardine zur Seite. Dann betrachtete er sie eine Viertelstunde lang, bis der Himmel ein Purpurblau angenommen hatte.

»Das reicht erst mal«, sagte er. »Danke.«

Sie ging zu ihm und sah über seine Schulter drei Skizzen ihrer Hand – mit gekrümmten Fingern, mit gespreizten Fingern, und eine mit lustlos ausgestrecktem Zeigefinger, ganz wie Michelangelos Adam, der so gelangweilt war vom Gottesgeschenk des Lebens. David hatte viel Sorgfalt auf die Form ihrer Fingernägel verwendet, auf die Winkel ihrer Fingerknöchel und auf das Glitzern des Saphirrings an ihrer rechten Hand, ein Geschenk zu ihrem zehnten Hochzeitstag. Und auf die Stoffe hatte er sich konzentriert – die Seide fiel ihr elfenbeinfarben in Falten auf den Ellbogen herab, und die aufwendige Spitzengardine glich einem Wandteppich aus Spinnweben. Für dieses Bild würde er Wochen brauchen, aber sie konnte nicht länger als ein, zwei Tage bleiben.

Am nächsten Vormittag machten sie einen Spaziergang flussaufwärts am Ufer entlang, an dem sich das Eis in weißen Kristallen absetzte. Und am frühen Nachmittag stand Sarah wieder im Morgenrock am Fenster und sah auf den

Tulpenbaum hinaus, der seine wenigen dürren Äste in die Luft reckte. Sie erinnerte sich an ihren Garten in South Carolina, dessen hohe Trauerweide das ganze Jahr grün blieb, bis auf einen Winter, als die Blätter zu einem fleckigen Gelb verblichen. Und sie dachte an Vermont mit seinen roten, goldenen und kupferbraunen Farben und an das leuchtende Blau von Nates Augen.

Am dritten Tag wachte Sarah früh auf und packte ihre Sachen. Sie drückte David einen Kuss auf die Stirn und fuhr davon, noch ehe die Sonne über den Wipfeln der Kiefern stand. Zwei Nächte in der Hütte waren genug; sie erkannte, dass sie Gefahr lief, sich von dieser Traumwelt einlullen zu lassen und zu nichts als einer gemalten Silhouette zu werden. Und auf der Fahrt nach Hause hatte sie das Gefühl, als würde sie allmählich aus einem tiefen See auftauchen und wieder zu Atem kommen.

24

Sie war noch keine Stunde zu Hause, als es an ihrer Haustür klopfte. Margaret stand auf der Veranda und sah sie fragend an.

»Ich habe deinen Wagen in der Auffahrt gesehen und dachte, ich schau mal rein. Geht's dir gut?«

»Mir geht's prima. Warum fragst du?«

Margaret sah an Sarah vorbei ins Haus hinein, als erwartete sie, dort jemanden stehen zu sehen. »Anne hat am Donnerstag angerufen, um dir ein frohes Thanksgiving zu wünschen. Aus irgendeinem Grund war sie der Meinung, du würdest bei uns essen. Ich wusste nicht, was ich sagen sollte.«

Natürlich, dachte Sarah, wie dumm von mir. In die Falle getappt wie eine jämmerliche Maus. Sie trat einen Schritt von der Tür zurück. »Komm herein.«

»Ich habe ihr gesagt, du könntest leider gerade nicht ans Telefon kommen.« Margaret redete weiter, während sie ins Wohnzimmer ging. »Und ich habe ihr versprochen, dass du sie zurückrufst.«

»Nimm Platz.« Sarah deutete aufs Sofa, und für den Bruchteil einer Sekunde lang hatte sie Nate vor Augen, wie er sich den weißen Rollkragenpullover über den Kopf zog. Ob Margaret wohl sein Aftershave in den Kissen riechen oder die beiden Wasserränder auf dem Tisch bemerken würde, fragte sie sich.

»Ich bin am nächsten Tag vorbeigekommen, um zu sehen,

ob du zu Hause bist«, sagte Margaret. »Aber dein Wagen war nicht da, und da begann ich, mir Sorgen zu machen.«

Sarah setzte sich in einen der Sessel gegenüber dem Sofa und betrachtete angelegentlich ihre Hände. Ihre Lebenslinie verzweigte sich weit und deutete auf viele Kinder hin, ehe sie in einem Bogen zum Handgelenk verlief. Versprechen, lauter Versprechen.

»Ich habe Thanksgiving in der Hütte verbracht«, erklärte sie. »Ich wollte den Feiertag an einem Ort verbringen, an dem ich Ruhe habe.« Es kostete sie Überwindung, den Blick zu heben und Margaret in die Augen zu sehen. »Ich habe dir gesagt, dass ich zu Anne fahre, damit du dir keine Sorgen machst. Ich fürchtete, du könntest es für keine so gute Idee halten.«

An Margarets Stirnrunzeln erkannte Sarah, dass sie damit recht hatte; Margaret hing vor Missbilligung schier eine kleine Wolke über den Augen. Es war irgendwie nicht normal, dass eine Witwe allein in die Wälder fuhr und in dem Bett schlief, in dem ihr Ehemann zuletzt gelegen hatte. Vielleicht im Sommer, wenn das Gras grün und die Luft warm war, aber nicht im Herbst mit seinen entlaubten Bäumen und der früh hereinbrechenden Dunkelheit.

»Was hast du dort draußen gemacht?«, fragte Margaret.

»Ich bin spazieren gegangen. Habe gelesen. Und mich meistens meinen Tagträumen hingegeben.«

»Hast du etwas gegessen?«

»Ja«, erwiderte Sarah. »Ich bin pappsatt.«

»Und konntest du schlafen?«

Sarah lächelte, denn sie spürte, dass sich die Wolke vor Margarets Augen langsam verzog. »Manchmal wandere ich nachts noch umher. Ich wache ziemlich verwirrt auf, und dann dauert es eine Weile, bis ich mich wieder orientiert habe. Aber es wird besser.«

»Es tut mir leid, dass ich gelogen habe«, fügte sie hinzu.

»Ich wollte dich nicht mit meinen Erklärungen behelligen.«

»Na gut, aber du solltest Anne anrufen. Und du kannst gern bei der Geschichte bleiben, dass du bei mir warst.«

»Danke.«

»Und ich dachte ...« Margaret hielt inne und ließ den Blick durch das Zimmer mit den verstaubten Möbeln gleiten. »Seit Davids Tod erscheint es mir irgendwie albern, dass wir beide jede für sich in einem so großen Haus wohnen ... Du hast mal erwähnt, dass du gern etwas Kleineres hättest, und ich dachte, du hättest vielleicht Lust, für eine Weile zu mir zu ziehen?« Jetzt sah sie Sarah ins Gesicht. »Meine Töchter kommen nur noch an ein paar Wochenenden im Jahr zu Besuch. Die meiste Zeit steht das Haus fast leer. Du kannst die Einliegerwohnung haben, mit Wohnzimmer und eigenem Bad.«

»Die mit der Fensternische und den Türen auf die Veranda hinaus?«

»Genau die. Wir könnten es ein paar Monate ausprobieren – bring doch einige deiner eigenen Möbel mit und lagere den Rest ein. Du kannst frisch tapezieren und neue Gardinen aufhängen – was immer du willst. Und du könntest es als Übergangslösung betrachten für die Zeit, in der du dein Haus verkaufst und dir etwas Neues suchst.«

Wie reizend, dachte Sarah. Das war Margarets Gegengift gegen ihre Isolation. Ein sicheres Zuhause für eine Frau am Rande eines Nervenzusammenbruchs.

»Ich möchte aber unbedingt Miete zahlen.«

»Sicher«, sagte Margaret. »Und ich räume auch ein paar Küchenschränke und Kühlschrankfächer frei.«

»Könnten wir einen zweiten Telefonanschluss legen lassen?«

»Und noch ein Kabel für deinen Computer.«

»Und Grace würde dich auch nicht stören?«

»Mich würde kein Geschöpf stören, das du mitbringst.«

Sarah lächelte. Margaret ahnte ja nicht, welche Geschöpfe sie mitbringen würde.

Sie ging um den Tisch herum und setzte sich zu Margaret aufs Sofa. Dann legte sie ihrer Freundin einen Arm um die Schultern, atmete tief deren beruhigenden Duft von Kamillenshampoo ein und sagte: »Du bist ein Schatz. Ich werde darüber nachdenken.«

Zwei Tage später wurde Sarah, als sie ans Telefon ging, von Nates ruhigem Tenor begrüßt: »Ich möchte gern mit dir reden.« Acht Tage lang hatte sie sich gegen alle Anrufe abgeschirmt, nur um dem verführerischen Klang seiner Stimme auszuweichen.

»Kann ich zu dir kommen?«, fragte er.

Nein. Sie konnte sich nicht mit ihm auf das Sofa setzen, von dem Margaret gerade erst die Geister vertrieben hatte. Und er konnte auch nicht am Küchentisch Platz nehmen, an dem Davids Geist sich aufgehalten hatte. Ihr Schlafzimmer schien der einzige Raum zu sein, in den Nate hineinpasste. Aber das war eine Versuchung, der sie widerstehen wollte.

»Auf der Main Street gibt es einen hübschen Coffee Shop, gleich gegenüber von der Post«, sagte sie.

»Perfekt. Ich hätte morgen um neun Zeit, dann wäre ich noch rechtzeitig zum Lunch wieder in Charlottesville.«

»Prima.«

Am nächsten Morgen traf sie eine Viertelstunde zu früh im Coffee Shop ein. Sie wollte nicht Schulter an Schulter mit Nate am Tresen stehen und Smalltalk machen. Ihr blieb noch Zeit genug, nach einem unauffälligen Tisch weiter hinten zu suchen und in aller Ruhe mit dem Plastiklöffelchen die Sahne von ihrem Cappuccino zu löffeln. Hin und wieder warf sie einen Blick auf die unverputzten Backsteinwände, an denen mit den Namen fremder Länder bedruckte Kaffeesäcke aus Sackleinen hingen – Costa Rica, Ecuador, Guatemala, Mexiko. So viele Orte, an denen sie jetzt lieber gewesen wäre.

Sie winkte, als Nate hereinkam, nur ganz kurz mit den Fingern, damit sie nicht wie eine Frau wirkte, die schon seit einer Viertelstunde wartete. Das Mädchen hinter dem Tresen schien Nate etwas zu strahlend anzulächeln, und er erwiderte ihr Lächeln, der ewige Casanova. Er bestellte einen Becher Kaffee – schwarz, ohne Sahne, ohne Zucker, ohne Milchschaum. Nate war nicht der Typ für Milchschaum.

»Wie war Thanksgiving?«, fragte er, als er zu Sarah an den Tisch kam.

»Schön. Und bei dir?«

»Ereignislos.« Er stellte seinen Kaffee ab und legte seinen Mantel über die Stuhllehne. »Ich war mit einem Studienfreund zusammen. Wir haben Hummer gegessen.«

Sarah fiel plötzlich ein, dass sie Nates einzige nahe Verwandte war, seine einzige Verbindung zu Truthahnessen und Weihnachtsstrümpfen. Letztes Jahr hatte er bei Jennys Familie in North Carolina Thanksgiving gefeiert, sonst aber war er zu David und Sarah gekommen, wo Annes Töchter für die nötige Familienatmosphäre gesorgt hatten.

Nate blies in seinen Kaffee, während er den Blick durch den Raum schweifen ließ. Als er sprach, war seine Stimme leise, kaum lauter als ein Flüstern. »Ich weiß, dass du mir ausgewichen bist.« Er lachte kurz auf. »Zum ersten Mal in meinem Leben hat eine Frau meine Anrufe nicht angenommen … Du findest vermutlich, dass wir einen schrecklichen Fehler gemacht haben.«

»Du nicht?«, fragte Sarah.

»Natürlich nicht. Ich bedauere nichts.«

»Nein.« Sie schüttelte den Kopf. »Das würdest du nie tun.« Es war etwas Nietzscheanisches um Nate, etwas vom Übermenschen, der die gesamte Vielfalt des Lebens überschauen und ausrufen konnte: »So wollte ich es!«

Sie hatte nichts gewollt. Ihr ganzes Leben lang war sie mit dem Strom getrieben, eine sehnsüchtige Ophelia.

»David würde wollen, dass wir glücklich sind.« Nate war auf Plattitüden verfallen.

»Glücklich in unseren getrennten Leben.«

Sarah wusste, was nur wenige Menschen je erkannt hatten: dass David, der gelassene Arzt, zur Wut fähig war. Nicht oft und auch nicht lange. Sein Zorn war wie ein Gewitter, auf das der Regenbogen folgte. Aber, Gott bewahre, wie würden die Himmelsmächte wüten, wenn er wüsste, dass sie mit Nate geschlafen hatte.

»Ich war immer ein wenig neidisch auf David, weißt du.« Nate lächelte sie an. »Was nicht heißen soll, dass ich dich liebe oder mir wünsche, dass du mich liebst. Ich finde nur, solange wir uns gegenseitig mögen, könnten wir genauso gut das Beste daraus machen.«

»Was soll das heißen?«, fragte Sarah.

»Nur das.« Er schwieg einen Moment. »Judith hat mich wegen dieser Ausstellung in Washington angerufen. Die Vernissage ist diesen Freitag, und sie möchte, dass wir beide das ganze Wochenende bleiben und in ihrer Hotelsuite im ›Mayflower‹ wohnen – es sind zwei getrennte Zimmer. Ich weiß, das ist alles ziemlich kurzfristig, aber wir sollten hinfahren, finde ich.«

Sarah sah hinauf zu den sackleinenen Kaffeesäcken mit ihren Verheißungen neuer Länder, neuer Straßen, neuer Gesichter.

»Und das Beste kommt noch«, fuhr Nate fort. »Ich habe im Kennedy Center angerufen. Am Samstag führt das National Symphony Orchestra zusammen mit dem Robert-Shaw-Chor die ›Carmina Burana‹ auf. Das Konzert ist ausverkauft, aber ich habe einen Freund, der uns noch Karten besorgen kann, wenn ich ihn möglichst bald anrufe.«

Gott, er kannte sie wirklich gut. Die ›Carmina Burana‹ gehörten zu ihren Lieblingsstücken. Sarah hörte sie auf ihrer Stereoanlage gern in dröhnendem Fortissimo, wann immer sie Berge von Wäsche zusammenzulegen hatte.

Er versuchte natürlich, sie zu manipulieren. Aber warum ein so hässliches Wort benutzen? Warum es nicht »umwerben«, »den Hof machen«, »in Versuchung führen« nennen?

Nate legte seine warme Hand auf die ihre, und sie spürte das glatte Metall des Eherings seines Vaters auf der Haut. »Wir könnten Freitagnachmittag zusammen hinfahren, ins Hotel einchecken und in einem richtig netten Restaurant noch etwas essen, ehe wir auf die Vernissage gehen. Und am Samstag könnten wir vor dem Konzert den ganzen Tag Sightseeing machen, Shoppen gehen … Komm schon, Sarah. Lebe das Leben ein wenig.«

Sarah ließ ihre Hand unter der seinen liegen. Er hatte recht, sie musste das Leben leben, mehr als nur ein wenig. Und vielleicht konnte Nate ihr dabei helfen. Vielleicht könnten sie sich, so wie Margaret gesagt hatte, gegenseitig ein wenig helfen.

»Ja«, sagte sie schließlich zu Nate. »Das klingt gut.«

25

Am Freitagnachmittag kurz vor vier traf Sarah vor Nates Eigentumswohnung in Charlottesville ein. Kaum hatte Sarah geklingelt, öffnete Nate die Tür und ließ sie eintreten. Von außen hatte das Haus einer von südländischem Buschwerk umgebenen Villa in Santa Fe geähnelt, die Innenausstattung jedoch war ganz New York. So viele rechte Winkel und polierte Oberflächen, so viel Schwarz, Beige und Braun. Wie nannte man so was – schick? Elegant? Art déco oder Art nouveau? Ihr eigenes Haus quoll über von Laura Ashley mit all seinen geblümten Gardinen, pastellfarbenen Wänden und den Bergen von Kissen. Doch diese Behausung hier war ein Denkmal der Haustechnologie – vom Sicherheitssystem über die ferngesteuerte Lichtanlage bis hin zu den Stereoanlagen und Fernsehern in Wohnzimmer und Schlafzimmer. In der Küche fuhr sie mit der Hand über das Edelstahlgehäuse des Herdes und musterte dann nachdenklich ihr Spiegelbild im Abglanz des schwarzen Kühlschranks.

»Deine Wohnung ist makellos«, sagte sie, als Nate mit einer Reisetasche zu ihr trat.

»Ich habe eine Putzfrau, die jede Woche einmal kommt.«

Natürlich. Ein Leben voller Frauen, die ihm dienten.

»Hast du mal überlegt, dir ein Haustier anzuschaffen?« Diese Perfektion noch bis ins kleinste Detail hatte etwas Beunruhigendes. Und wenn es nur ein Hundespielzeug auf dem Teppich gewesen wäre, das hätte ihr schon gereicht.

»Gegen einen Hund hätte ich nichts einzuwenden. Aber ich bin viel auf Reisen, das lohnt sich nicht.«

»Und wie wär's mit einer Katze?«

Nate schauderte. »Ich hasse Katzen. Die sind mir irgendwie unheimlich.«

Sarah empfand ein wenig Mitleid für Grace, als wäre dem armen Tier ein Tritt versetzt worden.

»Möchtest du für unterwegs etwas zum Trinken mitnehmen?« Nate öffnete seinen fleckenlosen Kühlschrank. »Ich habe Wasser, Selters und Tomatensaft.«

»Für mich Wasser, danke.«

Während Nate sein Sicherheitssystem programmierte, betrachtete sie die Fotos auf der Konsole – seine Eltern in Vermont, David an Weihnachten, Jenny im Bikini an einem tropischen Strand mit türkisblauem Wasser und schimmerndem Sand. Es erschien ihr seltsam, dass eine Exfreundin einen so auffallenden Platz unter all den Familienfotos einnahm. Sarah nahm es als Zeichen dafür, dass Nate immer noch Gefühle für Jenny hatte – was ihr ganz recht war. Es machte das vor ihnen liegende Wochenende unverfänglicher, wenn Nate mit dem Herzen eigentlich woanders war.

Nate hielt ihr die Tür auf. »Dein Auto oder meins?«

Sarah verdrehte die Augen. »Mach keine Witze.«

Als sie in seinem Mercedes saß, sank sie in ihren Sitz zurück und atmete den Geruch neuen Leders ein. Luxus war doch etwas Herrliches, wenn ein anderer ihn bezahlte. Nate ließ den Motor an, und über dem CD-Player erschien ein kleiner Bildschirm, der den Weg von seiner Garage bis zum Hotel »Mayflower« anzeigte. So etwas brauchte sie für ihren Lebensweg, dachte Sarah, eine Karte, der sie entnehmen konnte, wie sie von A nach B kam.

Als Nate eine Jazz-CD einlegte, schloss Sarah die Augen. »Schlaf ruhig, wenn du möchtest«, sagte er. »Die Fahrt wird zwei Stunden dauern.«

Um sechs Uhr abends stand Sarah in der Lobby des »Mayflower« und bewunderte einen kupferfarben angestrahlten Brunnen, dessen Wasser einem Regen frisch gemünzter Pennys glich. Nate hatte sie beide eingecheckt und kam jetzt mit den wie ein Paar Asse erhobenen Plastikkarten auf sie zu, die als Schlüssel dienten. Er glaubt, dass er bei mir landen kann, sagte sie sich und beschloss, ihn zu enttäuschen.

Zusammen fuhren sie mit dem Aufzug in die siebte Etage hinauf und gingen über einen mit der französischen Königslilie gemusterten Teppich in ihre Suite. Sarahs Zimmer hatte ein großes Doppelbett, ein Bad mit Whirlpool und eine Sitzecke mit Sofa und zwei Queen-Anne-Stühlen. Auf der Minibar lag eine Nachricht, die besagte, dass alles gratis sei, mit den besten Wünschen von Judith.

»Sieh mal.« Nate ging zum Tisch hinüber, auf dem eine Vase mit einem Dutzend roter Rosen stand. »Die Karte ist von Judith. Sie schreibt, dass sie unser Essen heute Abend übernehmen möchte. Wir sollen die Rechnung aufbewahren.«

Sarah trat zu ihm und beugte sich zu den Blüten hinab. Die Blumen erinnerten sie an den Abend der Vernissage in Jackson. Und wieder gab Judith den Ton an.

Nate zog die Gardinen zurück und betrachtete die Aussicht. »Drei Blocks entfernt von hier gibt es ein Restaurant namens ›Dessert Inn‹ mit einem exzellenten Menü. So eine Art Tex-Mex auf Gourmetniveau. Ich habe uns für sieben Uhr einen Tisch reserviert. Natürlich müssen wir nicht dort essen. Wir können hingehen, wohin immer du willst.«

»Das klingt doch prima«, erwiderte Sarah. Es tat gut, jemanden zu haben, der das Auto fuhr, Tische reservierte und die Rechnungen bezahlte.

»Uns bleibt noch eine halbe Stunde, ehe wir zum Essen aufbrechen müssen.« Nate ging auf die Tür zwischen ihren angrenzenden Zimmern zu. »Ich lasse dich jetzt allein, dann kannst du dich umziehen.«

Als er weg war, streckte Sarah sich auf dem Bett aus, griff nach der Fernbedienung und schaltete den Wetterkanal ein. Ein Wintersturm fegte über Chicago hinweg und begrub stehen gelassene Autos unter meterhohen Schneewehen. Wie ein unheilvolles Nichts zog sich ein weißer Streifen quer über den ganzen Mittleren Westen der USA, während die Ostküstenstaaten noch in schimmerndem Grün leuchteten. Und sie sah, dass die New Yorker im Rockefeller Center sogar noch ärmellos eisliefen.

Zehn Minuten später stand sie wieder auf und holte das Bügelbrett aus dem Wandschrank. Zuoberst in ihrem Koffer lag ein schwarzes Cocktailkleid mit Spaghettiträgern. Ihr einziges Kleid, das angemessen schien für eine Vernissage in Washington. Aber sie wollte sich auch nicht zu hübsch herrichten, sonst meinte Nate noch, sie würde versuchen, Eindruck auf ihn zu machen. Am besten wäre es, wenn sie das Haar offen ließ und ihr Gesicht nur ganz leicht schminkte. Dazu kleine Ohrringe und eine einfache Kette, nichts Auffälliges oder Teures. Einen Spritzer Parfüm – mehr nicht – und auf die Lippen würde sie nicht mal Gloss auftragen.

Sie hatte sich das vom Bügeln noch warme Kleid gerade über den Kopf gezogen, als Nate klopfte. Auch er hatte sich für betonte Lässigkeit entschieden, unrasiert und leger bekleidet mit einem dunklen Sportjackett über einem hellblauen Hemd.

»Ich habe vergessen, eine Abendhandtasche mitzunehmen«, sagte sie, als sie das Bügelbrett zusammenklappte und den Fernseher ausschaltete. »Könntest du vielleicht ein paar Sachen von mir einstecken?«

Sie schob einen Kamm, ihre Schlüsselkarte, eine Kreditkarte und sechzig Dollar in seine seidengefütterte Jacketttasche. Es war die Geste einer verheirateten Frau, die besitzergreifend die Herrschaft über die Taschen ihres Ehemanns reklamierte. Aber Sarah fühlte sich Nate gegenüber nicht ganz so eingeschüchtert, wenn sie ihn mit Vertraulichkeit bedachte.

Sie öffnete die Tür auf den Korridor hinaus. »Gehen wir also, wir beide.«

In dem Restaurant herrschte ein buntes Gewirr aus Farben und Gesprächen. An den Wänden hingen Navajo-Teppiche, der Boden zeigte ein schrilles Mosaik aus orangefarbenen und preiselbeerroten Fliesen. Sie saßen an einem Tisch am Fenster und nippten an Margaritas, während Nate den Passanten nachblickte, die auch im Dezember noch keinen Mantel trugen.

»Es ist noch gar nicht Winter geworden«, sagte er.

»Winter ist ein Seelenzustand«, erwiderte Sarah.

»Nicht, wenn man in Vermont lebt.«

»Vermisst du Neuengland?«

Nate zuckte die Achseln. »Ich vermisse das Leben, das ich in Vermont hatte, aber den Bundesstaat selbst nicht. Mir war es zu kalt und zu liberal dort, mit all den verwöhnten Bohemiens, die eine Holzhütte in den Wäldern besitzen.«

Sarah lächelte. David und sie hatten oft daran gedacht, zu diesen Bohemiens zu ziehen, um der konservativen Flut im Südwesten Virginias zu entkommen. Aber sie waren vor den langen Wintern zurückgeschreckt.

»Willst du denn in Charlottesville bleiben?«

»Ich weiß nicht. New York würde mich in gewisser Weise reizen, und ich habe auch noch eine Menge Freunde dort oben. Aber ich müsste ein Vermögen hinlegen für ein Ein-Zimmer-Apartment mit einer Küche, die in einem Wandschrank verstaut ist. Und was ist mit dir? Hast du je daran gedacht, in die Großstadt zu ziehen?«

»Man zieht nach Jackson, um der Großstadt zu entkommen.«

»Und ist das ein Fehler?«, fragte Nate.

»Nicht, wenn man Familie hat.« Sarah hielt plötzlich inne, weil wieder das altbekannte Gefühl der Bitterkeit in ihr aufstieg. *Eine Frau ohne Kind ist ein leeres Gefäß, eine alleinstehende Frau lebt ein beschädigtes Leben.*

»Du könntest überall auf der Welt arbeiten«, fuhr Nate fort. »Paris, London, Rom. Und in China brauchen sie auch immer Englischlehrer, falls du dir das zutraust.«

»Das Reisen macht nur halb so viel Spaß, wenn man allein ist«, sagte Sarah.

»Du müsstest nicht allein sein.«

Sie sah auf und fragte sich, ob Nate auf sich selbst anspielte. Würde Nate seine Kunden im Stich lassen, um ein Jahr lang ihr Reisebegleiter zu sein? Natürlich nicht. Vermutlich sah er in ihr so eine Art Freiwillige des Friedenscorps.

»Mal sehen, was sich ergibt.« Sie leckte das Salz vom Rand ihres Glases. »Im Moment habe ich keine konkreten Pläne.«

Nach dem Essen ließen sie sich in den Stadtteil Georgetown zur Galerie »Studio Four« fahren. Der Taxifahrer setzte sie vor einem dreistöckigen Brownstone-Gebäude ab, das an ein privates Wohnhaus erinnerte, wenn man von dem kleinen Messingschild rechts von der Eingangstür einmal absah. Innen waren Esszimmer, Salon und Arbeitszimmer in eine Galerie mit weißen Wänden, frisch versiegelten Parkettböden und einer Sammlung afghanischer Teppiche umgewandelt worden. Hinten führten zwei Schwingtüren in eine kleine Küche, aus der gelegentlich ein Duft von Pasteten und Focaccia heranwehte.

Judith begrüßte sie mit Küsschen und klimpernden Armreifen. »Davids Bilder hängen im Esszimmer. Zwei sind schon verkauft ... Darf ich Ihnen William Reed vorstellen, ein Bildhauer aus North Carolina. Er arbeitet mit rotem Ton.« Ein großer bärtiger Mann streckte ihnen eine rotverfärbte Hand entgegen. Neben ihm stand eine Malerin, die aus Scheunen in Tennessee geometrische Wunderwerke machte – Dreiecke und Trapeze in Rot, Grün und Purpur. Ihre Gestalt war genauso eckig wie ihre Kunst.

»Mir gefallen die Arbeiten Ihres Mannes«, sagte die Frau leise in gedehntem Tonfall. »Sie haben etwas von einer Traumwelt an sich.«

Sarah wusste nicht genau, was die Frau damit meinte, bis sie in das ehemalige Esszimmer ging und dort über dem Kamin die Kohlezeichnung von sich selbst sah, halb aufgerichtet zwischen zerwühlten Laken und mit grauen Schatten unter den Brüsten. Dieses Bild hatte sie schon ganz vergessen. Was für eine Ironie. Ausgerechnet jetzt, da sie entschlossen war, sich Nate nur bekleidet zu zeigen, konnte man sie hier völlig entblößt und noch dazu mit spitz vorstehenden Brustwarzen sehen.

»Ein schönes Bild«, sagte Nate.

»Du wirst es *nicht* kaufen.«

»Nicht, wenn es dir unangenehm ist.«

Ein schlanker Mann mit einer silbrigen Brille schien eine Verbindung zwischen dem Bild und Sarah herzustellen. Er musterte ihr Gesicht, ihre Brüste, ihr Gesicht. »Lass uns hier rausgehen«, sagte Sarah und zog mit Nate weiter ins Arbeitszimmer.

»Wie lange willst du bleiben?«, fragte Nate.

Nate warf einen Blick auf das Meer schwarz gekleideter Gestalten. »Sie scheinen vor lauter uneingelösten Ambitionen am Rande der Verzweiflung zu stehen.«

Sarah lächelte. »Tun wir das nicht alle?«

Nach einer weiteren Viertelstunde verabschiedeten sie

sich von Judith, nicht ohne sich für ihren schnellen Aufbruch zu entschuldigen. »Aber *natürlich.*« Judith küsste sie zweimal, ganz im Pariser Stil. »Es ist ja auch *zum Ersticken* hier drin. Gehen Sie nur und amüsieren Sie sich noch ein wenig.«

Draußen auf dem Gehweg kam ihnen ein Strom von Collegestudenten entgegen, alle in Chinohosen und Flip-Flops. Nate sah die Straße hinunter. »Möchtest du in eine dieser Bars gehen?«

»Bei all den Gratisgetränken im Hotel?« Sarah schüttelte den Kopf. »Ein Spaziergang um die Denkmäler von Washington würde mir gut gefallen.«

Nate winkte ein Taxi heran und machte eine Verbeugung, als er ihr die Tür aufhielt. »Dein Wunsch sei mir Befehl.«

Sie ließen die Lichter und die Musik in Georgetown hinter sich, kurvten um die Gussbetongebäude des Außenministeriums in Foggy Bottom herum und kamen schließlich am Ufer des Potomac heraus, gleich neben dem Lincoln Memorial. Dort liefen noch einige Touristen herum, die sich aus Ehrfurcht vor den gewaltigen Proportionen der schimmernden Säulen nur mit gedämpfter Stimme unterhielten, während von irgendwo eine langsame, traurige Flötenmelodie erklang. »Erik Satie«, murmelte Sarah, als sie die weißen Steinstufen hinaufstiegen.

Vor der Lincoln-Statue blieben sie stehen. Sarah musterte die Schatten, die der Bildhauer um die Augen der Skulptur eingemeißelt hatte, und dachte an die in die Südwand des Memorial eingemeißelten Worte der Gettysburg-Rede: *… dass diese Nation mit Gottes Hilfe eine Wiedergeburt der Freiheit erlebe.* Dann drehte sie sich um und blickte bis ans andere Ende des langen schimmernden Kanals, wo das von unbewegten Flaggen umkreiste Washington Monument stand. Es erschien ihr so klein, ein angestrahlter Bleistift, der seine Spitze in den Himmel bohrte, mit rot blinkenden Schlangenaugen. Hinter ihr verklangen die letzten Töne der Flöte. Ein paar Sekunden lang herrschte Stille, die sogleich wieder zerrissen wurde vom zunehmenden Dröhnen eines Flugzeugs, das über dem Potomac in den Landeanflug ging.

»Das Denkmal für die Opfer des Zweiten Weltkriegs ist geradeaus.« Nate zeigte mit dem Finger hin. »Koreakrieg rechts, Vietnamkrieg links. Welches möchtest du sehen?«

Sarah zögerte und versuchte, sich für einen der Kriege zu entscheiden. »Keins davon«, sagte sie schließlich, denn auf einmal fühlte sie sich völlig fehl am Platz. So friedvoll das Ensemble auch sein mochte, sie musste nicht an dieser Stätte der Denkmäler stehen. Das Totengedenken war die einzige Zwangshandlung der Menschen, die sie gemeistert hatte. Sie brauchte wahrlich keinen Spaziergang an einer Wand entlang, die die Namen Toter verzeichnete, Tausender und Abertausender, bis die Liste so unermesslich wurde, dass sie ihr über den Kopf reichte, und all die Blumen am Sockel der Wand, und die Kinder, die mit ihren Händen über die Namen strichen, und die Veteranen, die die schwarz-weiße Fahne zur Mahnung an die Kriegsgefangenen schwenkten. Washington war eigentlich nichts weiter als ein riesiges Mausoleum – das Holocaust-Museum mit seiner deprimierenden Schuhsammlung; das Pentagon, das seine schamlosen Pläne ausheckte; das Nationalmuseum der Indianer, eine äußerst schwache Entschuldigung der Regierung für einen Völkermord. Sogar in den ausgestopften Säugetieren mit ihren feuchten Augen im Museum für Naturgeschichte, die ihr als Kind so gut gefallen hatten, sah sie jetzt nur noch Beispiele morbider Illusion. Jede Ecke dieser Stadt war vom Tod gezeichnet, und zum ersten Mal seit vier Monaten hätte sie schreien mögen, schreien um all die vergeudeten Leben.

»Alles in Ordnung?« Nate legte ihr sein Jackett um die Schultern.

»Lass uns ins Hotel zurückfahren«, sagte sie. »Ich will die Minibar plündern.«

In ihrer Hotelsuite tranken sie Wodka und sahen fern bis weit nach Mitternacht. Nate brachte sie mit seinen unablässigen Kommentaren über die Dämlichkeit von Reality-Shows immer wieder zum Lachen. Und als sie sein Gesicht im Schein des Fernsehers leuchten sah, musste sie an David denken, mit dem sie vor Jahren ›Geschichten aus der Gruft‹ angesehen hatte.

Sie war dankbar dafür, dass Nate sie begleitete und sie bereitwillig in Kunstausstellungen und trendige Restaurants ausführte. Er war der ideale Gefährte an diesem kritischen Punkt in ihrem Leben. Aber sie liebte ihn nicht, das rief sie sich immer wieder ins Gedächtnis. Wie konnte sie den Inbegriff eines Kapitalisten lieben, einen Mann, dessen Glück vom Aktienindex Standard & Poor's 500 abhing, der Autos und Frauen wechselte wie Wassergläser? Von Nate ging ein Reiz aus, so wie von allen Lastern ein Reiz ausging, doch stets erkaufte man sich den Genuss des Augenblicks mit wochenlangen Schuldgefühlen. Aber wenn sie versuchte, ihn in eine Reihe mit Schokoladentrüffeln zu stellen, auf die sie zur Fastenzeit schließlich auch immer verzichtete, so wollte ihr das nicht so ohne weiteres gelingen. Nate war äußerst liebenswürdig gewesen zu ihr, mehr als großzügig mit seiner Zeit, und dafür mochte sie ihn.

»Wollen wir morgen zusammen frühstücken?«, fragte er, als sie den Fernseher ausschalteten.

»Aber nicht zu früh.«

»Nein, nicht zu früh. Ich gehe nach dem Aufstehen wohl erst mal ins Fitnesscenter hinunter. Und wenn ich geduscht habe, könnten wir doch danach frühstücken.«

Sie nickte, und Nate beugte sich leicht vor, als wollte er sie auf die Wange küssen, überlegte es sich aber noch einmal.

»Also, gute Nacht, Sarah.«

»Gute Nacht.«

Am nächsten Vormittag machten sie nach einem ausführlichen Frühstück einen Spaziergang. Rund um das Hotel gab es jede Menge Bekleidungsgeschäfte und Restaurants, die in den Erdgeschossen langweiliger, rechteckiger Bürogebäude untergebracht waren. Sarah folgte Nate in eine Burberry-Boutique, in der ihnen ein älterer Herr im grauen Anzug seine Hilfe anbot. Während sie die Weihnachtskrawatten bewunderte, ging Nate mit dem Verkäufer durch ein Labyrinth von Regalen und fachsimpelte über Manschetten, Kragen und Fadenstärken. Was genau war es, das ihrem Schwager die unmissverständliche Aura eines vermögenden Mannes verlieh? War es sein Haarschnitt oder das Leder seiner Schuhe? Sie warf einen Blick auf die anderen Frauen in der Boutique, mit ihren Röcken, Stiefeln und teuren Jacken, und sah dann an ihren eigenen dürftigen Jeans und Turnschuhen hinunter.

Als Nate fertig war, gingen sie weiter die Straße entlang.

»Ich kann kaum glauben, dass du hundertachtzig Dollar für ein Hemd ausgegeben hast.«

»Findest du es unmoralisch?« Nate lächelte.

»Ich finde, du hättest etwas ebenso Schönes für den halben Preis finden können.«

»Aber jedes Mal, wenn ich es trage, werde ich den Unterschied spüren.«

»Das klingt wie ein Satz aus ›Die Prinzessin auf der Erbse‹.« Sarah zuckte die Achseln. »Schon gut. Wenn's dir Freude macht.«

Nate blieb vor einem Schaufenster stehen, in dem drei Schaufensterpuppen in einem glitzernden Paillettenschnee standen. »Wann hast du dir zuletzt eine Freude gemacht?«

Er nahm sie bei der Hand und führte sie in den Laden hinein, in dem sie von einer Woge Blütenduft und einer Verkäuferin begrüßt wurden, die nicht älter als zweiundzwanzig aussah. Nate warf ihr ein charmantes Lächeln zu. »Meine Schwägerin sucht nach einem neuen Abendkleid.«

»Nein«, sagte Sarah. »Tu ich nicht.«

Nate lächelte die junge Frau erneut an und wandte sich dann an Sarah. »Und was willst du heute Abend tragen?«

»Dasselbe Kleid, das ich zur Vernissage in Jackson angezogen habe.«

»Das Kleid steht dir großartig, aber wie lange hast du es schon?«

Sie zögerte. »Seit elf Jahren.«

»Mach dir mal eine Freude«, sagte er. »Mach mir eine Freude.«

Zwanzig Minuten und fünf Kleider später drehte sie sich vor einem mehrteiligen Spiegel um sich selbst, in einem ärmellosen Seidenkleid mit perlenbesticktem Rock, in dem sie aussah wie eine in Burgunder getränkte Zigeunerin. Sie blickte über die Schulter auf ihren Rücken, wo ihr der Stoff in weichen ovalen Falten zwischen die Schulterblätter fiel. Warum hatte sie in den letzten zehn Jahren immer nur Jeans und Sweatshirts getragen? War das eine Angewohnheit aus Studententagen, oder lag es an ihrer Vorliebe für Secondhandläden? Sie war eigentlich nur dann zufrieden, wenn sie ein Schnäppchen trug.

Aber vielleicht war dies ja ein Schnäppchen. Sie sah die Perlen schimmern, als sie sich hin- und herdrehte. Was machte es schon, wenn der Preis Nates Hemd wie ein Sonderangebot erscheinen ließ? Wenn eine Frau Gelegenheit hatte, sich ein wenig Glück zu kaufen, war das Geld dann nicht gut angelegt?

Als sie aus der Umkleidekabine trat, bestätigte Nates Lächeln ihre Gedanken.

»Perfekt.«

Die Verkäuferin nickte. »Haben Sie dazu passende Schuhe? Einen Block weiter Richtung Norden gibt es ein wunderbares Schuhgeschäft.«

Und so ging Sarah um die Mittagszeit bereits mit zwei Tragetaschen am Arm über den Dupont Circle.

»Ich habe noch nie im Leben so hohe Absätze getragen.«

»Das liegt daran, dass du dein Leben in Birkenstockschuhen verbracht hast.«

»Die werde ich nach heute Abend vermutlich nie wieder anziehen.«

»Dann hast du eine sehr begrenzte Vorstellung von deiner Zukunft.«

»So.« Sie blieb stehen, um sich einen Überblick über die Buchhandlungen und Restaurants in der Nähe zu verschaffen. »Wohin jetzt?«

Nate sah die Straße hinunter. »Ich habe eine Idee.« Er winkte ein Taxi heran und hielt ihr die Tür auf.

»Wo fahren wir hin?«

»Das ist eine Überraschung.«

Sie fuhren nach Georgetown, wo das Taxi sie schließlich vor einem Schild mit der Aufschrift URLAUB IM PARADIES absetzte.

»Ein Spa?« Sarah lachte.

»Warum nicht?«

Zum letzten Mal hatte Sarah ein Spa in der Anfangszeit ihrer ersten Schwangerschaft ausprobiert. Damals hatte ihr das alte Sprichwort vom Körper als Tempel, der gehegt und gepflegt und genährt werden müsse, noch eingeleuchtet. Aber mit jeder neuen Fehlgeburt hatten die Götter ihren Tempel mehr geschmäht, bis sie das Gefühl hatte, dass ihr unfruchtbares Fleisch keine Zuwendung verdiente.

»Ich habe dich für eine schwedische Massage und Maniküre angemeldet.« Nate stand am Empfangstresen und hielt eine in Leder gebundene Liste hoch, die einer Weinkarte glich. »Ist das okay?«

»Warum nicht.«

»Versuch, es zu genießen«, rief er ihr nach, als eine Assistentin Sarah wegführte.

Es war ihr peinlich, nackt unter einem Baumwolllaken zu liegen, das Gesicht in eine mit Samt ausgekleidete Ausbuchtung zu pressen und das Labyrinth dunkelroter Adern im Marmorboden anzustarren. Neben ihr stand eine Asiatin mit einem Rollwagen voller Flaschen und faltete das Laken bis zu Sarahs Hüften hinunter. Und dann spürte sie, wie die Finger der Frau ganz sanft über ihre Seiten und ihre Arme strichen, als wollten sie sich ihrer Gestalt versichern. Sie hörte das Klingen von Glas, das entstöpselt wurde, roch die Woge von Lavendel und bekam dann die ganze Kraft der ölig geschmeidigen Hände zu spüren, als die Frau ihr mit symmetrisch kreisenden Bewegungen den Nacken massierte. Die Hände arbeiteten sich eine nach der anderen in endlosen Spiralen voran, so dass Sarah nicht sagen konnte, wo die eine Hand endete und wo die andere begann. Von ihrem Nacken setzten die Wellen sich den Rücken hinunter fort, schlugen an ihr Kreuz und schwappten auf den Boden hinunter, bis sie plötzlich unwillkürlich lächeln musste. Lass alles von dir abfallen, dachte sie. All die Traurigkeit, Schuldgefühle und puritanischen Hemmungen. Lass alles zu Boden fallen und verschwinden in dem dunkelroten Labyrinth. Sie würde diese friedvolle Stunde genießen, diesen ganzen dekadenten Tag. Genauso wie das Kleid, die Schuhe und den Bruder, ihre Belohnung dafür, dass sie noch am Leben war. Nate war ein genialer Mann, er hatte wahrlich ein Talent zum Genuss. Sie durfte auf keinen Fall vergessen, ihm zu danken.

Anderthalb Stunden später nippte sie an einem Glas Wasser, während ihre rechte Hand mit gespreizten Fingern auf einem Tuch lag und eine Kosmetikerin Öl in ihre Nagelhaut rieb.

»Wie war deine Massage?«, fragte Nate, der in dem Wirtschaftsmagazin ›Fortune‹ blätterte.

»Himmlisch. Ich fühle mich, als könnte ich einfach zerfließen. Hast du dich auch massieren lassen?«

»Ja.«

»Von einer schönen Frau mit einem Rollwagen voller Flaschen?«

»Nein. Von einem großen Schlägertyp, der mich geradezu durchgeprügelt hat. Ich fühle mich wie ein pulverisiertes Steak.«

»Wolltest du das?«

»Unbedingt.«

»Ich dachte, du würdest dich für eine junge Asiatin mit Eukalyptusöl entscheiden.«

Nate lächelte. »Das entspannt mich nicht. Das erregt mich.«

»Aha.« Sarah sah ihren Daumennagel unter einer Schicht Karminrot verschwinden. »So viel dazu.«

Am Abend kamen sie fünf Minuten vor Konzertbeginn ins Kennedy Center. Ihre Plätze befanden sich in der zehnten Reihe Mitte.

»So weit vorn«, murmelte Sarah. »Als ich mal mit David hier war, saßen wir auf der Galerie.«

Die Erwähnung von David ließ sie beide verstummen, und Sarah schlug auf der Suche nach einem Anknüpfungspunkt ihr Programmheft auf.

»Oh, sieh nur! Colleen Britain singt den Sopran.«

»Wunderbar.« Nate legte sein Programmheft auf den Schoß. »Ein Fest nicht nur für die Ohren, sondern auch für die Augen.«

»Sie hat die ideale Stimme für diese Partie. Liebreizend, klar und jung.«

»Gut«, sagte Nate. »Es gibt nichts Schlimmeres, als einer dicken Sopranistin Mitte vierzig zuzuhören, die die Zeilen einer heranwachsenden Jungfrau schmettert.«

Das Konzert begann mit ein paar Orchesterouvertüren aus dem 20. Jahrhundert. Dann betrat mit Kleidergeraschel und Fußgetrappel von rechts und links der Chor die Bühne – die Knaben in der Mitte, zu beiden Seiten umgeben von Alt- und Tenorstimmen und die Soprane und Bässe leicht erhöht dahinter. Aufbrandender Applaus begleitete den Auftritt der Solisten. Zuerst kam Colleen Britain auf die Bühne, in purpurnem Samt, der sich schimmernd von ihrer kaffeebraunen Haut abhob. Ihr folgten die Altistin in einem knöchellangen goldenen Kleid sowie der Tenor und der Bass in klassischen Smokings. Alle lächelten und nickten. Sie standen vor ihren Stühlen, als der Dirigent auf die Bühne eilte und mit weit ausgebreiteten Armen auf die Musiker wies. Mit viel Schwung drehte er sich zum Publikum herum und verbeugte sich so tief, dass ihm das schwarze Haar ins Gesicht fiel. Er hatte sich kaum wieder aufgerichtet, da stand er auch schon auf dem Dirigentenpult. Die Chorsänger öffneten ihre Mappen und die Solisten setzten sich auf ihre Stühle.

Der Dirigent hob seinen Stab, und links auf der Bühne hob der Paukist, wie in einem Spiegelbild, den Paukenschlägel ebenso hoch. Ein Augenblick absoluter Stille folgte, in dem die zwei Arme wie erstarrt in der Luft schwebten. Dann senkten sich Stab und Schlägel gleichzeitig und ein tiefer Paukenschlag ertönte, während auf das erneute Heben des Dirigentenstabs hin der gesamte Chor mit dem Orchester in ein Fortissimo ausbrach:

O Fortuna
velut Luna
statu variabilis.

Sie hielten den letzten Ton, während der Dirigent mit erhobenen Armen dastand, bis der Klang ebenso abrupt abfiel, wie er eingesetzt hatte. Blechbläser und Schlaginstrumente verstummten, und das Dröhnen klang noch nach in den Ohren des Publikums, während Chor und Streicher in ein wisperndes Pianissimo verfielen. Sie beklagten die Grausamkeit des Schicksals, das ewige Drehen des Rades und dass alles Glück so wandelbar sei wie der Mond.

Dies war das erste Lied, zweiundzwanzig weitere würden noch folgen. Sarah versetzte sich in die mittelalterliche Welt hinein und stellte sich eine Zeit der Lords und Ladys vor, die durch düstere Burgen wandelten. Ein Bariton sang mit knabenhafter Stimme das »Omnia sol temperat«, und Sarah öffnete ihr Programmheft: »Alles macht die Sonne mild,/sie, die Reine, Zarte. ... Wiederum zu Amor hin/drängt die Brust des Mannes.« Dann nahm der Chor das Thema auf: »Das muss ein Armseliger sein,/der nicht lebt/und nicht liebt/unter des Sommers Herrschaft«, und schon bald begann die Musik zu tanzen und die Lieder wechselten vom Lateinischen ins Mittelhochdeutsche: »Wol dir werlt,/daz du bist/also freudenriche!« Zweihundert Sänger priesen die Freuden der Welt, gaben sich gutgläubig all ihre Vergnügungen hin, und Sarah war gewillt, ihnen zu folgen. Doch zunächst lauschte sie auf die in den Versen des Baritons verborgene Moral der Verzweiflung:

Nach Sinnenlust dürstend
Mehr als nach dem Heil,
Will ich, an der Seele tot,
Gütlich tun dem Leib!

Der erste Abschnitt endete in einer Taverne, in der ein Männerchor ein Loblied auf Bacchus singt:

Trinkt die Ahne, trinkt die Mutter,
Trinket dieser, trinket jener,
Trinken hundert, trinken tausend.

»Ich will auch ein Bier«, flüsterte Nate ihr ins Ohr, doch Sarah war in stummer Ehrfurcht versunken. Jeder Vers schien allein für sie geschrieben worden zu sein – die Willkür des Schicksals, der Trost im Alkohol, der verzweifelte Wunsch nach Gemeinschaft. Vor allem im »Gerichtshof der Liebe«, als Colleen Britain begleitet von einem Knabenchor mit hoher lieblicher Stimme sang:

Wenn eine keinen Liebsten hat,
So ist sie aller Freuden leer,
Muss verschließen tiefste Nacht
Drinne in ihres
Herzens Haft.
Das ist ein bitter Ding.

Wie gut Sarah dieses Gefühl, die Freuden des Lebens zu verpassen, kannte, der Seele dunkle Nacht, die sich in ihrem Fall über drei Jahre schwärender Bitterkeit erstreckt hatte. Und dann verlor sich der Sopran an eine ekstatische Vision: »Stetit puella/rufa tunica …«

Stand da ein Mägdelein
in rotem Hemd.
Wenn man dran rührte,
Knisterte das Hemd.
Eia!

Jeder Ausruf war eine lieblich abfallende Melodie. Der Bariton umwarb sie: »Komm, komm, komme!«, und Colleen antwortete im Ton eines sanften Schlaflieds: »Doch ich wähle, was ich sehe,/Biete meinen Hals dem Joch,/Trete unters Joch, das doch so/süß.«

Colleen hob die Stimme um zwei Oktaven, als ihre Partie im »Dulcissime!« kulminierte – und ließ den Vers sanft ein paar Stufen die Tonleiter hinabsteigen. Und dann plötzlich steigerte sie sich noch einmal in höchste Höhen – »Ah! Ganz dir ergeb ich mich!« –, und nur wenige Minuten später fand die Musik ihr Ende mit den wiederkehrenden Schlägen des Gongs, dem Rad des Schicksals, und dem tosenden Applaus des Publikums.

Sarah saß immer noch regungslos da, als die anderen bereits gingen. Ob Nate den Text wohl kannte, fragte sie sich, er hatte keinmal in die Übersetzung hineingesehen. Wusste er, dass diese ganze Kantate eine einzige lange Anrufung der Liebe war und sich immer weiter steigerte, bis sie in den höchsten ekstatischen Tönen einer Frau kulminierte? Aber natürlich wusste er das. Denn was war dieser Tag anderes gewesen als eine einzige lange, raffinierte Verführung?

Aber das war ihr egal. Es tat gut, neben einem schönen Mann in einem Konzertsaal zu sitzen und den nackten Arm an den weichen Kaschmirstoff seines Jacketts zu drücken. Es tat gut, sich im Foyer von Nate den Mantel aufhalten zu lassen. Und es tat sogar mehr als gut, nach dem Konzert mit dem Taxi zu einem Café in Georgetown zu fahren und eine Mousse au Chocolat mit ihm zu teilen. Ihre Silberlöffel stießen aneinander, als sie sich beide über das Dessert beugten.

Wenn eine keinen Liebsten hat,/So ist sie aller Freuden leer, dachte sie, als sie Arm in Arm durch die Lobby des »Mayflower« gingen. *Muss verschließen tiefste Nacht/ Drinne in ihres/Herzens Haft.* Als Nate ihr für den Abend dankte und sich zur Tür seines Zimmers wandte, nahm sie seine Hände und legte sie sich auf die Schultern. Mit ihren karminroten Fingernägeln löste sie seine Krawatte. Und dann knöpfte sie ganz langsam sein 180-Dollar-Hemd auf und küsste seinen Hals, seine Brust, seinen Bauch. Schluss mit allen Hemmungen, sagte sie sich. Schluss mit aller Entsagung. Sie würde sich ganz den Freuden des Augenblicks hingeben. *Ich biete meinen Hals dem Joch,* dachte sie. *Ich trete unters Joch, das doch so süß.*

26

Dem Hedonismus zu frönen war leicht in einem Hotelzimmer, in einer Großstadt mit zehntausend Sarahs, in der niemand ihre Lebensgeschichte oder ihren Ehemann kannte. Sarah malte sich aus, dass sie in dieser modernen Version der »Mayflower« in eine Neue Welt segeln könnte. Sie könnte eine andere Frau werden, eine fruchtbare Frau, eine Frau mit einem Geliebten, der mit unendlicher Zärtlichkeit ihre Finger, ihren Bauch und ihre Lippen liebkoste. Und war Nate nicht ohnehin der Bruder, den sie sich immer gewünscht hatte? Oder lag es nur daran, dass dieses Zimmer mit seinem nichtssagenden Teppich, den cremefarbenen Wänden und den austauschbaren Kunstdrucken über alle Identität einen segensreichen Schleier breitete?

Als die Sonne am frühen Sonntagmorgen die Connecticut Avenue in helles Licht zu tauchen begann, stand Sarah auf und zog die Gardinen fest zu. Sie wollte die Zeit bis zu ihrem Aufbruch um die Mittagszeit noch etwas hinauszögern. Zwölf Uhr zeichnete sich so bedrohlich ab wie Mitternacht für Aschenputtel, doch sie war entschlossen, in den kommenden fünf Stunden glücklich zu sein.

»Wie spät ist es?«, fragte Nate murmelnd vom Bett.

»Noch nicht einmal Morgen«, log sie und kehrte zurück in seine Arme.

Als sie an diesem Abend nach Hause zurückkam und das Licht einschaltete, erschien ihr jedes Bild von David wie ein stummer Vorwurf. Und so ging sie von Zimmer zu Zimmer und entfernte die Fotos vom Klavier, vom Kühlschrank und vom Nachttisch. Sie wollte nicht in seine vorwurfsvollen Augen blicken oder auch nur die Andeutung eines verärgerten Zugs um seinen Mund wahrnehmen. Nate war jetzt ihr Liebhaber, damit hatte sie eine unverzeihliche Grenze überschritten, und dafür würde sie zahlen müssen. Man musste immer zahlen.

Sarah legte die Fotos in eine Kommodenschublade im Gästezimmer. Es wurde Zeit, dass sie sich auf sich selbst konzentrierte und nicht länger auf Bilder von David. Dann nahm sie einen Spiegel nach dem anderen vom Gästebett und hängte jeden wieder an seinen leeren Platz in der Diele und in den Schlafräumen. Zu guter Letzt holte sie sich noch einen Schraubenzieher, vervollständigte ihre Frisierkommode und betrachtete prüfend ihr Gesicht in dem staubigen Spiegel. Und zum ersten Mal seit vielen Monaten gefiel ihr, was sie sah. Wenn sie lächelte, wirkte sie jünger. Warum also nicht viel häufiger lächeln?

Sarah saß vor dem Spiegel und versuchte, einen Zwölf-Punkte-Plan für ihr Glück aufzustellen – etwas, das ihre Stimmung hob, wenn Nate nicht da war. Der erste Schritt war offensichtlich: Essen, hervorragendes Essen. Seit Monaten ernährte sie sich zu Hause von Vollkornriegeln und Müsli. Nur in Gesellschaft anderer aß sie ausgewogen, gerade so, als würde eine alleinstehende Frau einen gut gefüllten Magen nicht ebenso schätzen. Doch jetzt hatte sie Appetit auf rotes Fleisch, frisches Gemüse und cremige Soßen. Sie wollte in dicken Eisbechern schwelgen und endlich wieder zunehmen.

Gleich am nächsten Morgen fuhr sie zu Safeway, wo riesige Mengen Lebensmittel auf sie warteten. Sie drehte am silberfarbenen Hebel eines der hohen Plastikgefäße, und schon rieselte ein Pfund Basmatireis in ihre Tüte. Dann Mandeln,

Walnüsse und auch noch in Honig geröstete Sonnenblumenkerne. Sie drehte die Tüten, band sie zu und wog sie ab, ehe sie sie nebeneinander in ihren Einkaufskorb stellte.

Danach war die Pasta-Abteilung an der Reihe, in der sie um die üblichen Muschel- und Hörnchennudeln ihrer Kindheit einen Bogen machte – denn wenn sie ehrlich war, schmeckten sie allesamt nicht. Daneben jedoch lag eine bislang unerforschte Welt: *Campanelle, Cavatappi, Cellentani, Conchiglie*. Ein Fest der exotischen Silben, die wie die Namen toskanischer Dörfer klangen. Diese Spaghetti hier würden nicht zu einem Matsch verkleben, und die Makkaroni hießen *Perciatelli* und waren dick wie Stereokabel. Sie nahm eine Tüte *Orecchiette* zur Hand, nur um ihre konkave Form, die an Kontaktlinsen erinnerte, zu bewundern. Und auch sie wanderten in ihren Einkaufskorb, zusammen mit anderen Unaussprechlichen und einem Päckchen winziger Sterne aus Grieß, die man wie einen Glitzerregen über Suppen oder Salate streuen konnte.

Von dort ging es weiter zu den Regalen mit Eingelegtem und Gewürztem, deren prosaische Etiketten fast langweilig wirkten. Hier gab es Zwerge und Babys, Spitzes und Rundes sowie Snacks und Chips in Geschmacksrichtungen, denen ein Hauch amerikanischer Sensationsgier anhaftete.

Sie stellte ein Glas mit feinen Babydillgurken neben ihre *Orecchiette*. In den zwölf Jahren, dachte sie, die sie nun schon hier einkaufte, hatte sie nur einen Bruchteil des Sortiments in diesem Supermarkt ausprobiert. Sie wusste nicht, wie mit scharfen Chilischoten gefüllte Oliven schmeckten, hatte nie Sternfrüchte oder blutrote Orangen gekauft. Das Einkaufen von Lebensmitteln war für sie immer eine lästige Alltagspflicht gewesen, deren Erfolg sich an der Geschwindigkeit bemaß, mit der man sie erledigte. Doch jetzt beschloss sie, bei jedem Besuch etwas Neues auszuprobieren.

Zu Hause brauchte sie zwanzig Minuten, um den Kofferraum auszuladen. Tüte um Tüte füllten sich ihre Küchenschränke bis oben hin, und Regal um Regal füllte sich ihr Kühlschrank bis zum Gemüsefach hinunter. Und schließlich füllte sie noch ihre Behälter mit Mehl, Reis und Zucker auf, bis die ganze Küche eine einzige Verheißung war. Dann legte sie sich mit einem Becher Häagen-Dazs aufs Sofa und überlegte sich den nächsten Schritt.

Auch diese Entscheidung fiel ihr nicht schwer: Sie würde sich einem Kaufrausch hingeben. Es war immerhin Weihnachtszeit, und die Stadt quoll nur so über von Kränzen, Lichtern und albernen studentischen Weihnachtsmännern mit roten Nasen, die sich im Stadtpark herumtrieben. Das amerikanische Rezept für Freude lautete Konsum, und wer war sie schon, dass sie sich erlauben durfte, die Lieblingsbeschäftigung der Nation zu kritisieren? Nachmittags machte sie einen Spaziergang zum Kaffeehaus und kaufte für Nate ein Pfund »Kolumbien Imperial«, das eine goldene Schleife zierte. Auch für Margaret wollte sie etwas mitnehmen, und so musterte sie die Reihen von Zedernholzkästchen, in denen die Teebeutel auf einem Filztuch präsentiert wurden, als handelte es sich um wertvolle Ohrringe. Viel zu überkandidelt für eine Engländerin, die ihren losen Tee in einer Tupperwaredose aufbewahrte.

Sie kaufte sich einen Cappuccino und ging weiter in die Bäckerei nebenan, wo Lebkuchenmänner mit Bonbonknöpfen Seite an Seite mit hausgemachten Schokoladenriegeln lagen. Für Freitag – ihr nächstes Treffen mit Nate – bestellte sie einen doppelt geschichteten Karottenkuchen mit Nüssen, Rosinen und einem cremigen Guss. Früher hatte sie nur ein-, zweimal im Jahr einen Kuchen bestellt, zu Davids Geburtstag oder auch für eine Weihnachtsparty. Aber warum eigentlich nicht einmal im Monat? Oder wenigstens fünfmal im Jahr?

Sie kaufte einen halben Laib Sauerteigbrot und riss sich

Stücke aus dem noch warmen Inneren, während sie drei Blocks weiter zum Küchenladen ging. Hier gab es zwischen Geschirr und Geschirrhandtüchern alles, was sie gewöhnlich nur zu Hochzeiten verschenkte – eine Salatschüssel aus glattem Teakholz mit dazupassenden Servierlöffeln, deren Stiele die Gestalt dünner, brauner Giraffen hatten – ideal für Anne. Und für Margaret – eine Auflaufform, mit Blüten in Königsblau und dem satten Gelb von Sonnenblumen handbemalt. Für sich selbst nahm sie eine handbestickte Tischdecke mit, ohne das Preisschild mit seinen bedrohlichen Nullen weiter zu beachten. Und dann stand sie draußen auf dem Gehweg und wickelte sich den Schal um, ehe sie sich auf den langen Weg nach Hause machte. Diese roten Tragetaschen mit den weißen Halteschnüren hatten irgendetwas an sich, dass sie sich gleich wie eine vermögende Frau fühlte.

Tag zwei widmete sie der Kleidung. Aus alter Gewohnheit begann sie im Secondhandladen, der vollgestopft war mit abgelegten Cocktailkleidern von Studentinnen. Die Namen auf den Etiketten – Liz Claiborne, Donna Karan – klangen wie die reicher Freundinnen, auf deren Partys sie nie gewesen war. Sie erinnerte sich, dass in der Grundschule die Namen der Kinder mit Filzstift auf die Etiketten der Mäntel geschrieben worden waren. Heutzutage hießen die Jungs alle Eddie, Ralph und Giorgio.

Eine Stunde später verließ sie den Laden mit einer Viskosebluse und einem wadenlangen Rock, Hosen, Halstüchern und dicken goldenen Armreifen und ging zwei Türen weiter in ein Geschäft, das mit Ballettröckchen und Nussknackern dekoriert war. Gleich hinter der Tür stand ein großer Korb mit selbst gemachten Handschuhen, deren Fingerspitzen zu Gesichtern von Schafen, Kühen und Fröschen gestrickt waren. Sie steckte die Finger in einen Wurf Welpen und amüsierte sich über ihre wackelnden Ohren. Wie schnell dieses wollene Lächeln schmutzig und zerrissen sein würde, wenn die Kinder damit Bäume und Steine anfassten. Aber ihr gefiel die Idee, und für ihre Nichten war das Planetenthema mit silbrigen Sternen, blauen Monden und goldglitzernden Kometen genau das Richtige.

An einem Ständer daneben hingen Strampelanzüge für Babys mit passenden Lätzchen, Mützchen und Söckchen. Noch vor zwei Monaten hätten diese mit Fröschen übersäten Einteiler ihr schwer zu schaffen gemacht, doch jetzt war ihre Welt offen für endlose Möglichkeiten. Sie strich über ein Paar winziger Schühchen aus Alpakawolle, ehe sie weiterzog zum Ladentisch mit dem Mädchenschmuck für ihre Nichten.

Schließlich ging sie noch in den Body Shop und kaufte korbweise Schaumbäder – Wicken und Hibiskus, Vanille und Pfefferminz. Und am Nachmittag dieses Tages umgab sie ihre Badewanne mit Duftkerzen und Schalen voll Duftkugeln und sah dann zu, wie die Fensterscheiben langsam beschlugen.

Am dritten Tag stand sie erst spät auf. Es war an der Zeit, für die Männer in ihrem Leben einkaufen zu gehen, die Body Shops und Babyläden hinter sich zu lassen und eine dunklere Welt zu betreten. Was sie David schenken wollte, wusste sie, etwas, das ihm an einsamen Nachmittagen Gesellschaft leistete. Aber Nate war eine Herausforderung, zumal er sich bereits mit allem verwöhnt hatte, was ein Mann sich nur wünschen konnte.

Sie fuhr ins Einkaufszentrum, das dreißig Minuten entfernt lag, und verbrachte dort allein damit eine Stunde, all die Gänge mit Handys, Digitalkameras und iPod-Zubehör entlangzulaufen. Aber nur eins erregte ihre Aufmerksamkeit: ein extraleichter Video-Camcorder. Sie hatte Nate nie einen benutzen sehen. Das waren Spielzeuge für Paare mit Kindern, die immer den Augenblick einfangen wollten. Sarah nahm den Camcorder in die Hand, hob ihn ans Auge und dachte: Ja, das wäre etwas.

Am Freitagmorgen trafen Margaret und sie sich kurz, um Geschenke auszutauschen. In zwei Tagen würde Margaret zu ihrem jährlichen Weihnachtsbesuch in England aufbrechen. Und wie immer würde sie im neuen Jahr mit einem stärkeren britischen Akzent zurückkommen und mit einem Verlangen nach *clotted cream*.

»Die ist aber wirklich ausgefallen!« Margaret lachte, als sie die handbemalte Auflaufform aus dem in Geschenkpapier gewickelten Karton zog. »Mein Geschenk ist leider nicht halb so beeindruckend.«

Sarah packte ein Paar handgestrickter Wollsocken mit blau-grünen Ringeln aus. »Die sind wunderbar.«

»Für meine Töchter habe ich die gleichen gemacht. So habe ich beim Fernsehen immer etwas zu tun.«

»Das musst du mir mal beibringen. Ich brauche ein Hobby.«

»Wir machen einen Vorsatz fürs neue Jahr daraus.« Margaret schlug die Auflaufform wieder in das Seidenpapier ein. »Wirst du über Weihnachten zurechtkommen?«

»Ja, ich besuche Anne.« Sarah errötete, als sie Margaret die Augenbraue heben sah. »Diesmal fahre ich *wirklich* hin. Nate kommt auch mit.«

»Oh, wirklich? Ist es nicht riskant, den neuen Liebhaber gleich zur Familie mitzunehmen?«

»Nate *gehört* doch zur Familie.« Sarah lächelte. »Außerdem kennt er Anne längst. Und er hat auch sonst niemanden, zu dem er fahren könnte.«

»Dann ist es also ein Akt der Nächstenliebe?«

»Oh ja, ich bin voller Nächstenliebe.«

»Wenn das so ist, umso besser.« Margaret lachte. »Verlieben wir uns etwa?«

»Ich würde es nicht Liebe nennen.« Sarah strich mit dem Finger die Tischkante entlang. »Gab es zu deiner Schulzeit nie einen Jungen, der sich mit den Mädchen gut verstanden hat?«

»Na klar.«

»Aber ich meine einen, den auch alle Mädchen mochten. Einen, der viele Freundinnen hatte. Einen, den *du* gemocht hast.«

Margaret schüttelte den Kopf. »Ich habe mich nie von den allseits Beliebten angezogen gefühlt.«

»Ich schon.« Sarah seufzte. »Zumindest ein wenig. Und jetzt kommt es mir so vor, als hätte ich endlich was mit dem beliebtesten aller Jungs. Als wäre ich an der Reihe.«

»Das klingt, als wäre Nate eine besondere Attraktion in einem Vergnügungspark. Ist er etwa nur eine kurze Fahrt durch den ›Tunnel der Liebe‹?«

Sarah zuckte die Achseln. »Immer noch besser als eine mit der Geisterbahn.«

Um halb vier nachmittags schloss sie, in der linken Hand eine Kuchenschachtel balancierend, die Tür zu Nates Wohnung auf. Er würde zwar erst in zwei Stunden aus dem Büro nach Hause kommen, doch sie liebte es, allein durch seine leeren Zimmer zu gehen. Sie waren so sauber und so kühl wie in einem Luxushotel. Sarah schenkte sich ein Glas Zinfandel aus der Flasche im Kühlschrank ein, schaltete seinen extra breiten Flachbildfernseher ein und sah, wie in den Bergen von West Virginia Schneeregen fiel. Dann ließ sie in Nates Badezimmer, in dem die Messingarmaturen bestens mit den goldbraunen Wänden harmonierten, Wasser in den Whirlpool laufen und öffnete Nates Schränke auf der – erfolglosen – Suche nach Badeschaum – *das* wäre ein Geschenk für den Mann gewesen, der schon alles hatte. Sie stellte ihr Weinglas auf den gefliesten Wannenrand, legte ihre Sachen beim Waschbecken ab und stieg in das sprudelnde Wasser.

Eine Stunde verging, ehe sie das Telefon klingeln hörte. Im Schlafzimmer erklang Nates Stimme, der fragte, ob sie schon da sei. Er würde auf dem Nachhauseweg etwas zum Essen mitbringen. Erst als er aufgelegt hatte, nahm sie sich ein Handtuch aus dem Badregal, zog den Stöpsel aus der Wanne und hinterließ auf dem Weg ins Schlafzimmer eine Spur feuchter Fußabdrücke. In Nates Kleiderschrank fand sie einen langen Frotteebademantel, in den sie sich regelrecht hineinwickelte, ehe sie sich ins Bett legte.

Er kam um sechs Uhr mit einer Tragetasche voll Thai-Essen zum Mitnehmen und lachte, als er Sarah in seinem Bademantel lesend auf dem Wohnzimmersofa liegen sah.

»Du hast es dir also schon bequem gemacht.«

Sie aßen in der Küche und öffneten noch eine Flasche Wein, während Nate ihr von seinem Tag erzählte. Es sah ganz danach aus, als würden die Zinssätze in den nächsten Monaten stabil gehalten. Der Markt erholte sich wieder, und die Risiken einer Inflation und Deflation hielten sich gegenseitig die Waage. Sarah versuchte, nicht zuzuhören. Das war zu viel Normalität: der Mann, der aus dem Büro nach Hause kam und seiner Frau, die mit einem Karottenkuchen auf ihn gewartet hatte, von seinem Tag berichtete. Sie öffnete die weiße Konditorschachtel, nur um ihn zum Schweigen zu bringen.

Die Kuchendecke war rundherum verziert mit einer Girlande kleiner Gusskarotten in Orange und Hellgrün, die an Peter Rabbit erinnerten. Sie schnitt zwei Stücke auf und sah dann zu, wie Nate mit seinen sauberen Fingernägeln die goldene Schleife von dem Pfund Kaffeebohnen löste.

»›Kolumbien Imperial‹.« Er lächelte. »Meine Lieblingssorte.«

»Warte.« Sie ging ins Wohnzimmer und kam mit einem in Silberpapier eingeschlagenen Karton zurück.

»Ich möchte dir dein Weihnachtsgeschenk jetzt schon geben, ohne dass Anne und die Kinder zusehen.«

»Gute Idee.« Er lachte, als er das Geschenkpapier aufriss. »So ein Ding habe ich noch nie gehabt.«

Nate zog die Kamera aus der Styroporhalterung, stöpselte den Akku in eine Steckdose in der Wand und musterte all die Knöpfe, während Sarah ihren Kuchen aß. In den nächsten zehn Minuten zeigte er ihr die Einstellungen für den Zoom und die Bildschärfe und erklärte ihr, wie man die Aufnahmen ins Internet hochlud.

»Wehe wenn«, murmelte sie.

Dann setzte er den Akku ein und filmte sie dabei, wie sie in der Spüle Wasser über die Teller laufen ließ.

»Lass das Geschirr mal stehen.« Nate ließ die Kamera sinken und ging in den Flur. »Ich habe auch etwas für dich.«

Mit einem kleinen roten Geschenk in der einen und der Kamera in der anderen Hand kam er wieder, jetzt wieder filmend.

»Das ist Sarah, eine Woche vor Weihnachten, beim Geschenkauspacken.«

Die Kamera hielt fest, wie sie das rote Papier entfernte, den Deckel von einer kleinen weißen Schachtel hob und Nates Geschenk ansah, das da auf seinem weichen Polster vor ihr lag. Ein Armreif von kreisrunder Form, mit Diamanten bedeckt, die funkelten, als sie ihn aus der Schachtel nahm. Normalerweise hätte sie etwas so Extravagantes sofort abgelehnt. Dies war ein Geschenk für einen zwanzigsten Jahrestag, nicht für eine Ein-Monats-Affäre. Aber die Steine waren so herrlich und die Goldschmiedekunst so vollendet, dass sie ganz überwältigt war. Ihr Kaufrausch im Supermarkt, ihre Begeisterung für Auflaufformen, Tischdecken und Teakholz, das alles erschien ihr plötzlich albern. Es repräsentierte kaum einen Hauch von Luxus, wogegen das, was sie hier in Händen hielt, geradezu der Inbegriff genießerischen Überflusses war.

»Gefällt er dir?«, fragte Nate.

Sie sah in das dunkle Auge der Kameralinse. »Ja.«

Als er den Armreif um ihr Handgelenk schloss, fühlte sie

sich wie in Besitz genommen. Der kreisrunde Reif konnte ihr nicht über die Hand gleiten, genauso wie ihr Ehering sich nicht mehr über den Fingerknöchel schieben ließ. Und so waren diese beiden Dinge die einzigen, die sie am Körper behielt, als sie sich auf Nates Bett legte.

In den frühen, noch dunklen Morgenstunden lag sie wach, hielt den Armreif vors Gesicht und drehte das Handgelenk hin und her. Unablässig dachte sie über Nates Beweggründe nach und fragte sich, warum er keine andere Frau an seiner Seite hatte, eine jüngere und schönere, so wie Jenny. Vermutlich lag so etwas wie ein Sieg darin, mit der Ehefrau seines Bruders zu schlafen. Und vermutlich war sie auch die erste verfügbare Frau gewesen nach seiner Trennung. Vielleicht gehörte er aber auch zu den Männern, die schlecht allein zurechtkamen, die für ihr Selbstbewusstsein die Bewunderung einer Frau brauchten. Vor allem jetzt, nach dem Tod seines Bruders, war ihre Affäre wohl ein Auswuchs seiner Trauer, eine Möglichkeit, an dem letzten Mitglied seiner Familie festzuhalten.

Doch sie hoffte, dass es nicht das allein war, denn es gab etwas, das sie Nate im »Mayflower« nicht erzählt hatte, ein entscheidendes Detail, das ihr schon beim Abendessen nicht aus dem Kopf gehen wollte und das sie auch jetzt zu dieser frühen Stunde wach hielt. Sie hatte Nate nie klipp und klar gesagt, dass sie schon seit fünf Jahren keine Verhütung mehr betrieb.

Nate war natürlich nicht irgendein unverantwortlicher Teenager, der sich um Konsequenzen nicht scherte. Ein Mann Mitte dreißig musste wissen, dass für eine Frau wie sie Sexualität und Fruchtbarkeit ein und dasselbe war. Nate musste wissen, was los war. Schließlich wusste er von jeder ihrer Fehlgeburten, hatte nach jedem kleinen Tod angerufen, um Trost zu spenden und ihr zu versichern, wie leid es ihm tue und wie sehr er sich wünsche, ihr helfen zu können.

Und jetzt tat er es. Nach Davids Tod hatte Nate die biblische Aufgabe angenommen, mit seiner verwitweten Schwägerin zu schlafen, um den Fortbestand der Familie zu sichern.

Aber *das* konnte sie nicht laut aussprechen. Es würde zu grob klingen, zu berechnend und inzestuös. Doch für sie war es die unausgesprochene Übereinkunft, die zwischen ihnen in diesem Bett lag. Nate spielte die Rolle von Kevin Kline in ›Der große Frust‹, den gutaussehenden Samenspender, der seine hervorragenden Gene weitergab. Was nicht hieß, dass er ihr eine erneute Fehlgeburt ersparen könnte. Dieser Schrecken drohte immer. Doch solange sie sexuell aktiv war, bestand ein Hoffnungsschimmer, und das war eigentlich Nates größtes Weihnachtsgeschenk an sie in diesem Jahr gewesen – wertvoller als der Armreif, der ihr zuzwinkerte, während sie ihn im Mondlicht um ihr Handgelenk drehte.

27

Das Tageslicht hatte es an sich, die Fehler in Sarahs Überlegungen zu beleuchten, und schon am Nachmittag war sie wieder hin und her gerissen zwischen Selbstzufriedenheit und Selbstverachtung. Sie wusste, dass sie mit Nate reden sollte, damit sie beide von denselben Voraussetzungen ausgingen. Doch ihr Gefühl sagte ihr, dass ihre Affäre gerade auf diesem Unausgesprochenen, Nichthinterfragten beruhte. Als wäre sie Psyche, die mit Amor schlief, und als würde ihre Liebe, wenn sie deren Heimlichkeit und dunkle Seite nur bewahren könnte, in der Geburt einer Voluptas gipfeln. Aber wenn sie diese Liebe ans Licht holte, würde Nate fliehen und sie könnte ihm bloß noch hinterherlaufen.

Als sie am Sonntagmorgen nach Hause fuhr, sah sie die Kirchgänger von Jackson vor ihren Gotteshäusern eintreffen, die an der Hauptstraße aufgereiht standen. Presbyterianer, Methodisten, Episkopale – keine Synagogen, keine Moscheen, keine Unitarier mit ihren vieldeutigen Glaubenssätzen. Würde ihr Geheimnis die gleichförmige Moral dieser Stadt nicht in Aufruhr versetzen? Sie dachte an Margaret, die über den Atlantik hinwegflog, und dann an ihre eigenen Grenzüberschreitungen, mit denen sie die Lücke zwischen den Lebenden und den Toten überbrückte. Diese bizarre Angewohnheit würde sie nicht aufrechterhalten können, irgendwann würde das alles unter dem Gewicht ihres Schweigens implodieren. Aber im Augenblick waren ihre Geheimnisse der spannendste Teil ihres Lebens.

Drei Tage später fuhr Sarah zu David in die Hütte, mit zwei Christsternen auf der Rückbank und einem schweren Schokoladenkuchen vorne. Als sie ankam, lag im Kamin nur ein Haufen Asche, und David war nirgends zu sehen. Draußen auf der Terrasse lauschte sie auf Schritte im Wald, doch sie hörte nur das dünne Flüstern des Windes in den Kiefern. Also ging sie wieder hinein, hängte ihren Mantel neben die Tür und holte unter der Küchenspüle einen Plastikmülleimer hervor. Dann kniete sie sich vor den Kamin, zog mit spitzen Fingern die verkohlten Reste der Holzscheite heraus und warf sie einen nach dem anderen in den Mülleimer, ehe sie die Asche mit Handfeger und Schaufel zusammenkehrte und dabei wahre Staubwolken produzierte. In einem Weidenkorb neben dem Kamin lagen noch alte Ausgaben der ›Washington Post‹, und so zerknüllte sie die Nachrichten über Krieg und Hunger und legte die Feuerstelle mit diesen Papierbällen des Elends aus.

Sie lehnte rundherum Anzündhölzer dagegen und krönte ihr Werk mit einem kleinen Kiefernholzscheit. Sie erreichte nicht unbedingt Pfadfinderqualität, aber es würde genügen. Sie entzündete das Feuer an drei Stellen und starrte in die auflodernden Flammen, während sie in Gedanken versuchte, David vom Fluss zurückzurufen. Sie stellte sich vor, ihre Nervensysteme wären derart miteinander verwoben, dass sie mit der Kraft ihrer Gedanken seine Gliedmaßen in Bewegung setzen könnte; genau so wie seine unausgesprochenen Wünsche sie in den Jahren ihrer Ehe oft zu Handlungen veranlasst hatten. Doch es dauerte noch zwanzig Minuten, bis sie seine Schritte auf der Terrasse hörte. Sie drehte sich zu den Türen um, und dort draußen stand er, mit einem Gesicht so fahl wie der Winterhimmel. Sie hatte den Eindruck, dass er immer stärker verblasste, je mehr ihr Leben an Farbe gewann. Sie beide schienen umgekehrt proportional zueinander zu existieren.

Er kam herein mit einem Armvoll Holz und schichtete es an der Wand auf. Dann setzte er sich, noch im Mantel, neben sie.

»Ich freue mich, dass du gekommen bist«, sagte er. »Es ist ziemlich langweilig hier draußen.«

Er hatte sich seit mindestens einer Woche nicht rasiert. Und als er ihre Hand an seine Wange drückte, war seine Haut sogar noch kälter als üblich.

»Der Winter hat alles zum Verstummen gebracht.« Er sprach in Richtung Feuer. »Die Farben sind matt, die Vögel sind davongezogen, und es wird schon um fünf Uhr dunkel.«

»Ich habe etwas für dich, das dagegen helfen könnte.« Sie beugte sich vor und gab ihm einen raschen Kuss auf die Wange. »Komm mit zum Auto.«

Im Kofferraum lag ein riesiger Karton, der in glänzendes Goldpapier eingewickelt war, und daneben eine flachere Schachtel, die sie herausholte.

»Ich möchte heute schon Weihnachten mit dir feiern. Denn Ende der Woche fahre ich zu Anne.«

»Gut.« David wuchtete den großen Karton in seine Arme. »Ich habe auch etwas für dich.«

In der Hütte stellte er seine Last auf dem Boden ab und ging ins Schlafzimmer. Als er wiederkam, hielt er einen selbst gemachten Weihnachtskranz in Händen, der aus Tannen- und Zedernzweigen gebunden und mit Stechpalmen und zwei kleinen Tannenzapfen dekoriert war.

»Meine Güte.« Sie nahm ihm den Kranz ab und hielt ihn auf Armeslänge von sich weg. »Hast du den etwa selbst gemacht?«, fragte sie voller Bewunderung.

Er nickte. »Ich habe bei meinen Spaziergängen im Wald alle immergrünen Zweige gesammelt, die ich finden konnte. Einige stammen sogar von Büschen, die wir vor Jahren selbst gepflanzt haben. Und unten am Fluss habe ich vertrocknete

Geißblattreben gefunden, aus denen ich das Grundgerüst des Kranzes winden konnte. Der Rest war dann nur noch reines Herumexperimentieren. Ich habe einfach viele verschiedene Grüntöne und Zweigsorten zusammengefügt und alles mit Draht befestigt. Ich habe auch noch einen zweiten gemacht.« Er holte aus dem Wandschrank im Flur einen wie ein Kleeblatt geformten Kranz aus kahlem Geäst heraus, aus dessen Mitte ein Strauß Tannengrün und Holunderbeeren hervorschoss.

Sarah schloss die Augen und atmete den Geruch der frischen Zedern tief ein. Auf die ein oder andere Weise übertraf David sie immer. Seine Weihnachtsgeschenke waren immer ein wenig aufmerksamer, sein Geschmack hinsichtlich Filmen, Wein und Möbeln ein wenig erlesener. Vermutlich hatte sie deshalb so viele Jahre mit Nate sympathisiert, weil er das Gefühl kannte, der geringere Teil eines Paares zu sein, gefangen in einem Konkurrenzkampf mit einem unerbittlichen Perfektionisten. Und wie würde Nate sich jetzt fühlen, wenn er wüsste, dass er immer noch mit David konkurrieren musste, dass sein Diamantreif es mit diesem immergrünen Kranz aufnehmen musste?

»Mein Geschenk ist längst nicht so originell«, sagte sie entschuldigend, als David die Schleife aufmachte.

»Na, Größe zählt doch auch.« Er riss das Geschenkpapier ab. »Wow. Ein Fernseher!«

»Ein HDTV-Flachbildfernseher.«

»Aber ich habe keine Satellitenschüssel.«

»Dafür ist er nicht gedacht. Mach das andere Geschenk auf.«

In der flacheren Schachtel fand David einen DVD-Player.

»Im Auto habe ich noch ein Dutzend DVDs«, sagte Sarah. »Darunter einige deiner Lieblingsfilme von zu Hause, aber auch ein paar neue. Außerdem habe ich gesehen, dass der Dorfladen Filme verleiht.«

»Ja.« David lächelte. »Hauptsächlich sogenannte Filme für Erwachsene.«

»Ich dachte, auf diese Weise hättest du wenigstens andere Menschen um dich, wenn es dir hier draußen zu einsam wird.«

Er nickte. »Obwohl es ja ein Zeichen von Schwäche ist. Wenn ich ein besserer Mensch wäre, könnte ich mich den ganzen Tag lang mit Büchern, Malen und Spaziergängen im Wald selbst beschäftigen. Aber ich habe mich längst nach ein wenig moderner Technik gesehnt, um ehrlich zu sein.«

»Möchtest du jetzt gleich etwas sehen?«

»Was hast du denn dabei?«

»Alle drei Teile von ›Herr der Ringe‹, ›Frankenstein Junior‹, ›Die Truman Show‹ und ein paar Komödien, die noch ziemlich neu sind.«

Und so teilten sie für den Rest des Tages die Hütte mit Hobbits, Zauberern und Elfen und sahen Tolkiens Figuren bei ihrem langsamen Abstieg in die Hölle zu. Die fremden Stimmen schienen David gutzutun, denn er legte mit einem geradezu beunruhigenden Eifer DVD um DVD in den Player ein. Als sie abends von Lampe zu Lampe gingen und das Licht überall löschten, kam das letzte Schimmern vom Fernseher, der bläuliche Schatten an die Wände warf. David schien ihn nur widerstrebend auszuschalten. Und als der Bildschirm schwarz wurde, war die Finsternis in der Hütte vollkommen.

Am nächsten Vormittag einigten sie sich darauf, einen Weihnachtsbaum zu schmücken.

»Aber nicht hier drinnen«, wandte David ein. Er hielt es für Verschwendung, eine Tanne zu schlagen, solange die kleine Zeder am Rande der Terrasse so mitleiderregend um das Herausputzen zu bitten schien. Zusammen saßen sie vor dem Fernseher und fädelten Popcorn und Preiselbeeren, die noch von Thanksgiving übrig waren, zu Girlanden auf. Sarah schnitt aus der Pappe des leeren TV-Kartons Sterne und Mondsicheln aus und umhüllte sie mit Alufolie. Und zum Schluss stach sie mit dem Steakmesser in die oberen Ränder noch kleine Löcher hinein, durch die sie Angelschnur zog. Dann gingen David und sie in den Wald hinaus und sammelten Tannenzapfen, die sie mit Erdnussbutter bestreichen und mit Vogelfutter bestreuen wollten. Als es Zeit wurde, den Baum zu schmücken, zogen sie Handschuhe über, um ihre Finger vor den stacheligen Zedernnadeln zu schützen.

»Und was wollen wir an die Spitze tun?«, fragte Sarah, als sie den letzten aluminiumglänzenden Stern aufhängte.

David nahm seinen Kleeblattkranz, stellte sich auf einen Terrassenstuhl, und mit einem schwungvollen Wurf platzierte er ihn auf der Zedernspitze.

»Wie schade, dass wir keine Lichter haben«, sagte Sarah. »Nur die Sonne und den Mond.«

Am Nachmittag erklärte sie sich bereit, noch einmal in Nachthemd und Morgenrock zu posieren. Sie hatte die Sachen in der Hütte gelassen für den Fall, dass David sich das Gewebe der Stoffe noch genauer ansehen wollte. Als sie jetzt auf den Fluss hinaussah, reiste sie in Gedanken über das Blue-Ridge-Gebirge hinweg, die sanft gewellten Hügel und Wiesen von Albemarle County hinab und bis in die Innenstadt von Charlottesville hinein. Um diese Uhrzeit hatte Nate wahrscheinlich eine Besprechung mit einem Kunden oder überprüfte am Computer die neuesten Aktienkurse. Er würde in ein Telefon-Headset sprechen, während seine rechte Hand über der Tastatur schwebte und wieder und wieder die Return-Taste drückte.

Aus dem Augenwinkel sah sie, wie David innehielt. Konnte er ihre Gedanken lesen? Konnte er Nates Geruch in ihrem Haar wahrnehmen? Dann war es nicht zu ändern. Sollte er doch Vermutungen anstellen. Sollte er sie als Emma Bovary malen, die dem Untergang geweihte Ehefrau eines

Landarztes, die nur noch an das nächste Treffen mit ihrem Liebhaber denken konnte.

Dieses Modellstehen war eine äußerst langweilige Sache. Es erinnerte sie an das, was ihr an David nie gefallen hatte – seine Angewohnheit, alles zu betrachten. Als Arzt war es natürlich seine Aufgabe, die Körper anderer Menschen anzusehen, zu begutachten und zu untersuchen, um auch die geringsten Anzeichen einer Krankheit zu entdecken. Und das galt auch für den Maler, der in die Betrachtung verloren versuchte, den Schleier der Sehgewohnheit des menschlichen Auges zu durchdringen. Obduktion, Porträtmalerei – worin lag der Unterschied? David hatte sich dem Betrachten gleich doppelt verschrieben.

»Hören wir auf für heute«, sagte sie, und er entließ sie.

Als sie Pullover und Jeans wieder angezogen hatte, warf sie einen Blick auf Davids Leinwand. Seltsam, dass die Konturen ihres Körpers nicht wie sonst nur aufgeweicht waren, sie schienen geradezu mit dem Fenster zu verschmelzen, und ihr Nachthemd verwob sich mit der Gardine. Seine anderen Arbeiten aus der jüngsten Zeit zeigten ähnliche Verwischungen – Bäume, Wasser, Vögel, alles war ständig in Bewegung und wurde immer gestaltloser. Ob das Dasein hier draußen in der Hütte ihm auf das Gemüt schlug, fragte sie sich – die Isolation und die Dunkelheit der winterlichen Wälder.

»Du scheinst in einer neuen künstlerischen Phase zu sein.«

»In einer neuen geistigen Phase vielleicht. Ich sehe die Dinge jetzt anders.«

»Verschwommener?«

Er zuckte die Achseln. »Die Welt ist nicht so klar, wie sie zu sein scheint.«

Als Sarah am nächsten Morgen im Schlafzimmer stand und ihre Tasche packte, dankte David ihr für den Besuch. »Ich werde dich an den Feiertagen vermissen. Du hast der Hütte

Glanz verliehen mit deinen Dekorationen, und mit den Filmen.«

»Eine Überraschung habe ich noch, ehe ich abfahre.« Aus den Tiefen ihrer Reisetasche zog sie einen größeren festen Briefumschlag hervor, den sie ihm überreichte. David griff hinein und hielt einen Packen Hundert-Dollar-Scheine in der Hand.

»Es ist das Geld von der Ausstellung in Jackson.« Sarah hängte sich die Tasche über die Schulter. »Judith hat mir den Scheck letzte Woche geschickt. Achttausend Dollar. Die andere Hälfte ist an die Galerie gegangen. Und du wirst aus Washington auch noch Geld bekommen. Ich weiß von mindestens zwei Bildern, die Judith bereits verkauft hat, und die Preise, die sie dort angesetzt hat, waren doppelt so hoch wie die in Jackson.«

David schüttete die Geldscheine aufs Bett und strich mit dem Zeigefinger über Benjamin Franklins breite Stirn.

»Den Geldautomaten wirst du jetzt eine Weile nicht mehr brauchen.« Sarah drückte ihm einen Kuss auf die Wange. »Fröhliche Weihnachten.«

28

An Heiligabend saßen Sarah und ihre Schwester Anne in einer Presbyterianerkirche, mit Nate und Annes Ehemann Ben an den Seiten wie zwei Buchstützen. Sie waren zum Weihnachtsspiel der Kinder gekommen, und so waren die Kirchenbänke gefüllt mit Mädchen und Jungen in rotem Samt und grünem Kord. Die kleinsten Mädchen malten ihre Programme mit den Buntstiften an, die neben den Gesangbüchern steckten, während die Jungen ihre Programmblätter zu Fernrohren rollten, durch die sie neugierig herumspähten.

»Wann warst du zum letzten Mal in der Kirche?«, fragte Sarah Nate.

»Zählt der Gedenkgottesdienst für David auch?«

Sie schüttelte den Kopf.

»Dann wahrscheinlich an Ostern. Jenny hat mich manchmal in ihre Kirche mitgenommen, aber ohne die Aufforderung einer Frau bin ich noch nie gegangen. Ich bin nicht gläubig.«

Das überraschte Sarah etwas. Sie kannte nur wenige Leute, die so unumwunden zugegeben hätten, dass sie nicht gläubig waren. Die meisten ihrer Freunde hatten eine irgendwie diffuse Gottesvorstellung und glaubten an einen Schöpfer, wenn auch nicht an Christus. Selbst David hing dem vagen Glauben an eine intelligente Ordnung an und fragte immer, wie sie dazu kämen, Zweifel zu hegen, wenn sogar Albert Einstein an Gott glaubte? Aber dennoch zweifelte Sarah, wenn auch nicht im traditionellen Sinne. Sie zweifelte nicht so sehr an der Existenz Gottes als vielmehr an der Fähigkeit der Menschen, Gottes Liebe zu erwecken.

Doch hier, in dieser makellos weißen Kirche mit dem Priester, der aus dem Lukasevangelium las, während kleine Mädchen mit Engelsflügeln und Jungen mit Hirtenstäben ein stummes Tableau bildeten, hier konnte sie sich einen Grund für voraussetzungslos erwiesene Gnade vorstellen. Diese Kinder verdienten göttliches Eingreifen. Und trugen nicht die meisten Kinder vor dem Erwachsenwerden noch Spuren Gottes? Wie hatte Wordsworth es formuliert? *Umweht von Seiner Herrlichkeit, so kommen wir von Gott.*

Der Priester legte das in seiner kurzen Predigt genau so dar. Weihnachten, sagte er, sei eine Zeit der Wertschätzung der Kinder und der Erinnerung daran, dass jedes Leben heilig und jedes Kind vom Heiligen Geist berührt sei. Er forderte alle anwesenden Kinder auf, in einer langen Reihe vorzutreten, reichte jedem Einzelnen eine rote Nelke und segnete sie, während er ihnen die Blumenstiele in die kleinen weichen Fäuste drückte.

Dies war ein Gottesdienst, wie er Sarah gefiel – kein Wein, keine Oblaten, kein Heiland, den es zu verschlingen galt, nur ein kleines Geschenk der Natur, überreicht mit einem Segensspruch. Diese Schlichtheit stimmte sie nachdenklich. Acht Tage lang hatte sie mit Hilfe ihrer Kreditkarten nach Freude gesucht und festgestellt, dass sich aus dem Plastik ein hohes Maß an Zufriedenheit ziehen ließ. Ihre »flexiblen Freuden« mit all ihren Verheißungen von Seidenanzügen und Luxushotels hielten tatsächlich einen gewissen Trost bereit. Doch letztendlich konnte wahres Glück nicht von einem Bankkonto herrühren. Als sie die Kinder sah, erkannte sie, dass alle Hoffnung auf ein neues Leben in ihr selbst wachsen müsste.

Sie sah Nate an und fragte sich, ob er genauso empfand wie sie. Waren auch für ihn die Kinder der einzige wahre

Trost auf dieser Welt, die einzige Entschädigung für alles Leiden? Sie hatte ihn immer noch nicht auf die Verhütung angesprochen, weil sich einfach keine passende Gelegenheit ergeben wollte. Aber vielleicht jetzt. Wenn Nate ihr irgendein Zeichen geben würde, die Bemerkung fallen ließe, wie süß die Kinder doch seien, oder ihr verschwörerisch die Hand drückte – doch er saß mit gesenktem Blick da und sah auf sein Programm.

»Ein schönes Weihnachtsspiel«, sagte Sarah, als sie die Kirche verließen.

Nate zuckte die Achseln. »Die gleiche Aufführung, die ich als Junge mitgemacht habe.«

Am Morgen des ersten Weihnachtstages beobachtete Sarah Nate erneut, während ihre Nichten sich durch die Berge von Geschenken kämpften. Anne und Ben übertrieben es jedes Jahr wieder. Die meisten der Spielzeuge und Gerätschaften würden innerhalb weniger Monate keine Beachtung mehr finden oder kaputtgehen. Aber eine segensreiche Stunde lang waren die Mädchen vollkommen glücklich, und Sarah fragte sich, ob Nate dieses seltene Ereignis ebenso viel Freude bereitete.

In den letzten beiden Tagen hatte er ruhelos gewirkt oder vielleicht auch, wie Margaret geunkt hatte, gelangweilt von all dieser Häuslichkeit – dem Eierpunsch, den mit Guss verzierten Plätzchen und Annes Sammlung von Hummel-Figuren. Sogar Sarah war die naive Gastfreundschaft ihrer Schwester ein wenig peinlich, die die veränderte Beziehung zwischen Sarah und Nate nicht wahrzunehmen schien. Sie hatte Nate im Gästezimmer untergebracht, während Sarah oben im Bett ihrer jüngeren Nichte schlief, die in einem »Kleine-Meerjungfrau«-Schlafsack auf einer Matratze am Boden lag und eine Grenze bildete, die Nate nie überschreiten würde. Während ihres ganzen Besuchs berührte er Sarah kaum einmal flüchtig an der Hand. Erst nach dem Weihnachtsessen wirkte er entspannt, als er mit den beiden Mädchen kurz vor Sonnenuntergang rodeln ging. Er half ihnen, ihre silbrigen Untersätze den noch unberührten Hügel hinter dem Haus hinaufzuziehen, und sauste mit ihnen gemeinsam zum alten Löschteich hinab.

Sarah sah ihnen vom Esszimmer aus zu, und das Lachen der Mädchen drang sogar durch die Thermopenfenster. Als Nate wieder hereinkam, waren seine Wangen gerötet, genau so wie damals in Vermont.

»Du kannst gut mit Kindern umgehen«, sagte sie, als er seinen Mantel an die Garderobe hängte.

»Ich spiele gern«, erwiderte er.

»Du wirst eines Tages einen guten Vater abgeben.«

Nate lachte. »Vermutlich.« Er wickelte sich den Schal ab und senkte seine Stimme zu einem Flüstern. »Um ehrlich zu sein, ich habe noch nie ein Elternpaar gesehen, das nicht schon um zehn Jahre älter aussah, als die Kinder erst zwei wurden. Es raubt einem alle Kraft.«

»Für mich waren Kinder immer ein Anfang.« Sarah ließ das Thema nicht fallen.

Nate fuhr sich mit der Hand durchs Haar. »Der Anfang vom Ende.«

Sarah blieb reglos stehen, als er ins Wohnzimmer ging und sich zu Ben setzte, der ein Footballspiel ansah.

»Ich lege mich eine Weile hin«, sagte sie und zog sich nach oben ins lavendelfarbene Zimmer ihrer Nichte zurück. Und dort starrte sie all die Trophäen eines Mädchenlebens an: die mit Tesafilm an die Wand geklebten Hogwarts-Poster, die von Lipgloss, Nagellack und Schneekugeln übersäte Kommode und die in den Spiegel gesteckten Bilder von Orlando Bloom. Sie hatte nicht angenommen, dass Nate solche Dinge wichtig wären oder er Vater-Mutter-Kind spielen wollte. Und sie glaubte auch nicht, dass er sie heiraten, ihr im Kreißsaal die Hand halten oder ihr Kindesunterhalt zahlen wollte.

Aber sie hatte in ihm den hingebungsvollen Onkel gesehen, der Nichten und Neffen an allen Feiertagen mit Geschenken überschüttete. Und sie hatte die – wenn auch kleine – Hoffnung gehabt, dass er sich für sie freuen würde, wenn es ihr je gelänge, ein neues Leben in ihrem Körper heranwachsen zu lassen.

Aber jetzt kannte sie die Wahrheit. Er wäre entsetzt, wenn sie ihm erzählen würde, dass sie nicht verhütete. Und auch zu Recht. Sie selbst war ja entsetzt. Entsetzt über ihre eigene Fähigkeit zur Selbsttäuschung.

Ein Mann wie Nate würde selbstverständlich nie über die möglichen Folgen nachdenken. Es war Aufgabe der Frau, mit diesen unangenehmen Dingen wie Verhütung zurechtzukommen. Nate war vermutlich sein ganzes Leben lang von einem Bett ins nächste gesprungen, ohne je einen Blick auf eine Antibabypille zu werfen. Ja, vielleicht hatte er sogar schon Kinder gezeugt. Soweit sie wusste, könnte er die gesamte Ostküste mit kleinen schwarzhaarigen Jungen bevölkert haben.

Sarah sah zur Fensterbank hinüber, wo die American-Girl-Puppen ihrer Nichte aufgereiht dasaßen wie ein Richtergremium, das sie mit der ganzen Ignoranz ihrer mustergültigen Unfruchtbarkeit vorwurfsvoll taxierte. O Gott, in was für ein Chaos hatte sie ihr Leben nur gestürzt.

29

Am nächsten Morgen packte Sarah ihre Reisetasche und blieb noch einen Augenblick auf der Veranda stehen, während Nate das Gepäck schon zum Auto trug.

»Ich würde mich freuen, wenn du noch ein paar Tage länger bleiben würdest«, sagte Anne und zupfte kleine Fussel von Sarahs Mantel. »Die Mädchen gehen erst in einer Woche wieder in die Schule.«

»Danke«, erwiderte Sarah. »Aber Nate muss arbeiten, und ich habe Grace lange genug allein gelassen.«

»Aber du kannst doch nicht dein ganzes Leben mit einer Katze verbringen«, schimpfte Anne.

Sarah lächelte. »Keine Sorge. Ich kaufe mir noch einen Fisch.«

Wie sollte sie ihrer Schwester auch erklären, dass sie sich angesichts der Normalität von Annes Welt ihres eigenen seltsamen Lebens schämte? Das Haus, die Feiertage, Annes ernstes Gesicht – das alles war eine Begegnung mit der kalten Realität gewesen. Als Sarah ihren Nichten winkte, die in ihren kuscheligen Pyjamas hinter der Glastür standen, dachte sie, dass es falsch war, so zu leben, wie sie lebte, mit einer Liebesaffäre, die so geheim war, dass sie nicht mal mit den engsten Angehörigen darüber sprechen konnte.

Als sie in Virginia wieder in die Geborgenheit ihres eigenen Hauses zurückkehrte, trug Nate ihr die Reisetasche ins Schlafzimmer und fragte, ob er bleiben solle.

»Nein, danke.« Sie gab ihm einen Kuss auf die Wange. »Ich werde mich etwas hinlegen.«

Als sein Wagen außer Sichtweite war, lief sie sofort ins Badezimmer und öffnete das Holzschränkchen, das über der Toilette hing. Sie holte eine rechteckige weiße Schachtel heraus, auf der geschwungene rote Buchstaben verkündeten: »Frühtest, leicht ablesbares Ergebnis, 99% sicher«. Es war ein Überbleibsel aus der Zeit, als sie vor vier Jahren zum letzten Mal versuchte, schwanger zu werden. Damals war sie die treueste Kundin dieses Herstellers gewesen und hatte jeden Monat einen Test gemacht, die ewige Studentin, die sich immer weiter einem Plus/Minus-Bewertungssystem unterwarf.

Wie sie diese blauen Minuszeichen gehasst hatte, die allesamt an ein EKG ohne jeden Ausschlag erinnerten. Jeden Minusstrich hatte sie als schmerzvolle Subtraktion erlebt, als würde ihrem Körper etwas entrissen. Da wusste sie noch nicht, dass selbst nach ihrem ersten Erfolg, ihrem ersten wunderbaren Plus, der Sieg jederzeit aberkannt werden, sich das Plus jederzeit zu einem Minus wandeln konnte, gerade so als hätte irgendein Lehrer willkürlich ihre Note geändert.

Sie öffnete die Schachtel und zog einen Tester heraus, der in Folie verschweißt war wie ein Müsliriegel. In der glänzenden Hülle steckte ein weißes Plastikstäbchen, das einer Kreuzung aus Fieberthermometer und Zungenspatel glich. Die Worte der Gebrauchsanweisung waren ihr nur allzu vertraut: *Halten Sie das Teststäbchen nur 5 Sekunden in den Urinstrahl.* Als sie fertig war, legte sie das Stäbchen auf den Badewannenrand und wusch sich erst mal die Hände.

In dem ovalen Fenster auf dem weißen Plastik befand sich ein kleiner Kreis, nicht größer als ein Schnipsel, wie er beim Lochen von Papier entstand. Und in diesem Kreis sah sie einen Anflug von Blau aufscheinen, das sich horizontal zu einer geraden Linie verlängerte. Nicht schwanger.

Sarah holte tief Luft und wappnete sich schon gegen den

nun folgenden Kummer, die aufbrandende Enttäuschung, die im Zuge dieser kleinen blauen Misserfolge immer kam. Doch als sie angespannt und abwartend dastand, war sie von dem tatsächlich aufsteigenden Gefühl seltsam überrascht. Es war Heiterkeit, ja Freude. Sie sah in den Spiegel und lachte laut, denn zum ersten Mal in ihrem Leben sah sie dieses Minuszeichen mit großer Erleichterung, als ein Zeichen nicht des Misserfolgs, sondern der Befreiung.

Was für ein wunderbares Gefühl, nicht schwanger zu sein, zufrieden zu sein mit dem einen Leben in ihrem Körper. Erst jetzt erkannte sie, mit welch einer Besessenheit sie den Traum von einer gesunden Schwangerschaft verfolgt hatte. Dies war in den letzten Jahren die treibende Kraft ihrer Welt gewesen und hatte alle anderen Gedanken verdrängt, bis der Rest ihres Lebens ihr bedeutungslos erschienen war. Es war ein Fehler gewesen, ihr Glück auf etwas zu gründen, das nicht in ihrer Macht stand. Diese ganze Warterei hatte sie passiv gemacht – passiv und wütend, und viel zu ungerecht David gegenüber.

Sie wünschte sich natürlich immer noch ein Kind – dieser Wunsch würde nicht schwinden. Aber es gab bessere Wege, das Thema in Angriff zu nehmen. Da musste sie nicht ihren Schwager als unwissentlichen Samenspender hineinziehen. Und bis dahin konnten ja erst einmal andere Dinge in ihr wachsen. Dinge wie Großzügigkeit, Begeisterung und Freude. Sarah warf das Plastikstäbchen in den Müll. Jetzt war sie endlich aufgewacht, dachte sie.

Zwei Tage später rief Nate sie aus dem Büro an. »Was machst du Silvester?«

»Früh zu Bett gehen.«

»Komm doch mit auf eine Party.«

Sie lehnte sich in ihre Kissen zurück. »Ich bin kein großer Silvester-Fan.«

»Komm schon, Sarah.« Seine Stimme nahm den schmeichelnden Ton an, den sie erst in den letzten Tagen an ihm entdeckt hatte. »Es gefällt dir bestimmt. Mit diesem Ritual beginne ich jedes neue Jahr.«

»Wer gibt die Party denn?«

»Das ist eine Überraschung.«

Sarah mochte keine Überraschungen, davon hatte es in den letzten Monaten zu viele gegeben. Sie sah David allein in der Hütte einen Film nach dem anderen anschauen. Eigentlich sollte sie Silvester mit ihm verbringen. Sie hatte vor, den Brüdern jeweils gleich viel Zeit zu widmen und so ein gewisses Gleichgewicht in ihrem Leben herzustellen. Aber hier war Nate, warmherzig und lebendig, und versprach ihr eine Party. Und vielleicht wäre das sogar eine Gelegenheit, um diese Affäre endlich zu beenden.

Denn so konnte es nicht weitergehen, das war ihr in den letzten achtundvierzig Stunden ganz klar geworden. Wie liebenswert Nate auch sein mochte, sie beide waren völlig unterschiedlich und ihre Affäre war nichts weiter als eine Übergangslösung, in die sie beide sich geflüchtet hatten. Sie musste sich bald von ihrem schönen Schwager trennen, und diese Party war vielleicht ein gelungener Schlusspunkt, ein den vergangenen anderthalb Monaten angemessener Höhepunkt.

»Okay«, sagte sie. »Warum nicht?«

Am 31. Dezember fuhr Sarah nachmittags um drei bei Nate vor. Ihre Reisetasche war gefüllt mit Schmuck, Parfüm, Spitzenunterwäsche, einem Paar strassbesetzten hochhackigen Pumps, dem burgunderroten Kleid aus Washington und, in der Kulturtasche versteckt, ihrem alten Diaphragma.

Nate begrüßte sie auf der Straße und lud ihre Reisetasche in seinen Kofferraum um.

»Wir brechen sofort auf?«

»Ja. Wir müssen einen Flieger kriegen.«

Da er ein letztes Mal ins Haus ging, sah er nicht, wie aus

Sarahs Gesicht alle Farbe wich. Und er sah auch nicht, wie sie sich mit der Hand an seinem Wagen abstützte und versuchte, ganz tief einzuatmen. Das war ihre Strafe dafür, dass sie sich für den falschen Bruder entschieden hatte. David hätte gewusst, wie sehr sie das Fliegen hasste, wie sehr sie sich davor fürchtete, festgeschnallt in einer Metallhülse durch den Himmel zu schießen. Schon seit Kindertagen teilte sie die Zweifel aller technisch völlig Unbegabten und war immer wieder sprachlos angesichts von Funkwellen und dröhnenden Jumbojets. Gott im Himmel war ihr ein nicht halb so großes Rätsel wie ihr Fernseher.

Ein Flug war ein Mirakel, dem sie sich nur aussetzen konnte, wenn sie sich wochenlang geistig darauf vorbereitet hatte. Vor jeder Flugreise brauchte sie eine angemessene Zeitspanne, um sich mit der Tatsache ihres möglicherweise kurz bevorstehenden Todes abzufinden. Bei dem Gedanken, dass sie jetzt schon in ein paar Stunden starten würde, begann sie zu hyperventilieren. Ausatmen, sagte sie sich und machte eine Rumpfbeuge bis fast an die Knie. Gut ausatmen. Spontaneität war doch etwas Schönes.

»Alles in Ordnung?«, fragte Nate, als er wieder aus dem Haus kam.

»Ja, ja.« Sie richtete sich auf. »Nur ein Krampf.«

Der Flughafen von Charlottesville hatte sechs Gates und eine winzig kleine Lounge, wo Sarah zwei Wodka Tonic bestellte. Nate legte ein Flugticket vor sie auf die Bar: Nassau, Bahamas.

»Ich habe keinen Badeanzug dabei«, sagte sie, während sie mit dem Strohhalm eine Limettenscheibe in ihrem Drink auspresste.

»Du kannst dir im Hotel einen kaufen.«

»Und meinen Reisepass habe ich auch nicht eingesteckt.«

Nate zog ihn aus seiner Jacketttasche und legte ihn neben das Flugticket. »Ich habe ihn von deinem Schreibtisch genommen, als ich dich nach Weihnachten zu Hause abgesetzt habe. Ich plane das schon eine Weile.«

Darauf würde ich wetten, dachte Sarah. Die McConnell-Brüder waren immer so verdammt zuversichtlich, so sicher, dass sie ihnen folgen würde. Warum sollten sie auch nicht? Sarah hatte ihre Erwartungen doch nie enttäuscht. Vielleicht war dies der Zeitpunkt, um kehrtzumachen, Nate zu sagen, dass er sich zu viel versprach. Ihre Affäre sei schön gewesen, solange sie dauerte, aber sie müsse lernen, auf eigenen Füßen zu stehen, ohne den einen Bruder durch den anderen zu ersetzen.

Sarah sah in ihren Drink. Es wäre klug, kehrtzumachen. Aber ihre Seele sehnte sich nach Sonnenschein, und draußen vor den großen Flughafenscheiben lag Virginia unverändert in winterlichem Grau da.

Eine halbe Stunde später nahm Nate sie beim Arm, als sie die Metallstufen zu einer Maschine mit zwanzig Plätzen hinaufstiegen. Er zeigte auf die erste Reihe, Sarah lächelte matt: »Erster Klasse?« Sie setzte sich und streckte die Beine aus. Ihre Fußspitzen berührten die Gardine, die die Passagierkabine vom Cockpit trennte. Als die Propeller zu rotieren begannen, flüsterte sie das einzige Gebet vor sich hin, das ihr einfiel: »Sollt' ich sterben, eh' ich erwach', so nimm, lieber Gott, meine Seele zu Dir.« Sie hatte es kaum dreimal wiederholt, da hoben die Räder vom Erdboden ab. Sarah hatte das Übelkeit erregende Gefühl, als würde ihr Magen absacken, als würde das Flugzeug gleich mit dem hinteren Ende funkenstiebend über die Startbahn schleifen. Doch vor ihrem Fenster schrumpfte die Welt zu einem weichen Patchwork aus Feldern zusammen, und beim Anblick der vielen grünen und goldbraunen Quadrate gab sie sich der beruhigenden Illusion hin, dass es dort sicher schon viele sanfte Landungen gegeben hatte. Sie schloss die Augen, und in ihren Wodkanebel mischte sich das Gebrumm der Motoren.

Am Abend saß sie an der Glaswand eines Restaurants, das oben auf einer modernen Pyramide thronte. Die Hotelbalkone führten Stufe um Stufe terrassenförmig bis nach unten, und Sarahs Blick folgte ihnen bis an den Rand des von Palmen umstandenen Swimmingpools.

»Von hier könnte keiner in den Tod springen. Man würde sich bloß den Knöchel brechen, wenn man von Etage zu Etage hüpft.«

»Ein reizender Gedanke«, sagte Nate. »Wie wär's mit einer Flasche Wein?«

Von unten hörten sie die Musik einer Steelband zu sich heraufdringen, als sie überbackene Kroketten und Caesar-Salat bestellten. Die Band spielte immer weiter, auch beim Dessert noch, wie ein Reggae-Rattenfänger, der die Gäste aus dem Restaurant heraus und zur Party locken wollte. Schließlich fuhren Sarah und Nate mit einem gläsernen Fahrstuhl hinunter ins Mezzanin, wo sich zwischen ihnen und den Türen zum Strand hinaus ein großes Casino mit rotem Teppich erstreckte.

»Ich gehe mal kurz zur Toilette.« Sarah bog links herum ab, und als sie zurückkam, saß Nate an einem Roulettetisch und setzte kleine Stapel Jetons auf verschiedene Zahlen. In sechs Minuten hatte er bereits dreitausend Dollar verloren. Sarah war erschüttert. Wenn David es gewagt hätte, so viel Geld zu verspielen, hätte sie ihn erwürgt. Aber sie wusste, dass sie auf Nate in dieser Hinsicht keinen Einfluss hatte. Er war ihr Liebhaber, ihr Tanzpartner, ihre Alternative zum Antidepressivum. Er war ihr Schwager, und hier war er in seinem Element, in dieser Welt der Casinos, Fünfsternehotels und Wochenendtrips. Es war alles sehr schön, dachte Sarah. Sehr komfortabel. Aber im Grunde genommen hatte es nichts mit ihr zu tun.

Nate verließ den Roulettetisch mit einer lässigen Handbewegung, und zusammen gingen sie hinaus zu dem Freiformpool mit seinen Wasserfällen, schwimmenden Bars und beschwipsten Touristen, die Rumpunsch ins Chlorwasser kleckerten. An einem Büfett am Rand des Pools wedelte eine Frau mit einem Fächer aus Straußenfedern Fliegen von Unmengen an Mangos und Papayas weg. Nate führte Sarah an einer Reihe Palmen vorbei bis an den Strand, wo am Nachthimmel ein Feuerwerk in Tausende von Funken zerstob.

»Ich liebe diese Feuerwerke«, sagte Sarah und sah zu, wie sich das Glühen auf der glatten Wasseroberfläche spiegelte. Frauen in Cocktailkleidern wateten durch die Flammen. Sie zog die Schuhe aus und folgte Nate den Strand hinunter, weg vom Feuerwerk, dem Essen, dem Gelächter, und tief hinein in die Schatten, wo er ihr die rechte Hand an den Rücken legte, mit der linken ihre Finger ergriff und seine Wange an ihren Kopf legte. Und dort, im kühlen Sand, begannen sie zu tanzen, den Tanz, der seit siebzehn Jahren überfällig war. Es war eigentlich kaum ein Tanz, eher ein langsames Wiegen, doch Sarah hatte das Gefühl, dass ein Kreis sich schloss, dass etwas Unerledigtes zum Abschluss kam.

Irgendetwas an dem Sandstrand, dem Wasser und den Palmen erschien ihr seltsam vertraut, bis es ihr endlich einfiel.

»Du warst schon mal mit Jenny hier.«

Nate trat einen Schritt zurück und sah ihr in die Augen. »Ja. Zweimal. Woher weißt du das?«

»Das Foto auf deiner Dielenkonsole.«

Sarah wunderte sich, dass sie gar nichts empfand. Sie war weder enttäuscht, noch fühlte sie sich verraten. Es war ihr vollkommen gleichgültig.

»Warum habt ihr beide euch getrennt?«, fragte sie, als sie weitertanzten.

»Sie wollte heiraten ... Und mehr als das. Sie wollte sofort Kinder haben. Du weißt, wie ich über Kinder denke.«

»Ja, das weiß ich. Wie alt ist Jenny?«

»Neunundzwanzig.«

»Dann ist sie ja noch jung.«

»Sicher, aber sie weiß es nicht zu schätzen.«

Sarah legte eine Wange an Nates Schulter. »Es schien, als würdet ihr beide gut zusammenpassen.«

»Und wir beide, Sarah? Passen wir gut zusammen?«

Sie lächelte bei dem Gedanken, dass nichts weiter von der Wahrheit entfernt sein könnte.

»Für diese eine Nacht«, sagte sie, »in diesem einen Winter passen wir perfekt zusammen.«

TEIL VIER

Gute Vorsätze

30

»Was hast du an Silvester gemacht?«

David stand über ein Schneidebrett gebeugt und strich Mayonnaise auf eine dünne Scheibe Honigweizenbrot. Es war der 4. Januar, und in einem Akt der Reue hatte Sarah sich auf den Weg zur Hütte gemacht.

Sie saß am Esstisch und sah auf den vereisten Fluss hinaus. »Ich habe mir ein Feuerwerk angeschaut. Und du?«

»Ich bin schon vor Mitternacht ins Bett gegangen. Aber am nächsten Tag habe ich mich gleich frühmorgens angezogen und bin spazieren gegangen. Der erste Schnee des Jahres war gefallen, und ich habe die Welt noch nie so ruhig gesehen.« Er wusch seine Hände ab und kam mit einem Teller Schinkensandwiches an den Tisch.

»Es waren Spuren von Rotwild zu sehen, die in den Wald führten. Denen bin ich hundert Meter gefolgt. Aber ich habe keine Tiere gesehen. Und weil der Fluss an den flachen Stellen zugefroren war, bin ich etwa drei Meter weit aufs Wasser hinausgegangen. Aber als es unter meinen Stiefeln zu knacken anfing, habe ich mich wieder auf dickeres Eis zurückgezogen. Und da stand ich dann auf dem Fluss und habe die Felsen hinaufgeschaut.«

Seine Stimme klang so emotionslos, dass Sarah sich umdrehte und ihn ansah. »Das klingt schön.«

Er schüttelte den Kopf. »Es ist zu einsam. Ich habe beschlossen, dass dies der einzige Winter ist, den ich hier in der Hütte verbringe.«

»Wo willst du hingehen?«

»Ich weiß nicht. Darüber muss ich erst noch nachdenken.«

David nahm ein Sandwich, setzte sich aufs Sofa und schaltete denselben Teil von ›Herr der Ringe‹ ein, den er schon den ganzen Vormittag angeschaut hatte. Sarah sah ihn an. Es war vermutlich ein Fehler gewesen, einen Fernseher in die friedvolle Ruhe der Hütte mitzubringen. In Jackson war David nie verrückt nach Fernsehen gewesen, dazu hatte er viel zu viel zu tun mit all seinen Patienten, der Malerei und den Dinnerpartys. Aber jetzt war seine Welt angefüllt mit zweidimensionalen Bildern. Sie seufzte, als sie den Blick von ihm abwandte. David hatte sicher recht, dachte sie, er sollte keinen zweiten Winter hierbleiben.

Sie zog seine Wanderstiefel und seine Goretex-Jacke an und ging zur Tür. »Ich mache einen Spaziergang, willst du mitkommen?« Er antwortete nicht.

Draußen war der Schnee geschmolzen und hatte mit einer dünnen Eisdecke überzogene Pfützen hinterlassen. Sie trat leicht mit dem Fußballen auf eine der Pfützen, und die Oberfläche zerriss in ein weitgefächertes weißes Spinnenetz, das sie an einen Verkehrsunfall erinnerte, den David und sie vor Jahren gehabt hatten. Aus irgendeinem Grund war sie nicht angeschnallt gewesen, und als ihnen vor einer roten Ampel jemand hinten aufgefahren war, wurde sie vorgeschleudert und knallte mit dem Kopf an die Windschutzscheibe. Wie elektrische Ströme hatten sich die weißen Risse im Glas ausgebreitet.

Sie erinnerte sich noch, wie sanft David sie berührte, als sie ausgestiegen waren und auf die Polizei warteten. Mit den Daumenspitzen hob er ihre Augenlider, um zu prüfen, ob ihre Pupillen Anzeichen einer Gehirnerschütterung erkennen ließen. Und dann tastete er, genauso sanft, die Knochen ihrer Augenhöhlen und Wangen ab, strich ihr mit den Fingern übers Kinn und übte einen leichten Druck auf ihren Nacken aus.

»Tut es hier weh? Und hier?«

Nein, sie spürte nur einen einzigen Schmerz, den unter ihrem Pony, wo eine Beule auf die Größe eines Golfballs angeschwollen war, in Violett und Grün und Dunkelblau.

»Der Körper ist zerbrechlich«, hatte er gesagt. »Du musst auf dich aufpassen.«

An diese Worte erinnerte sie sich, als sie am Fluss stand und die Arme fest um den Leib schlang. Damals hatte sie ihn für seine Sanftheit geliebt, vor allem als ihre Eltern starben und sie angeleitet, verwöhnt und beruhigt werden wollte. Sie hatte seine beinahe elterliche Fürsorge geliebt. Erst in den letzten Jahren hatte seine Autorität zu bröckeln begonnen und sich ihre Unzufriedenheit mit ihrem eigenen Leben als Kritik an ihm geäußert. Damals hatte sie gelernt, dass ein Mann nichts falsch *machen* musste, um dennoch der Falsche zu *sein*, Tag für Tag.

Und jetzt war es Zeit für eine Entscheidung. Wenn David hier weggehen würde, musste sie sich überlegen, ob sie ihm folgen wollte – was bedeutete, das Haus, das College und vor allem Margaret aufzugeben. Ihr einziger guter Vorsatz fürs neue Jahr bislang war, die Affäre mit Nate zu beenden, was ihr auf den Bahamas noch nicht gelungen war. Es war ihr undankbar erschienen, Schluss zu machen, nachdem er so viel Geld aufgewendet hatte. Und sie hatte den Strand und den Rum genießen wollen ohne irgendwelche verletzten Gefühle, die zwischen ihnen standen.

Aber jetzt gab es keine Entschuldigungen mehr. Sarah warf einen Stein hoch in die Luft und bis ans andere Flussufer. Sie musste zunächst die Affäre mit Nate beenden und dann entscheiden, wie sie sich zu David verhielt.

In den nächsten Wochen machte sich Verzögerung breit. Der Winter raubte ihr alle Kraft für Veränderungen, und sie nahm ihre alten Gewohnheiten wieder auf, blieb bis mittags im Bett und lief mit Frotteebademantel und dicken Socken im Haus herum. Ihre wenigen aktiven Stunden verbrachte sie in der Küche, wo sie mit ihrer immer weiter anwachsenden Beute aus dem Supermarkt experimentierte. Zum Abendessen kochte sie Phat Thai und Kokosnuss-Ingwer-Suppe und zum Frühstück aß sie selbst gebackenes Zucchinibrot mit Ananasfrischkäse.

»Ich will dick und frech werden«, erklärte sie Margaret, als sie am Freitag mit einer Platte Schokoladen-Muffins zu ihr zum Tee kam.

»Statt schlank und bitter?«, fragte Margaret lächelnd.

»Du kennst mich einfach zu gut.«

Einen guten Vorsatz hatte sie gefasst, den sie auch tatsächlich in die Tat umsetzte: Sie fuhr nicht mehr nach Charlottesville. Sie setzte die Passivität beinahe als Strategie ein. Wenn sie keine Initiative mehr ergriff, würde Nate die Fahrerei irgendwann sicher zu viel werden. Das Gebirge bildete eine natürliche Barriere und ermutigte sie beide, sich in ihre voneinander abgetrennten Täler zurückzuziehen.

Doch als Nate sie fragte, ob er zu ihr kommen könne, sträubte sie sich nicht. Zweimal kam er im Januar zu Besuch, zum ersten Mal Mitte des Monats, als er an einem Freitag aus dem Büro anrief und ihr anbot, indisches Essen mitzubringen. Sarah konnte noch nie einem Mann widerstehen, der für ihr leibliches Wohl sorgte, und zum ersten Mal in diesem Jahr trug sie Ohrringe und eine Kette.

Nate umwarb sie mit Pakoras, Knoblauch-Nan und Vindaloo. Von den scharfen Gewürzen brach ihnen der Schweiß aus, und so duschten sie nach dem Essen zusammen und schäumten sich gegenseitig die Körper ein, bis sie sich beide makellos rein fühlten. Eine Weile vergaß sie Jenny und David und all die Schatten, die zwischen ihnen lauerten. Solange Nate und sie in ihrem eigenen privaten Kosmos blieben, dachte Sarah, könnte sie es vielleicht noch ein wenig länger mit ihm aushalten.

Doch bei seinem zweiten Besuch drängte die äußere Welt sich herein. Sie hatten sich darauf geeinigt, ins Kino zu gehen, in irgendeinen Unterhaltungsfilm, der aber gut genug besprochen war, um Sarah aus dem Haus zu locken. Leider hatte sie nicht bedacht, wie viele Bekannte sie in einer Kleinstadt wie Jackson treffen würde; und vor der Kinokasse musterten auch noch zwei ihrer ehemaligen Studentinnen Nate interessiert und kicherten.

»Setzen wir uns nach hinten«, sagte Sarah, als sie den Kinosaal betraten.

»Aber die Plätze da vorne sind viel besser.« Nate ging weiter.

Etwa auf Höhe der Mitte entdeckte Sarah drei Lehrerinnen der Grundschule. Margaret saß am anderen Ende der Reihe und grüßte Sarah mit einem leichten Kopfnicken. Sarah versuchte sich zwanglos zu geben und winkte ihr zu, als Nate und sie sich vier Reihen vor sie setzten. Doch als er ihr nach der Hälfte des Films den Arm um die Schultern legte, konnte sie die Blicke der Frauen förmlich spüren; jede Geste war eine öffentliche Zurschaustellung. Sie blieb bis zum Ende des Abspanns reglos sitzen und stand erst auf, als ein Teenager mit einem Wischmopp und einem Mülleimer hereinkam.

Ihre Besuche in der Hütte verliefen nicht viel besser. Die Farblosigkeit der winterlichen Landschaft schien Davids Geist auszulaugen. Er malte wenig. Stattdessen hackte er wie besessen Holz und schwang die Arme stundenlang mit der Unerbittlichkeit eines Ölförderturms auf und ab. Es sah aus, als versuchte er, jemanden zu töten, als kämpfte er gegen den Winter an, oder vielleicht wollte er sich auch einen

Pfad ebnen, um den vor ihm liegenden Weg zu erkennen. Und wenn er sich vor dem Fernseher ausruhte, lehnte die Axt an der Ausbeute – die schon einen Meter hoch aufgestapelt war und bedrohlich anwuchs. *Es gibt keine Mittel mehr,* dachte Sarah, als sie ihn vom anderen Ende des Raums betrachtete. *Alles gerät aus den Fugen.*

Ihre Spaziergänge wurden immer länger und einsamer. Sie sah die mit Schnee überzogenen Äste der Kiefern, die vom Eis gezackten Wacholderbüsche und hörte im Klang des Windes eine Klage ertönen. *Man muss eine Winterseele haben,* rezitierte sie in den leeren Raum hinein, und als sie zur Hütte zurückkam, da sah sie es, zum ersten Mal: *Nichts, das nicht da ist, und das Nichts, das ist.*

31

Wieder zu Hause, machte Sarah in ihrem Küchenkalender hinter dem 14. Februar ein rotes Fragezeichen. Die ganze Zeit fürchtete sie sich vor diesem Datum und fragte sich, was die Anstandsregeln eigentlich für eine Frau mit zwei Liebhabern vorsahen. Als der Tag schließlich da war, kaufte sie nachmittags eine Flasche Royal Copenhagen und band eine rote Schleife um die silbrige Verpackung. Dann setzte sie sich an den Küchentisch und starrte vor sich hin. David und sie hatten den Valentinstag immer zusammen gefeiert. An diesem Tag durften weder Patienten noch Studenten ihr alljährliches Abendessen stören, und sie fand, dass nichts, nicht einmal der Tod, diese Tradition brechen sollte. Wenn sie um halb sechs zur Hütte aufbrach, könnte sie auf dem Weg noch Pizza und aus dem Drugstore Schokolade mitnehmen.

Es klingelte an der Haustür, als sie gerade nach ihrem Autoschlüssel suchte, doch als sie öffnete, stand niemand davor. Die Veranda, die Stufen, der Gehweg – alles war leer. Sie trat ans Verandageländer und spähte in die Schatten der Magnolie hinüber, in denen David am Halloween-Abend gestanden hatte. Dort war auch keiner. Achselzuckend trat sie einen Schritt zurück, drehte sich um und – schnappte nach Luft.

»Überraschung.« Nate stand in seinem Geschäftsanzug in ihrer Haustür und fuchtelte wie mit einem Paar Pistolen mit zwei Hummern vor ihrer Nase herum.

»Im Büro war heute nicht viel los, und da dachte ich, ich

breche mal früher auf und mache uns was zu essen. Den Wagen habe ich weiter oben an der Straße geparkt, damit du mich nicht hörst, und ich bin von hinten durch den Garten hereingekommen.« Er lächelte, als er ihren entgeisterten Blick sah. »Entschuldige, ich wollte dich nicht erschrecken.«

»Ich wollte mich gerade auf den Weg machen.«

»Wohin?«

»Pizza holen.«

»Das hier ist viel besser als Pizza, findest du nicht?«

Er ging in die Küche und legte die Hummer in die zwei Becken ihrer Spüle. Dann holte er aus einer braunen Tüte auf dem Küchenschrank einen Bund frischen Spargel und eine Flasche Chardonnay.

»Reis hast du, oder?«

»Ja.« Sarah war ihm in die Küche gefolgt. »Aber ich glaube wirklich nicht –«

»Oh, wie lieb.« Er griff nach der Flasche Aftershave auf dem Küchentisch.

Als Nate die Schleife löste, sah Sarah David allein vor seinen halb leeren Küchenschränken sitzen. Sie hatte nie einen Kalender in der Hütte gesehen und konnte nur hoffen, dass er es mit den Daten nicht so genau nahm. Morgen würde sie das alles wiedergutmachen.

»Setz dich einfach hin.« Nate schenkte ihr ein Glas Weißwein ein und sie trank einen Schluck.

»Leg doch etwas Musik auf«, sagte Nate. »Und versuch dich zu entspannen.«

Als das Essen fertig war, deckte er den Esszimmertisch mit Kerzen und ihrer neuen bestickten Tischdecke. Er band Sarah einen Plastiklatz aus dem Laden für Meeresfrüchte um den Hals, stellte ihr einen Teller mit einem immer noch dampfenden Hummer hin und einen weiteren mit Spargel, Reis-Pilaw und Brot. Als sie mit dem Nussknacker die Scheren des Hummers aufbrach, zuckte sie zusammen beim Anblick der hellen, zähen Flüssigkeit, die über ihren Teller lief. Nate ließ das kalt. Er brach von Sarahs Hummer den Schwanz ab, schnitt die Schale mit einem Zackenmesser auf und reichte ihr das unversehrte Hummerfleisch. Und nach dem Essen servierte er in kleinen Kaffeetassen sogar noch Kahlúa. Satt und zufrieden machten sie es sich auf dem Sofa im Wohnzimmer bequem.

»Ich habe ja auch noch ein Geschenk für dich.« Nate ging ein letztes Mal in die Küche und kam mit einer kleinen roten Schachtel wieder, die eine Silberschleife krönte.

Noch mehr Schmuck, dachte Sarah. Noch mehr Diamanten. Doch als sie die Schachtel geöffnet hatte, hielt sie ein Glasgefäß mit einem goldenen Etikett in der Hand. »Body-Paint – Schokolade«, las sie. »Das ist doch eher ein Geschenk für *dich*.«

»Für uns beide. Geh schon mal ins Schlafzimmer. Ich wärme die Schokolade in der Küche an.«

Sie blieb noch eine Weile auf dem Wohnzimmersofa sitzen und zeichnete mit den Fingerspitzen das Blumenmuster des Bezugs nach. Dies hätte Davids Abend sein sollen, sie hätte darauf bestehen müssen. Hätte, hätte. Seufzend stand sie schließlich auf. Morgen würde sie Nate Einhalt gebieten. Aber heute war Valentinstag, und Nate gab einen reizenden Amor ab. Auf dem Weg ins Schlafzimmer zog sie sich schon den Pullover über den Kopf.

Als Nate ins Schlafzimmer kam und mit einem langen roten Pinsel in der Schokolade rührte, zog sie sich die Decke bis ans Kinn. Er stellte das Glasgefäß auf der Kommode ab, zog sich Schuhe und Socken aus und knöpfte dann sein Hemd auf, das er auf Sarahs Frisierkommode legte. Sie bewunderte, wie muskulös sein Rücken war, mit welchem Gleichklang all diese verschiedenen Muskelfasern sich bewegten. Die Hose behielt er an, als er mit dem Glas in der linken Hand aufs Bett kletterte, sich mit gegrätschten Beinen auf ihre Hüften setzte und ihr mit der rechten die Decke bis knapp unter die Brustwarzen zog.

»Heb das Kinn«, sagte er, und sie gehorchte.

Als die Schokolade ihre Haut berührte, fühlte sie sich heiß, beinahe brennend an. Sie konnten den Zucker riechen, als das feine Pinselende über ihren Hals bis zur kleinen Mulde hinabstrich, wo Nate einen vollkommenen Kreis beschrieb. Dann tauchte er den Pinsel erneut ins Glas und zog rechts vom Kreis eine Linie ihr Schlüsselbein entlang bis zur rechten Schulter. Dort malte er einen kleinen Stern hin und trug dann links das gleiche Muster auf, einen langen Strich übers Schlüsselbein und einen Stern auf die Schulter. Von der Mitte des Kreises aus zog er lange Sonnenstrahlen bis auf ihre Brüste hinab, deren Enden er in einem großen Bogen miteinander verband, so dass die länglichen Segmente wie ein ägyptischer Halsschmuck wirkten.

Wieder tauchte er den Pinsel ins Glas und zog dann mit der freien Hand die Decke bis an ihre Hüften herab. Mit dicken kreisenden Pinselstrichen verwandelte er ihre Brüste in Schokoladenkugeln und setzte mit einer leichten Bewegung aus dem Handgelenk noch einen Akzent auf die vorstehenden Spitzen. Ihr Brüste sahen aus wie Pralinés vom Konditor, und Sarah lachte, weil ihr gleich der Bauch knurrte, als Nate ihn mit Herzen und Blumen verzierte. Dann stieg er von ihren Hüften herunter, zog die Decke bis zu ihren Knien herab und malte schwungvolle Pfeile von den Kniescheiben bis in die Innenseite ihrer Schenkel hinauf.

Als sie ganz und gar mit der warmen, klebrigen Masse bedeckt war, ließ er den Pinsel sinken und betrachtete ihren angemalten Körper. »Mein Meisterwerk.« Dann stellte er das Glasgefäß auf der Frisierkommode ab, zog sich am Fußende des Bettes auch die restliche Kleidung noch aus und legte sich neben sie.

Nate fuhr mit dem Finger über ihre rechte Kniescheibe

und probierte die Schokolade, ehe er den Mund an ihren linken Oberschenkel führte und begann, den Pfeilen zu folgen. Sie schloss die Augen, während seine Lippen immer weiter hinaufwanderten, und als seine Zunge schließlich zwischen ihre Beine fuhr, drückte sie den Kopf ins Kissen. Nate beugte sich über sie, und sein Mund arbeitete sich zu Bauch und Brüsten hinauf, sog an Blumen und Kreisen und Sternen. Er küsste ihr gerade den Hals, als er sie plötzlich bei den Kniekehlen packte und sie an sich presste. Und als ihre Körper sich vereinten, drehte Sarah den Kopf zur Seite, riss die Augen weit auf und keuchte.

David stand vorm Fenster und starrte sie mit bleichem Gesicht an. Sein Blick war schneidend scharf, und sie keuchte und keuchte, vor Schreck und vor Lust. Sie hob die Hand, um Nate wegzustoßen und den Anblick von Davids Augen auszublenden, doch ihre Finger gruben sich nur in Nates Brust, während er unablässig in sie drang. Zwei Welten kollidierten, Materie und Antimaterie, und sie lehnte sich zurück, schloss die Augen und ließ David zusehen.

Als Nate still dalag, stand Sarah auf und ging zum Badezimmer.

»Wo willst du hin?«, murmelte er zwischen den Kissen.

»Ich gehe duschen.«

Nate drehte sich auf den Bauch herum.

Die Schokolade lief wie Blut an ihrer Haut herab, als Sarah auf dem Boden der Dusche saß und das Gesicht in den Händen barg. Doch die braunen Schlieren erinnerten sie so sehr an ihre zweite Fehlgeburt, dass sie sich instinktiv den Bauch hielt. Sie hätte sich schon vor Wochen von Nate trennen oder die Selbstdisziplin aufbringen sollen, ihn wegzuschicken. Dann wäre ihr dieses unwürdige Chaos erspart geblieben und der stechende Blick ihres selbstgerechten Ehemanns, dieses voyeuristischen Mistkerls.

Als alle Schokolade wirbelnd im Abfluss verschwunden war, trocknete sie sich ab und ging zurück ins Schlafzimmer. Nate schlief, und so schloss sie leise die Tür, ging in die Küche und stieg langsam die Treppe ins Souterrain hinunter. Auf den ersten Blick wirkte der Raum leer. Es brannte nur ein schwaches Licht, und ihre Augen brauchten einige Sekunden, um sich an den Dämmer zu gewöhnen. Aber nach einer Weile tauchte Davids Gestalt in einer Ecke auf, mit dem Rücken zu ihr. Sein Gesicht war wutverzerrt, als er sich umdrehte, so als hätte er einen schweren Schlag erlitten. Mit der rechten Hand blind herumfuchtelnd, trat er ein paar Schritte auf sie zu. Doch dann blieb er stehen und ließ den Arm sinken.

»Du gottverdammtes Biest.« Seine Stimme war ein einziges eisiges Wispern. »Ihr beiden gottverdammten Biester.«

Sie war vorbereitet darauf, sich schuldig zu fühlen und Entschuldigungen anzubieten, doch seine Wut löste eine heftige Reaktion in ihr aus. Aus den tiefsten Tiefen ihrer Magengrube stieg die Galle eines ganzen halben Jahrs herauf.

»Verdammen kannst du dich selbst«, fauchte sie. »Was zum Teufel hast du denn erwartet? Dass ich hier monatelang allein herumhocke und warte, bis du entschieden hast, was du mit deinem Leben anfangen willst? Du bist es, der *mich* verlassen hat, schon vergessen? Du bist es, der sich in den Wäldern versteckt. Wage es ja nicht, mich zu verfluchen, du egoistischer Mistkerl.«

Er taumelte, als hätte sie ihn geschlagen. »Ich dachte, wir würden zusammen zu Abend essen. Ich habe im Rucksack sogar Lebensmittel mitgebracht. Doch dann sah ich Nate die Straße heraufkommen und nach hinten in den Garten verschwinden. Ich habe zugesehen, wie er für dich gekocht, dich bedient, dich bemalt hat.« Er hielt inne. Als er den Kopf wieder hob, war seine Stimme leise. »Ich habe nie gesagt, dass du kein eigenes Leben führen sollst. Aber Herrgott, Sarah, es ist *Nate*. Du vögelst meinen Bruder.«

Und da traf die Scham sie mit voller Wucht. Sie ließ die Schultern sinken. »Ihn hast du auch verlassen.«

Das hätte sie lieber nicht sagen sollen. »Oh, richtig! Jetzt soll Nate mir wohl auch noch leidtun, was? Der Arme sieht wirklich aus, als würde er furchtbar leiden!« David polterte durch den Raum und trat gegen die Möbel. »Glaubst du etwa, dass er dich liebt? Oder dass er sich einen Dreck um dich schert? Du weißt doch, dass er das bloß tut, um mir eins auszuwischen.«

»Es dreht sich nicht immer alles nur um dich. *Du* bist tot.«

»Ich bin jetzt lebendiger als in den vergangenen zwei Jahren.«

»Lebendig nur in deiner eigenen Welt, für alle anderen bist du tot.«

Er blieb stehen und sah Sarah in die Augen. »Bin ich für dich auch tot, Sarah?«

Sie sank aufs Sofa und zuckte die Achseln. »Ich weiß nicht, was ich denken soll.«

David ging zur Tür und öffnete sie so weit, dass eiskalte Luft hereinwehte.

»Dann wird es vielleicht Zeit, dass du es dir mal überlegst.« Und mit diesen Worten verschwand er auf der Treppe. Die Tür stand sperrangelweit offen, und Sarah presste ihren Kopf auf die Knie und ließ die Kälte tief in ihren Körper eindringen.

32

Erst spät in der Nacht kehrte Sarah wieder in ihr Bett zurück, doch nicht in Nates Arme. Sie lag am äußersten Rand der Matratze, fünfzehn Zentimeter trennten ihre Schenkel von seinen Fingern. Eine halbe Stunde lang betrachtete sie das Fenster und sah David dort draußen, sah ihr monströses Geschöpf durch den winterlichen Wald geistern. Sie musste unablässig an Mary Shelley denken, was ihr sehr passend erschien – denn auch sie war die Witwe eines Ertrunkenen gewesen, deren Phantasie von Bildern zum Leben erweckter toter Geschöpfe heimgesucht wurde.

Die ganze Nacht erwachte sie immer wieder aus Träumen, bis Nate sich beim ersten bläulichen Schein des Morgens regte. Sarah tat, als würde sie schlafen, während er ums Bett herumstolperte, seine Sachen aufsammelte und sie ins Badezimmer mitnahm. Die Dusche lief zehn Minuten lang, und als er zurückkam und sich nach Seife, Aftershave und Zahnpasta riechend über ihr Kissen beugte, hätte sie ihn am liebsten an sich gezogen und ganz in sich aufgesogen. Aber sie lag absolut still da, bis er ihr einen Kuss auf die Stirn drückte und ging.

In den folgenden Tagen aß sie wenig und schlief noch weniger. Sie war hin- und hergerissen zwischen Scham und Wut – Wut auf Davids Arroganz, auf Nates strategische Verführungen und vor allen Dingen darauf, dass es ihre eigene Schuld war. Ihr Bedürfnis nach Selbstbeherrschung war schon immer von einem Hang zu Selbstvorwürfen begleitet gewesen. Irgendwie hatte sie an den Problemen in ihrem Leben stets selbst Schuld. Sie hätte die Dinge eben besser handhaben sollen.

Für heute wurde auf dem Wetterkanal starker Schneefall angekündigt. Ende der Woche würde die Hütte unzugänglich sein und sie hätte keine Gelegenheit mehr, sich mit David auseinanderzusetzen. Sie wollte ihn verfluchen und ihn trösten, ihn beschuldigen und sich bei ihm entschuldigen. Sie wollte ihm all die unzähligen Unarten aufzählen, mit denen er sie in ihrer Ehe verärgert hatte. Und so zog sie sich am vierten Tag morgens ihre wärmsten Sachen an, ging zum Auto hinaus und trat ihre langsame Prozession in die Berge an.

Die Wälder wirkten farblos und kahl, als die Straße sich immer weiter in die Gebirgsausläufer hineinwand. Kein Eichhörnchen kreuzte zögernd ihren Weg, kein Vogel schwebte über ihr Wagendach hinweg. Rechts von ihr dösten die gefährlichen Untiefen des Flusses unter einer Eisdecke vor sich hin, und als sie schließlich die Auffahrt der Hütte erreichte, hörte sie nichts als die unendliche Stille ringsum. Alle lebendigen Geschöpfe hatten sich angesichts des heranziehenden Schneesturms zurückgezogen.

Die ersten Schneeflocken fielen bereits, als sie die Tür zu öffnen versuchte, und setzten sich auf ihr Handgelenk, während sie den Ersatzschlüssel aus seinem Versteck holte und sich selbst aufschloss. In der Hütte war es kalt und die Luft abgestanden. Sie drehte die Heizung auf und ging von Zimmer zu Zimmer, öffnete die Türen und machte Licht. Davids Malutensilien waren ordentlich zusammengeräumt und sein Bett mit ungewöhnlicher Sorgfalt gemacht. Im Bad fand sie einen benutzten Rasierer und eine halb leere Dose Aspirin. Kein Shampoo, kein Rasierschaum, keine Pinzette, kein Old Spice. Sie drehte den Wasserhahn auf, nahm zwei Aspirin und sah in den Spiegel.

David war weg, er war ohne sie gegangen. Jetzt fühlte sie sich noch einsamer als im Juli, als sie ihn verloren hatte. Ein dumpfer Kummer fuhr ihr in die Glieder, und sie machte die Badlampe aus und sah zu, wie ihr Gesicht in dem dunklen Glas langsam als gestaltloser Schatten wiederauftauchte. In dem Schlafzimmer, das David so aufgeräumt hinterlassen hatte, zog Sarah die Stiefel aus, kroch unter die Bettdecke und dachte: *Nun ward der Winter unsers Missvergnügens.*

Eine Stunde später bedeckten dünne weiße Streifen die Äste der Bäume. In der Hoffnung, David könnte wiedergekommen sein, stand Sarah aus dem Bett auf. Doch eine rasche Suche in der Hütte zeigte, dass sich nichts verändert hatte. In Mantel und Stiefeln ging sie nach draußen. Es lag ein unheimliches Schimmern über der Welt, und alle Ausblicke und Geräusche waren gedämpft, nur die des Schnees nicht, der durch die Kiefernnadeln rieselte. Sie ging von der Terrasse in den Garten hinunter und ließ ihren Blick über die Wälder ringsum schweifen, auf der Suche nach einem Anzeichen von David, der vielleicht mit seiner Axt zwischen den Bäumen hervortrat. Doch die Wälder waren dunkler, als sie sie in Erinnerung hatte, und die Spuren ihrer eigenen Stiefel, die knirschend in den Schnee sanken, waren die einzigen weit und breit.

Als sie zum Fluss hinuntersah, bemerkte sie, dass sich am Anlegesteg etwas verfangen hatte. Es schien ein grauer Baumstamm zu sein, der hin und her schaukelte wie Ahabs Arm. Ein Ast, der noch vereinzelt grüne Flecken zeigte, stand in rechtem Winkel von dem Stamm ab. Sie ging darauf zu, und auf den Wangen schmolzen ihr die Schneeflocken.

Als sie den Anleger erreichte, zögerte sie, weil die alten Holzbohlen quietschten. Von hier aus konnte sie den Gegenstand noch nicht richtig erkennen, nur den Ast, dessen Bewegungen sie mit dem Blick folgte, während sie die Triebe zählte, die an seinem Ende sprossen. Drei, vier, fünf – sie hielt inne und der Atem stockte ihr. Denn es war gar kein Ast, sondern ein Arm – Davids ausgestreckter Arm, mit weit gespreizten Fingern. Das Blut rauschte ihr in den Ohren, und sie stolperte vorwärts, ehe sie am Ende des Stegs auf die Knie sank.

Die Leiche war von der irisierenden Schönheit eines Mondsteins, hatte aber unter den Einwirkungen der Naturgewalten gelitten – ein Wangenknochen stak aus dem Gesicht, Teile der Beine waren abgefressen. Der Tod war nicht erst vor kurzem eingetreten, erkannte sie, als sie die aufgedunsene Haut sah. Das war die sieben Monate alte Leiche ihres Ehemanns, die von ihrer Odyssee durch den Fluss zurückgekehrt war. Die ganze Zeit hatte er im Wasser gewartet.

In der Strömung neigte sich Davids Kopf, als hätte er eine Frage, und sie sah, dass sein Flanellhemd an einem Nagel im Anleger hängen geblieben war. Vielleicht wollte er befreit werden, um seine Reise durch den Fluss fortsetzen zu können, dachte sie plötzlich. Doch als sie sich über den Rand beugte und die Hand nach dem Nagel ausstreckte, sah sie, dass seine Augen geöffnet waren und sie mit demselben wutentbrannten Blick anstarrten wie an ihrem Fenster vor vier Tagen. Sein Mund öffnete sich wie zu einem großen Gähnen, und sie beugte sich weiter hinunter. Das eiskalte Wasser stach ihr wie tausend Nadelspitzen in die Haut, als sie in den Fluss stürzte, Auge in Auge mit dem wütenden David, der ihr mit kalten Fingern durchs Haar strich und sie mit hinabzog, als sie gemeinsam in den Schlamm sanken.

Sarah fuhr aus dem Bett auf, ihr T-Shirt war schweißnass. Sie war aufgeschreckt vom Geräusch der sich öffnenden Terrassentür. Und jetzt trat jemand auf der Fußmatte den Schnee von seinen Stiefeln ab. David war wieder da.

Sie legte sich ins Kissen zurück und versuchte, tief durchzuatmen, während seine Schritte sich über den Flur langsam näherten. Er machte kein Licht, seine schemenhafte Gestalt blieb zaudernd in der Tür stehen. Sie schloss die Augen und tat, als würde sie schlafen. Er kam herein und schloss die Tür hinter sich. Eine ganze Weile blieb er am Fußende des Bettes stehen, ohne sich zu bewegen oder zu sprechen. Sie nahm nur wahr, dass bei jedem Atemzug ein Beben durch seinen Körper lief. Als er an die Längsseite des Bettes trat, griff er nach dem Kissen neben ihr. Und als sie die Augen öffnete, sah sie David dastehen wie Othello, das Kissen mit beiden Händen erhoben.

»Willst du mich töten?«, fragte sie.

Er seufzte und warf das Kissen an das Kopfende des Bettes. Dann legte er sich neben sie. »Nein«, sagte er. »Dich nicht.«

Er starrte an die Decke und betrachtete die grauen Vielecke, die das durchs Fenster hereinfallende dämmrige Licht dort zeichnete. Sie wandte ihren Blick denselben düsteren geometrischen Formen zu, und gemeinsam bildeten sie ein steinernes Bildnis und lauschten auf den über das Dach fegenden Schnee.

»Sie haben über einen halben Meter Schnee vorausgesagt«, sagte er nach einer Weile.

»Soll er doch kommen«, erwiderte sie. »Soll er uns doch begraben.«

33

Am nächsten Morgen tat ihr alles weh und ihr klapperten die Zähne. Sie erkannte die Symptome. Zwei Jahrzehnte lang war ihr Körper immer im Rhythmus des akademischen Jahrs gesund und krank gewesen. Adrenalinschübe trugen sie durch die kritischen Phasen jedes Semesters, bis alle Examensarbeiten korrigiert waren und sie sich einen Rückzug in Krankheit und Erschöpfung erlauben konnte. Diese letzten vier Tage waren wie ein Schlussakt gewesen. Sie alle wurden geprüft.

David saß an ihrem Bettrand und zog das Fieberthermometer unter ihrer Zunge hervor. Seine Handfläche fühlte sich warm an auf ihrer Stirn, und er strahlte Kompetenz aus, als er im schwachen Tageslicht ihre Temperatur ablas.

»Neununddreißig Grad. Möchtest du Aspirin nehmen?«

»Nein, es geht schon.« Sie würde ihren Körper ihre Unreinheit verbrennen lassen.

»Ich mache dir einen Tee.«

Fünf Minuten später brachte er ihr einen Becher Gewürztee. »Willst du sonst noch etwas haben?« Seine Stimme klang kalt.

Sie wollte mit ihm reden. Sie wollte ihm erklären, dass sie Nate nie geliebt hatte und sich auch nicht einbildete, er würde sie lieben. Er hatte ihr durch einen schweren Winter geholfen – das war alles. Er hatte sie gezwungen, sich der Welt der Lebenden zuzuwenden, etwas, das David ihr an diesem ruhigen Ort hier nicht bieten konnte. Die Hütte war eine Schmetterlingspuppe, aus der David vielleicht schlüpfen und verwandelt davonfliegen würde, doch für sie war sie kaum mehr als eine Zeitschleife. David gehörte zu ihrer Vergangenheit, wogegen Nate vollständig in der Gegenwart lebte; und zwischen den beiden Brüdern hatte sie begonnen, sich einen eigenen Platz in der Zeit zu schaffen. Aber all das war viel zu schwierig, um es einem wütenden Mann zu erklären.

»Nein«, sagte sie. »Ich brauche nichts.«

Zwei Tage lang pflegte David sie, brachte ihr Essen, Bücher, Decken und machte lahme Witze über »fiebrigen Hüttenzauber«, während sie benommen dalag und auf die metronomische Präzision seiner Axt lauschte. Manchmal wurden die Axthiebe vom Knirschen einer Schaufel abgelöst, wenn er Stück für Stück die Auffahrt vom Schnee befreite. Er bekämpft seinen Kummer mit körperlicher Arbeit, sagte Sarah sich und dachte daran zurück, wie er mit der Schaufel in der Hand am Grab seiner Mutter gestanden hatte. Doch diesen Kummer hatte sie ihm zugefügt, und sie zog die Knie an die Brust.

Am dritten Nachmittag ließ er ihr ein Bad ein. Er half ihr aus dem Bett, führte sie zur Badewanne und ließ sie dann allein. Als sie einen Fuß ins Wasser tauchte, wurde ihre Haut knallrot. Sie ließ noch etwas kaltes Wasser nachlaufen und versuchte es erneut. Erst ein Fuß, dann der andere. Eine halbe Minute stand sie reglos da, bis ihre Waden sich an die heiße Temperatur gewöhnt hatten. Dann setzte sie sich langsam, Zentimeter um Zentimeter, in die Wanne.

Das Wasser brannte an ihrem Bauch, und Schweißperlen liefen ihr den Hals und die Schläfen herab. Sie spürte, wie ihre Muskeln weicher wurden und sich entspannten; so viele Stellen ihres Körpers hatten es bitter nötig, aufzutauen. Sie ließ die Unterarme auf- und abschwappen, während der Wasserdampf wie ein träger Geist aufstieg und sich an der Fensterscheibe niederschlug.

Irgendwann hörte sie in ihren Tagträumereien ein Auto starten. David hatte die Auffahrt anscheinend freigeschippt – die Arbeit von zwei Nachmittagen. Aber es sah ihm überhaupt nicht ähnlich, bei diesem Wetter zu fahren; schon gar nicht, nachdem er sieben Monate ohne Auto gewesen war. Auf den Landstraßen in den Bergen musste der Schnee meterhoch liegen. Wir brauchen vermutlich etwas zu essen, dachte Sarah und hörte die Räder rollen, anhalten, rollen. Ihr Kombi setzte vor und zurück, während rundherum Kies und Eisbrocken aufspritzten. Ein paar Minuten später schien es ihr, als hätte er den Wagen gewendet; jetzt half ihm der Vorderradantrieb, an die Straße vorzufahren. Das Motorengeräusch klang einen Moment ab, als er das Ende der Auffahrt erreicht hatte, und dann drehten die Räder in einer kurzen Beschleunigung auf und das Geräusch verlor sich langsam in der Ferne.

Eine halbe Stunde später wickelte Sarah sich in ein großes Handtuch, ließ das inzwischen lauwarme Wasser ablaufen und ging, noch tropfend, wieder ins Bett. Der Schlaf kam sofort, und als sie aufwachte, war es dunkel im Zimmer. Im Schein der Nachttischlampe sah sie auf dem Wecker, dass es bereits sechs Uhr war. Draußen schneite es wieder. Ihre Gelenke waren noch ganz steif, als sie sich schließlich etwas anzog und in den Wohnraum ging.

Vom Kaminfeuer war nichts als kalte Asche übrig, und auf dem Holzstapel lag kaum noch Anzündholz. Sie legte die vier letzten auf die Feuerstelle und streckte die Hand nach Davids Axt aus, um von den trockensten Scheiten noch ein paar Splitter abzuschlagen. Doch die Axt stand nicht Wache an ihrem üblichen Posten. Und sie lehnte auch nicht hinter dem Sofa, an der Staffelei oder am Küchentresen. Sarah öffnete die Terrassentüren und trat so weit hinaus, dass sie den leeren Hackklotz sehen konnte. Dann ging sie wieder hinein, schüttelte sich die Schneeflocken aus dem Haar und begann, von ein paar Kiefernholzscheiten die Rinde abzulösen. Und diese Streifen streute sie schließlich auf die vier Anzündhölzer.

Wo war David? Eine Fahrt zum Dorfladen hätte nicht länger als eine Stunde dauern dürfen. Und selbst nach einer Fahrt bis Jackson, samt Zwei-Stunden-Einkauf und Rückfahrt, hätte er längst wieder hier sein müssen. Sie hielt ein Streichholz an ihr improvisiertes Kaminfeuer und sah ihren Wagen bereits im Straßengraben liegen, während David mit den Armen voller Lebensmitteln nach Hause taumelte. Oder konnte er vielleicht gar nicht mehr gehen? Vielleicht lag er bewusstlos in der Notaufnahme von Jackson. Wie lange würden die Krankenschwestern dort brauchen, um ihn zu erkennen? Er würde keinen Ausweis bei sich haben, seine Brieftasche hatte er in den letzten Monaten irgendwo liegen gelassen, um so jede Spur seiner Identität auszulöschen. Eine der Krankenschwestern würde ihm das Blut aus dem Gesicht wischen, vor Schreck nach Luft schnappen und einen Arzt rufen. Und zusammen würden sie ihren ehemaligen Kollegen anstarren, der langsam seine Augen öffnen und sich entdeckt sehen würde.

Aber vielleicht würde er die Augen auch gar nicht mehr öffnen. Vielleicht würde die versammelte Menge zum Zeugen des zweiten Todes von Dr. McConnell werden. Und dann würde wieder Carver Petty an ihre Tür klopfen, diesmal eher neugierig als mitfühlend. Wie war es möglich, dass ihr toter Ehemann an einem winterlich verschneiten Nachmittag mit ihrem Auto durch die Berge fuhr? Und hinter Carver sah sie bereits die wie Bestatter gekleideten Versicherungsinspektoren die Stufen ihrer Veranda heraufkommen.

Sarah hörte Schritte vor der Hütte. David kam herein und stellte drei braune Papiertüten auf den Küchentresen. Als er seinen Mantel aufhängte, stand sie auf, um ihn zur Rede zu stellen.

»Ich habe mir Sorgen gemacht. Wo warst du?«

»Ich hatte ein paar Dinge zu erledigen.« Er bückte sich und begann, ohne sie anzusehen, die Schnürsenkel seiner Stiefel zu lösen.

»Bei diesem Wetter?«

»Die Straßen sind frei, wenn man erst mal diese Schotterwege hier hinter sich hat.«

»Aber du warst so lange weg. Hast du irgendwen besucht?«

»Ich bin nicht in Jackson gewesen. Ich habe die Berge in entgegengesetzter Richtung überquert, auf der Route 29.«

Die Route 29 führte nach Lynchburg und dann nach Charlottesville – ein langer Weg, nur um Lebensmittel einzukaufen. Als David sein Gesicht hob, erschrak sie über seine Blässe.

»Du siehst aus, als hättest du dir meine Grippe eingefangen. Komm hier herüber, ans Feuer.« Sie legte ihm eine Decke über die Schultern, als er aufs Sofa sank. Dann trat sie an das Fenster, das nach vorne ging, und sah auf die Auffahrt hinaus. »Ich habe den Wagen gar nicht gehört.«

»Ich habe ihn am Ende der Auffahrt stehen lassen, damit wir morgen wegkommen.«

»Hast du vor, irgendwo hinzufahren?«

Er antwortete nicht. Vielleicht wollte David sie nicht um sich haben, dachte sie auf einmal, nach all dem, was er in seinem alten Zuhause mitangesehen hatte. Er hatte sie nicht gebeten, zu ihm in die Hütte zu kommen, und seit sie hier war, klang sein Ton seltsam roboterhaft. Sein Schippen während der letzten beiden Tage erschien ihr wie das Graben eines Fluchttunnels.

»Ich mache dir einen Tee.«

Sie füllte den Wasserkessel und hielt die Hand an den Herd, als die Platte zu glühen begann. Ihre Beine taten wieder weh, und sie fühlte sich immer noch angeschlagen. Am liebsten hätte sie sich einfach in eine Decke gehüllt und die andere Hälfte des Sofas für sich reklamiert, so dass das Kaminfeuer sie beide besänftigen konnte. Aber sie wusste nicht, ob David das recht wäre und ob er sie überhaupt noch in seinem Leben haben wollte.

Als der Tee fertig war, ging sie wieder zum Sofa und hielt ihm den Becher hin. »Hier, bitte.«

David streckte seinen rechten Arm unter der Decke hervor, und als er die Hand um den Becher schloss, spürte sie einen stechenden Schmerz mitten in der Brust. Dort, an Davids Ringfinger, steckte der Ehering seines Vaters.

Eine Erinnerung an Nate blitzte auf, der im Oktober in ihrem Schlafzimmer stand mit eben diesem Ring am Finger. »Ein Zeichen für das, was da kommen mag?«, hatte er gefragt, die Finger gespreizt und gelacht.

Als sie jetzt sprach, war ihre Stimme kaum mehr als ein Flüstern. »Wo ist die Axt?«

David antwortete nicht. Er hob ganz leicht die Schultern an und sah in seinen Teebecher.

»Wo ist die Axt!«

»Mein Gott, Sarah, was ist denn los?«

Er stellte den Becher auf den Beistelltisch, stand auf und griff mit der rechten Hand nach ihr. Als der Ring näher kam, blitzte er ihr mit seinem goldenen Glanz zu, und sie wich zurück, bis sie an die Wand stieß.

»O Gott.«

Sie rannte ins Badezimmer, schloss die Tür ab und drehte den Wasserhahn auf. Das kalte Wasser, das sie sich in die Hände laufen ließ und ins Gesicht spritzte, half ihr, das Bedürfnis zu unterdrücken, sich zu übergeben.

David rüttelte am Türgriff. »Sarah? Mach auf.«

Was hast du getan?, dachte sie und hörte, wie seine Stimme immer lauter wurde.

»Sarah, *bitte.*«

Ihr Name klang wie ein Fluch. Was hast *du* getan?, dachte sie, als sie ihr tropfendes Spiegelbild ansah. War das nicht ihre Schuld, dieser Zusammenprall der Brüder? Hatte sie nicht vorausgesehen, wie alles enden würde? Sie wusste doch, wie die Frankenstein-Geschichte ausging, dass das Ungeheuer sich zum Mörder wandelte und die ganze Familie umbrachte. Die Gefahr war offensichtlich da gewesen, und sie hatte sie immer weiter schwelen lassen. Was immer David auch getan hatte, sie trug eine Mitschuld daran.

Als sie die Tür schließlich öffnete, stand er einen Meter entfernt von ihr, genau so wie in ihrem Souterrain. Er trat zur Seite, als sie sich an ihm vorbeidrückte und dabei mit den Schulterblättern die Wand entlangstrich. Sie ging rasch durch die Küche und griff nach ihrem Mantel, der an der Halterung neben der Tür hing.

»Was machst du?« Seine Stimme klang gedämpft, wie die eines Mannes, der unter Wasser sprach.

Sarah ging in die Hocke, um ihre Stiefel zuzuschnüren. »Ich muss los.«

»Wohin?« Jetzt war seine Stimme lauter, aber immer noch dumpf und seltsam.

Sie sah, dass die Autoschlüssel neben den Einkaufstüten auf dem Küchentresen lagen. Als sie danach griff, legte David seine rechte Hand auf die ihre. Der Ring brannte auf ihrer Haut wie ein entzündetes Streichholz, und sie riss die Autoschlüssel an sich.

»Was ist los?«, schrie er.

»Ich muss los!«

»Es ist vollkommen dunkel draußen, und bei dem Schnee kannst du nicht fahren. Du würdest es nicht mal bis zum Dorfladen schaffen.«

Sie öffnete die Hüttentür und trat schon hinaus, als David sie beim Ellbogen packte.

»Lass mich los!«

Sie stieß ihren Arm mit der sie umklammernden Hand an den Türrahmen, und David presste sich seine schmerzenden Fingerknöchel an den Mund. »Herrgott noch mal!«

Und als sie auf den Wagen zurannte, schrie David ihr von der Tür aus hinterher: »Du bist krank, Sarah! Du hast Fieber. Du musst dich hinlegen.«

Die Auffahrt war rutschig, und das schwache Licht der Eingangslampe verlor sich nach ein paar Metern, so dass undurchdringliche Dunkelheit sie umfing. Bei jedem Schritt trat sie in Laub und Schnee, steuerte aber immer wieder zurück auf den Weg, wie ein Betrunkener, der geradeaus zu gehen versuchte. Sie hörte, wie die Hüttentür hinter ihr geschlossen wurde, und als sie sich umdrehte, sah sie den auf- und abtanzenden Strahl einer Taschenlampe. Sie lief schneller, bis sie mit den Knien an die Heckklappe des Wagens stieß. Blind tastete sie sich mit den Händen an Metall und Glas entlang, bis sie den Türgriff zu fassen bekam, einstieg und die Tür verriegelte, gerade als David neben ihr am Fenster auftauchte.

»Steig aus dem Auto aus, Sarah!«

Sie ließ den Motor an, und er rannte vor die Kühlerhaube und leuchtete ihr mit der Taschenlampe in die Augen.

»Steig aus dem Auto aus!«

Mit einem Rucken fuhr sie an. David sprang aus dem Weg und stolperte zwischen die Bäume am Rande der Auffahrt. Sie riss das Steuer nach links herum und bog auf die Landstraße ab, kurbelte es dann wieder zurück und trat aufs Gaspedal.

Der Schnee wirbelte in ihren Scheinwerfern, so dass sie kaum drei Meter weit sehen konnte. Sie beugte sich so weit vor, dass sie mit dem Kinn fast das Steuerrad berührte, und wischte die beschlagene Windschutzscheibe, bis sie ein zehn Zentimeter großes Guckloch hatte. Eine halbe Meile lang versuchte sie, den Kopf aus dem Fenster zu halten und nach den Fahrspuren von Pick-ups und Geländewagen zu suchen, doch die Schneeflocken verfingen sich in ihren Wimpern und nahmen ihr beinahe noch stärker die Sicht. Also kurbelte sie das Fenster wieder hoch und konzentrierte sich auf die paar Meter, die sie direkt vor der Kühlerhaube erkennen konnte. Doch als die Straße eine Rechtskurve beschrieb, bog sie zu spät ab, und ihre Hinterräder rutschten seitwärts von der Fahrbahn in die Böschung des Straßengrabens. Sie trat aufs Gaspedal, aber die Räder drehten durch und gruben sich noch tiefer in den matschigen Untergrund. Nach zwei weiteren Versuchen wusste sie, dass es aussichtslos war.

Sarah presste die Stirn ans Lenkrad und kämpfte gegen die Tränen an. Als sie im Scheinwerferlicht vor dem Wagen stand und mit hochgeschlagenem Kragen Richtung Eileen sah, schätzte sie den verbleibenden Fußmarsch bis zu dem Dorf auf etwa zwei Meilen. Bei einem Blick in die andere Richtung, zurück zur Hütte, stockte ihr der Atem. Ein winzig kleines tanzendes Licht kam auf sie zu. Leise, ganz leise wich Sarah vom Auto zurück, hinein in den Wald, und versteckte sich hinter einer wuchtigen Eiche.

Als David den Wagen erreichte, riss er die Tür auf und leuchtete mit der Lampe ins Innere. Sie sah, wie er nach dem Zündschlüssel tastete, den sie fest umklammert in der Hand hielt. Der Strahl seiner Taschenlampe schwang herum und fuhr über die Baumreihen.

»Sarah, wo bist du?«

Das Licht tanzte auf und ab, und sie stellte sich seitlich hinter den Eichenstamm, um möglichst wenig Angriffsfläche zu bieten. David ging an die andere Straßenseite und leuchtete suchend nach Norden und Süden.

»Sarah!« Jetzt schrie er aus vollem Halse, und seine Stimme zerriss die Stille der Wälder. »Bist du verletzt?«

Als er wieder beim Auto war, drehte er sich um die eigene Achse und sah aus wie ein Geköpfter, denn die Scheinwerfer erfassten nur seinen Körper. Dann sprang er über den Straßengraben und näherte sich den Bäumen, bei denen sie stand. Zehn Meter, sieben, fünf, drei.

Seine Taschenlampe fuhr zur Seite und leuchtete die Straße Richtung Hütte hinunter. Dann schaltete er sie aus. Ein Auto kam. Im Dunkeln konnte sie hören, wie David sich hinter einem Baum fünf Meter links von ihr versteckte.

Der Wagen wurde langsamer, als er sich näherte, bis er ganz stehen blieb. Ein bärtiger Mann in einer Tarnjacke stieg aus einem Pick-up, ging auf ihr Auto zu und spähte hinein. Sarah sprang hinter ihrem Baum hervor und rannte ins Scheinwerferlicht.

»Hallo, Sie!«, rief der Mann. »Sind Sie verletzt?«

»Nein.«

»Sieht aus, als bräuchten Sie Hilfe. Haben Sie Schneeketten oder ein Seil dabei?«

Sie schüttelte den Kopf.

»Tja, tut mir leid, ich habe auch nichts dabei, um Sie da herauszuziehen. Ich habe nicht damit gerechnet, dass ich heute Abend hier draußen auf jemanden treffe.« Sie schätzte ihn auf Mitte fünfzig, graues Haar, heisere Stimme. »Wohin wollen Sie denn?«, fragte er.

»Nach Jackson.«

»Ich fahre selbst in die Stadt. Ich kann Sie mitnehmen, und dann können Sie dort einen Abschleppdienst anrufen. Texaco hat einen 24-Stunden-Service, aber an einem Abend wie diesem haben die wahrscheinlich alle Hände voll zu tun.«

»Es wäre sehr nett, wenn Sie mich mitnehmen.«

»Steigen Sie ein.«

Sarah ging noch einmal zu ihrem Auto und schaltete die Scheinwerfer aus. Dann stieg sie zu dem Mann in die Fahrerkabine des Pick-ups, in der es warm und rauchig war. Im Radio spielte Countrymusik.

»Ich bin Pete.«
»Und ich Sarah.«
»Freut mich, Sie kennenzulernen, Sarah.«

Als er sie zu Hause abgesetzt hatte, schloss Sarah die Haustür auf, drehte sich noch einmal um und winkte Pete zu, der wartete, bis sie sicher im Haus war. Aber seine Rücklichter waren kaum verschwunden, da trat sie wieder auf die Veranda hinaus und schloss die Tür von außen ab. Davids Subaru stand seit sieben Monaten unberührt hinten in der Auffahrt. Mit den Mantelärmeln wischte sie die oberste Schneeschicht von der Windschutzscheibe, und Brocken von Eis und Schnee fielen ihr zu Füßen, als sie die Fahrertür öffnete.

Beim ersten Versuch, den Motor anzulassen, ratterte er nur und starb gleich ab. Noch fünf weitere Male stotterte, hustete und seufzte der Motor, ehe er gleichmäßig lief. Sie schaltete den Entfroster ein, nahm den Eiskratzer aus dem Handschuhfach und begann, den Schnee von Kühlerhaube und Dach zu schieben. Eine dünne festgefrorene Eisschicht bedeckte die Windschutzscheibe, aber die Wirkung des Entfrosters hatte bereits eingesetzt. Ein Loch von der Größe eines Golfballs war bereits zu sehen, und so ließ sie die Maschine ihre Arbeit verrichten, während sie sich aus dem Souterrain eine Schneeschaufel holte.

Als sie die Autoräder freischaufelte, war sie froh, dass David auf einen Allradantrieb bestanden hatte. Ein Arzt dürfe nicht von Schneeverhältnissen abhängig sein, hatte er ihr oft erklärt; und nach zehn Minuten Schaufeln, Hin- und Herfahren des Wagens und noch mehr Schaufeln holperte sie mit dem Subaru über die letzten Meter der verschneiten Auffahrt, bog auf die geräumte Straße ab und machte sich auf den Weg nach Charlottesville.

Um halb zwölf traf sie vor Nates Eigentumswohnung ein. Die Fenster waren dunkel, und auf ihr Klopfen reagierte niemand. Und so schloss sie sich mit dem im Gebüsch versteckten Schlüssel selbst auf.

»Hallo? Nate?«

Sie machte im Wohnzimmer Licht und fand keine Unordnung vor, kein Sessel war umgekippt und der Teppich wies keine unheilvollen Flecken auf. Sie zog sich Stiefel und Mantel aus, ließ alles in der Diele liegen und ging von Zimmer zu Zimmer.

In der dunklen Küche trat sie in etwas Feuchtes, und ihre Socke sog sich voll mit einer warmen Flüssigkeit. Sie wappnete sich bereits, als sie auf der Suche nach dem Lichtschalter mit der Hand über die Wand fuhr. Aber es war nur eine Wasserpfütze, die Spülmaschine war undicht. Sie wischte das Wasser mit einem Schwamm auf und ging durch die Diele in Nates Schlafzimmer. Das Bett war ordentlich gemacht, und auch im begehbaren Schrank war niemand. Im Badezimmer öffnete sie die Duschkabine und fand nichts als eine einsame Flasche Haarshampoo.

Der Tatort eines Verbrechens sah anders aus, nicht wie dieser Inbegriff von Sauberkeit, dachte sie. Wie verrückt war sie eigentlich, dass sie David bereits für einen Mörder hielt? Sarah schloss die Duschtür wieder, drehte sich um und erstarrte. Dort, quer über ihrem Spiegelbild, standen in krakeliger Schrift die Worte: ICH WEISS, WAS DU GETAN HAST.

Sie waren mit schwarzem Textmarker geschrieben, und die Buchstaben neigten sich in dem ungleichmäßigen Gekritzel nach rechts, mit dem David jedes Rezept unterschrieben hatte. Sie trat an den Spiegel heran und sah, dass die Buchstaben ihr Gesicht durchzogen wie Narben – schwarze Stiche auf der Stirn, ein *A* auf ihrer Wange. David hatte Nates Gesicht verunstalten wollen. Nate sollte in den Spiegel blicken und die Verachtung seines Bruders in sein Gesicht eingeschrieben sehen.

Aber was glaubte David eigentlich? Dass Nate annehmen würde, da habe wohl ein Geist einen Edding benutzt? Sie nahm ein Handtuch aus dem Badregal, machte es feucht und rieb die Buchstaben ab. Schwarze Tropfen liefen in dicken Streifen übers Glas. Schließlich war der Spiegel wieder sauber, und sie spülte das Handtuch unter laufendem Wasser so lange aus, bis es nur noch einen leichten Grauschleier hatte. Dann ging sie noch einmal durch die ganze Wohnung und überprüfte jeden Spiegel, jedes Fenster, jedes Bild und jede Oberfläche, auf die David vielleicht noch eine weitere Nachricht aus dem Grab gekritzelt hatte. Als sie endlich fertig war, hatte sie so starke Kopfschmerzen, als würde ihr jeden Augenblick der Schädel platzen. Erschöpft stieg sie in Nates Bett und schloss die Augen.

Früh am Morgen wachte Sarah mit einer matten Erscheinung vor Augen auf – ein lächelnder Nate stand am Fußende des Bettes. Reisetasche in der einen, Notebooktasche in der anderen Hand.

»Was für eine Überraschung.« Er stellte sein Gepäck ab und legte sich neben sie. »Ich habe draußen Davids Wagen gesehen. Das war richtig unheimlich. Macht deiner Schwierigkeiten?«

Sie nickte. »Wo warst du?«

»In Washington, auf Geschäftsreise. Wann bist du gekommen?«

»Gestern Abend.«

»Hast du nicht vorher angerufen?«

»Es war so eine spontane Eingebung.«

»Ich mag spontane Eingebungen.« Er strich ihr mit der Hand durchs Haar. »Warum hast du dir deine Sachen denn gar nicht ausgezogen?«

»Ich war so erschöpft.«

»Du siehst auch schrecklich aus.«

»Danke.«

»Aber warum bist du denn gekommen, wenn du dich nicht wohlfühlst?«

»Ich wollte sehen, ob es dir gut geht.«

Er lächelte. »Warum sollte es mir nicht gut gehen?«

Als er die Hand wieder aus ihrem Haar nahm, sah Sarah, dass er keinen Ring trug.

»Was hast du mit dem Ehering deines Vaters gemacht?«

»Was meinst du?«

»Wo ist er?«

»Woher soll ich das wissen? Du hast ihn dir doch genommen.«

Nate lachte, als er sah, wie sie ihn anstarrte. »Ich habe dich gesehen, als du im Januar hier übernachtet hast, nach unserer Silvesterreise. Du bist mitten in der Nacht aufgestanden und im Dunkeln herumgelaufen. Ich wollte dich nicht erschrecken, du hattest mir ja erzählt, dass du schlafwandelst. Und so habe ich zugesehen, wie du Davids Wollpullover aus meinem Schrank geholt hast. Und danach bist du an die Kommode gegangen und hast dir noch Dads Ring genommen. Kannst du dich daran nicht erinnern?«

Sarah schüttelte den Kopf.

»Na, dann bist du wohl *wirklich* schlafgewandelt. Jedenfalls bist du im Nachthemd nach draußen gegangen, hast die Heckklappe deines Wagens geöffnet und die Sachen in einen Karton gelegt. Ich konnte dich vom Fenster aus sehen. Es war eiskalt, und ich habe mir ziemliche Sorgen gemacht, denn du bist barfuß gelaufen. Als du wieder ins Bett kamst, waren deine Füße die reinsten Eiszapfen. Ich wollte dich am nächsten Morgen nicht darauf ansprechen, weil ich deine Gründe verstehen konnte.«

»Welche Gründe denn?«

Er zuckte die Achseln. »Ich habe zu viele Dinge von David.«

Es klang absolut glaubwürdig. Aber warum hatte sie keine Erinnerung daran, dass sie in einer frostigen Januarnacht nach draußen gegangen war? Und wenn sie davon nichts wusste, was hatte sie sonst noch alles vergessen?

»Obwohl ich den Ring ja eigentlich gern wiederhätte«, fuhr Nate fort. »Ich fände es richtig, wenn ich ihn jetzt bekäme, schließlich hat er unserem Vater gehört.«

»Das fände ich auch richtig«, wiederholte sie.

Er strich ihr mit den Fingern über den Arm und versuchte, Sarahs Gedanken in eine bestimmte Richtung zu lenken, doch sie blieb distanziert. »Ich mache dir mal Frühstück«, sagte er schließlich und stand auf. »Möchtest du überhaupt etwas essen?«

»Ja. Ein wenig.«

In der Tür blieb Nate noch mal stehen. »Wie möchtest du deine Eier?«

Fast hätte sie erwidert: »Von beiden Seiten angebraten«, doch dieses Frage-Antwort-Spiel erschien ihr zu vertraut. »Für mich keine Eier. Nur Orangensaft und Toast.«

Als sie zehn Minuten später in die Küche kam, war Nate hinter dem ›Wall Street Journal‹ verschwunden, und ihr Teller mit gebuttertem Toast stand ordentlich auf einer Platzdecke. Sie trank einen Schluck Orangensaft und las ein paar der Nachrichten aus aller Welt: Haushaltsdefizite, am Straßenrand deponierte Sprengsätze und vom Schneesturm überraschte Autofahrer.

»Ich finde, wir sollten uns nicht mehr treffen«, sagte sie zum Zeitungspapier.

Die Schlagzeilen sanken ein paar Zentimeter. »Was?«

»Ich finde, wir sollten uns nicht mehr treffen.«

Nate ließ die Zeitung sinken und sah ihr in die Augen. »Bist du sicher, dass du das wirklich willst?«

»Ja.«

Er seufzte und legte die Zeitung zusammen. »Nun, ich

wusste, dass es nicht ewig dauern würde. Ich meine, wir beide hatten schließlich nie vor, zu *heiraten*.« Er stieß ein unbeholfenes Lachen aus und suchte in ihren Augen nach Bestätigung. Sie nickte.

»Es ist nur komisch«, sagte er. »Eigentlich bin ich sonst immer derjenige, der Schluss macht.«

Sarah schauderte. »Willst du wissen, was ich finde?«

»Klar.«

»Ich finde, du solltest Jenny bitten, deine Frau zu werden. Sag ihr, dass ihr drei Jahre Flitterwochen machen werdet. Zeit genug, um all die Reisen zu machen, die sie machen möchte, und einen Haushalt einzurichten. Aber versprich ihr, dass ihr eine Familie gründet, wenn du vierzig wirst. So ist sie mit dreißig Ehefrau und mit dreiunddreißig Mutter. Was könnte sie sich mehr wünschen?«

»Ich glaube, so einfach ist es nicht.«

»Es ist so einfach, wie du es machst.«

Er legte seine Hand auf die ihre. »Aber wir treffen uns doch noch so?«

»Ich bin immer noch deine Schwägerin.«

»Und vielleicht sollten wir uns sogar mal geschäftlich treffen? Du wirst sicher die Hilfe eines Finanzexperten brauchen, um dein Kapital anzulegen.«

»Das stimmt.« Und völlig unerwartet musste Sarah lachen. Denn letztlich war sie nur eine weitere potenzielle Kundin, eine Witwe, die ein kleines Vermögen geerbt hatte und einen Anlageberater benötigte. Vielleicht hatte Nate sie so immer schon gesehen. Und wenn, es machte ihr nichts aus; dieser Gedanke nahm ihrer Trennung alles Dramatische. Sie hatte keine Angst, ihn zu verletzen, und auch keinen Grund für Schuldgefühle.

Doch als er sich vorbeugte und sie auf die Wange küsste, fühlte sie sich von Zweifeln überschwemmt. Die leiseste Ermutigung hätte genügt, und sie hätte ihre Worte zurückgenommen, wäre in sein Bett gekrochen und für immer geblieben. Widersprich mir, dachte sie. Sag mir, dass ich nicht recht habe. Sag, dass wir beide eine gemeinsame Zukunft haben. Aber Nate sah sie nicht einmal an. Er trank seinen Orangensaft aus, trug seinen Teller zur Spüle und ging davon.

34

Am frühen Nachmittag war Sarah wieder zu Hause und sah vom Wohnzimmerfenster aus zu, wie ein Abschleppwagen ihren Kombi die Straße heraufzog. Wie gedemütigt der Wagen wirkte, mit dem in der Luft aufgehängten Heck und dem verkratzten und verdreckten rechten Vorderkotflügel.

»Sie müssen Sarah McConnell sein«, sagte der Fahrer, als sie mit dem Scheckbuch in der Hand hinausging.

»Das bin ich.«

»Sie müssen die Reifen auswuchten lassen. Ansonsten scheint er noch in ziemlich gutem Zustand zu sein.«

Sarah ging in die Hocke und zog ein Knäuel Blätter aus dem Kühlergrill. »Danke, dass Sie ihn hergebracht haben.« Als der Mann weg war, holte sie einen Eimer, Lappen und den Wasserschlauch und spritzte die Reste des Drecks vom Lack. Dieser ganze Tag schien ein einziger Akt der Auslöschung zu sein, dachte sie.

In dieser Nacht schlief sie unruhig und wachte kurz nach drei Uhr in dem Gefühl auf, dass sie von jemandem beobachtet wurde. Eine matte Gestalt saß am Fußende ihres Bettes, genau so wie ihre Mutter vor Jahren. Aber an dieser Form war nichts Mütterliches, und als ihre Augen sich an das Licht aus dem Badezimmer gewöhnt hatten (das ließ sie in letzter Zeit immer an), konnte sie Davids Silhouette erkennen.

»Ich habe damit gerechnet, dass du kommst.« Sie lehnte sich ins Kissen zurück.

»Ich musste einfach«, erwiderte er. »Du warst krank und völlig durchgedreht, als du aus der Hütte gestürmt bist. Und dann bist du mit diesem Fremden mitgefahren.«

»Ich habe befürchtet, du hättest etwas Schreckliches getan … Ich habe gesehen, was du auf Nates Spiegel geschrieben hast.« David senkte den Kopf, als wäre der Name seines Bruders eine schwere Bürde. »Was hättest du getan, wenn er zu Hause gewesen wäre?«

David zuckte die Achseln. »Ich wollte ihm nichts antun, falls du das meinst. Ich wollte ihm nur einen ordentlichen Schreck einjagen. Ihn daran erinnern, dass der Große Bruder alles sieht. Ihn vielleicht am Fenster mein Gesicht sehen lassen.«

»Genau *das* ist dein Modus operandi«

»Du hast kein Recht darauf, Kritik zu üben.« Seine Stimme war härter geworden.

»Du auch nicht«, erwiderte Sarah.

Eine Weile schwiegen sie, und David strich mit der Hand über die Bettdecke. »Es ist nicht leicht für mich, hierher zurückzukommen«, sagte er, »nach dem letzten Mal.«

Sarah war froh um die Dunkelheit, die ihre Röte verdeckte. »Das ist alles vorbei. Ich habe mich gestern von Nate getrennt. Wir treffen uns nicht mehr.«

David schüttelte den Kopf. »Wer kann schon sagen, was passieren wird und was nicht?«

Er warf einen Blick durch den Raum, als suchte er etwas. »Ich werde bald gehen. Ich habe beschlossen, an einen Ort zu gehen, wo es immer warm ist.«

Sarah spürte den Druck seiner Hand an ihrem Bein. »Komm mit mir, Sarah. Wir können ein, zwei Monate reisen, in den Westen, uns die Canyons ansehen, all die Orte, die wir besuchen wollten. Wir könnten uns eine Stadt mit ein paar Galerien und einem College suchen, an dem du unterrichten kannst. Wenn du dieses Haus und die Hütte verkaufst, können wir uns ein anderes Haus leisten, ohne dass wir einen Kredit brauchen. Und mit unseren Ersparnissen und deiner Sozialversicherung müssten wir nur arbeiten, wenn wir Lust dazu haben. Wir könnten einfach nur malen und schreiben und lesen.«

Erstaunlich, dachte Sarah, wie sehr all seine Worte ihren Träumen glichen oder zumindest den Träumen, die sie vor drei Monaten noch hatte. Doch in der Zwischenzeit war viel geschehen.

»Ich weiß nicht«, sagte sie.

»Du musst nicht sofort antworten. Denk eine Weile darüber nach.« David stand auf und ging zur Tür. »Du weißt, wo du mich findest.«

Als er weg war, konnte Sarah nicht mehr einschlafen. Sie schaltete den Wetterkanal ein und sah in all den Graphiken von zeitweiligem Schneefall und Sonnenschein den Frühling heranziehen. Um sechs Uhr morgens, als sich am dunkelblauen Himmel schon ein rötlicher Schimmer abzeichnete, schob sie die Gardine zurück und sah die im Morgenfrost noch fest verschlossenen Blüten der Krokusse.

In den nächsten Tagen tat sie kaum etwas anderes als lesen und nachdenken. Sie verließ das Haus nur wegen Margaret, die Sarah drängte, doch zu ihr zum Tee zu kommen. Ihr Freitagsritual war in den vergangenen Monaten oft genug ausgefallen, aufgrund von Reisen und Krankheit und Sarahs unbestimmten Ausreden. Und so bereitete Sarah diesmal keine Ausflüchte vor, sondern ein Bananenbrot.

Als Sarah bei Margaret ankam, pfiff der Wasserkessel bereits wie ein Zugschaffner, der die Fahrgäste zum Einsteigen aufforderte. Sie saß am Küchentisch und sah zu, wie der Dampf um Margarets Hände herum dünne Wölkchen bildete.

»Ich habe dein Auto gesehen«, sagte Margaret. »Letzte

Woche. Es wurde abgeschleppt. War denn irgendwas passiert?«

Sarah zuckte die Achseln. »Ich bin im Schneesturm in einen Straßengraben gerutscht. Aber ich habe mich nicht verletzt.« An Margarets Stirnrunzeln erkannte sie, dass gleich die nächste Frage folgen würde, und so wechselte sie rasch das Thema. »Zum letzten Mal habe ich dich im Kino gesehen.«

»Ja.« Margaret lächelte. »Was für ein furchtbarer Film.«

Sarah erinnerte sich, dass die Grundschullehrerinnen sehr genau beobachtet hatten, welchen Weg Nates Hand von ihrer Schulter aus genommen hatte. »Dir hat sich vermutlich ein unterhaltsameres Spektakel geboten als mir.«

Margaret brachte die Becher an den Tisch und setzte sich. »Das wahre Leben ist immer interessanter als ein Film.«

»Nate und ich werden keine weiteren Spektakel mehr bieten. Ich habe mich vor einer Woche von ihm getrennt – und ihm gesagt, dass er sich mit seiner Exfreundin wieder versöhnen soll.«

»Und«, begann Margaret, »soll ich da jetzt mein Beileid oder Glückwünsche aussprechen?«

»Es hätte auf Dauer nie gehalten.«

»Warum nicht?«

Sarah lächelte. »Er ist Republikaner.«

»Gott bewahre.« Margaret wärmte ihre Hände am Becher. »Und was hast du jetzt vor?«

Sarah konzentrierte sich auf die Milchwolken in ihrem Tee. »Ich weiß nicht genau … Vielleicht reise ich eine Zeit lang. Oder ziehe irgendwohin, wo's warm ist.«

»Hier wird's auch wieder wärmer.«

»Ja.« Sarah nickte. »Das Wetter wird besser.«

»Du willst also an einen Strand fahren?«, fragte Margaret.

»Vielleicht an einen Strand, vielleicht in eine Wüste.«

Margaret nippte an ihrem Tee. »Ich soll dir etwas ausrichten. Adele bewirtet das nächste Mal unsere Trauergruppe und hat mich extra gebeten, dich auch einzuladen. Das Treffen ist diesen Sonntag, und ich gehe hin.«

Durchs Fenster sah Sarah, dass an Margarets Auffahrt entlang schon Osterglocken blühten. »Adele ist eine reizende alte Dame.«

Margaret nickte.

»Aber ich möchte kein festes Mitglied werden.«

Margaret schüttelte den Kopf.

»Ein letztes Mal könnte ich schon noch dazukommen.«

Am Sonntagabend fuhr Margaret sie beide zu Adeles Haus. Normalerweise wären sie zu Fuß gegangen, Adele wohnte kaum eine Meile entfernt. Aber ein später Wintereinbruch machte den Spaziergang unmöglich, denn die glitzernd überfrorenen Gehwege waren spiegelglatt. Margarets Osterglocken beugten flehend die Köpfe.

Die Tapeten in Adeles Wohnzimmer glichen Geschenkpapier, das man sonst nur auf Hochzeiten sah – Mandelblüten rankten mit anderen weißen und silbrigen Blumen gen Decke, wo ein goldener Kronleuchter mit einem Dutzend elektrischer Kerzen Licht spendete. Und nicht einmal die kristallenen Kerzenringe waren vergessen worden, um das imaginäre Wachs aufzufangen. Und in dieses Licht mischte sich noch der Flammenschein eines enormen Kamins, der eineinhalb Meter hoch und von dorischen Säulen gesäumt war und auf dessen Sims sich verblichene braune Fotografien drängten – Babys mit rosigen Lippen in Taufkleidern und ernst dreinblickende, rotwangige Männer in Uniform.

Adele saß dem Treffen in einem Ohrensessel vor, und ihre gelbe Bluse kräuselte sich um ihren Hals wie die Blüten einer Narzisse. Sie klopfte auf den Diwan zu ihrer Rechten, als Sarah das Zimmer betrat.

»Ich freue mich, dass Sie gekommen sind.«

Platten voll Zitronenkuchen und Brownies bedeckten den Tisch, und Sarah nahm sich eine Makrone von einem Teller, der vorbeigereicht wurde. »Wenn ich gewusst hätte, dass alle Selbstgebackenes mitbringen, hätte ich auch etwas gemacht.«

Adele wedelte mit der Hand, als verscheuchte sie eine Mücke. »Die Frauen bestehen immer darauf, etwas mitzubringen. Sie meinen anscheinend, dass das Backen für eine alte Frau zu anstrengend ist. Haben Sie vor, bei der Lebensmittelspendenaktion zu Ostern zu helfen?«

»Davon weiß ich gar nichts.«

»Das würde Ihnen sicher gefallen. Am Samstag vor Ostern packen wir große Körbe mit Essen für die Erwachsenen und Schokoladenhasen und Spielzeug für die Kinder. Wir fahren sie am selben Nachmittag noch aus, und ich hatte gehofft, Sie würden mit mir fahren.«

»Wenn ich in der Stadt bin, gerne.«

»Haben Sie Reisepläne?«, fragte Adele.

»Vielleicht.«

Die Witwen um sie herum tauschten Neuigkeiten aus, und jede kam an die Reihe, zu dem Gespräch etwas beizutragen. Rubys Stiefsohn hatte seine Klage fallen lassen, und im Gegenzug hatte sie ihr Testament geändert, so dass er das Haus nach ihrem Tod nun erben würde. Und jetzt erwartete sie quasi jeden Tag, »von dem Scheißkerl um die Ecke gebracht zu werden«. Die Witwe des Wasserskiläufers war gerade erst aus Florida zurückgekommen. Inzwischen hatte sie wieder begonnen zu schwimmen und auch ihren Kindern erlaubt, Jollen und Katamarane zu besegeln – aber nichts mit Motor oder tödlichen Propellern.

Als Sarah an die Reihe kam, versuchte sie nonchalant, das Wort gleich weiterzureichen – »Ach, ich habe gar nichts zu berichten« –, aber so schnell ließ sich die rothaarige Soziologin nicht abspeisen.

»Haben Sie in letzter Zeit Ihren Ehemann gesehen?«

»Ja.« Sarah zögerte, als sie die Blicke der Frauen auf sich spürte. »Aber er ist nicht zufrieden mit mir. Ihm gefällt nicht, was ich aus meinem Leben mache.«

»Typisch.« Jetzt ergriff die Dozentin das Wort. »Ich habe Geistergeschichten aus den letzten sieben Jahrhunderten gelesen – Berichte Betroffener, nicht Edgar Allan Poe. Und seit dem 17. Jahrhundert fühlen die meisten Frauen sich von den Geistern verfolgt, die sie beerbt haben. Diese Toten sind nicht zufrieden mit dem, was ihre Witwen tun, ob es nun das Geld betrifft oder die Kinder.«

»Und worum ging es den Geistern vor dem 17. Jahrhundert?«, fragte Sarah.

»Vor allem ums Fegefeuer. Sie wollten, dass ihre Witwen für sie beten oder der Kirche viel Geld stiften, um ihnen den Weg in den Himmel zu erkaufen.« Die Dozentin biss in ein Brownie. »Und dann gibt's natürlich noch die Geister, denen das Sexleben ihrer Witwen nicht gefällt, solche Männer wie Hamlets Vater.«

Sarah wurde rot über diese Wesensverwandtschaft mit Shakespeares Gertrude. Margaret, die in ihrer Nähe saß, stand auf und legte einen neuen Holzscheit ins Kaminfeuer.

»Nun«, sagte Ruby und wandte sich an Sarah. »Ich kenne mich zwar nicht mit verärgerten Ehemännern aus, nur mit störrischen Stiefsöhnen. Aber ich sehe die Sache so: Es ist Ihr Leben. Also *scheißen* Sie auf ihn.«

Adele hüstelte missbilligend, und die Nächste in der Runde ergriff das Wort. Sarah konzentrierte sich auf ihre Makrone, bis sie Adeles heiseres Flüstern an ihrem Ohr hörte. »Wissen Sie, meine Liebe, mir gefallen die Besuche meines Edward. Ich würde ihn um nichts in der Welt aufgeben. Aber ich bin Urgroßmutter, und mein Leben liegt hinter mir. Sie haben den Großteil Ihres Lebens noch vor sich. Und wenn Ihr Ehemann Sie nicht glücklich macht, dann ist es vielleicht an der Zeit, ihn loszulassen.«

Sarah tätschelte Adele die Hand. »Das ist leichter gesagt als getan.«

Als Margaret am späten Abend vor Sarahs Auffahrt anhielt, stellte sie die Automatik auf Parken und legte die Hände in den Schoß. »Es gibt etwas, das mich beunruhigt.«

»Was denn?«

»Das, was du heute Abend über David gesagt hast. Dass er nicht zufrieden ist mit dem, was du aus deinem Leben machst.«

»Ich hätte sagen sollen, dass ich *glaube*, er *wäre* damit nicht zufrieden.«

»Hier geht es nicht um die grammatisch korrekte Form.« Margaret hob die Hände und umfasste das Lenkrad. »Mich beschäftigt schon lange etwas, aber ich habe immer gedacht, ich sollte es besser nicht ansprechen.«

»Dann erzähl's mir jetzt, na los.« Sarah wappnete sich, während Margaret schweigend durch die Windschutzscheibe sah.

»Weißt du noch, wie wir vor drei Jahren gemeinsam in Charlottesville einkaufen waren? Wir haben uns beide neue Kleider gekauft, die wir auf dem Wohltätigkeitsball zugunsten des Krankenhauses tragen wollten. Du hast dir dieses rote Kleid ausgesucht, in das ein Goldfaden eingewebt war.«

»Ach, dieses Flatterkleid?« Sarah lachte.

»Ich fand es wunderbar«, sagte Margaret.

»Ja, ich auch.«

»Warum hast du es dann nie getragen?« Margaret drehte sich zu Sarah um. »Du bist in einem schwarzen Rock mit weißer Satinbluse gekommen. Das weiß ich noch genau. Und das nach all deinen Versicherungen, dass du dich etwas witziger anziehen willst. Ich habe nie etwas gesagt, aber ich hatte immer einen Verdacht.«

Sarah wusste es auch noch – sie hatte sich am Abend vor dem Ball umgezogen, bevor David nach Hause kam. Das neue Kleid hatte sie inspiriert, sich auch die Fingernägel rot zu lackieren und himbeerroten Lippenstift aufzulegen. Die Farben bildeten einen herrlichen Kontrast zu ihrem dunklen Haar, fand sie. Es war eine feurige Frau, die ihr da aus dem Spiegel entgegenlächelte.

David kam ins Badezimmer, als sie gerade die goldenen Ohrringe befestigte.

»Wie findest du es?«, fragte sie und drehte sich um sich selbst, so dass das Kleid ihre Knie sehen ließ.

David zögerte einen Augenblick zu lange. »Du siehst in allem, was du trägst, großartig aus.«

Er hätte genauso gut sagen können, dass sie aussah wie die Hure Babylon. Diplomatische Äußerungen waren völlig verschwendet an ihr hauchdünnes Ego. »Wohl etwas zu dick aufgetragen, oder?« Sie zwang sich zu einem Lächeln.

»Ja«, sagte David, sichtlich erfreut, dass sie einer Meinung waren. »Das habe ich auch gedacht. Aber was weiß ich schon von Mode? Du solltest anziehen, was immer dir gefällt.«

Als Sarah noch einen Blick in den Spiegel warf, sah sie, dass sie eher einem Feuerwehrwagen als einer feurigen Frau glich. Ihre Lippen wirkten fleischig, ihre Fingernägel blutig.

»Vielleicht ein andermal.« Und dann hatte sie sich den Nagellackentferner aus dem Badezimmer geholt.

»Es war nicht Davids Schuld«, erklärte Sarah Margaret. »Er hat gesagt, ich solle anziehen, was mir gefällt.«

»Aber er war nicht angetan von dem Kleid?«

»Nicht mal ansatzweise.«

»Und was hast du damit gemacht?«

»Ich habe es zwei Tage später an die Wohlfahrt gegeben.«

Margaret seufzte. »So etwas habe ich mir schon gedacht.« Sie streckte die Finger aus, mit denen sie das Lenkrad umklammert hielt. »Weißt du, ich mochte David wirklich sehr. Ich habe ihn bewundert, das haben alle getan. Aber es muss schwierig gewesen sein, mit einem Mann mit einer so starken Persönlichkeit verheiratet zu sein.«

»Findest du, dass ich mich ihm zu sehr untergeordnet habe?« Sarah lächelte matt.

»Ich finde, du ordnest dich ihm immer noch zu sehr unter.«

Sarah spürte, dass sie zusammenbrechen würde, wenn sie noch eine Minute länger in diesem Auto blieb, dass sie alles zugeben und unter der Last der letzten fünf Monate kollabieren würde.

»Botschaft angekommen.« Sie öffnete die Autotür und stieg aus.

»Die letzte Phase der Trauer ist das Scheiden.« Margaret sprach leise, als redete sie mit sich selbst.

Sarah nickte. »Genau wie bei der Ehe.«

35

Mitte März fuhr Sarah zu einem letzten Besuch in die Hütte. Das Wetter war trocken und sonnig, was sie gewöhnlich als gutes Omen nahm. Doch als aus dem Schotter Staubwolken aufstiegen, beschlich sie eine dunkle Vorahnung. Hier war die Stelle, wo sie einige Wochen zuvor in den Straßengraben gerutscht war; dort war der Baum, hinter dem sie sich vor Davids Blicken verborgen hatte. Und dies war der lange gerade Straßenabschnitt, auf dem seine Taschenlampe wie die Laterne eines Phantoms auf und ab getanzt war. Angesichts all dieser dunklen Erinnerungen war die Natur ihre einzige Verbündete. Als sie in die Auffahrt einbog, begrüßte der Rhododendron sie mit purpurroten Blüten, und die Forsythien im Garten hinter der Hütte sprühten wie gelbe Fontänen Funken.

Die Luft in der Hütte war stickig und muffig wie üblich, der Kamin wirkte unberührt. Doch als sie auf die Terrasse hinaustrat und eine Weile zum Fluss hinunterblickte, konnte sie am Ende des Anlegestegs einen Mann in einem grünen Flanellhemd erkennen.

»Hallo!«, rief sie, und David drehte sich um.

Er kam auf sie zu durch Büschel von ungemähtem Gras, das zum Teil noch niedergedrückt war vom wochenlangen Schnee. Beim Tulpenbaum hielt er kurz inne, um den Maschendraht tiefer in die Erde zu stecken. Am Fuß der Terrassenstufen blieb er stehen und sah zu ihr herauf, eine Szene ganz wie am Halloween-Abend.

»Wir müssen reden«, sagte sie, und als sie die Tür öffnete, kam er an ihr vorbei in die Hütte herein. Sie setzten sich einander gegenüber an den Kiefernholztisch, Sarah mit fest ineinander verschlungenen Händen, die sie auf dem Schoß hielt.

»Ich habe nachgedacht über das, was du gesagt hast, dass du weggehen willst. Und du weißt, wie sehr mir diese Pläne gefallen.« Ein kaum angedeutetes Lächeln trat auf Davids Lippen.

»Aber wir können nicht gemeinsam weggehen«, fuhr sie fort. »Es ist unmöglich. Das war nie mehr als ein gemeinsamer Traum.« Sie löste die Hände voneinander und schlang ihre Arme um die Schultern. »Es wird Zeit, dass ich mein eigenes Leben weiterlebe.«

»Was meinst du damit?«, fragte David.

»Ich habe gestern den Dekan angerufen und ihm gesagt, dass ich im Herbst wieder anfangen möchte zu arbeiten. Er selbst nimmt sich zwei Freisemester und sagt, ich könne so viele seiner Seminare geben, wie ich wolle. Vor allem englische Literatur – von Shakespeare bis Dickens. Ich werde in den kommenden Monaten viel lesen müssen.«

»Außerdem habe ich beschlossen, das Haus zu verkaufen«, fuhr Sarah fort. »Das Frühjahr ist die geeignete Jahreszeit für so etwas, und ich werde es wohl schon in ein, zwei Monaten anbieten. Und diese Hütte auch. Zu viele Erinnerungen.«

David nickte.

»Margaret hat mir angeboten, dass ich eine Weile bei ihr wohnen kann. Wenigstens bis ich ein anderes Haus gefunden habe. Ich finde, das ist eine ganz gute Idee, um aus der Isolation herauszukommen.«

»Es klingt, als hättest du alles schon bis ins Detail geplant.«

»Es gibt noch eine weitere Angelegenheit.« Sarah starrte

auf die Holzmaserung des Tisches. »Ich werde mich darum bemühen, ein Kind aus dem Ausland zu adoptieren. Nicht jetzt gleich. Es wird eine Weile dauern, bis alle Formalitäten geklärt sind. Aber irgendwann innerhalb der nächsten paar Jahre.«

Sie sah auf und war überrascht, dass David Tränen in den Augen hatte. »Ich hätte sehr gern ein Kind mit dir großgezogen«, sagte er, schob den Stuhl zurück und stand auf. »Aber die Dinge laufen immer anders als geplant.«

David sah sich um, bis sein Blick an der Staffelei hängen blieb. »Ich habe dein Porträt noch nicht beendet ... Du musst mir nicht mehr Modell stehen, aber es wäre hilfreich, wenn ich dich um mich hätte, so dass ich dein Profil, deine Hände und dein Haar sehen kann. Es dauert nicht mehr lange.«

Er versucht, ihre Trennung hinauszuzögern, dachte Sarah. Er ist immer noch nicht bereit, mich gehen zu lassen. Sie stand auf, ging zur Staffelei und sah hinab auf ihr unfertiges Selbst. Ihre Gesichtszüge waren ausdruckslos, die Umrisse ihrer Hände diffus. Und die Welt außerhalb des gemalten Fensters hatte noch gar keine Kontur angenommen.

»Ich kann ein paar Tage bleiben«, sagte sie. »Nur bis du fertig bist.«

Und so blieb sie drei Tage in der Hütte, saß auf dem Anlegesteg und ließ die Füße ins Wasser baumeln. Am Nachmittag malte David, während sie auf dem Sofa las und immer so dalag, dass er ihr Gesicht und ihre Haarfarbe sehen konnte. Es war seltsam, wie langsam die Arbeit an dem Porträt voranschritt. Aus ihren Händen wuchsen Finger, aus ihren Fingern wuchsen Nägel. Die Fensterscheiben füllten sich mit Bäumen und Wolken, doch ihr Gesicht blieb leer, dem Betrachter unzugänglich.

Unterdessen rasten die geologischen Zeitalter nur so dahin. Am gegenüberliegenden Ufer des Flusses stiegen die

Kalksteinfelsen auf, in grauen und braunen Strichen, jede Schicht erneut ein Mahnmal von Dürre oder Flut. Sie sah, wie das Wasser stetig Schlamm an die Felsen heranspülte, und spürte die reale Gefahr, wieder in diese Traumwelt gezogen zu werden. Sie erinnerte sich an die Zikadenstämme, die vor Jahren plötzlich aus dem Wasser hochgeschossen waren, ihre kurze Phase der Aktivität nach jahrelangem Ruhen, braune Hüllen, die sich unter die Kiefern am Ufersaum schoben. Wie gut sie den Drang, sich zu vergraben, verstand, den Drang, in eruptiven Ausbrüchen und langen Phasen des Rückzugs zu leben. Doch dem musste sie widerstehen, solange es noch möglich war.

Am vierten Tag fand die Sache ein Ende. Um halb zehn stand sie auf, trottete leise in den Wohnraum und sah David vor der Leinwand sitzen und mit einem feuchten Wattestäbchen ihre Augen- und Mundpartie wegwischen. Ihre Iris und ihre Lippen verschwanden in einer diffusen Wolke, und Sarah dachte: Sieh nichts Böses, sag nichts Böses.

»Es ist noch nicht gut genug«, erklärte er, als er sie am anderen Ende des Raumes stehen sah.

»Es wird nie gut genug sein«, erwiderte sie.

Sie trat hinter ihn, legte ihm die Arme um die Schultern und barg ihren Mund in seinem Haar. »Wir halten uns hier schon viel zu lange auf.«

David legte seine rechte Hand auf ihre und drückte sie sich an die Brust. Sie legte ihre Wange auf seinen Kopf, bis sie spürte, dass das Beben seines Körpers in langen tiefen Atemzügen zur Ruhe kam. Er atmete langsamer und langsamer, ruhiger und ruhiger, bis sie nicht mehr zu sagen vermochte, ob er überhaupt noch atmete. Dann versteifte sein Körper sich auf einmal. Ein Auto kam die Auffahrt heraufgefahren.

Sarah ließ ihn los und trat ans vordere Fenster.

»O Gott«, murmelte sie. »Es ist ein Streifenwagen.«

Sie drehte sich zur Staffelei um, aber der Raum war leer. Draußen meinte sie, die Holzstufen der Terrasse quietschen zu hören.

Zitternd holte Sarah einmal tief Atem, dann öffnete sie die Hüttentür.

»Ach, Sie sind es, Carver, hallo.«

»Hallo, Sarah. Darf ich hereinkommen?«

Sie machte die Tür weit auf.

Carver nahm den Hut ab, als er über die Schwelle trat. »Ich versuche schon seit ein paar Tagen, Sie zu erreichen.«

»Hat Margaret Ihnen gesagt, wo Sie mich finden?«

»Eigentlich war's meine eigene Idee, dass Sie hier draußen sein könnten.«

»Wie sind Sie denn darauf gekommen?«

Carver lehnte sich an den Küchentresen. »Sie kennen doch Ihren Nachbarn Rich Haskins? Ich spiele ungefähr einmal im Monat Poker mit ihm, und letzten November habe ich ihn mal gefragt, wie's Ihnen denn wohl so geht. Und da erzählte er mir, dass Sie den Strom für die Hütte wieder haben anstellen lassen. Das erschien ihm ziemlich seltsam. Er konnte sich nicht vorstellen, dass Sie im Winter hier herausfahren würden.«

Sarah spürte, wie ihr das Blut in die Wangen schoss. »An Rich habe ich gar nicht gedacht.«

Carver zuckte die Achseln. »Wir leben in einer sehr kleinen Stadt.« Er sah sich im Raum um. »Ich war letzten Sommer selbst hier draußen. Kurz nach Davids Verschwinden. Haben Sie das gewusst?«

Sarah nickte. »Ich habe Ihnen gesagt, wo der Schlüssel zu finden ist.«

»Der Schlüssel lag gar nicht an seinem Platz. Aber die Hütte war nicht abgeschlossen, und der Schlüssel lag hier auf dem Küchentresen, genau dort, wo David ihn liegen gelassen haben muss.«

»Ich glaube, ich setze mich lieber.« Sarah nahm am Tisch Platz.

»Das ist eine gute Idee.« Vor Davids Staffelei blieb Carver stehen. »Davids Bild ist mir schon beim letzten Mal aufgefallen, als ich hier war.«

»Er hat es vor drei Jahren gemalt«, sagte Sarah rasch. »Als wir mal einen Monat lang zusammen hier draußen waren.«

Carver erwiderte nichts. Stattdessen setzte er sich neben sie, und zusammen sahen sie auf den Fluss hinaus. »Das ist der schwerste Teil meines Jobs«, sagte er.

»Schon gut«, erwiderte Sarah. »Ich habe Sie erwartet.«

Carver griff in seine Tasche und legte etwas auf den Tisch – einen braunen Ledergegenstand, von Wasser aufgeweicht und an einer Ecke zerrissen.

»Was ist das?«, fragte sie.

»Sie erkennen sie nicht?«

Sarah schüttelte den Kopf.

Carver nahm den Gegenstand zur Hand. »Ein paar Teenager haben vor vier Tagen eine Leiche gefunden. Vom Fluss ans Ufer geschwemmt, acht Meilen von hier entfernt. Sie ist schon ziemlich zersetzt, aber das, was von der Schwimmweste übrig war, passt zu der Beschreibung, die Sie uns letzten Sommer gegeben haben. Und das hier haben wir in der Tasche gefunden.«

Er legte die verblichene Brieftasche vor Sarah hin. Langsam schlug sie die Lederklappe auf, zog die Plastikarten heraus und fächerte sie wie ein Pokerblatt auf. Von dem verblassten Bild seines Führerscheins lächelte David sie an.

»Ich mochte David sehr«, sagte Carver. »Er war ein guter Mann.«

Seine Stimme brach, und Sarah sah, dass er die Hände unter dem Tisch zu Fäusten geballt hatte. Sie war erstaunt, wie ruhig sie blieb. Es war beinahe eine Erleichterung. Ein Teil ihres Lebens endete, so dass ein neuer beginnen konnte.

Sanft legte sie eine Hand über Carvers rechte und murmelte: »Glauben Sie an Geister, Carver?«

Er wischte sich die Augen. »Wie meinen Sie das?«

»Es ist nur eine Frage. Glauben Sie an Geister?«

Er neigte den Kopf, als erwartete er irgendeinen Trick. »Um ehrlich zu sein, ja.«

»Was würden Sie sagen, wenn ich Ihnen erzählte, dass ich mich hier draußen mit Davids Geist getroffen habe, in dieser Hütte? Dass ich hierherkomme, um mit ihm zu reden und Zeit mit ihm zu verbringen, und dass er auf genau dem Stuhl sitzt, auf dem Sie jetzt sitzen ... Würden Sie mich dann für verrückt halten?«

Sie lachte auf, doch Carver musterte sie schweigend und mit ernster Miene. »Ich würde sagen, dass Sie nicht die Erste sind, die von so etwas berichtet ... Aber ich an Ihrer Stelle würde es niemandem erzählen.«

Sarah nickte.

»Und ich sage Ihnen noch etwas, das ich nur zwei anderen Menschen erzählt habe.« Er beugte sich ein wenig zu ihr. »Ich war bei meinem Vater im Krankenhaus, als er vor vier Jahren starb. Er war zweiundachtzig und hatte eine schwere Lungenentzündung, ich wusste also, dass es soweit war. Aber als er starb, spürte ich etwas. Als würde sein Geist in dem Zimmer umhergehen, und bis auf den heutigen Tag würde ich jederzeit schwören, dass ich eine Hand spürte.« Er griff sich an die linke Schulter. »Genauso hat er mir immer die Hand auf die Schulter gelegt, schon seit ich ein kleiner Junge war. Und in dem Krankenhauszimmer habe ich das Gewicht seiner Hand wieder gespürt. Nach einer Weile verblasste es, als wäre bloß meine Schulter schwer. Aber ich weiß, was ich gespürt habe, und niemand kann mir erzählen, dass das nicht real war.«

Sarah lächelte. »Für mich ist es auch real – aber danach fühlt es sich an, als hätte ich geschlafwandelt.«

Sie sah auf den Fluss hinaus. »Er ist jetzt hier, da draußen. Ich sollte zu ihm gehen und mit ihm reden.«

Carver rutschte verlegen auf dem Stuhl hin und her. »Es gefällt mir nicht, dass Sie da allein rausgehen wollen.«

»Es wird nicht lange dauern.« Sie stand auf und öffnete die Terrassentüre. »Wenn Sie warten, fahre ich nachher mit Ihnen in die Stadt zurück.«

David saß am Ende des Anlegers und zog einen langen Span aus dem Holz des Geländers neben ihm. Er warf ihn ins Wasser, als Sarah sich neben ihn setzte.

»Carver hat deine Brieftasche gebracht«, sagte sie. »Sie haben deine Leiche gefunden. Jetzt, da es etwas zu begraben gibt, wird vermutlich auch eine Beerdigung stattfinden.«

David warf noch einen Streifen Holz ins Wasser. »Mir ist eine Einäscherung lieber. Und verstreue meine Asche auf dem Fluss.«

Sarah sah zu, wie die kleinen Kiefernspäne flussabwärts trieben. »Du hast mir mal erzählt, was du vom Grund des Flusses aus gesehen hast, als du ertrunken bist, weißt du noch? Du hast mich ans Ufer laufen und dich zurückrufen sehen, ich habe dich zurück nach Hause gerufen … Und ich glaube, das stimmt. Ich glaube, ich wollte dich wiederhaben, damit ich mich bei dir für die letzten Jahre unserer Ehe entschuldigen kann.«

David schüttelte den Kopf. »Du musst dich für nichts entschuldigen.«

Sarah zuckte die Achseln. »Es gibt immer etwas, das man bedauert.« Auf ihrem linken Handrücken entdeckte sie die Buchstaben E-N-T-S-C-H-U-L-D-I-G-U-N-G. »Ich war lange Zeit so furchtbar wütend«, begann sie. »Wütend auf die Welt, die mir nicht alles gab, was ich erwartet hatte. Wütend auf dich, weil du in deinem Beruf Karriere gemacht hattest, während ich ziellos war … Du hast nie etwas falsch gemacht – du hast nie getrunken, Affären gehabt oder mit deinen Studentinnen geflirtet. Ich glaube, ich wollte, dass du etwas falsch machst, nur um dich auf mein Niveau herabzuziehen.«

»Ich habe viel falsch gemacht –«, widersprach David, doch Sarah fiel ihm ins Wort.

»Kennst du den letzten Akt von ›Hexenjagd‹? Die Szene, in der Elizabeth Proctor mit ihrem Mann John spricht? Er überlegt sich gerade, ob er ein Geständnis ablegen soll – es ist eine Frage auf Leben und Tod –, und sie denkt an ihre Ehe und sagt: ›Ich habe ein kaltes Haus geführt.‹ An diese Zeile musste ich denken, als du verschwunden warst: ›Ich habe ein kaltes Haus geführt.‹«

»Du machst dir zu viele Vorwürfe«, erwiderte David. »Ich habe dir nie geholfen. Nach deiner zweiten Fehlgeburt habe ich all meine Kraft in meine Arbeit gesteckt und dich allein gelassen. Du warst an zu vielen Abenden allein zu Hause. Das ist eine lange Zeit und ein Grund, um wütend zu werden.«

In diesen Worten lag Wahrheit, dachte Sarah. Wahrheit und Reue, und vielleicht hatte sie auch nie mehr von ihm erwartet. »Ich bin nicht mehr wütend«, sagte sie.

»Ich auch nicht.« David starrte in seine Hände, und ein paar Minuten saßen sie einfach nur schweigend da und blickten aufs Wasser.

»Weißt du«, sagte er schließlich, »es hat noch jemand nach mir gerufen.«

»Wer denn?«

»Eine andere Frau.« David sah, wie Sarah die Augenbraue hob. Dann lachte er. »Meine Mutter.«

Natürlich, dachte Sarah. Wie albern von ihr, dass sie in all diesen Monaten geglaubt hatte, David sei unermesslich einsam. Die Toten hatten immer Gesellschaft, Generationen um Generationen.

David nahm ihre Hand, und dieses eine Mal war seine Handfläche so warm wie die Sonne, die sie beschien. Er beugte sich zu ihr und küsste sie auf die Wange, so sanft, dass sie spürte, wie leicht sie mit seinem Körper verschmelzen könnte, so als wäre er immer schon durchlässig gewesen; sie hatte sich die Begrenzungen von Haut und Knochen nur eingebildet.

»Auf Wiedersehen, meine schöne Frau.«

Sarah blieb sitzen und sah weiter auf das Wasser hinaus, während David den Anlegesteg entlang – und durchs hohe Gras davonging. Erst als er schon den Waldrand erreicht hatte, stand sie auf und sah ihm nach. »David!«, rief sie. »Warte!« Er drehte sich um, winkte und war verschwunden.

Es vergingen noch einmal zehn Minuten, ehe sie den Anlegesteg verließ. Sonnenschein breitete sich über die Bäume, als sie durchs Gras zur Hütte zurückging. Carver saß auf dem Sofa und las eine alte Ausgabe von ›National Geographic‹. Als Sarah hereinkam, stand er auf.

»Sind Sie so weit?«, fragte er.

»Ja«, sagte sie ruhig. »Ich bin so weit.«

Nachwort

In der englischen Literatur spuken viele tote Ehemänner herum. Manchmal erscheinen sie als Geist wie der König in Shakespeares ›Hamlet‹, den das Sexualleben seiner Witwe genauso umtreibt wie der Mord an seiner Person. Oder sie treten als Lebende auf, die ihren Tod vorgetäuscht haben, um ihre Ehefrauen heimlich zu beobachten. Chapman, Molière, Behn und Steele – um nur einige zu nennen – schufen Ehemänner, die jedes Mal dann aus den Kulissen springen, wenn ihre Witwen sich neue Liebhaber nehmen. Und dann gibt es noch die Ehemänner, die nur als reines Hirngespinst ihrer Witwen existieren, denn seit dem Mittelalter wurden Frauen mit Hilfe von Benimmfibeln und Erziehungstraktaten immer wieder dazu angehalten, sich ihren toten Ehemann als allgegenwärtigen Geist vorzustellen, der kraft seiner Nähe zu Gott alles sieht.

Dank

Die Idee zu diesem Roman entsprang dem Lieblingskapitel meiner Doktorarbeit zum Thema »Witwen in der englischen Literatur«, und so gilt mein erster Dank der Betreuerin dieses Projekts, Patricia Meyer Spacks. Viele haben im weiteren Verlauf der Entstehung mitgeholfen, dieser Idee Gestalt zu verleihen: Die Gründungsmitglieder der Southern-Inn-Schreibgruppe Chris Gavaler, Molly Petty und Paul Hanstedt haben den ersten Entwurf gelesen, so wie er Kapitel für Kapitel entstand; Stephanie Wilkinson, Anne Davies, Beth Colocci, Kerry Humes, Marian Bonchard, Leigh Gnemitz-Winters, Tinni Sen, Marsha Heatwole, Carolyn Capps, Michael Matin, Carol Howard, John Leland und Laure Stevens haben mir mit Ratschlägen zur Seite gestanden und mich stets ermutigt; und auch Rod Smith, der Herausgeber der Literaturzeitschrift ›Shenandoah‹, hat mich sehr unterstützt. Ein besonderer Dank geht an Rosemary James und Joseph deSalvo für ihre unermüdliche Förderung junger Schriftsteller durch ihre Arbeit als Mitbegründer der Pirate's Alley Faulkner Society und an Michael Malone, der ›Ich weiß, du bist hier‹ für den Faulkner-Wisdom-Preis 2005 in der Kategorie Best Novel-in-Progress vorgeschlagen hat. Der Roman wäre auch nie erschienen ohne die gemeinsamen Anstrengungen meiner Agentin Gail Hochman, die in dem Thema eine vielversprechende Geschichte sah und mich immer zum Schreiben angehalten hat, und meiner Lektorin Jackie Cantor mit ihrer unerschöpflichen Begeisterung.

Aus meinem privaten Umfeld danke ich vor allem meinen Nachbarinnen Jeanette Coleman und Catherine Tomlin, deren Gratiskinderbetreuung mir oft Zeit zum Schreiben verschafft hat. Den größten Dank aber schulde ich meinem Ehemann und meinen Töchtern, denen dieser Roman gewidmet ist.